外国文学研究丛书

威廉·戈尔丁小说研究

沈　雁　著

上海市教育委员会科研创新项目“戈尔丁小说研究”(09YS351)成果

苏州大学出版社

图书在版编目(CIP)数据

威廉·戈尔丁小说研究/沈雁著. —苏州: 苏州大学出版社, 2014.4
(外国文学研究丛书)
ISBN 978-7-5672-0736-3

Ⅰ.①威… Ⅱ.①沈… Ⅲ.①戈尔丁,W.(1911~1993)-小说研究 Ⅳ.①I561.074

中国版本图书馆 CIP 数据核字(2014)第 065384 号

书　　名: 威廉·戈尔丁小说研究

作　　者: 沈　雁　著
责任编辑: 汤定军
策划编辑: 汤定军
装帧设计: 刘　俊

出版发行: 苏州大学出版社(Soochow University Press)
社　　址: 苏州市十梓街 1 号　邮编: 215006
印　　刷: 丹阳市兴华印刷厂印装
网　　址: www.sudapress.com
E - mail: tangdingjun@suda.edu.cn
邮购热线: 0512-67480030
销售热线: 0512-65225020

开　　本: 700mm×1000mm　1/16　印张: 19.75　字数: 314 千
版　　次: 2014 年 4 月第 1 版
印　　次: 2014 年 4 月第 1 次印刷
书　　号: ISBN 978-7-5672-0736-3
定　　价: 48.00 元

序 言

获悉沈雁博士的新作《威廉·戈尔丁小说研究》付梓,喜悦之余不乏感慨,欣然提笔作序。这部作品是她出版的第二部威廉·戈尔丁研究专著,获得了上海市教育委员会科研创新项目的资助。2011年10月,她的专著《戈尔丁后期小说的喜剧模式》(*The Comic Mode in William Golding's Later Novels*)入选上海外语教育出版社博学文库,我也曾欣喜地写下序言。如今,同样是秋意渐浓,硕果盈枝的时节,看到她在学术的道路上步履坚实地一路走来,作为她的硕士生和博士生导师,我颇感欣慰。

沈雁博士在戈尔丁小说研究领域耕耘数年,已陆续发表和出版了相关重要论文和著作。她的这部新作对戈尔丁的小说创作进行了全面的研究和评介,为国内戈尔丁研究奠定了扎实的基础,做出了很有价值的学术贡献。这部专著的研究范围从她的博士论文课题延伸至戈尔丁的全部重要作品,涵盖了《蝇王》、《继承者》、《品彻·马丁》、《自由坠落》、《教堂尖塔》、《金字塔》、《黑暗昭昭》、《纸人》以及包括《越界仪式》、《近距离》和《甲板下的火焰》三卷的《海洋三部曲》等11部小说,从作家小说创作的整体风貌和精神底蕴出发,立足于深入的文本细读,同时融会贯通文学理论,放眼作家创作的文学渊源和时代背景,对戈尔丁小说的思想内容和形式美学进行了集中提炼和深度研究。沈雁博士的新作脉络清晰、分析透彻、论证严密、文笔流畅,充分体现了作者执著创新的学术精神、敏锐独到的批评视角以及成熟女性学者对文学作品特有的细腻和深语。

近年来,英国作家威廉·戈尔丁研究在我国逐渐升温,获得了越来越多的关注。戈尔丁于1954年发表小说《蝇王》,可谓出手不凡。《蝇王》对英国文坛产生了重要影响,并很快成为大西洋两岸校园的必读书目。此后，戈尔丁笔耕不辍，佳作迭出，备受评论界的关注。1980 年，戈尔丁以近古稀之年凭借《越界仪式》摘得布克奖，又于 1983 年获诺贝尔文学奖，数度引发研究热潮。在我国的外国文学研究领域，戈尔丁作品也始终是研究的热点。其中，《蝇王》的研究最为热门，角度广泛多样，相关文论层出不穷。近十年来，戈尔丁的其他作品也逐渐进入我国研究者的视野。

戈尔丁之所以获得研究者的青睐，与他作品深沉隽永的思想内涵密切相关。戈尔丁是一位哲理性极强的小说家，其作品所关照的层面往往触及人类生存状态和人性深层内涵，被赞誉为“兼具明晰的现实主义叙事艺术和神话的多样性及普世性，表现了当今世界人类的境遇”。戈尔丁的创作题材诡谲多变，笔端触及人类祖先的原始社会生活、英国中世纪的教堂、19 世纪初的海上航行、当代英国社会精神状况、未来世界的孤岛等，而且每一部新作都令人耳目一新。戈尔丁的创作以难以归类而著称，却始终以道德的诚实和驰骋的想象来探索人类生存境遇的根本问题，揭示人性的真实。他的作品以批判视角反思西方理性主义思想和 19 世纪的进步观，强调伦理道德的主体性建构，蕴含前瞻性的生态思想，同时不乏对文学本体、文学研究的批判性审视，具有相当高的思想价值。我认为，对这样一位充满智慧、才华横溢的作家进行全面深入的研究必定会给我们的读者带来可贵的启示，激发对于当今社会一些重大命题的思考。

戈尔丁的价值更体现于他在小说形式上不断推陈出新的创作勇气。他在艺术上从未止步不前，而是不断汲取传统和时代的养分，兼收并蓄，对小说这一样式的框架结构、叙事艺术、语言风格、人物塑造等方方面面进行了探索和实验。他的小说布局精致严密，在技巧的运用上体现出严谨的分寸感。如英国著名评论家弗兰克·科莫德所说，戈尔丁总是能恰到好处地运用独创性的形式手段来展现小说的道德情境，一分不多，一分不少。在小说的语言上，戈尔丁也常有惊人之举。例如，他在《继承者》中的语言实验令人拍案叫绝，甚至吸引了韩礼德等语言学家撰文论述；他的《越界仪式》糅合不同风格的文体，获得了评论界的广泛赞誉。而且，戈尔丁的创作技艺始终在演进，他吸取种种实验元素，如戏仿、拼贴、多重叙述视角、元小说等多种形式。他的作品整体上也体现出从明晰到复杂、从冷峻阴郁的寓言到含混多义的神话的发展脉络。

我认为，沈雁博士的专著《威廉·戈尔丁小说研究》能在此时面世，可谓正当其时。这部专著的出版为我国的读者提供了一个全面了解、品味戈尔丁小说思想和艺术价值的契机，也大可从中一窥当代英国文坛发展的概况。这部著作对国内的戈尔丁研究乃至当代英国文学研究将产生积极的影响。我希望作者能再接再厉，在学术道路上勤奋耕耘，日臻佳境，在不久的将来有更优秀的研究成果问世。

李维屏

2013年10月

于上海外国语大学

目　录

Contents

Contents

Contents

第一章 《蝇王》及《蝇王》之后

一、开端

对许多读者来说，威廉·戈尔丁（William Golding，1911 – 1993）的名字是和《蝇王》（*Lord of the Flies*）联系在一起的。戈尔丁于1954年发表《蝇王》时已经年过四十，经历过第二次世界大战的硝烟和战火。他曾在一所中学当教师，碌碌无闻，然而数年之后，《蝇王》一跃成为大西洋两岸校园的必读作品。1962年，《时代周刊》（*Times*）甚至将戈尔丁称为“校园之王”（Lord of the Campus）。《蝇王》继《麦田里的守望者》（*The Catcher in the Rye*）后成为美国大学生中最具影响力的作品。

《蝇王》的影响如此巨大，这或许在某种程度上掩盖了戈尔丁其他作品的光芒。从戈尔丁的整体创作来评价，《蝇王》只是一个开端。和《蝇王》相比，作家随后发表的《继承者》（*The Inheritors*）、《品彻·马丁》（*Pincher Martin*）、《教堂尖塔》（*The Spire*）等都属质量上乘的佳作，无论是主题思想的深度，还是艺术成就都毫不逊色。戈尔丁的后期作品《黑暗昭昭》（*Darkness Visible*）和《海洋三部曲》（*The Sea Trilogy*）也是重量级的作品，两部小说构架宏大，主题内容丰富，手法繁复，充分体现了作家深厚的创作功力；《海洋三部曲》的第一卷《越界仪式》（*Rites of Passage*）摘得1980年的布克奖。然而，即便在英国，戈尔丁仍以《蝇王》为读者大众所熟悉。以下事例或可说明这一多少令人遗憾的现象：2009年，牛津大学荣休教授约翰·凯瑞（John Carey）撰写的传记《威廉·戈尔丁：〈蝇王〉著者》（*William Golding: The Man Who Wrote* Lord of the

Flies)问世。他在英国《卫报》(*The Guardian*)的《每周新书》(Book of the Week)访谈节目里谈到，传记书名并非出版社认可，戈尔丁本人也必定不喜欢，只怕要在坟墓里辗转反侧，因为他一向不愿意人们只记得他的这部成名作；但是，凯瑞在谈及戈尔丁的其他作品时，人们往往一脸茫然。由此可见，在普通读者心中，戈尔丁的名字仍旧意味着《蝇王》作者的独特身份。①

在文学评论界，情况多少有点类似。《蝇王》的影响力吸引了大量的评论和研究，这部名作也往往是研究者最感兴趣、研究量最大的部分。以里克·杰寇斯基编著的《威廉·戈尔丁：参考书目，1934－1993》(*William Golding: A Bibliography*, 1934－1993)中有关戈尔丁研究专著一项为例：所列的从1963年到1993年的59部专著中就有24部是《蝇王》的专门研究。② 在我国，《蝇王》研究虽然称不上汗牛充栋，但也是洋洋洒洒，在戈尔丁研究总量中占据了较大比例，而且话题多样，研究内容涵盖文类、主题、叙述、人物、互文性等，研究视角涵盖哲学、宗教、人类学、社会学、政治学等，涉及形式主义、结构主义、女性主义、后殖民、生态等各类研究理论。

相比如今《蝇王》对读者和评论界的巨大影响，当年曲折的出版之路令人感慨。这部小说的出版过程已经成为《蝇王》"传奇"的一部分了。小说原题《内心的陌生人》(*Strangers from Within*)，传说在辗转了22个出版社后方由费伯出版社(Faber and Faber)慧眼发掘。凯瑞的传记详述了这部书稿的坎坷旅程，提到戈尔丁先后遭6家出版社和一家经济公司拒绝，直至费伯的年轻编辑查尔斯·蒙蒂斯(Charles Monteith)发现作品的魅力。即便在费伯那里，《蝇王》也几乎被枪毙。戈尔丁附于破旧书稿的字迹潦草的短信确实显得毫无吸引力；更糟糕的是，费伯雇用的专业读者"波利·珀金斯小姐"在戈尔丁的短信左上方写下了这样的评价："故事

① Armistead, Claire. "John Carey on *William Golding*: *The Man Who Wrote* Lord of the Flies", *Book of the Week*. http://www.theguardian.com/books/audio/2009/sep/03/john-carey-william-golding.

② Gekoski, R. A. & P. A. Grogan. *William Golding: A Bibliography* 1934－1993. London: André Deutsch, 1994, pp. 81－84.

时间:未来。荒唐乏味的幻想故事,描写了殖民地的一次核爆炸,一群孩子降落到新几内亚的丛林地带。一文不值,淡而无味,不知所云。"①所幸蒙蒂斯留意到小说的潜力,没有埋没这部20世纪的名作。事实上,《蝇王》出版后收获评论界一片赞扬之声,英国现代文坛大家福斯特(E. M. Forster)更是在《观察家报》(*The Observer*)将之列为他遴选出的年度好书之首。

二、内心的陌生人

《蝇王》是19世纪著名的儿童故事《珊瑚岛》(*The Coral Island*)的重写。戈尔丁借用了巴兰坦(R. M. Ballantyne)所著《珊瑚岛》的故事背景、主要人物和情节。戈尔丁在其著名的《寓言》一文中曾详述小说创作的缘起,指明《蝇王》与《珊瑚岛》的关联。《珊瑚岛》是一部广为人知的历险故事,讲述了18岁的杰克、15岁的拉尔夫和13岁的彼得金遭遇沉船,流落到南海(South Seas)一个渺无人烟的珊瑚岛上,依靠智慧和勇气战胜危险而生存下来的故事。戈尔丁在《寓言》一文中引用卡尔·尼梅耶的简述归纳了《珊瑚岛》的情节。不得不说,尼梅耶的语气不乏讥讽:

> 男孩们在岛上过着世外桃源般的生活。他们本身毫无恶意或恶念……巴兰坦的小说提出了恶的问题——男孩们面对的恶并非来自他们的内心,而是来自外部世界。赤道的自然环境是宜人的,但是这个非基督教世界里的人们却是邪恶的。例如,小岛上曾有野蛮的食人族光临,男孩们惊慌地目睹他们划着独木舟互相追逐,展开残忍血腥的战斗后离开。不久,又有一帮海盗(即抛弃了基督教传统的白人)来到岛上,抓走了拉尔夫。最终,海盗被消灭了,罪有应得。故事的最后,土著们毫无动机地、莫名其妙地皈依了基督教,他们的本性于是发生了彻底的转变,因而及时营救了男孩们。

---

① Carey, John. *William Golding: The Man Who Wrote* Lord of the Flies. London: Faber and Faber, 2009, pp. 150 – 152.

> 所以，巴兰坦对人类的看法显然是乐观的，他对英国男孩的勇气和机智也是一样的乐观。男孩们征服赤道地区的岛屿，和英格兰以帝国和宗教驾驭那些无法无天的种族如出一辙。①

戈尔丁的男孩故事虽然以《珊瑚岛》为蓝本，实则大相径庭。《蝇王》讲述了一个现代寓言故事，如今对许多读者来说可谓耳熟能详：在一场未来的核战争中，英国一架疏散孩子的飞机坠毁，飞机上的男孩们流落到了一个世外桃源般的珊瑚岛上。在没有成年人的岛上，沉着冷静的拉尔夫被推选为头领，他吹响海螺召集会议，主张凡事由大伙民主讨论决定，他组织孩子们筑起茅屋，燃起篝火，等待营救。猪崽和西蒙是拉尔夫的左膀右臂，猪崽足智多谋，正是他的眼镜片聚光取火，为孩子们带来了火种。西蒙则善于思考，像个小哲学家。不久，拉尔夫试图建立的秩序就被打乱了。孩子们害怕岛上的"野兽"，虽然那不过是跳伞飞行员的尸骸。唱诗班的首领杰克觊觎头领的权威，他带着大孩子们涂花了脸去打野猪，对拉尔夫指派的看管篝火的任务置之不理。成功猎到野猪后，杰克将猪头供奉给"野兽"，带着孩子们学着原始人的样子狂舞。正在这时，发现了"野兽"秘密的西蒙赶来告诉大家实情，却被极度狂热的孩子们误当作野兽活活打死。孩子们渐渐背叛了拉尔夫，投靠杰克，成了一群涂花了脸的野蛮人。此后，杰克又唆使孩子们偷来猪崽的眼镜，猪崽手持海螺去评理，却被凶狠阴险的罗杰用巨石撞下悬崖惨死。孩子们又在岛上放火烧山追杀拉尔夫。千钧一发之际，大火引来了英国军舰，孩子们获救了。险些丧命的拉尔夫失声痛哭，"为童心的泯灭和人性的黑暗而悲泣"。②

---

① Golding, William. *The Hot Gates and Other Occasional Pieces*. New York: Harcourt, Brace & World, 1961, pp. 88 – 89. 戈尔丁在《寓言》一文中引用了卡尔·尼梅耶的《珊瑚岛》情节简述。尼梅耶文见 Niemeyer, Carl. "The Coral Island Revisited". *College English* 22. 4(1961), pp. 241 – 245.

② Golding, William. *Lord of the Flies*. London: Faber and Faber, 1954, p. 225. 小说引文均译自这一版本，页码注于引文后，用括号标出，不再另注。译文参考了龚志诚译本，见威廉·戈尔丁. 蝇王. 龚志诚译. 上海：上海译文出版社，2006。

《蝇王》的主要人物化用了《珊瑚岛》中的名字，其中彼得金（Peterkin）被一分为二，成了猪崽（Piggy）和西蒙（Simon）两个人物。而且，小说中两次出现《珊瑚岛》的书名，第一次出现在小说第二章，孩子们发现自己的处境就好像《金银岛》（*Treasure Island*）、《燕子号人和亚马孙号人》（*Swallows and Amazons*）、《珊瑚岛》等故事一样（33）；而且第二次出现，如研究者泰格称，尤具讽刺意味，小说结尾，仿佛从天而降的英国军官说："我本以为一群英国孩子能表现得更好些……就像《珊瑚岛》那样"（224）。[①] 戈尔丁指出，巴兰坦的小岛是19世纪的小岛，而《蝇王》描述的则是20世纪的小岛；小说表现的恶也并非专属某个民族；戈尔丁批评英国人总是错误地将恶归于他人，却不懂得恶深植于人的内心：

> 这本书的大意是：你觉得如今战争结束，邪恶已经被消灭，你是安全的，因为你纯然是善良正派的。但是我知道邪恶何以在德国滋生。我知道邪恶在任何国家都会发生，这里也一样。
>
> 所以男孩们想要在岛上建立文明世界，但是一切轰然坍塌，唯有血腥和恐怖，因为男孩们所得的是生而为人之固有的恶疾。
>
> ……小说总体上就是关于这个悲剧性的教训，即本质上这群人和其他人并无不同，人类唯一的敌人藏在他的内心。[②]

戈尔丁对人性恶的看法与他二战参战的经历有关。戈尔丁于1940年末加入皇家海军，1945年秋天退伍。其间参加过对俾斯麦号（Bismarck）的追击，并作为登陆艇的指挥官参加盟军诺曼底登陆的海上协助作战以及惨烈的瓦尔赫伦（Walcheren）战役。凯瑞的传记对于这段经历有较为详细的叙述，称"瓦尔赫伦的记忆萦绕

---

① Tiger, Virginia. *William Golding: The Unmoved Target*. New York: Marion Boyars, 2003, p. 34.

② Golding, William. *The Hot Gates and Other Occasional Pieces*. New York: Harcourt, Brace & World, 1961, p. 89.

纠缠了他一生”。戈尔丁在回忆那些和他一起受训的战友时写道：“在瓦尔赫伦附近那个可怕的清晨，我目睹一些人被炸飞了，另一些在北海的强风中迷失了方向，遭遇水雷，沉入海底，而我却无法调转船头去营救他们。这些记忆使日光失色。”[①]作家如此描述二战对于他的观念造成的影响：

> 在二战之前我相信具备社会属性的人有完善的可能性。相信社会的合理构造能激发善意，因此通过重组社会就能消除它所有的疾患……但是战后我不再相信这些了，无法再相信了……我不得不说任何经历过那些岁月的人如果看不到“恶”出于人犹如“蜜”产于蜂，那么他必定是瞎了眼，或者脑子出了毛病。[②]

虽然《蝇王》描述的只是孤岛上男孩的故事，却是以战争为背景的。在小说初稿中战争占了更大的比重，后来在费伯编辑蒙蒂斯的建议下删去。初稿中有三个战争场景：开头部分的核战场景没有出现具体人物，但是描绘了地面撤离和飞机机舱里的情形；另一段描绘了小岛上空的激战，飞行员从空中坠落；小说结尾则有一段描写军舰在海上作战。[③]在正式出版的版本中，虽然没有直接描绘战争的段落，但是战争的阴影却一直存在。男孩们是从核战争中撤离的；夜晚，十英里高空的战斗仿佛悄无声息，飞行员坠落的尸体被缠绕在山顶的树上，时弓时起，仿佛来自残酷战争的威胁，成了让孩子们恐惧的“野兽”；小说结尾，及时救下走投无路的拉尔夫的是远处驶来的英国军舰。战争始终在远方继续着。某种程度上，《蝇王》可谓是战争的产物：小说“纯真失落”的主题反映了戈尔丁从战争中收获的精神洗礼。博伊德指出，“拉尔夫在小说结

---

① Carey, John. *William Golding: The Man Who Wrote* Lord of the Flies. London: Faber and Faber, 2009, p. 108.

② Golding, William. *The Hot Gates and Other Occasional Pieces*. New York: Harcourt, Brace & World, 1961, p. 87.

③ Carey, John. *William Golding: The Man Who Wrote* Lord of the Flies. London: Faber and Faber, 2009, p. 154.

尾为纯真的失落而哭泣,但这并不是一种从童年的善向着青年的堕落的转化,不是向着邪恶的成长过程,而是获得了一种对黑暗的洞悉,对人类内心固有的恶的洞悉。”①

小说标题《蝇王》即提示人性恶的主题,明确指出原题所谓“内心的陌生人”实为人类内心的魔鬼。“蝇王”(lord of the flies)为“Baal-zebub”的字面意义,又为“Beelzebub”,即“别西卜”,常为“魔鬼”的别名。“蝇王”出现于小说的第八章“献给黑暗的供品”,其中西蒙遭遇“魔鬼”,即杰克等杀死野猪后砍下献给野兽的猪头。西蒙独自来到隐蔽在树丛中的空地,看到被钉在木棒上的猪头,龇牙咧嘴,鲜血淋漓,周围群蝇乱舞,“在西蒙面前,挂在木棒上的蝇王露齿而笑……西蒙的目光被古老的、令人无法逃避的招呼所吸引住了。”(152)晕眩恍惚之中,蝇王开始说话了。它告诉西蒙:“别梦想野兽会是你们可以捕捉和杀死的东西!……你心中有数,是不是?我就是你的一部分?……我就是事情没有进展的原因吗?为什么事情会搞成这副样子呢?”(158)小说通过蝇王的训诫点出了主题:野兽并非来自外部世界;野兽,或“恶”,实为人性的一部分,是深藏于人类内心的固有的疾患,人无法杀死它。这“内心的陌生人”是小岛上的男孩们渐渐抛弃得救的希望、互相仇恨和伤害的原因,是小岛以外正在进行的杀戮的原因,是小说结尾拉尔夫为之哭泣的“人性的黑暗”。(225)

小说以所谓“野兽”的外在形式向珊瑚岛上的孩子们发出讯号,提示恶的存在,而只有西蒙领悟到其中的真相。野兽先以蛇形的不明生物显现,一个脸上有胎记的幼童告诉孩子们,岛上有蛇样的小野兽在黑暗中出来,会把他吃掉,随后他消失在孩子们点燃的大火之中。这个脸上有胎记的孩子令人联想到杀死兄弟的该隐,警示人类恶的存在。随后,坠机飞行员的尸体掉落在山顶,在风中起起伏伏,如同不得安宁的鬼魂向恐慌的孩子们发来成人世界的讯号,提示恶的普遍性。小说结尾,虽然成年人的介入终止了岛上

---

① Boyd, S. J. *The Novels of William Golding*. New York: Harvester Wheatsheaf, 1990, p. 1.

的杀戮,但是即便英国军舰能将孩子们带离已经成为炼狱的珊瑚岛,珊瑚岛以外的战争世界难道不是更加可怕的炼狱吗?岛上的儿童世界实际上就是成人世界的缩影。

《蝇王》通过对儿童世界的刻画展示了人性恶的不同形态。杰克显示出咄咄逼人的攻击性,他嗜血,渴求权力,在满足自身欲望时不加节制。从最初刺小野猪时的犹豫和缺乏狠劲,到最后放火追杀拉尔夫,完全释放了内心的野兽。在情节上,杰克和孩子们变化的关键点是杀死母猪后供奉猪头给“野兽”和西蒙的谋杀。涂脸也预示着恶的释放。涂花了脸后,孩子们仿佛戴上了面具,个人身份经过了掩饰,他人的注目中潜在的道德评价无法再触及到个体,外部环境的约束因而消失了,内心世界的欲望于是开始膨胀。起初,杰克作为唱诗班的头领还会做出慷慨无私的举动,但是涂花脸后杰克就成了“头领”,他带领的孩子们完全沦为一群“野蛮人”,杀人放火,欺侮弱小,打击异己。涂脸实际上起到了鼓励孩子们消除人性、释放兽性的功能。比杰克之恶更可怕的是罗杰的恶。罗杰是杰克的“打手”和“刽子手”,以欺凌幼童、虐待他人取乐。小说描写罗杰向幼小的亨利扔石子,当时他尚不敢故意加害:“在这儿,旧生活的禁忌虽然无形无影,却仍然是强有力的。席地而坐的孩子的四周有着父母、学校、警察和法律的庇护。罗杰的手臂受到文明的制约,虽然这文明对他一无所知并且已经被毁灭了。”(65)杀死猪崽的时候,文明的禁忌已全然失效,罗杰利用杠杆推动巨石,他“极度兴奋地、恣意地把全身的重量压在杠杆上”(200),完全化身为杀人嗜血的恶魔,砸碎了海螺这个象征着文明世界的遗迹,也将猪崽撞落悬崖。除此之外,《蝇王》也展示了普通人的恶。双胞胎萨姆和埃里克虽然站在拉尔夫这一边,却被杰克的猎人们挟持,加入了他们的群体,不得已成为恶的共谋,最后在罗杰的恐吓下说出了拉尔夫的藏身之地。“就像其他普通人一样,萨姆和埃里克变成了集中营的看守,地狱之门的守门人。”①普通人的恶也

---

① Boyd, S. J. *The Novels of William Golding*. New York: Harvester Wheatsheaf, 1990, p.20.

体现在西蒙的仪式性谋杀事件中。每个人都参与了这场谋杀，包括拉尔夫、猪崽和双胞胎。拉尔夫猜到真相后无法释怀；猪崽则以一场意外为自己开脱，并且认为西蒙不该自闯禁区，是自食其果；双胞胎则称没有参与那场杀人的舞蹈。四个孩子虽然秉承着天性中的善良，却都急于洗去手上的鲜血、洗白自己的良知。可以说，无论是杰克、罗杰的恶，还是普通人的恶，这些恶的形态并不专属于某个个体，而是每个人"内心的陌生人"。

三、 寓言、小说和神话

《蝇王》与英国小说传统有着密切关系。这部作品往往和《天路历程》(*The Pilgrim's Progress*)、《格列佛游记》(*Gulliver's Travels*)等小说一同被看作是"寓言"。从政治的层面来诠释，《蝇王》和奥威尔(George Orwell)的《动物庄园》(*Animal Farm*)同属"政治寓言"，或者"反乌托邦"故事。同时，《蝇王》又是一部所谓的"少年故事"，和《金银岛》、《珊瑚岛》、《柳林风声》(*The Wind in the Willows*)、《燕子号人和亚马孙号人》等作品一样，以少年为小说的主人公，表现他们的生活和历险。《蝇王》也可以归于《鲁滨孙漂流记》(*Robinson Crusoe*)之类的荒岛文学传统，是表现主人公在与世隔绝的孤岛上奋力求生的故事。由于故事时间设定于未来的核战争，《蝇王》还常常被归类为"科幻小说"。

《蝇王》深邃的寓意为戈尔丁树立了严肃的道德家和寓言家的形象。在《寓言》一文中，戈尔丁指出，寓言家都是道德家，并自称是寓言展现真相的方式使他选择了这种体裁来创作《蝇王》。不过，长度堪比小说的寓言可能会脱缰失控，《蝇王》中不乏这类情形，西蒙和蝇王的对话就是一例。然而，这些破绽起因于丰盈的想象，而非贫乏的技艺。①《蝇王》确有寓言的气质，但是小说笔法细腻，寓意明晰却丰富，有寓言的骨架，也不失小说的血肉。研究者泰格认为，小说"奇特地集精心设计的结构和小说的自由笔触为一

---

① Golding, William. *The Hot Gates and Other Occasional Pieces*. New York: Harcourt, Brace & World, 1961, p. 99.

体，这不仅是《蝇王》，也是《继承者》和《品彻·马丁》的特性”。①正是因为这一点，评论界发现，对《蝇王》这部所谓“寓言”的解读并非是一元的，而是涉及道德、社会、政治、哲学、神话、人类学、心理、历史、宗教、后殖民理论等方面，可谓五花八门、莫衷一是，体现了马尔科姆·布雷德伯里所赞誉的那种“永恒的、旨在捕捉某种总体经验之本质的气派”。②

《蝇王》可以诠释为关于政治和社会的寓言，拉尔夫、猪崽带领孩子们在珊瑚岛上依照理性和常识建立小小的民主社会，确立规则，组织社会分工，保障成员的安全，寻找获得营救的机会。小说描述孩子们用投票表决的形式选出拉尔夫为“头儿”，拉尔夫吹起海螺，招呼孩子们集合在一起“开会”，需要发言的孩子就去拿海螺，海螺就好比发言者手中的话筒，成为民主的象征。孩子们又生起火堆，利用火堆冒出的浓烟发出救援的信号，象征着文明社会的开端。然而，具有讽刺意义的是，火势很快就失控了，一名幼童丧生火海。拉尔夫等大孩子试图在岛上建立秩序，搭建棚屋，规定便溺的地点以免污染食物。然而，理性的社会秩序却无法抑制人性固有的野心、残忍和私欲，“野兽”的出现终于使这个迷你的文明社会分崩离析。杰克带领着他的唱诗班当起了猎人，他嗜血的本能被唤醒了。杰克喜欢发号施令，不愿屈居人下，他领着孩子们用猪头供奉“魔鬼”，跳起疯狂的舞蹈，释放内心的野性。他夺取猪崽的眼镜，使求生之火变成杀人之火。最后，海螺被毁，民主让位于极权，秩序让位于混乱，友爱让位于杀戮，小岛燃起熊熊大火，从远离战争的世外桃源一变而为土地焦枯、浓烟滚滚的炼狱，小说成为一部“反乌托邦”式的幻灭的哀歌。

《蝇王》也可以从其他层面来进行诠释。作为一部探究人性恶的小说，《蝇王》是一部道德的寓言。用神话原型解读《蝇王》则可以看到典型的“失乐园”主题，野兽首先被幼童描述成“蛇一样的

---

① Tiger, Virginia. *William Golding: The Unmoved Target*. New York: Marion Boyars, 2003, p. 26.

② Bradbury, Malcolm. *The Modern British Novel: 1878 – 2001*. Beijing: Foreign Language Teaching and Research Press, 2004, p. 350.

东西，好大好大”，来自“黑暗之中”（34－35）。随着野兽的到来，孩子们失去了他们的乐园。孩子们围殴“野兽”、杀死西蒙的情节呼应了关于酒神崇拜者的传说。在欧里庇得斯的悲剧《酒神的女祭司》中，彭透斯被疯狂的酒神崇拜者撕成碎片；在戈尔丁的小说中，男孩们则涂着花脸围成一圈，纵情狂舞，有节奏地高喊着：“杀野兽哟！割喉咙哟！放它血哟！”他们跳到西蒙的身上，“叫着，打着，咬着，撕着，没有言语，也没有动作，只有牙齿和爪子在撕扯”，丧失理性的疯狂与凶残和西塞隆山上的疯女人们如出一辙。（168－169）从人类学的角度看，小说勾勒了男孩们从采集食物、获取自然馈赠的生存模式转变为追杀野猪的狩猎模式，到最终互相残杀的人类社会演化过程；他们向野兽供奉猪头，涂花了脸跳起模仿狩猎过程的群舞，反映了人类原始社会的形态。从历史的角度看，《蝇王》暗示了二战的浩劫，身着黑色统一制服的唱诗班的出场令人联想到纳粹；戈尔丁也用了一个史实来说明小说可能衍生的寓意：“火也许就好比长久以来不再有效却一度令人抱有希望的国际联盟（League of Nations），国际性的集体理性在民族主义的压力下分崩离析，而民族主义就是建立在无知、嫉妒和贪婪之上的。”[①]《蝇王》也令人联想到19世纪哲学家尼采（Friedrich Nietzsche）关于日神精神和酒神精神的美学理论：如果说拉尔夫体现了阿波罗精神对文明、理性、道德和秩序的追求，那么杰克则代表了戴奥尼索斯精神中的迷狂、嗜血等原始生命力。但是与尼采扬酒神精神、抑日神精神的倾向所不同的是，戈尔丁则似乎在警示读者酒神精神中那片远离理性的黑暗——人性恶。如果借助弗洛伊德的心理学来解读《蝇王》，那么“男孩们代表了各种本能或非道德的驱动力”[②]。从后殖民理论的角度看，《蝇王》颠覆了《珊瑚岛》对欧洲文明的自得，呼应了康拉德（Joseph Conrad）的《黑暗之心》（*Heart of*

---

① Golding, William. *The Hot Gates and Other Occasional Pieces*. New York: Harcourt, Brace & World, 1961, p. 96. 国际联盟（League of Nations）是一战结束时协约国之间成立的国际间合作组织，在二战期间停止活动。

② Tiger, Virginia. *William Golding: The Unmoved Target*. New York: Marion Boyars, 2003, p. 28.

Darkness)的主题,论证了野蛮出自人内心的黑暗这一观点。不论是所谓的"文明社会",还是英国的上层阶级,都无法对这片黑暗免疫。

虽然戈尔丁本人也称《蝇王》为寓言(fable),并且自嘲所谓寓言家(fabulist)是"不受欢迎的人"①,但是他显然认为这部作品所蕴含的意义要超过"寓言"体裁所能够容纳的。戈尔丁认为,

> 作为一种手段,寓言取决于两个要点,但是这两点却都不可靠。首先,作家必须对话题有一个清晰的整体把握。但是一旦他的话题事关人类的整体状况,那么他的整体把握就可能在边缘处有点模糊了。其次,寓言只能是道德故事,它与道德寓意的对应是明确的;寓言和暗暗涌动的生活之间的这些文学对应是不能无限衍生的。问题不在于小型的故事样式不能做到在每个细节上精准无误,而在于,每种生活,一旦要涉及,就会在它自身的范围里牵扯进相关的一切,而这些可能和作家原来考虑的话题没有很大的关联。因此,寓言只有在严格限制内发生作用才是成功的寓言。乔治·奥威尔的《动物庄园》就限于对特定政治情境的考量和讽刺。换句话说,寓言必须严格掌控。然而,也正是在这里,想象就会脱离掌控。②

戈尔丁对何谓寓言的阐释涉及两个方面:作家对寓言的把握和对寓言本身的限制。无论是哪一个方面,《蝇王》都脱离了寓言在意义上的单纯性,呈现为多义性,是复杂的,甚至在某种程度上是含混的。因此,格雷格和金基德-维克斯将《蝇王》描述为"既是寓言(fable),也是小说(fiction)";泰格认为,用"寓言"(allegory, parable, fable)、"科幻小说"、"罗曼司"等术语来归纳小说的主要形式特征是程式化的解读方式,流于简单化,因而不能充分发掘小

---

① Golding, William. *The Hot Gates and Other Occasional Pieces*. New York: Harcourt, Brace & World, 1961, p. 85.

② Golding, William. *The Hot Gates and Other Occasional Pieces*. New York: Harcourt, Brace & World, 1961, pp. 96 – 97.

说的价值。[1] 弗兰克·科莫德在1962年发表的文章中提到,戈尔丁曾说:

> 如果有人用"神话"一词代替"寓言",我会视之为对我极大的赞美……我确实认为寓言是在表层上创造出来的东西,而神话出自事物的根源,从古老的意义而言,神话就是开启所有这一切之关键,包括存在、生命的全部意义和全部的经验。[2]

戈尔丁晚年在《越界仪式》获布克奖时的一次采访中谈到:

> 我不喜欢"寓言性的"(allegorical)这种说法,也不喜欢"象征性"(symbolic)的说法。我真正喜欢的词是"神话般的"(mythic)。人们总以为那是"一派谎言"的意思,但是它真正的含义是蕴涵着某种真相,这种真相只能通过故事讲述,除此之外别无他途。[3]

和"寓言"相比,神话远为芜杂含混,往往表达的是一种文化对世界的本能理解,蕴涵着关于生命、死亡、人性、命运等根本问题的观念。

实际上,《蝇王》可以被称为"哲理性小说"。《蝇王》具备人物、情节、意象等方面的高度象征性,同时又避免一义性。小说有着结构的清晰、形式的简洁,没有和主题意义无关的枝蔓;小说整体布局的构架和思路呼之欲出,显示出作家严密的计划性和技巧上的克制和分寸感。如科莫德所说,戈尔丁总是能恰到好处地运用独创性的形式手段来展现小说的道德情境,一分不多,一分不

---

① Tiger, Virginia. *William Golding: The Unmoved Target*. New York: Marion Boyars, 2003, p.26.

② Kermode, Frank. "Golding's Intellectual Economy". In Norman Page (ed.). *William Golding: Novels 1954 – 1967: A Casebook*. Basingstoke: Macmillan, 1985, p.53.

③ Arena. "The Dreams of William Golding". BBC 2. 17 Mar. 2012. Television.

少,而不过度炫耀技巧。[①]这也是戈尔丁早期作品如《继承者》和《品彻·马丁》的特征。但是《蝇王》并未因此失之于意义的简单,恰恰相反,《蝇王》提出的是人性、社会、政治等方面的重大的、根本性的问题,思想意义深沉而隽永、丰富而悠远。

四、 彼得金的两面

《蝇王》将《珊瑚岛》里的彼得金一分为二,化成了猪崽和西蒙两个人物。博伊德指出,《圣经》中的圣彼得原名西蒙,因此西蒙和猪崽分享了同一个角色,同属局外人、替罪羊和谋杀的牺牲品。[②]同时,他们也具有高度的象征性,分别代表两种观念和两种人物类型:理性与宗教、科学家和圣徒。《蝇王》对这两个人物的处理体现了戈尔丁对理性与宗教命题始终如一的兴趣和抑理性、扬宗教的观点。然而,不论是理性还是宗教,两者都是小岛上的异类,也分享了同一种命运。

猪崽和西蒙都无法融入岛上的群体:猪崽因为口音所泄露的下层阶级身份和肥胖的身形遭到孩子们的嘲笑,他有哮喘病,心思细密却胆小,常常指责他人,还急切地想要得到他人的认可,连天性正直的拉尔夫起初都不愿意与他为伍。西蒙本来就有独处的习惯,他体弱多病,原本是杰克带领的唱诗班的一员,但是在小说开篇,唱诗班集体出场时就当众晕倒。杰克抱怨说,西蒙老是晕倒,有一次晨祷还晕倒在指挥身上,引发合唱队员们的哄笑。西蒙猝然倒地的景象不乏喜剧性,也从一开始就确立了他可笑的"怪人"的形象。两个孩子都由于身体等原因被刻上了"局外人"的记号,也都最终死于同类之手,成为野蛮、恐惧、无知、恶意的牺牲品。

猪崽代表所谓的"奥古斯都式的理性"[③]。他在拉尔夫的团队里充任的是"智囊"和"管家"的角色,能理性考虑问题,提出务实

---

① Kermode, Frank. "Golding's Intellectual Economy". In Norman Page, (ed.). *William Golding: Novels 1954 – 1967: A Casebook*. Basingstoke: Macmillan, 1985, pp. 63 – 65.

② Boyd, S. J. *The Novels of William Golding*. New York: Harvester Wheatsheaf, 1990, p. 15.

③ Tiger, Virginia. *William Golding: The Unmoved Target*. New York: Marion Boyars, 2003, p. 34.

的观点。他能理解生存和获救的基本条件，提出应该“急事先办，合理行动”(45)、建造茅屋、迁移火堆的位置等。福斯特在为美版《蝇王》所作的序言中即为猪崽美言：“小说也许能帮助一些成年人变得少些自负，多些同情，支持拉尔夫，尊重猪崽，抑制杰克，让人类内心不那么黑暗。目前，(我个人认为)对猪崽的尊重是最迫切的需要。”①猪崽是典型的科学家形象，戈尔丁本人将他定义为“科学家，技术专家”，“我得说猪崽应该穿着白色外套——那种实验室里穿的长长的白色外套——在岛上漫游，也许还写点关于这个那个的论文，最后进入洛斯阿拉莫斯原子能研究中心工作。”②

猪崽“科学家”的形象是和眼镜、火联系在一起的。猪崽戴着近视眼镜，没有眼镜，他就什么也看不见。他在和杰克争执时摔碎了一块眼镜镜片。拉尔夫等人和杰克反目后，眼镜又被杰克的“野蛮人”偷走，失去了火种，无法点燃求救之火。猪崽跟着拉尔夫去和杰克理论，最终被罗杰推动巨石撞下悬崖，脑壳迸裂，象征着理性的最终失败。猪崽的眼镜也是火种③，然而火种既能为拉尔夫点燃用来求救的火，也能为杰克点燃烤野猪肉的火。火并不驯服，而是狂野的，是孩子们无法驾驭的：第一次点燃的大火就失控了，席卷了一大片树林，一个脸上有胎记的幼童消失在火中；最后的大火为了追杀拉尔夫而点燃，烧去了提供食物的浆果林，使小岛成为火光冲天的炼狱。因此，眼镜和火也是科技的象征，既是通向文明的阶梯，也能成为野蛮的帮凶。

如何理解猪崽的科学家形象在小说中的意义？这需要结合戈尔丁本人对科学的态度。诚然，戈尔丁在小说结尾孩子们获救的一刻，写拉尔夫“失声痛哭：为童心的泯灭和人性的黑暗而悲泣，为忠实而有头脑的朋友猪崽坠落惨死而悲泣。”(225)但是把拉尔夫的感受等同于作者的感受，混淆人物和作者的理解必然是偏颇的。

---

① Forster, E. M. “Introduction”. In William Golding. *Lord of the Flies.* New York: Coward-McCann, 1962, p. xiii.

② Biles, Jack I. *Talk: Conversations with William Golding*. New York: Harcourt Brace Jovanovich, 1970, pp. 11 – 14.

③ 关于猪崽的眼镜能否取火，还是戈尔丁犯了一个常识错误，详见沈雁. 书写戈尔丁：约翰·凯瑞访谈录. 外国文学，2011 年第 6 期，第 150 页。

戈尔丁也曾明确指出这种解读方式的错谬之处。关于小说结尾的这个句子以及如何理解猪崽,戈尔丁说:

> 某种程度上,我在拉尔夫的脑中……那些都是完全从拉尔夫的角度看到的东西……
>
> 拉尔夫不明白,他能理解猪崽,认为猪崽有头脑。猪崽没什么头脑……他天真、近视,是理性主义者,就像大多数科学家那样。
>
> 猪崽怎么会是对的呢?他完全不明白究竟发生了什么。他说他们像一群孩子似的,其实他们的举动和成年人一个样。……他很单纯,像科学家那样相信他们做的是真正对人类有用的事……其实那并没有真正触及人类的问题。猪崽并没有真正解决岛上的任何问题。他无视野兽,无视小野兽,说没有什么鬼魂,他不明白全社会都充斥着鬼魂……比起岛上的任何人,猪崽对社会的理解都要少。
>
> 猪崽有一点基本的科技素养,他能大致懂得什么是不能做的、什么是不可能的。但是他并不懂什么是可能存在的。①

猪崽近视的眼睛里只能看到务实的世界。他坚定地相信鬼魂并不存在,但是却全然不明白鬼魂存在于人的内心世界,不理解人类内心的恶意和野性。

西蒙代表彼得金的另一面:宗教。他是《蝇王》中的“圣徒”或“圣愚”。和猪崽的近视或短视(shortsight)相反的是西蒙的洞察(insight)。西蒙能够直觉地理解事物的本质,但是他不被别人理解,因而显得愚蠢可笑。他会独自一人躲藏到他小小的“圣地”,一块由树木、藤蔓、灌木和岩石遮蔽起来的幽僻之地,这也是最后短暂庇护过遭到追杀的拉尔夫的避难之所。当孩子们担心会有野兽从水中冒出来时,拉尔夫本着常识、猪崽本着他的科学精神都认

---

① Biles, Jack I. *Talk: Conversations with William Golding*. New York: Harcourt, Brace Jovanovich, 1970, pp. 12 - 13. 小野兽和鬼魂的说法分别出现在小说中,见 Golding, William. *Lord of the Flies*. London: Faber and Faber, 1954, pp. 34, 96 - 98.

为野兽是不存在的；杰克则相信他有能力干掉野兽；只有西蒙率先指出，“大概野兽不过是咱们自己”。(96)西蒙还有预知未来的直觉。他告诉拉尔夫会平安返回。(121)西蒙与蝇王的对峙既可以解读为他的幻觉，也可以从超自然现象的层面来理解。最后，也是西蒙独自勇敢地登上山顶，发现所谓“野兽”是坠机飞行员尸体的真相，然后“如同摩西带着戒律石板，将真相带下了山”[①]。西蒙死于孩子们的群殴。在暴风雨的电闪雷鸣之中，恐慌的孩子们跳起了模仿猎杀野猪的舞蹈，齐声唱着“杀死野兽”，释放内心深处的“强烈、紧迫而又盲目的渴望”(168)。西蒙被孩子们误当作野兽，死于这场野蛮的仪式。

评论界多从宗教内涵的层面解读西蒙之死。博伊德认为，孩子们杀死了从山上下来揭示他们的本性和罪恶的先知，可以说是重演了基督的受难；西蒙之死是对基督的模仿；西蒙仿效了圣愚基督的行为，使自己受难，而他的教导对于老于世故的人们来说只显得愚蠢。一个傻瓜，他是自找的，他疯了——这就是猪崽和孩子们对西蒙的看法。[②]弗里德曼指出西蒙仪式性谋杀的讽刺性和必然性：西蒙被当作野兽打死，恰恰说明野兽存在于我们自身之中；同时，我们也必然会杀死我们的拯救者，“我们无法理解他所说的真理，只能在恐惧中蜷缩成一团，重演他的仪式性死亡，古老得就像人类历史本身。戈尔丁笔下那些行凶的孩子们……使基督牺牲换来的希望终于破灭，他们重蹈了使基督受难的覆辙。西蒙的命运说明了人性的最为可怕的真实：盲目、非理性和嗜血的欲望。”[③]泰格更为深入地阐释了西蒙作为替罪羊和牺牲品被杀害的原因：“他认识到人类与罪恶的共谋，招致了他的杀身之祸，他的命运和那些提醒世人自身罪恶的人们如出一辙：我们宁可消灭恐惧的物化象征，也不愿直面我们自身的黑暗恐怖，如戈尔丁在《寓言》一文中

① Tiger, Virginia. *William Golding: The Unmoved Target*. New York: Marion Boyars, 2003, p. 43.

② Boyd, S. J. *The Novels of William Golding*. New York: Harvester Wheatsheaf, 1990, pp. 17 – 18.

③ Friedman, L. S. *William Golding*. New York: Continuum, 1993, p. 25.

所说,这种做法意味着人类同情心的失落,这就好比我们制造一个象征着我们自身缺陷的替罪羊。”①

凯瑞曾提到,西蒙的形象在小说初稿中有着更加清晰的宗教含义。初稿中“人类原罪”的意味更加明显,也有更多和西蒙有关的涉及超自然现象的内容。被删去的情节包括:西蒙直觉地认识到一个神秘的人物会禁止他食用岛上的果实;西蒙明确地考虑将自己作为祭品供奉给野兽,因而径自上山寻找野兽;拉尔夫在西蒙死后回忆起他曾说下的自己将安然无恙的预言,回想起西蒙身上的光环。② 当时,戈尔丁在蒙蒂斯的建议下对西蒙的内容做了较大改动;但是多年以后,戈尔丁对此不无悔意,曾在印度的一次讲座中提到自己当年不该让步;他的最后一部未修订的作品《双舌》(*The Double Tongue*)也多少影射到这件事:故事中的女祭司被类似蒙蒂斯的人物操纵,后者让她改动太阳神的神谕,被她拒绝。③ 不过,即便戈尔丁删去了不少与西蒙有关的宗教内容,西蒙的圣徒形象还是一目了然的。对于彼得金的这两个对立面,戈尔丁的倾向性是很明显的。他说,拉尔夫应该为之悲泣的是西蒙。④

五、《蝇王》之后

《蝇王》具备了作家处女作的那种特别的魅力:主题的完整明晰、语言的优美晓畅。然而,《蝇王》远非戈尔丁阅读和研究的唯一站点,而是通向戈尔丁整体创作的途径。戈尔丁的创作生命持久而富于活力,对作家本人来说,《蝇王》只是一个开端。《蝇王》之后,戈尔丁将不断回顾和扩展这部小说所表现的主题,他的表述

---

① Tiger, Virginia. *William Golding: The Unmoved Target*. New York: Marion Boyars, 2003, p. 47. 戈尔丁相关阐释见 William Golding. “Fable”. In *The Hot Gates and Other Occasional Pieces*. New York: Harcourt, Brace & World, 1961, p. 94.

② Carey, John. *The Man Who Wrote* Lord of the Flies. London: Faber and Faber, 2009, pp. 156 – 157.

③ Armitstead, Claire. “John Carey on *William Golding: The Man Who Wrote* Lord of the Flies”, *Book of the Week*. http://www.theguardian.com/books/audio/2009/sep/03/john-carey-william-golding.

④ Biles, Jack I. *Talk: Conversations with William Golding*. New York: Harcourt, Brace Jovanovich, 1970, p. 12.

更加充分而复杂，创作手法也更加多元和成熟。

《蝇王》借儿童世界展现的人性恶主题在他其后的作品中有了不同视角、不同深度的表达。儿童世界的恶并非恶的源头，而是恶的一种表现形式和载体。戈尔丁在《继承者》中将人性恶追溯到人类的祖先：小说展现单纯的尼安德特人的世界如何被智人的恶意摧毁，明确地将恶的源头指向人类对自身智能的滥用。《品彻·马丁》透过宗教视野展现恶的极端形态，描绘了贪婪、傲慢的马丁如何在炼狱中仍执著于自我的膨胀。《自由坠落》(*Free Fall*)是一部忏悔录，小说的男主人公回望一生，寻找堕落的开端，表现了恶在个体生命中形成的过程。《教堂尖塔》探究恶与信仰的关系，揭示人性中的欲念如何歪曲和蚕食信仰的宏伟奉献；而小说结尾，男主人公也对恶的知识有所顿悟。《金字塔》(*The Pyramid*)就像是一个显微镜，放大了被英国小镇的等级金字塔所禁锢的灵魂中的恶。《黑暗昭昭》的善恶寓言高度象征性地浓缩于两个对立的人物，其中少女索菲在成长过程中体现出的邪恶令人感到触目惊心，索菲的美丽和聪慧和她可怕的邪恶既密切相关，又形成强烈反差，重申了戈尔丁对人性恶的源头的理解。

《蝇王》中被弱化的宗教意味在戈尔丁的整体创作中成为极为重要的内容，宗教和理性的冲突也成为戈尔丁最重要的主题之一。《继承者》的结尾提示宗教和艺术救赎人类的可能性；《品彻·马丁》阐释了人与神的关系，蕴含着毋庸置疑的宗教内容；《自由坠落》明示宗教和理性的矛盾；《教堂尖塔》通过建筑空间的隐喻表现了向上喷涌的信仰和扎根于地下的理性之间的对立；《黑暗昭昭》的批判锋芒直指二战以后英国社会信仰缺失的精神状况；《纸人》含有丰富的宗教典故和隐喻；《海洋三部曲》中也能找到作家理性主义批判的蛛丝马迹。类似《蝇王》中西蒙的圣徒或圣愚的形象在戈尔丁此后的作品中也一再出现，如《继承者》中的洛克、《品彻·马丁》中的纳撒尼尔、《自由坠落》中的贝雅特丽齐等。尤其值得注意的是《黑暗昭昭》中的麦蒂，他大脑受损，半边面容毁于大火，有时显得滑稽可笑，却是戈尔丁笔下最动人的圣徒形象。

戈尔丁对理性主义的批判也体现在他特有的颠覆 19 世纪文

本的手法上。《蝇王》是19世纪著名的儿童故事《珊瑚岛》的重写。但是在《珊瑚岛》中，漂流到孤岛上的孩子们以文明征服了野蛮，而在《蝇王》中却上演了一部文明向野蛮倒退的人性悲剧。《继承者》的卷首语即引自威尔斯（H. G. Wells）的《世界史纲》（*Outline of History*），而小说内容却颠覆了卷首语对尼安德特人的描述和19世纪的进步观念。戈尔丁通过颠覆19世纪的文本批判了人类对自身认识、社会进步过于乐观的盲目。

《蝇王》中初露端倪的阶级主题在戈尔丁的后期作品中表达得更加充分。《蝇王》虽然是一个设置在未来孤岛上的"寓言"，但是男孩们的身上却有着英国社会的阶级烙印：杰克的姓氏和他的唱诗班头领的身份显示出他中上层阶级的出身，是所谓天生的领袖；拉尔夫的父亲是海军军官，这多少能让他在孩子们心目中树立起威信；而猪崽的口音则一开始就透露了他中下层的出身，他也因此遭到孩子们的轻视。阶级也是《金字塔》和《越界仪式》的重要主题。《金字塔》的标题本身就是令人窒息、扼杀人性的英国二战前后社会等级制度的隐喻；《越界仪式》的船体空间划分提示人与人之间的阶级差异，小说中不幸的牧师考利成为社会等级制度的牺牲品。

戈尔丁在《蝇王》中采用的创作手法在其后的作品中也屡屡重现，而且更为纯熟。戈尔丁擅长利用前人的文本。除了前面提到的《蝇王》和《继承者》，戈尔丁的其他作品如《品彻·马丁》、《自由坠落》、《黑暗昭昭》、《越界仪式》等都不同程度地体现了与其他文本的互文性。《蝇王》中的人物构成二元对立，两个小头领拉尔夫和杰克一正一邪，西蒙的宗教意蕴对应猪崽的理性主义，人物各具象征意义，在小说主题表现上各司其职。这一手法在《自由坠落》、《教堂尖塔》、《黑暗昭昭》、《海洋三部曲》的人物设置上多次使用。《蝇王》在结尾处的情节和视角的突转在《继承者》、《品彻·马丁》中都有更为大胆的运用，营造出余音袅袅、意味深长的意境。戈尔丁喜欢在小说结尾制造惊奇，这一倾向贯穿他的整个创作生涯：《蝇王》的机械降神手法甚至在《海洋三部曲》的第三部《甲板上的火焰》（*Fire Down Below*）里仍可觅踪迹，小说结尾可谓风波迭起，柳暗花明，令读者拍案连连。戈尔丁的小说往往设置在相对封闭的场景中，从《蝇王》的珊瑚岛、《品彻·马丁》的海上礁石、《教堂尖塔》的中世纪教堂、《金字塔》的小镇，到《海洋三部曲》的航船，都试图在相对狭小的空间背景中突出情节的张力，凸显人类的生存境遇。即便在意象的设置上，戈尔丁都体现出一定的连贯性。某种程度上，《蝇王》结尾点燃整座珊瑚岛的大火呼应着多年之后《黑暗昭昭》二战硝烟中孕育了麦蒂的末世般的烈焰，以及《海洋三部曲》中从甲板下燃起将船只付之一炬的大火。

如果说，横空出世的《蝇王》是明晰的神话，那么戈尔丁在《蝇王》之后的作品所续写的则是更为复杂、含混、声部众多、内涵深厚的神话。作为一个开端，《蝇王》对戈尔丁之后的创作生涯设置了高水准的起点。无论是读者，还是研究者，都必定会惊喜地发现，《蝇王》之后，戈尔丁的世界更加精彩。

第二章 《继承者》:失落的乐园

一、从尼安德特人到智人,从威尔斯到戈尔丁

1955年9月,戈尔丁发表了他的第二部小说《继承者》(*The Inheritors*)——戈尔丁自己称为"我最喜欢的"和"我最好的"作品。[①] 放在戈尔丁的全部作品中看,《继承者》确实独树一帜。小说将读者带到远古森林,透过一个甚至没有逻辑思考能力和充分的语言能力的尼安德特人的眼睛观察世界,极富创意,也颇有难度。英国文学评论家、戈尔丁传记作者约翰·凯瑞称《继承者》也是戈尔丁作品中他最喜爱的一部,并将之列入"20世纪最令人愉悦的书"。约翰·凯瑞认为,"这部小说与《创世纪》不同,它是'人类的堕落'的戈尔丁版,也是一部严肃的人类学著作。"[②]小说独创的文学语言更是令人耳目一新,甚至吸引语言学家韩礼德撰文论述。[③]

纵观戈尔丁的整体创作,《继承者》虽然独特,但并不是孤立的现象。这部小说在形式和内容上都与作家的其他作品有共通之处,体现戈尔丁作为小说家最关注的主题和技法。小说中对人性善恶的思考、宗教隐喻、历史编纂、双重人物视角的转换和对立、语

---

① Tiger, Virginia. *William Golding: The Unmoved Target*. New York: Marion Boyars, 2003, p.78.

② 约翰·凯里. 阅读的至乐:20世纪最令人快乐的书. 骆守怡译. 南京:译林出版社,2009年,第103页.

③ 详见 Halliday, M. A. K. "Linguistic Function and Literary Style: An Inquiry into the Language of William Golding's *The Inheritors*". In Seymour Chatman (ed.). *Literary Style, A Symposium*. New York: Oxford University Press, 1971, pp.330-365.

言实验等都在戈尔丁的创作整体中以不同形态、角度和深度反复出现。戈尔丁的早期五部作品无不表现“人性恶”的主题,虽然每一部都在内容上大相径庭——从未来世界的珊瑚岛回溯到远古森林,从二战硝烟中的海上孤礁和纳粹集中营又跃至中世纪的英国教堂——每一部新作都令读者和评论界拍案惊奇,却都试图从不同角度探索“恶”的源头。《蝇王》通过直写儿童世界展现人类内心固有的恶;《继承者》将人性恶追溯到挣扎在恐惧和黑暗中的人类祖先;《品彻·马丁》展示恶在炼狱中的形态,表现恶的宗教内涵;《自由坠落》让成年的萨米追忆自己的一生来寻找内心“恶”的源头;《教堂尖塔》则让中世纪神甫乔斯林在虔诚的信仰中一页页剥开神性的外衣,揭开人性的内核。作为戈尔丁第二部问世的小说,《继承者》将《蝇王》对人性恶的探讨从未来的核战争拉回到人类社会初萌的时代,从儿童世界纯真的失落推进到人类原初伊甸园的失落,是对这一命题更为深层和全面的思考。

《继承者》初稿的创作是一气呵成的。“戈尔丁在他手稿的末尾以军人的准确性记录道:‘初稿完成于 11 月 11 日 13:50,于 29 天内完成。’这条不无得意的小注表明他知道自己写了一部了不起的作品。他一直认为这是他最好的一本,许多评论家也会赞同这个看法。”①戈尔丁的费伯编辑蒙蒂斯这样回忆他初读书稿的感受:“我再次拿起书稿,除了匆匆离开去吃午餐,几乎一口气把它读完了。这又是一部杰作,富于独创性,强烈而有力,堪与《蝇王》媲美甚至有过之而无不及。”②

除了小说的美学价值,《继承者》让评论家津津乐道的还有小说初稿和终稿之间的差异。泰格是这样描述这一差异的:

> 《继承者》的初稿和正式发表的小说大不相同。初稿没有最后一章,而是以目前的客观转变收尾,几乎没有表现分裂的

① Carey, John. *William Golding: The Man Who Wrote* Lord of the Flies. London: Faber and Faber, 2009, p. 173.

② Carey, John. *William Golding: The Man Who Wrote* Lord of the Flies. London: Faber and Faber, 2009, p. 177.

意识。更重要的是,初稿没有瀑布。和《蝇王》一样,其初衷是为了驳斥19世纪自负的进步的信条,然后通过尼安德特人的悲剧想象这些神话传说中的怪物是如何被灭绝的。在完成初稿后,戈尔丁有了新的灵感和发现,他开始看到这个故事真正的意义,着手重写。①

凯瑞更加详细地分析了两稿的差别。他指出,初稿本身完整自足,完全可以独立发表;初稿中有不少戈尔丁自己的注释和备忘,大多说明智人的恶行并非完全由恶意或残忍驱动,而是受制于进步、命运、自然选择等不可抗拒的推动力;第二稿对瀑布的描写更加详尽,进一步展现其象征意义;在初稿里法(Fa)死于智人的长矛,而非受伤困在树上被瀑布的急流卷走。②

泰格和凯瑞都提到戈尔丁在创作《继承者》时参考了热力学第二定律。凯瑞指出,戈尔丁在1963年为《假日》(*Holiday*)杂志撰写的关于叶芝的论文中阐述了他对这一物理定律的理解。戈尔丁认为,这一定律意味着万物消耗其能量,并最终在这个降解过程中停止,犹如走完发条的钟;然而和这一定律局部相悖的是,生命拒绝臣服于能量必然损耗的普遍规律,重新上紧发条。凯瑞进一步指出,《继承者》湍急下泻的瀑布意象就是这一定律的写照,然而智人却奋力与向下的洪流抗争,由新的幻象驱动着向上和向前推进。③

戈尔丁赋予热力学第二定律的瀑布意象在小说中体现得相当完整。小说中的尼安德特人顺从了瀑布所象征的能量耗尽的规律,走向灭亡。这个尼安德特家族就栖居在瀑布旁的石台上,隆隆的水泻声、四溅的水珠成为他们生活的布景;这个小小家族的多名成员从瀑布坠落。随着法(尼安德特人最后一名女性)被向下的湍

---

① Tiger, Virginia. *William Golding: The Unmoved Target*. New York: Marion Boyars, 2003, p. 78.

② Carey, John. *William Golding: The Man Who Wrote* Lord of the Flies. London: Faber and Faber, 2009, pp. 181 – 182.

③ Carey, John. *William Golding: The Man Who Wrote* Lord of the Flies. London: Faber and Faber, 2009, pp. 182 – 183.

流席卷而去,这个天真的种群也趋于覆灭。同时,被恐惧折磨得濒临疯狂的智人则忙于向上搬运船只,然后奋力逆流前行。如果说尼安德特人的生活方式注定使他们顺应能量降解的规律走向生存的终点,犹如瀑布不可抗拒的向下的巨大力量,那么智人则凭借理性的萌发逆转了向下的自然力,越过瀑布向下宣泄的洪流,向着更加广阔的世界进发。

小说初稿和最终呈现给读者的形态勾勒出戈尔丁的思考轨迹。《继承者》首先是对"威尔斯式乐观主义"的抨击。[①] 要了解戈尔丁的这种抨击,首先需要了解威尔斯对他产生的巨大影响。访谈者贝克曾向戈尔丁指出他的自相矛盾之处:戈尔丁在《蝇王》中抨击了威尔斯的理性主义,继而在《继承者》中颠覆了威尔斯对史前人类的描绘,却称赞威尔斯作为小说家的技艺。戈尔丁在回答中区分了威尔斯在他的科学、史学著作中表现出来的不可思议的乐观态度(相信人类历史是一个不断进步的过程)和威尔斯描绘生活图景的能力(如《时间机器》(*The Time Machine*)等科幻作品所刻画的阴暗和恐怖)。[②] 戈尔丁对威尔斯的了解源于他的父亲。戈尔丁的父亲十分喜爱威尔斯,受到父亲的影响,戈尔丁在孩提时代就阅读威尔斯的作品,熟谙威尔斯的作品。戈尔丁曾说,他的父亲和威尔斯十分相像,只不过父亲没有成为作家。[③] 凯瑞指出,戈尔丁"熟读威尔斯的作品……甚至模仿他,有时他自己都没有意识到这点。"凯瑞甚至将戈尔丁归类到"威尔斯的传统",或者说"科学传统"。[④]在某种程度上,戈尔丁对威尔斯的颠覆和他对父亲的影响的颠覆如出一辙。而且,和威尔斯的内在矛盾颇为相似的是,戈尔丁的父亲同样是一个悖论体:他崇尚理性主义,但是同时却保持着他的理性思想所不能提供给他的深沉的道德准则。用戈尔丁的话

---

① Baker, James R. "An Interview with William Golding". *Twentieth Century Literature* 28.2(1982): p.138.

② Baker, James R. "An Interview with William Golding". *Twentieth Century Literature* 28.2(1982): p.138.

③ Carey, John. *William Golding: The Man Who Wrote* Lord of the Flies. London: Faber and Faber, 2009, p.172.

④ 沈雁. 书写戈尔丁:约翰·凯瑞访谈录. 外国文学,2011 年第 6 期,第 153 页.

说,"这很奇怪,他那一代人看不到这一点,这可以至少追溯到19世纪中叶。他们从来不明白,他们所秉持的信条是无法从他们所实践的体系中推导出来的。"①

戈尔丁抨击的正是这一体系中的无知和盲目,是威尔斯式的简单化的历史观和对人性的过于单纯的乐观认识。在笔者对凯瑞教授所作的访谈中,他提到"原稿中尼安德特人的天真,和他们最后被智人灭族,这些是最主要的内容。原稿没有体现出智人代表进步、进化或者某种不可避免的发展,甚至任何一点好的东西。完全没有。这些只出现在后面的那个版本里"。②戈尔丁早年深受父亲影响,他在牛津就读期间崇尚理性主义,嘲讽宗教信仰,但是二战中的战斗经历却使他的想法产生了重大的变化。理性主义的信条无法驱除战争的残酷和非理性以及人类在战争中暴露出来的人性恶,这一痛苦的体悟导致戈尔丁在战后一度转向宗教的慰藉。在宗教和理性之间寻找一个平衡和立足于世的支点,这也成为戈尔丁小说创作的重要命题。因此,无论是《蝇王》,还是《继承者》,都是对19世纪这种信奉人类理性和进步的乐观精神的颠覆,甚至是对19世纪重要文本的直接颠覆。戈尔丁的第四部小说《自由坠落》更是对这个命题进行了图解式的演绎,戈尔丁的父亲也成为小说中尼克这个人物的原型。

《继承者》的初稿正体现了作家的创作初衷。小说完全可以在第十一章洛克顿悟利库已死时收尾,至此,对威尔斯文本的颠覆业已完成,作品在主题和情节上都已经相当完整。然而,戈尔丁所添加的最后一章却赋予小说发人深省的意义和复杂性。如果原稿以伊甸园的失落为叙述的终点,那么新添加的最后一章则将小说主题推进到弥尔顿《失乐园》式的宏大命题,即人类获得救赎的可能性和从恶的泥沼中自主选择善的存在主义。第十二章中,洛克作为这一族群的最后一个成年的尼安德特人心碎而死,他的视角也不得不中止,让位于智人图阿密的视角。小说正是在这个环节进

---

① Biles, Jack I. *Talk: Conversations with William Golding*. New York: Harcourt Brace Jovanovich, 1970, p.85.

② 沈雁. 书写戈尔丁:约翰·凯瑞访谈录. 外国文学,2011年第6期,第146页.

入智人的内心世界,揭开智人行为的动机和内心的情感。如果说戈尔丁在初稿中将表达的声音赋予了威尔斯笔下沉默的尼安德特人,颠覆了威尔斯的史学文本,那么在最后一章他将话语权重新归于智人。戈尔丁并未完全否定智人的道德可能性,他描绘智人的笔触是不乏同情的。通过对智人内心世界的探索,戈尔丁试图寻找恶的源头,并尝试将其归咎于恐惧和无知。小说的最后一章绝非画蛇添足。如果没有这个章节,小说就完全以尼安德特人为叙述中心,而智人则不免完全沦为尼安德特人眼中的"他者",成为无可救药的、毫无希望的恶的化身。虽然较之尼安德特人,智人在语言、技术、社会组织上已经遥遥领先,但却仍旧可悲地生活在对未知世界的非理性的恐惧之中。同时,虽然这一叙述中心的转换依然等同于从天真到经验的进程,从善到恶的沦陷,但是在经验和恶中是否仍有救赎的可能性和善的希望?如果有,那么这一点点星火般的希望来自何处,又源于何处?戈尔丁的答案是它仍旧源于人本身,源于艺术和宗教对人的救赎,源于个体的道德发现,源于人类通过信仰在道德上追求完善的努力。戈尔丁始终被看作是一个悲观的作家,他给读者大众留下的形象也是一脸严峻、满面忧思的道德寓言家的模样。但是作家自陈其实并非如大家想象得那么悲观。戈尔丁曾说:"对于人,我比人们所认为的更乐观。我甚至把人看作是具有神性的。人类社会结构无法消除邪恶,人必须改变自己和周遭的环境来消除它。我们这代人所发现的关于人的基本观点是,人身上的恶并不单纯是由社会压力造成的。"关于《继承者》,戈尔丁又说:"奇怪的是,如果我们尽可能追溯历史,就会发现人有两个标志:残杀的能力和对神的信仰。"①在贝克的访谈里,戈尔丁提到,经由那个被智人带走的小婴儿,尼安德特人善的天性有可能在智人中得以保存,他独特的能力会唤起智人的惧怕和爱,从而开启智人的信仰。②由此可见,《继承者》不仅仅是一

① Biles, Jack I. *Talk: Conversations with William Golding*. New York: Harcourt, Brace Jovanovich, 1970, pp. 105 - 106.

② Baker, James R. "An Interview with William Golding". *Twentieth Century Literature* 28.2(1982): p. 140.

个单纯颠覆性的文本，它产生了意义上的自足，拥有独立的立论。

小说两稿的差异和变化勾勒出戈尔丁的创作轨迹，这是一个从尼安德特人到智人，从威尔斯到戈尔丁的转变过程。小说的走向也是从单纯对恶的展现、对恶的动机的发掘到对消除恶的可能性的探讨的过程，是戈尔丁从对父辈的颠覆走向独立命题的轨迹。那么艺术究竟有没有这样的救赎作用？从戈尔丁创造的一系列艺术家形象来看，似乎作家追索了一生的结论是否定的，或仍是不确定的。同时，宗教能否拯救人类于恶？戈尔丁也似乎始终在肯定和否定的两极之间徘徊。或者可以这样来看这个问题：如果说《蝇王》中的西蒙并未拯救孩子们，那么在《黑暗昭昭》中麦蒂至少拯救了一个无辜的孩子。

二、关于尼安德特人的历史编纂和文学想象

《继承者》在何等意义上可以被看作是一部人类学著作，这恐怕需要人类学家来鉴定。但是作为一部文学作品，小说在人类学意义上的文学想象是读者完全能够接受的。那么，戈尔丁的文学想象究竟是否符合历史真实呢？人类学家卡尔文·威尔斯博士(Dr. Calvin Wells)曾在1966年的英国广播公司的一个节目中称，《继承者》把尼安德特人描述为双手垂至双膝，可用四肢奔跑，能像猴子那样自如地用脚捡起物品，这是完全不准确的，而且小说中的尼安德特人仍旧生活在以气味为主导的世界里，这样的描述要比实际情形晚了一千万年。[①]不过，戈尔丁曾说，他在创作《继承者》的时候，已经读过所有相关的材料了；他甚至自信地说："如果你发现如今我们关于尼安德特人的了解和我所写的有所不同，我猜你会看到这是那以后的新发现。"[②]事实上，戈尔丁的读者们会看到，他的历史编纂渊博而自由，史据不过是作家手中为艺术服务的工具。戈尔丁的《继承者》、《教堂尖塔》、《海洋三部曲》和最后

---

① Carey, John. *William Golding: The Man Who Wrote* Lord of the Flies. London: Faber and Faber, 2009, p. 178.

② Biles, Jack I. *Talk: Conversations with William Golding*. New York: Harcourt Brace Jovanovich, 1970, p. 106.

未定稿的《双舌》都是以特定历史时期为背景创作的,就小说本身而言,戈尔丁的历史编纂构思巧妙,细节丰富而有说服力。《继承者》的目的并非用艺术来佐证史据,反而在某种程度上以不羁的文学想象在人类学的空白处刷上了鲜活的色彩。

《继承者》的初衷是抨击威尔斯的历史观。小说的卷首语即引自威尔斯的《世界史纲》(*The Outline of History*),与小说的实际内容形成对比和反讽关系。以下为戈尔丁的引文:

> ……我们对尼安德特人的外表所知甚少,但是这……似乎表明他们有着极为浓密的毛发,容貌丑陋,他们低陷的前额、突出的眉骨、猿猴般的颈部以及矮小的身材古怪而令人厌恶……在他的《观点与评论》中,哈利·约翰斯顿爵士作了一个关于近代人之崛起的概述,称:"这些状如大猩猩的怪物有着狡诈的头脑,曳足而行,体表多毛,牙齿强健,可能还有食人倾向。对这些怪物所存的模糊的种族记忆也许就是民间故事里食人妖怪的由来。"①

威尔斯在《世界史纲》中依据现有的人类学发展和考古发现,较为详细地描绘了尼安德特人的生活时期和环境,对他们的外貌、社会结构、生活习性等作出了种种猜想,包括:他们的感官如何作用,他们对周遭环境的认识有多少,他们如何利用火、占据洞穴,他们如何狩猎和使用毛皮、食物、群落的社会结构和更替,他们如何处理死者。这些内容在《继承者》中都有不同程度的体现。

有趣的是,威尔斯的著作既是《继承者》文学想象的来源,也是戈尔丁颠覆的对象。和威尔斯的版本相比,《继承者》大胆地描绘了尼安德特人的意识和情感,赋予这个小小家族群体紧密的情感纽带、简单的社会分工、和自然环境与种群历史之间的密切关系、神秘的宗教情感、独特的沟通方式。更重要的是,这些在小说中外

---

① Golding, William. *The Inheritors*. London: Faber and Faber, 1955, Epigraph. 小说引文均译自这一版本,页码注于引文后,用括号标出,不再另注。

形丑陋、内心单纯的生物非但没有食人倾向,反倒沦为智人,即人类祖先的刀下肉、腹中餐。

《继承者》中的尼安德特人家族最初由八位成员构成:年老的族长“玛尔”,没有名字的“老妇人”,他们下一代的两位成年男性“哈”和“洛克”、两位成年女性“尼尔”和“法”,第三代的女孩“利库”和男性婴儿“新生儿”。男性和女性没有稳定专一的性关系和联姻,利库是洛克和尼尔的女儿,婴儿是哈和尼尔的儿子。法虽然怀孕,却流产失去了孩子。

小说中,这些尼安德特人有着极为有限的语言能力和低等的思维能力。例如,他们的记忆、指令、推测、判断等都体现为图画的形式,他们彼此之间的“语言”交流于是也体现为互相分享“图画”。他们也通过气味、举动、踪迹等非语言的方式了解彼此的行动和情感。他们很大程度上依赖自然环境给予的生存资源,以蜂蜜、蘑菇、植物根茎、果实、叶芽、虫子等为主食。他们不是猎人,不会杀死动物取食;他们不喜欢肉食,虽然有时也会食用动物尸体,但是往往伴有负疚感。

这个尼安德特人家族保留着母系氏族的宗教和原始的社会分工。男性主持日常的事务,因为他们有更多的“图画”;女性则承担着宗教祭祀、繁衍后代的职责。他们相信名为“哦啊”的女神催动万物生命,给他们带来食物。他们带着腐肉拜谒山洞里的“冰女人”,实际上是寒冷的气候下形似女性的冰柱。族长玛尔还保留着家族历史的记忆:大地曾经常年温暖如春,到处都是“哦啊”赐予的食物,在他的记忆中还曾经有过一场毁灭性的森林大火,将种群减少到如今的人口数量。他们对死亡抱有一种四季更替般顺乎自然、循环往复的信条,他们认为人在死后将重回“哦啊”的腹中。

《继承者》的绝大部分篇幅讲述的就是最后一支尼安德特人,即这个小小家族最终被智人灭族的故事,戈尔丁以视角独特的文学想象展现了他们的覆灭。小说伊始,作家就确立了洛克的第三人称有限叙述视角。彼时,族人们正从冬季位于海边的栖息地长途跋涉,翻山越岭,回到这片原始森林。过沼泽的时候,他们发现原来充当桥梁的圆木不见了。这个颇具喜剧意味的开篇预示着其后的一系列悲剧。尼安德特人并不知道智人取走了他们的圆木。这个意外直接导致了族长玛尔落入初春寒冷的河水中,一病不起。冰女人还没有融化,食物也并不多。族人们发现,玛尔带领他们过早地迁回到了夏天的栖息地。经过艰难跋涉,他们回到瀑布旁的天然石台,老妇人生起火堆。

很快,智人的阴影就开始出现在尼安德特人的生活中了。病入膏肓的玛尔给出错误的指令,虽然法意识到这一点,但是对族人们来说,族长说出的话是无法更改的。于是洛克和法带着利库去觅食,发现了被狮子杀死的母鹿,虽然鬣狗环视周围,他们还是带回了不少鹿肉。然而,和尼尔一起去寻找维持火堆的树枝的哈却没有回来。洛克追踪着哈的踪迹,发现了一个陌生人——"另一个人"的气味。洛克模糊地意识到哈已从悬崖坠入河谷而死。洛克追随着那个陌生人的气味来到石台的上方,惊恐地发现他曾在那里观察他们的一举一动。洛克跟着法,带着鹿肉来到山洞拜谒冰女人为玛尔祈福,但是玛尔还是死了。族人们把他安葬在火堆旁,那里曾经安葬过他们的先人。他们挖出陈旧的骸骨,腾出空间,将玛尔安置成胎儿的睡姿,放入肉和水作为陪葬,相信"哦啊"会把玛尔带回到她的腹中。

玛尔死后,这个尼安德特人家族即遭灭顶之灾。洛克成了家族的唯一成年男性,代替了玛尔的位置,但是洛克实为家族中思维能力最低的一员,无法将他本就稀少的图画用逻辑思维联系起来,不具备族长的能力。洛克和法出去觅食,这一次,他们遇见了智人。洛克第一次和智人对峙,智人向他射出毒箭,洛克百思不得其解,还以为是智人给他的礼物。洛克听到利库极度恐惧的尖叫声,他追踪而去,发现智人将利库带到河中央的岛上,河水阻挡住洛克,他爬上树梢试图越过河流,却看到水中漂浮着老妇人的尸体。

当他和法回到石台,石台上已空无一人。法比洛克思维敏捷,她明白智人的毒箭是伤人的武器。她想出过河的方法,要求洛克听从她的指挥。两人艰难地渡过河,躲在树丛里观察智人。两人看到从未见过的景象,被智人的一切深深地吸引了。智人生起巨大的火堆,将他们的栖息地照耀得明亮无比,他们住在用木材搭建的屋棚里。此刻,一个智人,即后文中的族长和巫师玛兰,正扮成牡鹿,举行着某种仪式。洛克发现了利库和婴儿的踪迹,他担心利库会挨饿,为利库抛下仅剩的一块鹿肉。洛克和法逃过智人的追杀,回到不再有火堆取暖的石台上。

此时,法和洛克已成为家族仅存的两个成年人了。法意识到智人杀死了留守在石台上的尼尔和老妇人,将他们扔进河里,掳走了利库和婴儿,她感受到危险迫近,想要离开;而洛克却仍旧不理解智人对他们构成的威胁。一番争执之后,法和洛克决定继续观察智人,伺机夺回两个孩子。两人虽然被智人的一切吸引,却并不明白他们在做什么。这些智人是白种人的祖先,身披毛皮,发型各异。他们已经能制造和使用器皿和木船,两艘船里存储着各种物品。智人们正在举行某种献祭仪式:玛兰扮演的牡鹿跃动着、鸣叫着,空地上另有一只祭司图阿密所绘的肥壮而扁平的牡鹿作为祭品的象征;智人们经过抽签,斩去了被洛克称为"栗子头"的智人的一根手指作为祭品。仪式结束后,图阿密开始打磨一根骨头,要把它磨成一把匕首。

随后,法和洛克失去了利库。这个可怕的过程通过暗示表现出来。法和洛克终于看到了利库和新生儿:一个名叫维瓦尼的丰满美妇让新生儿吮吸自己的乳汁,利库则被一根皮绳拴着,和一个名叫塔纳齐尔的智人女童在一起。他们看到智人们对玛兰很愤怒,后者指着河流、瀑布和森林和他们理论,实际上,玛兰抢夺了森林里另一个部落的女人维瓦尼,遭到追逐,他打算带着族人逆流而上,离开此地。玛兰让维瓦尼抬出酒囊,安抚族人。他想让半醉的族人继续干活,将船拖到河岸,饥饿的族人很快便怠工了。塔纳齐尔想把利库带到河边,利库怕水不愿意,遭到抽打。玛兰独自享用洛克丢给利库的鹿肉,被发现后,族人们愤怒地质问他,要求更多的酒。酒囊很快就空了。接着,栗子头受伤被扶了回来,再次激起人们对首领的愤怒。显然,智人急于离开这里,躲避敌人的追杀。玛兰试图抢夺新生儿,但是维瓦尼不肯,于是他转向利库……此时,洛克倦意难忍,渐渐入睡,依稀感到法的巨大惊吓和痛苦,但是法却把洛克的头埋在她的胸前,不让他看到发生了什么事。读者可以推断,此时利库已被杀害,成为饥饿的智人的食物。

当洛克醒来时,醉酒的智人们已经纷纷进入梦乡,在一番狂乱的交媾后,图阿密和维瓦尼也入睡了。法命令洛克去寻找新生儿,但是挂念着女儿的洛克只顾寻找利库,惊醒了智人,法逃入吞噬生命的沼泽地,消失了。独自一人处于困境的洛克产生了初步的思维能力,开始理解他头脑中的"图画"。他看到智人正在把木船沿着倾泻的瀑布向上送到山顶。受伤的法归来,两人意识到他们正面临着残酷如昔日森林大火的灭顶之灾,成了这个家族的唯一的男人和女人。他们找到了智人的食物,喝了智人的酒,酩酊大醉。酒醒后,法和洛克发现智人正在撤离他们的栖息地,采用杠杆原理将沉重的木船搬上山。法决定抢夺塔纳齐尔,交换新生儿。他们看到图阿密所做的巨大的尼安德特人泥塑,通体红色,胸口插着箭,而塔纳齐尔被拴在那里——恐惧的智人把塔纳齐尔作为供品留给了法和洛克——他们眼中的魔鬼。洛克向塔纳齐尔追问利库的下落,听到利库名字的女童尖叫起来。混乱中,法被弓箭射中,困在树丛里随着瀑布坠落河中,尼安德特家族失去了最后一名女性。

第十一章中部,小说视角突然切换成智人图阿密。他追踪着洛克,目睹洛克沿着河岸奔跑,追逐带走法的树干;目睹他回到智人原来的栖息地,发现利库的尸骨和"哦啊"娃娃,心碎流泪;目睹洛克回到石台,一动不动地躺在族人的坟墓上,心碎而死。

此时,尼安德特人已被灭族,作为叙述视角的洛克也已经死去。第十二章完全以图阿密的视角叙述,几乎是他的内心独白。在黑夜的河流,图阿密疲惫地划着船。从他的叙述中读者获悉智人的船只正逆流而上,他们被恐惧驱动着,急于逃离;玛兰抢夺了美丽的维瓦尼,致使他的族人们陷入危险;他们知道"魔鬼"怕水,因此航行在水中便"安全"了;维瓦尼在大海的风暴中失去了自己的孩子,于是她留下了尼安德特人的新生儿,用自己的乳汁喂养他;智人部族有等级制度,玛兰是族长,而图阿密是祭司;图阿密再次磨起骨刀,却开始思考匕首挥向他人、指向黑暗究竟有何意义,不如在刀柄上雕刻维瓦尼和新生儿的形象;新生儿滑稽笨拙,逗笑了智人。天亮了,图阿密看到他们已经远离了岸边黑暗的森林。

虽然就历史真实而言,智人未必是造成尼安德特人灭绝的凶手,甚至未必生活在同一个时代①,但是《继承者》刻意将两者并置,强调他们在社会组织、人际关系、语言、原初状态的宗教观念、与外部环境的关系等方面的差异。在戈尔丁笔下的尼安德特人群落里,个体关系是平等和紧密的。他们分享食物、火带来的温暖和脑海里的图画,彼此之间有着极其密切的情感纽带。他们通过模仿各自的动作来表达亲情和共鸣。例如,玛尔病重步态不稳,跟在后面的族人模仿他走路的姿态,"他们专注于他艰难的步伐,深情地、下意识地模仿他。"(23)尼安德特人男女社会分工不同,但是并未在两性之间形成明显的等级;无一夫一妻的婚姻制度,但是个体之间互相关爱。尼安德特人主要通过感官、直觉分享图画来有效沟通,往往不发一言,能通过嗅觉判断足迹等方式感知彼此的情绪和经历。尼安德特人尊重生命,直觉地秉承万物平等的信条,不为食物而杀生。当洛克和法发现被狮子杀死的母鹿时,虽然解鹿取肉,但是认为这样做是"坏的",因为"是哦啊将母鹿带出肚腹";在他们取肉时,"岩石旁的空气因为蛮力和汗水而变得可怕,充斥着肉和恶的气味。"(54)他们习惯被动地接受大自然赋予的一切:食物,资源,季节更替,生老病死,甚至天灾。他们简单原初的敬神仪式由女性操持,他们信奉的给万物带来生命的"哦啊"是女性的形象,敬奉的也是冰女人,是冰洞里自然形成的形似女性的冰柱。

相形之下,戈尔丁所描绘的智人虽然智能远超尼安德特人,在道德情感上却是有缺陷的。智人食肉,善于狩猎,懂得使用工具、制造船只,擅长制作和使用武器,会利用杠杆原理移动重物。智人的社会分工更细、更加高效。他们不依靠直觉的联结,主要通过语言交流。他们对个体的欲望有更为明确清晰的感受,个体之间的关系是多样化和变动的。然而,智人是掠夺者,缺乏对生命和个体的尊重。他们的社群有严格的等级制度,权力关系是人际关系的

---

① 有研究称尼安德特妇女骨盆过小造成种群繁衍数量减小,见 Hughes, Ted. "Baboons and Neanderthals". In John Carey (ed.). *William Golding: The Man and His Books: A Tribute to His 75th Birthday*. London, Boston: Faber and Faber, 1986, p. 162.

重要界定因素。作为族长和巫师,玛尔命令族人干活时会用鞭子抽打他们,他不与族人分享食物,而是用酒精安抚饥饿疲惫的族人;祭司图阿密被称为"法师"(master),也享有较高的地位;女性地位比男性低:维瓦尼就是男性力量的掠夺物。人与人之间缺乏分享直觉和情感的纽带,人际关系更加紧张,冲突不断。他们的祭仪需要牺牲族类和其他动物:巫师玛尔会扮成牡鹿,祭司图阿密在地面上绘出肥壮牡鹿,或用泥土塑造尼安德特人的形象,他们通过抽签砍下族人的手指作为祭礼用的供品。当他们面对陌生的尼安德特人时,他们不尝试沟通,而是主动攻击,杀戮掠夺,甚至残酷地吃掉他们眼中的"红发怪物"。

尼安德特人和智人的权力关系是建立在智力和道德水平发展差异的基础上的。博伊德指出,小说的整体视野令人回想起布莱克(William Blake)的《天真与经验之歌》(*Songs of Innocence and Experience*),天真的眼睛只能看到爱与关怀,于是建起尘世的乐园,但是这种天性却往往使天真轻易沦为自私的、掠夺性的经验世界的猎物。[①]尼安德特人和智人也令人联想到《越界仪式》中考利和托尔博特的关系。就像单纯的考利仰慕冷漠自私的托尔博特,天真的洛克感到智人的一切深深吸引了他,他好奇、惧怕、入迷。他始终不能辨别智人的敌意和攻击性,不明白他的族人死于智人之手。"洛克的身体里有那么多不同的情感,他感到困惑。他害怕那些新人,为他们难过,就像为一个得病的女人难过一样。"(193)同样,哈也是在好奇和兴奋中跟随着智人,终于命丧其手。族人中只有法最聪慧,明白智人有多残忍,她愤怒地告诉洛克:"他们不是从哦啊的腹中诞生的。"(173)和尼安德特人的善意和温良相反的是智人的残忍无情。尼安德特人让他们感到恐惧,于是他们就称其为"魔鬼",杀死成人,掳走幼童。而恐惧使他们甚至不惜牺牲族人,把塔纳齐尔作为祭品留给洛克和法。

《继承者》正是通过对比两个群落的生活方式和洛克、图阿密

---

① Boyd, S. J. *The Novels of William Golding*. New York: Harvester Wheatsheaf, 1990, p.25.

两个人物的内心世界呈现小说的主题。戈尔丁渊博而不羁的文学想象将读者带进了哈利爵士笔下“食人怪物”的生活和他们的内心世界。引自威尔斯的卷首语与小说表现的尼安德特人除了外貌无一相似之处，与小说实际内容形成反讽。事实上，戈尔丁的文学想像突破了19世纪的历史文本对这一题材构成的限制。《继承者》是一次文学想象的成功突围。当图阿密远远注视着洛克孤独的身影，月光下这个“红发魔鬼”望着手中被啃食后的利库的尸骨和“哦啊”娃娃，深陷的眼窝里闪烁着点点光亮，然后这光亮流淌下来，流过丑陋的颧骨和宽阔的嘴唇，读者又怎能不为所动，不为这深沉的人性所遭遇的惨剧而哀叹？这一刻，读者透过图阿密冷漠的眼睛看到的其实并非图阿密所见。因为我们已经知道，那个流泪的怪物不是魔鬼，而是一个失去所有亲人的孤独的生命、悲悼的父亲和具备人类情感和完全人性的人。

三、《继承者》的语言风格

《继承者》的创作具备了《蝇王》所没有的野心：这部作品的成功很大程度上得益于戈尔丁在语言风格上的独具匠心。《继承者》前后分别以尼安德特人和智人，即洛克和图阿密，为叙述视角，叙述语言呈现两人在认知和思维上的巨大差异，同时展现两种不同的群落文化，语言风格也因此截然不同。叙述视角和语言风格上的二元布局是戈尔丁的惯用手法，在他其后的作品里有不同程度的演绎和发展。例如，《马丁·品彻》在结尾处也设置了叙述视角的突然切换，《黑暗昭昭》的基本结构是善与恶、光明与黑暗、麦蒂和索菲的对峙，《越界仪式》的情节结构完全基于两个叙述中心和两种语言风格的对峙、颠覆和互补。

《继承者》独特的语言风格吸引了研究者的广泛关注。最著名的例子是韩礼德用语言学方法研究小说的论文《语言学功能和文学文体：戈尔丁〈继承者〉语言一探》，对小说语言风格和主题意义的关系进行了深入的分析。韩礼德的研究重点是小说句法的及物性。他选取了三个片段，分别对其句法结构进行描述、分类和分析。片段A描绘了洛克第一次直接遭遇智人，后者向他射出一箭；

片段 B 选自小说第十一章,洛克视角和图阿密视角各取一段;片段 C 选自小说第十二章图阿密的一段内心独白以及他与维瓦尼、玛兰和图瓦尔的对话。

韩礼德发现,片段 A 的及物性状况并非是内容所强制的,而是反映了隐含的主题意义:洛克和他的族人文化上的和生物学意义上的有限的理解力使他们在遭遇处于更高级的发展阶段的生物时无法存活。片段 A 大量运用不及物动词的原因在于这种语言风格是洛克的世界的语义结构的载体。韩礼德认为,这种句法的前景式运用意味着因果关系的空白,行动和观察一样被动,行动的主体不对其他对象造成任何后果或影响。韩礼德指出,片段 A 的及物性状况呈现了尼安德特人面对外部环境和遭遇时的无能为力。他认为,这种句法把我们引向更为深沉的主题内涵,即戈尔丁对人性本质的关注;人类智力和精神的发展的矛盾性对当今的人类境遇的影响和由此产生的冲突既反映在小说两种生物发展阶段的冲突上,也体现在句法层面上,即不同类型的及物性的冲突。韩礼德认为片段 B 是过渡性的。在以洛克为叙述视角的内容里,句法是趋前的,语言逐渐趋向复杂,和更为复杂的事件相符;句法的变化表现了洛克对新事物的理解的渐进直至高潮。而以图阿密为叙述中心的部分中,句法是回溯的,即回到了尼安德特人的世界;然而视野扩大了,直立行走的智人的意识中有了太阳和碧空。到了片断 C,过渡已经完成,在句法上第一次出现大量以人为主语的分句,其中超过半数表现行动,大部分使用及物动词。这说明人和环境的关系发生了变化,对环境的观察也因此改变了。

韩礼德进而得出这样的结论:"从某种程度上看,整个小说的主题就是及物性,即人如何诠释他对于世界的体验,他对这一过程和他在其中起何作用的理解。"①韩礼德所做的句法和主题之间的类比基于语言学的分析方法。他选择的三个语段是有代表性的,他对句法的描述、分类和在此基础上提出的诠释确实道出了《继承

---

① 更详细的内容见 Halliday, M. A. K. "Linguistic Function and Literary Style: An Inquiry into the Language of William Golding's *The Inheritors*". In Seymour Chatman (ed.). *Literary Style: A Symposium*. New York: Oxford University Press, 1971, pp. 330 – 365.

者》的主题内涵。

显然,《继承者》语言风格的创新主要体现在以洛克为第三人称叙述视角的文本。凯瑞在费伯 2011 年再版《继承者》时撰文写道:

> 《继承者》的伟大之处并非在于戈尔丁对尼安德特人的想象,而是取决于他创造了一种语言来表现他们。他接受了文体上的巨大挑战,从一个尼安德特人的眼光来看待万物。起初,这项语言上的壮举令人不知所措,他把我们引入这个生命的内心世界:他的感官极为敏锐,但却无法把他的感受联结成一系列思维;他的意识是一连串的隐喻,对他来说万物都有生命。小说精妙的语言策略迫使我们参与这个意识形式的探险,分享他的痛苦和悲剧,而这个意识形式无畏、无害、深情、极为细腻敏感却什么也理解不了。戈尔丁所成就的不是诗歌,却蕴涵着深沉的诗意,他例证了艾略特的论点,即现代诗人必须迂回婉转,"以便迫使语言为意义所用,必要时不惜使语言脱位失序"。①

首先,凯瑞所谓的"迂回婉转"其实指出的是戈尔丁语言策略的关键词之一:陌生化。考察韩礼德所选的片段 A 的部分内容可以例证戈尔丁的这一策略——洛克第一次面对面遭遇智人也是评论界津津乐道的精彩段落之一。洛克听到利库的尖叫声,他追踪而去:

> 灌木又突然动了一下。洛克在树旁站稳望去。一个脑袋和胸膛正面对着他,半掩着。树叶和头发的后面有白骨样的东西。那个男人的眼睛上方和嘴巴下方都有白骨样的东西,这样一来他的脸就比正常的脸要长。这人在树丛里侧身,从

---

① Carey, John. "Seeing like a Neanderthal". In *New Statesmen*, 8/1/2011, Vol. 140 Issue 5064, pp. 42 – 43.

肩膀处斜看着洛克。一根枝条竖直地升起,中间有一块骨头。洛克凝视着那根枝条,那块骨头和那人脸上白骨里的小眼睛。突然,洛克明白那人手持的枝条正对着他,但是他和洛克都不能隔着河水触到对方。要不是利库的尖叫声仍在他脑中回响,他就要笑出来了。枝条的两头开始变得短了。然后又突然变回了原来的长度。

洛克耳边的枯树开口说话了。

"咚"。

他双耳抽动着转向树。就在靠近他脸的旁边,树上长出一根细枝:闻起来是另一个人,鹅,和洛克的肚子告诉他不可以吃的苦莓子。细枝的尾部有一块白骨。骨头上有钩子,弯曲处悬着棕色黏稠的东西。他用鼻子闻了闻那个东西,不喜欢它。他沿着细枝嗅着。枝条上的叶子是红色羽毛,让他想起了鹅。他感到莫名的惊诧和兴奋。(106)

洛克不能理解他的遭遇,但是读者却能明白他遇到了袭击。阅读这段文本的体验是既有难度也有新奇,需要读者积极地参与到解读的过程中,因为不同于以往的阅读经验,要读懂这段文本需要两次解码:首先是对语言符号本身的解码,然后需要运用洛克不具备而读者具备的知识和经验来揭开洛克遭遇的真相。这段文字是描述性的,间有洛克对事物的判断和诠释。读者通过洛克的眼睛来观察和体验,同时却必须抽身而出,判断和诠释洛克的言行和意识。如果要描述第二次解码的过程,不妨对这段文本作出现代读者的诠释:

灌木后面有人。洛克在树旁站稳望去。他看到那人面对着他,露出头部和胸膛。他是一个白人。那人在树丛里侧身,手持弓箭瞄准洛克。洛克不明白那是什么,也不知道他面对的是什么人,但是他相信那个人无法隔着河水触碰到他。要不是利库的尖叫声仍在他脑中回响,他就要笑出来了。突然,箭射了出来。

箭射偏了,“咚”的一声插进了洛克身旁的树干上。

洛克抽动着双耳转向树,他去嗅这支箭。箭的尾部有一块钩状的骨头,悬着毒莓的汁液。箭上装饰着红色的鹅毛。洛克不喜欢这支箭,但是他感到莫名的惊诧和兴奋。

在两次解码中,文本呈现意义的过程是多层次的和递进的。读者从对洛克描述的理解推进到对事件真相的理解。在戈尔丁的文本里,洛克所体验的是一个他不能辨识的他者,通过他不能理解的方式传递给他一根他不明所以的树枝。他随后得出“这是礼物”的结论。这也是读者第一次解码得到的信息。而经过第二次解码,即通过以上诠释性文本的思维过程,读者得到的信息是洛克遭遇了一个能制作弓箭、进化层次比他高级得多的智人,即现在白人的祖先;这个人对洛克怀有敌意,他具备杀伤力;他向洛克射出一支毒箭,几乎命中目标。通过第二次解码,读者随后得到更进一步的信息,这些信息同样是递进的,由一个信息演绎出下一个信息:首先,洛克处于危险之中;其次,洛克的族人同样处境危急;第三,洛克尼安德特人式的认知和思维加剧了情势的危险性。在这层层意义显现的过程中,洛克的友善天真和对危险的无知唤起了读者的担忧和同情心。

对洛克来说,那个白人是完全陌生的“他者”,超出了他可怜的认知能力。与之对应的是,在小说的第十一章,图阿密注视着洛克;对智人来说,尼安德特人同样是不可理解的物种、红发的魔鬼。戈尔丁在这一段中仍旧采取了陌生化的策略。图阿密的眼睛追随着洛克:

……它抬起脚,弯起腿,把一个物体送到向下伸的手里。它略低下头,目光从看不见的地方向里面扫去,打量着手里拿着的物体。这是一块根,陈旧腐烂,两头都磨损了,但还是保留了原来形似女性身体的夸张的轮廓。

那个生物再次望向河水。它的双手都拿着东西,眉骨在月光下闪烁发亮,眼睛就藏在下面深深的凹陷里……

> 现在,两个凹陷里都有光亮了,光芒微弱,就像花岗岩的绝壁上水晶反射的星光。光线增强了,越来越清晰,越来越亮,两个凹陷的下方都在发亮。忽然,悄无声息地,光亮变成细细的月牙形,然后溢了出来,在面颊上流成两道闪烁的长条。光亮再次出现,滞留在银色的鬈须上……(219-220)

和阅读前面那段文本一样,对于图阿密的所见,读者依然需要通过两次解码来获得真正有效的信息:

> 洛克又发现了什么。他用脚把那个物体递到手中。他打量着这个物体,辨认出它是利库的"哦阿"娃娃。娃娃陈旧腐烂,两头都磨损了,但是仍大致保持着原来的形状。
>
> 洛克再次望向河水。他的双手都拿着东西,月光照亮了他的眉骨,下面是深深凹陷的眼睛。
>
> 现在,他的双眼闪烁着泪光。泪水流下脸颊,流到月光下呈银色的鬈须上。

在这个片段里,文本呈现出意义的过程同样是多层次和递进的。读者从对图阿密描述的理解推进到对事件的理解。戈尔丁的文本仍旧展现了一个不被叙述视角人物即此处的图阿密理解的他者,图阿密眼中的怪物是不具备人类情感的,他也不知道利库的尸骨和"哦阿"娃娃对洛克意味着什么,因此他没有用语言来定义洛克的泪水。但是读者经过两次解码却能认定:洛克发现了利库的尸骨和"哦阿"娃娃,他终于意识到利库已经死去;当他向河水望去,他的脑中应该浮现出法随波逝去的身影,或许还有老妇人漂浮在水中的尸体,或许还有坠入水中的哈,或许还有目睹利库惨死的法的恐惧;洛克在流泪;他在悲悼逝去的族人、逝去的女儿;他在为无法承受的痛苦和孤独而哭泣。读者随后得到的进一步信息是尼安德特人的完整、深沉的人性情感,感受到的是巨大的情感冲击:对这个天真善良的生命深深的同情。

这里例证的两个片段有一个共同点,即叙述视角的判断和读者的判断大为不同。洛克在遭遇智人时的所见并非读者所见。同样，图阿密所看到的关于洛克的一切也并非读者所看到的。洛克无从理解和辨认智人的敌意和威胁，图阿密也不能辨认洛克的人性和情感，但是读者可以。陌生化的语言策略迫使阅读成为主动的解码过程，真实被交到了读者手中，由他来发现。阅读于是成为发现和体验的过程，成为理性和情感共同投入的富于创造性的活动，带来不同寻常的阅读快感。同时，小说语言的陌生化处理也突显了尼安德特人和智人的隔阂、天真和经验的鸿沟、善与恶的对峙，充分地表现了作品的主题。

其次，凯瑞的论述也揭示了《继承者》语言风格的另一组关键词：拟人和比喻。小说中随处可见的拟人和比喻展现了尼安德特人与自身、他人和自然的关系。尼安德特人赋予万物以人的灵魂，同时又使自身与万物融为一体。例如，圆木、火这样无生命的物体被赋予生命和意志，动物被赋予人的意象。这样的例子在小说中比比皆是：

> 让圆木游起来。(16)
>
> 他想到两种火。有时火从天空落下，在森林里燃烧一会儿。花朵干枯、太阳过于炽热的时候，火在平原的石南丛里神奇地醒来。(55)
>
> 把火围住是很容易的。火焰不会爬走。这里没有火的食物。(60)
>
> 山的旁边没有贝壳，只有小蜗牛人的壳。壳是他们的洞穴。(63)

同样，人的行为和人的感受被比作动物等自然界的意象：

> 他[玛尔]咳嗽的时候，人们沉默着、等待着，像注目的鹿一样一动不动。(15)
>
> 他[玛尔]笨重地半坐在地上，头部在法的毛发间来回晃动，呼吸急促，就像因怀孕而笨重的母鹿。(44)

他们[智人]就像森林大火。(197)

他们[智人]就像空心的圆木碾过我们。他们就像冬天。(198)

俯拾皆是的拟人和以自然意象为喻体的比喻手法展现了这个天真的种族对自然与人之间密切关系的直觉感受和尊重生命、信奉万物平等的原始文化,在人类生态环境恶化、人与自然关系扭曲的今天依然有着现实意义。小说表现的智人凭借自身的智力对自然资源予取予求、毫不顾忌其他生命形式的生活方式和今天的人类又有何差异呢?研究者博伊德指出,这正是戈尔丁可贵的前瞻性:《继承者》发表数十年后,我们才开始意识到,人类在向自然界索取利益的过程中日益强大,人类改变环境的巨大能力实际上已经对自身以及地球上其他生命造成了大规模的威胁。① 人类对环境的征服对自身而言不仅未必是福祉,甚至可能意味着灾难。

值得注意的还有尼安德特人对身体的态度。他们对世界的认知主要依靠感官感受,而不是理性思维。身体和感官成为人与外部世界互动的重要媒介,往往被赋予独立的意志和灵性,例如:

[洛克在奔跑]洛克的双脚很聪明,能看到。(11)

玛尔抬腿就像一个人从泥地里拔出腿似的。他的双脚也不再聪明,而是笨拙地选择它们落下的地方,但又像是被什么东西从旁拉扯着,于是玛尔拄着木棍的身体摇摇晃晃。(23)

耳朵对洛克说:“?”(43)

[饥饿的洛克]成了洛克的肚子。(73)

然后两人成了眼睛……(114)

[洛克寻找法的踪迹]一步一步地,他的鼻子给他讲述整个故事。(186)

---

① Boyd, S. J. *The Novels of William Golding*. New York: Harvester Wheatsheaf, 1990, p.40.

正如博伊德所说，小说以富于诗意的语言表现了尼安德特人对生命的体验和尊重以及原始的生活状态，这是和尼安德特人对自然环境天真的观察和理解相契合的。“《继承者》的艺术属于这种诗意的传统，即重新唤醒我们的感官，让我们感到惊奇，向我们展现全新的世界。”①

在小说结尾，随着洛克心碎而死，他所承载的意识形式也走到了尽头，叙述中心切换成了图阿密。语言风格的改变意味着尼安德特人的蒙昧、天真和善的终结。智人有着更加完善的思维和更为高效的语言形式，这意味着语言能够也必须容纳更多情感和思想，包括敌意、恶念、欲望、贪婪、谎言、阴谋，也包括其他诸如审美、艺术、宗教以及个体之间、个体和社会之间更加复杂的关系。小说最后一章的语言除去了陌生化的外衣，回到了令现代读者更加自在的模式：这已经不再是尼安德特人单纯而令人扼腕的世界了，而是智人的世界，更加多元、丰富、复杂、精微，善恶难辨，爱恨纠缠。

四、黑暗中的他者，黑暗中的自我

双重叙述视角的并置和突转是戈尔丁常用的叙述策略，在《品彻·马丁》、《黑暗昭昭》、《越界仪式》等作品中都有体现。然而，这种叙述策略对主题意义的作用以及两个叙述视角构成的关系在这些小说中都各不相同。在《品彻·马丁》中，马丁的视角在他的“第二次死亡”后即终止，小说尾部被称为“把戏”的视角转换将读者从马丁意识内部越来越光怪陆离的世界拉回到现实世界，如一道瞬间出现的光芒照亮小说的意义，完成了小说命题的阐释。《黑暗昭昭》的麦蒂和索菲在各自的黑暗中辗转翻滚，分别作为善与恶、天使与魔鬼的象征，走向相交却截然不同的终点。《越界仪式》借助书信和日记体的形式，让两个生活在 19 世纪初的年轻人从对方的人生中看到了自身，从而被陌生的浪花裹挟着带向各自人生推定的边界。《继承者》则通过语言风格的对照和陌生化的语言策略展现尼安德特人洛克和智人图阿密两个视角人物之间始终

---

① Boyd, S. J. *The Novels of William Golding*. New York: Harvester Wheatsheaf, 1990, p. 32.

横亘着的巨大鸿沟。

两个人物都长时间地观察、窥视对方。智人对尼安德特人的影响始于小说开篇圆木的不翼而飞。哈失去踪迹后,智人开始明确地出现在尼安德特人的视线中。利库和新生儿被掳走,洛克第一次与智人面对面对峙。此后洛克和法对智人生活的窥视就开始占据小说的大量篇幅。尼安德特人对智人的一切都感到陌生和不解,这一点通过陌生化的语言策略极其有效地表现了出来。同时,智人的目光也在追踪着尼安德特人的一举一动。戈尔丁实写尼安德特人窥视智人,虚写智人窥视尼安德特人。洛克在寻找哈的下落时嗅到了长时间躲在石台上方窥视他们的智人图阿密的气味。最后,图阿密在月光下远远注视着洛克心碎而死。

不乏象征意义的是,小说多采用夜晚和黑暗作为背景表现两者互相注视对方。实际上,小说的行动也多发生在黑暗的夜晚,黑暗是小说中反复出现的重要意象之一。黑暗滋生对陌生事物的恐惧。在黑暗中,陌生的事物幻化成形状不明的黑色阴影。当洛克追踪着"另一个人"的气味,从石台上方"另一个人"曾窥视着他们的位置来到河边,他望着河面上的岩石,看到那个窥视者跃回岛上:"他张望着,这时,最远处的一块岩石开始变形了。岩石的一边,一小块突起伸展开来,然后很快消失了。岩石的上方鼓了起来,弓形的突起在底部变细,再次伸展,然后缩回到原来的一半高度。然后它就消失了。"(79)显然,这个入侵的智人刚刚在黑暗中窥视着他们,此时正悄悄离开。然而,黑暗中,洛克的所见只是会变形的黑影,小说陌生化的笔法突出了尼安德特人的不解和茫然。对洛克来说,智人是黑暗中的"另一个人"。同样,小说结尾,图阿密注视着心碎的洛克,黑暗中后者唯一的亮光是脸上的泪水,洛克的情感也是图阿密无法辨认和用语言定义的。对图阿密来说,洛克只是黑暗中的"怪物"。

尼安德特人和智人以完全不同的态度对待黑暗。智人努力驱赶黑暗,尼安德特人却本能地熟稔黑暗。法和洛克躲藏在树丛里窥视,看到智人燃起巨大的篝火,然而,"在岛上火光照不到的其他地方黑暗浓重得无法穿透,遮蔽了他们夜晚的视力,他们的行动更慢了。”(127)小说于是颠覆了光明和黑暗的传统寓意,如果黑暗意指蒙昧和野蛮,那么人类理性带来的光明更是极为有限的,就像智人利用智能和力量创造的明亮也仅限于这一小块土地;而在这片被照耀得如白昼明亮的栖息地,智人的行为比惯于在黑暗中生活的尼安德特人更为野蛮。

小说的结尾重复了黑暗的意象,反讽意味呼之欲出。智人奋力划船,离开让他们感到恐惧的地方,因为这里有着“魔鬼”。其实,智人的恐惧难道不是他们脑中的臆想吗?尼安德特人并非他们生存的威胁。小说的尾声,玛兰说魔鬼住在树林的黑暗之中;而图阿密看到他们的船已经远离了河岸,黑暗的原始森林已在远方,中间隔着大片水域。但是,图阿密却看不到“那条黑暗的边界是否有尽头”(233)。小说的黑暗意象令人联想到康拉德的《黑暗之心》。人类渺小的理性能否突破内心世界的无边黑暗?其实,那居住在人性深处的黑暗本身就是恐惧的源头,就是那个黑暗中的“他者”。

如果黑暗源自人性的深处,那么对“他者”的探索也可以理解为对自我的认知。对自我的认知首先意味着与自我的分离。尼安德特人的自我意识是混沌却完整的,类似他们与黑暗融为一体的关系。这也是尼安德特人和智人的另一个巨大差异。尼安德特人原本不存在这种自我意识的分裂,分裂始于智人的影响。《继承者》的一条重要情节线索即洛克自我意识的萌发。洛克是家族中最愚钝的成员。在族人的眼中,他说很多的话,却只有很少的图画。洛克的行为富有喜剧性,是小说中的“愚人”。然而,洛克智力上的限制更加反衬出他深沉的情感和敏锐的本能。他体验,却不理解体验的内容。因此,他的自我意识的分裂和因此而导致的困惑和痛苦尤为令人叹息。

智人的出现导致了洛克自我意识的困惑。小说描述洛克在追踪哈的足迹时的那个夜晚发现了“另一个人”。“另一个人”的气味和踪迹渐渐在洛克的脑中形成一幅图画,告诉他“照着做!”“现在,那气味把洛克变成了在他前头所消失了的,洛克开始了解他,却不理解自己是如何了解的。”(77)洛克追踪着他的气味,来到了石台上方。洛克变成了“他”。“洛克-他”向下张望着,当他看到族人生起的火焰,“他又是洛克了,族人的一员,另一个人消失了。”(77)洛克看到老妇人,却意识到她没有看到他。这时,他感到被自己和另一个人之间的神交改变了,切断了与族人的联系。“另一个人拉扯着把他和法、玛尔、利库和族人系在一起的绳子。那绳子并不是生命的装饰,而是实质。如果绳子断了,人是会死的。”(78)洛克的自我意识中出现了另一个人,一个自我中的他者,他一度分裂为“洛克-他”。自我的两个身份让洛克困惑不已,甚至一度改变了他的归属感,使他暂时脱离了他的社群,形成独立于社群的洛克。

在下一个章节,洛克体验到了自我意识。洛克跟随着利库的尖叫声来到河边,他爬上树梢,承重的树枝开始弯曲,惊恐之中,洛克垂向水面。“他沉了下去,胡言乱语着,水面升了起来,带着一张洛克-脸。水光在洛克-脸上颤动,但是他能看到牙齿。在牙齿的下方,长长的水草来回晃动,每一次都超过一个人的身长。但是在牙齿和波纹下面,一切都遥远黑暗……他不再想着族人和新人。他体验着洛克,倒挂着,与深深的河水近在咫尺,命悬一条树枝。”然后,他看到了老妇人的尸体。(108)泰格认为,这段内容戏剧化地表现了天真与意识,即天真的对立面之间的联结,头脑如何进入意识;天真原本是一种浑然一体的状态,此刻却开始意识到自我之中的深水,自我中的某个部分分离了出去,不再可控。[①]戈尔丁对这段内容的描绘是象征性的:洛克面对水中的洛克-脸,他未必意识到那是自己的影像。然而,他在这一刻对“洛克”的体验却是对意识的体验。

在法和洛克醉酒的这段内容中,洛克自我中的“他者”释放了出来。他听到自己新的声音“高亢、响亮而野蛮”,他和法争夺剩下的酒,互不相让。在晕眩中,他发现自己有了新人的力量,成了他们的一员。他学着塔纳齐尔抽打利库的样子抽打法,学着玛兰吼叫,声称自己是一个新人。(202-204)洛克酒醉后释放的自我

---

① Tiger, Virginia. *William Golding: The Unmoved Target*. New York: Marion Boyars, 2003, pp. 75-77.

是向恶的，体现智人的私欲、权力欲、征服欲等特征。纯真被酒神驾驭的场景令人联想到《蝇王》中男孩们疯狂的追逐。纵观整部作品，醉酒的时刻是洛克最接近智人的时刻。洛克始终被智人深深地吸引。他在这一刻体验的是“他-洛克”，通过对智人的窥视，他已经开始受到智人的行为的影响：洛克释放出尼安德特人自我中的智人。因此，这个场景可谓心理意义上的“纯真的失落”，也是戈尔丁对恶的源头和萌发的探索。

戈尔丁对洛克自我的分裂、自我意识的萌发以及自我中的恶的释放的描绘指向他的一个重要命题，即自我意识和恶的关系。对此，弗里德曼是这样总结的：“要登上进化的每一级阶梯都需要付出巨大的代价。毫无疑问，人类意识是宝贵的财富，但是它的代价是恶的知识以及最终不可避免的恶的行为。”①如果说洛克的这三个自我意识发展的步骤勾勒出恶的起源，那么在小说中一开始就和恶联系在一起的智人对自我的认知和反省则意味着人类向善的可能性。洛克并不具备反省的能力，他只能被动地体验自我意识的萌发，被动地接受智人带给他的影响。但是，图阿密则不同。图阿密在智人社群中的身份是有意味的。他是祭司，是祭祀的操持者和代言人、最接近宗教的成员。他也是早期人类社会的艺术家，具备审美的能力和倾向。戈尔丁赋予图阿密这两个身份，其意图是很明显的，即追问宗教和艺术能否和如何驱除人性恶，带给人类救赎的可能性。

图阿密的自我意识清晰而独立。他是一个思想者，他的内心独白中不断出现设问和疑虑。他是孤独离群、野心勃勃的，对事物有自己的看法和立场，具备行动力。他看不惯玛兰的作为，磨刀霍霍，想要取代玛兰的地位；在玛兰和族人的矛盾中煽风点火；觊觎玛兰的女人，趁着玛兰醉酒酣睡与维瓦尼交欢。但是作为艺术家，他的审美倾向、对美好情感的欣赏消解了杀人的恶意，他的匕首也可能因此成为艺术品。他看到人们对新生儿的善意、惧怕和喜爱，想着这些人和奋力登上瀑布前行的猎人和法师又有什么相似之处

① Friedman, L. S. *William Golding*. New York: Continuum, 1993, p. 45.

呢？磨刀霍霍有何意义？谁又会用一把匕首去对抗世界的黑暗？朝阳从群山后迸发光芒，早晨到来，黑暗退向远方，图阿密几乎要将匕首扔进湖里。如何处置这把磨了一半的匕首？他看到在维瓦尼身边嬉戏的新生儿，尼安德特孩子圆鼓鼓的身体和维瓦尼的头部构成的画面，他意识到他们是“答案”，是“密码”，匕首的握柄比利刃更重要，象牙握柄恰好适合雕上这幅母子图。(233)弗里德曼指出，这幅画面也许就是西方艺术，或者说基督教艺术中最重要的主题；图阿密的匕首从嗜血的武器转化为创造的工具，不仅象征着人类的恶念，也象征着人类向善的能力。①

虽然洛克的视角占据了小说绝大部分篇幅，但是戈尔丁在初稿上添加的第十二章揭示了图阿密的内心世界。洛克和图阿密两个叙述视角构成对比，他们互为对方“黑暗中的他者”，虽然毫无沟通的可能性，但是戈尔丁在最后一章的确暗示了图阿密和洛克的相似之处：像洛克一样，疲惫的图阿密“脑袋里毫无图画”，只有迟钝晕眩。(232)戈尔丁曾说：“我们就像是他们[尼安德特人]，我为尼安德特人当宣传员，但是除非智人和尼安德特人有某些相似之处，不然我的宣传就不起作用了。”②就像《纸人》中的作家和评论家，洛克和图阿密也构成了互相映射的双体结构。他们在黑暗中窥视着对方，一度成为对方。在读者眼中，他们是互为映照的镜像。在戈尔丁的笔下，他们是形成复调的能指，分别提示出小说主题的两个对立面，赋予小说更加深沉的内涵。

五、 失去乐园的继承者

洛克自我意识的萌发和分裂也的确引出小说的另一个主题，即伊甸园的失落。研究者普遍认为，《继承者》存在着对伊甸园神话的指涉。对尼安德特人来说，伊甸园存于族长的记忆之中，已经成为过去。而对继承了这个世界的智人来说，世界黑暗而未知，智能并没有给这群继承者带来安稳的生活，反而让他们对黑暗与未

① Friedman, L. S. *William Golding*. New York: Continuum, 1993, p. 47.

② Tiger, Virginia. *William Golding: The Unmoved Target*. New York: Marion Boyars, 2003, p. 84.

知充满了恐惧。得到了智能，便失去了乐园。

树的意象是小说“失乐园”主题的重要元素，“不无矛盾地象征着进化意义上的上升和道德意义上的堕落的共生关系”[①]。弗里德曼指出，就像偷食了禁果的亚当和夏娃，最后的尼安德特人也被迫分享了关于罪恶的知识；小说中的树意象就像是智慧和知识之树，洛克和法在树上窥视智人，就好比人类堕落之前的纯真初次遭遇人类本性中神秘的黑暗，从而被推进到人类堕落后的世界；他们获得知识，从而堕落，其表现形式就是他们开始模仿智人的行为。[②]洛克在树枝上看到水中的“洛克－脸”，开始了自我意识的萌发。法和洛克藏在树丛里窥视智人，洛克体验了自我的分裂——“内部的洛克”和“外部的洛克”，两个洛克有着不同的感受。“外部的洛克”意识到巨大的危险，得以分享法的恐惧，而“内部的洛克”却不愿意承受恐惧。（173）对法和洛克来说，树木充当提供知识的智慧之树，在树上他们获得了关于智人和“恶”的知识。目睹利库惨死的法认识到智人的“恶”，她告诉洛克，智人并不是由“哦啊”腹中所生；是法提出带走塔纳齐尔，用来交换新生儿，这是她通过窥视智人获得的知识。“失乐园”主题在洛克和法醉酒的场景中显得尤为明晰。两人释放出近乎智人的敌意和攻击性，这也是尼安德特人最接近智人的时刻，这一场景令人联想到亚当和夏娃偷食禁果，违背神的意志，最终被逐出伊甸园。小说最后，受伤的法被困在树木的枝丛中，沿着瀑布坠落，尼安德特人失去了最后一个女性。

“坠落”或象征意义上的“堕落”也是《继承者》中反复出现的母题。小说开篇，尼安德特人的族长玛尔在穿越湿地时从充当桥梁的树干上落入齐肩深的水中，一病不起，终致丧命，是为小说中的第一次“坠落”。哈好奇地跟随着智人，遭到袭击，坠入峡谷而死。法从瀑布坠落而死。尼安德特人顺应自然和命运给予的一切，被动地顺流而下最终被灭族，而智人则奋力沿着瀑布逆流而上，凭借智能，根据自己的需要改变环境和处境，奋力攀登在进化

① Tiger, Virginia. *William Golding: The Unmoved Target*. New York: Marion Boyars, 2003, p. 84.

② Friedman, L. S. *William Golding*. New York: Continuum, 1993, p. 40.

的阶梯上,从而成为真正的"继承者",与"弱者是有福的,因为他们将继承世界"(马太福音 5.5)的福音教义形成反讽。用博伊德的话说,"新人夺走了弱者的继承权,赢得了世界"①。

然而,和智人沿着瀑布溯流而上的意象形成反讽的是他们恶的沉沦。戈尔丁始终认为优越的智能滋生恶。他在其他作品尤其是《黑暗昭昭》中重申了这一命题。智能带来权力,然而智能的局限就像智人燃起的熊熊篝火,虽然照亮了一片土地,却使周围陷入更深的黑暗。智能并不能搭救人类于黑暗和对黑暗的恐惧,却赋予人类超越自身限制的权力。于是权力和恐惧联手,智人对于一切不属于他们的异族和他者毫不留情地攻击、屠杀、消灭,令人联想到二战中纳粹对犹太人的屠杀。从这个意义上来看,小说所表现的"恶"的命题与《蝇王》是一致的。

然而,如前所述,如果对"恶"的探索是小说唯一的目的,那么《继承者》完全可以止步于第十一章,而戈尔丁也无需在初稿的基础上浓墨重彩地表现"瀑布"的意象。小说结尾关于智人的笔墨为这浓重的黑暗留下一丝希望的光亮。图阿密放弃武器而选择美提示了人类经由主动的选择逆转道德堕落的走向,提示良知和艺术的萌发。同样,如果"失去乐园"是不可避免的命运,那么人类是否可以经由向善的道德选择获得救赎,是否可以通过对伊甸园的记忆获得艺术创造的灵感?戈尔丁曾阐述小说中的这一点光亮:"但是那一点希望仍旧存在,因为尼安德特人的好品质或者说人性在萌发之中的好品质得以保存下来。因为有这个小婴儿,希望才有可能存在,因为他会存活,新人会惧怕他、爱他。他也许将会成为一个巫师什么的。他显然具备新人认为是奇特的、超人的能力……因为新人没有'哦啊'女神,他们还没有普遍之神的概念。这就是他们即将得到的,通过新生儿这个红发的小魔鬼。"②因此,对善的继承也许也是"继承者"的所指之一吧。

---

① Boyd, S. J. *The Novels of William Golding*. New York: Harvester Wheatsheaf, 1990, p.35.

② Baker, James R. "An Interview with William Golding". *Twentieth Century Literature* 28.2(1982): p.140.

第三章 《品彻·马丁》

一、戈尔丁的"把戏"

借用凯瑞教授的话,《品彻·马丁》(*Pincher Martin*)是"20世纪最为深沉和富于原创性的小说之一"①。1954年圣诞节期间,戈尔丁开始创作《品彻·马丁》,最初将小说命名为《救援》(*The Rescue*),但是此后一直搁置着。1956年初,戈尔丁完成了第二稿。同年3月,戈尔丁的费伯编辑蒙蒂斯收到了打字稿,于10月出版。最初,小说实验性的情节结构和宗教主题令评论界不知所措,甚至一些重要的书评人也发出批评的声音。然而,这部作品很快赢得了《泰晤士报文学副刊》、《新政治家》(*New Statesman*)等报刊书评的赞誉。

即便如此,评论界还是对《品彻·马丁》出人意料的结尾颇有微词。例如,安格斯·威尔逊就曾表达过他的疑虑:"即便是《品彻·马丁》,我仍然怀疑结尾的高潮是否真正为小说增色,是否这属于短篇而非长篇小说的技艺……这部作品本身很了不起,意义重大,因此当你读到结尾时,你说:'哦,是的,我明白了',然后你想:'真巧妙,真棒',但是接着你就会想,'的确,不过这比起我已经知道的是否真的多了些什么吗?'"②现在,"把戏"一说已经成为讨论戈尔丁式结尾的常用词了。"把戏"(gimmick)一词最初

---

① Carey, John. *William Golding: The Man Who Wrote* Lord of the Flies. London: Faber and Faber, 2009, p.192.

② 转引自 Biles, Jack I. *Talk: Conversations with William Golding*. New York: Harcourt Brace Jovanovich, 1970, p.69.

由戈尔丁本人用来描述他的小说结尾,此后评论家詹姆斯·津丁借用这个说法讨论戈尔丁的前四部小说,将其描述为"从整体上突然转换小说的焦点或重点的聪明的花招"。津丁指出,在这四部小说中,结尾的"把戏"都从一定程度上消解了作品搭建的隐喻(metaphor)体系,但是"把戏"指向现代经验的某种复杂性,赋予作品广度、深度和丰富性。[①] 对于"把戏",津丁的立场是折中的。相形之下,弗兰克·科莫德在小说发表数日后即在英国广播公司的广播节目的访谈中对小说的成就做出正面评价,指出小说结尾对作品整体的重要意义。科莫德评论说,戈尔丁是一位具有哲学家气质的小说家,他"痴迷于自然规律无处不在的证据,即人类意识是通过付出可怕的代价换来的生物财产,这份代价就是关于恶的知识";他重新发现了"人类的堕落"这个重大的主题;品彻是一个现代版的普罗米修斯,小说将意象和典故紧密地罗织在一起,读一次远远不够;小说内涵的充分展示取决于最后一页成就非凡的叙述策略;《品彻·马丁》以想象的强度和对技巧的细腻把握"远远超越"了戈尔丁的前两部小说……品彻代表了我们所有人,怜悯他就是自我怜悯。[②]

所谓的"把戏"不仅限于津丁论述的前四部小说中,也出现在戈尔丁的后期作品《越界仪式》和《纸人》中。然而,戈尔丁的"把戏"绝不仅仅止步于出人意料。而它之所以出人意料,往往因为结尾逆转了小说情节发展的惯性,拆解了前文构建的体系,拓展和加深了小说的思想意义。"把戏"总是在提醒读者修正自己的阅读体验和自得其乐的假定,要求读者回望前文,回味细节,重新评估作品的内涵。例如,《蝇王》以机械降神的方式终结了孤岛上儿童世界的"恶",但是将视野拉伸到孤岛以外的普遍的"恶";《继承者》猛烈的视角切换将单纯对"恶"的谴责拓展到"失乐园"式的主题;

---

① Gindin, James. "'Gimmick' and Metaphor in the Novels of William Golding". In Norman Page (ed.). *William Golding: Novels 1954 – 1967: A Casebook*. Basingstoke: Macmillan, 1985, pp. 66 – 75.

② 引自凯瑞的传记,其中凯瑞归纳了科莫德的观点;详见 Carey, John. *William Golding: The Man Who Wrote* Lord of the Flies. London: Faber and Faber, 2009, pp. 201 – 202.

《越界仪式》的尾声，托尔博特对考利性取向的发现把人与社会的主题置换为个体的困惑……可以说，戈尔丁的"把戏"在将读者"吓一跳"的同时屈折了整部作品的意指，好比在阅读即将结束的时刻为读者打开的一扇窗或开启的一盏灯，从而为作品引入了更多的风景或新的光亮，赋予其全新的内涵。与戈尔丁其他作品的"把戏"相比，《品彻·马丁》的最后一页尤其重要，对整部作品所表达的命题来说不可或缺。

乍看之下，《品彻·马丁》讲述的是一位现代版的鲁滨孙·克鲁索在大西洋中央的一块礁石上奋力求生的故事。克里斯托弗·马丁是二战时期在英国皇家海军的一艘驱逐舰上服役的下级军官，在德军潜艇的一次鱼雷袭击时被炸出了船，被海浪冲刷到茫茫大海中的孤礁上。小说的大部分篇幅追随马丁的意识和行动，表现他与艰苦的自然环境、孤独、失去理性等种种威胁和危机抗争的过程。然而，小说实际上表现的却是马丁的灵魂在炼狱中的经历：小说最后一章点明马丁在开篇时已经死亡，这颗极为贪婪和自私的灵魂即便在死后仍紧紧抓住自我不放，其后种种都是死后的马丁在想象中虚构的世界。然而，虚构的世界逐渐分崩离析，马丁凭借理性创造的一切开始出现越来越多的裂隙，马丁也终于沦为他的象征——一对龙虾的螯足，面临着被黑色闪电彻底摧毁的下场。对很多读者和评论家来说，小说的难度在于不同层面上进行解读的可能性。如果缺少了最后一章的"把戏"，小说的宗教主题就无法落实，马丁的经历完全可能从现实主义的角度诠释为孤岛求生，而非死后炼狱。关于"把戏"对读者造成的困惑，戈尔丁曾坦言：

> ……因为《品彻·马丁》就是这样一本书，一旦你从一个基本的前提开始，所有的内容就都有了相关性。困难的不是发现，而是选择——或者说是你自己要的选择。
>
> 也许是我犯了一个错误，但是这个错误的根源是我高估了渗透在现代人生活中的神学知识。我本以为读者对神学有天然的兴趣。不过目前看来并非如此……
>
> [纳撒尼尔]说天堂就像一道黑色闪电，意思是你[品彻·

马丁]不能理解它，你和它格格不入，所以它就意味着彻底的毁灭。我以为这就是小说的关键，人们是能理解的。如果他们不理解，我以为当他们读到靴子那里[尾声]时，意思就十分清楚了，那就是马丁的经历是在炼狱中的经历。但是他们并不明白这点。①

由此可见，戈尔丁设置这个“把戏”的初衷是为了使意义更加明确，实际上小说尾声的作用也的确如此，即向读者确定小说的意图并非赞美一个现代版的鲁滨孙，而是展现恶在炼狱中的形态。因此，小说出人意料的尾声并未消解意义，如果它消解了什么，那也是作者眼中的误读。而读者甚至不少专业评论者的误读不啻是一种讽刺，因为正如研究者约翰斯顿所指出的那样，“许多读者想要把马丁看作是一个英雄人物，这恰恰强调了戈尔丁的观点，即我们过于关注生存，却不够关注通过何种手段得以生存。”②鉴于读者的困惑，戈尔丁在英国广播公司第三套节目将小说改编成广播剧之际提供了他自己对小说主题的阐述：

克里斯托弗·哈德利·马丁没有任何信仰，除了他自己的生命的重要性。对他来说爱是不存在的，神也是不存在的。因为他是以神的形象被创造出来的，所以他有选择的自由，他利用这种自由让自己成为世界的中心。他不相信有什么炼狱，所以当他死去的时候，炼狱不是以显在的神学意义呈现在他面前的。他本性中的驱动力是对生的贪欲，这种贪欲使他拒绝接受死亡这个自我消亡的行为。他仍旧存在着，独自一人，在一个由他自己的残忍本性构成的世界里。他溺水而死的身体在大西洋里翻滚，但是他贪婪的自我构想出一块礁石，让他得以继续生存。礁石实为对一颗疼痛的牙齿的记忆。表

① Biles, Jack I. *Talk: Conversations with William Golding*. New York: Harcourt Brace Jovanovich, 1970, pp. 69 – 70.

② Johnston, Arnold. *Of Earth and Darkness: The Novels of William Golding*. Columbia and London: University of Missouri Press, 1980, p. 47.

> 面看来,以及从理性上看,他是一艘遭到鱼雷攻击的驱逐舰上的幸存者,但是内心深处他知道真相。他抗争的不是身体的存活,而是身份的延续,他面对的是即将摧毁扫荡他身份的黑色闪电,神的怜悯。因为克里斯托弗这个基督的背负者已经成为品彻·马丁,除去贪婪,他已经空无一物了。成为品彻本身就是炼狱,永久地成为品彻即地狱本身。[①]

"品彻"(Pincher)原意为小偷。马丁被称为品彻的原因是英国海军军中把姓马丁的人叫做品彻的诙谑习俗,而且马丁以巧取豪夺他人所有来满足一己之私,与他最后的形象——对螯足(pincers或pinchers)相对应 。正像戈尔丁所说的那样,因为马丁没有信仰,炼狱的折磨就幻化成他眼中的孤岛求生,求生的意志愈坚定,折磨就愈持久。马丁无法理解死亡或者毁灭实际上是神的怜悯。关于死亡,戈尔丁曾说:"我虔诚地希望死后不再有生命。我不希望永恒地忍受我自己。永恒太长久了,我认为真正仁慈的上帝会无痛地毁灭已经活了七八十年的生命……"[②]因此,《品彻·马丁》实为一部关于如何死亡、进而如何生存的带有明显神学意味的小说。戈尔丁创作《品彻·马丁》时正值壮年,"死亡"的主题在作家晚年创作的《纸人》中再度出现,同样以一招"把戏"结尾,但是作家把死亡当作某种"仁慈"的看法没有改变。正如海恩斯所说,"《品彻·马丁》是一部关于末日审判的小说,一部关于死亡的神话;但是它关乎死,更关乎生,而且戈尔丁模糊了品彻求生故事中的时间和现实,以此表达他的道德观点,即人对于死的态度影响他对生的态度。"[③]

---

① Hynes, Samuel. "On *Pincher Martin*". In Norman Page (ed.). *William Golding: Novels 1954 – 1967: A Casebook*. Basingstoke: Macmillan, 1985, pp. 125 – 132.

② Baker, James R. "An Interview with William Golding". *Twentieth Century Literature* 28. 2 (1982): p. 145.

③ Hynes, Samuel. "On *Pincher Martin*". In Norman Page (ed.). *William Golding: Novels 1954 – 1967: A Casebook*. Basingstoke: Macmillan, 1985, p. 132.

二、 谁是品彻·马丁?

鉴于戈尔丁的前两部作品都是对19世纪文本的颠覆性重写,《品彻·马丁》也令评论界好奇作家是否故伎重演。一般认为马丁的"前传"可能是1916年出版的《水手品彻·马丁》(*Pincher Martin, O. D.*),作者是笔名"艉栏"(Taffrail)的多灵(Henry Taprell Dorling)。戈尔丁曾提到自己读过这本书,称之为"滑稽有趣"。[①] 泰格认为戈尔丁的《品彻·马丁》重塑了艉栏笔下的马丁:同样遭到鱼雷攻击而被甩到了大海中,在挣脱了一只防水靴后意识到自己即将面对死亡,往事纷至沓来;不同的是这个马丁坦然面对死亡,却最终获救,安然回到陆地上。[②]

此外,小说的素材也来自真实的生活。凯瑞的传记中就提到戈尔丁在华兹华斯主教学校任教时的一位同事有过类似马丁的经历。这位物理教师在他的坦克登陆艇遭遇水雷失火的时候弃防水靴跳海逃生,戈尔丁曾非常认真地听他讲述这个惊险故事。[③] 同时,戈尔丁本人在二战中参加海军的经历也为作家的创作提供了细节上的真实。戈尔丁曾在散文《梯子和树》("The Ladder and the Tree")中提到马尔伯勒(Marlborough)的旧居下面昏暗的地窖与教堂墓地毗邻,描绘过童年时对于死者和对黑暗的非理性恐惧;马丁的记忆中也有一个类似的地窖,黑暗的地窖是小说中的重要意象。凯瑞还指出,和戈尔丁一样,马丁也就读于牛津大学,当过演员,下国际象棋,在二战期间加入了海军,甚至在右腿上也有一条伤痕;而小说中的纳撒尼尔和玛丽也都能在作家的生活中找到原型;凯瑞认为,"因此品彻……是自我诽谤的自画像。他'生来就是大张着嘴,大开着裤链',象征着戈尔丁从自己身上看到的贪婪、欲望、

---

① Biles, Jack I. *Talk: Conversations with William Golding*. New York: Harcourt Brace Jovanovich, 1970, p. 71.

② Tiger, Virginia. *William Golding: The Unmoved Target*. New York, London: Marion Boyars, 2003, p. 95.

③ Carey, John. *William Golding: The Man Who Wrote* Lord of the Flies. London: Faber and Faber, 2009, p. 191.

自负、残忍和野心。”①

除了“把戏”，评论界对《品彻·马丁》的另一个不满是人物塑造的脸谱化。虽然马丁也有向善的瞬间，他曾不由自主地去亲近善良的纳撒尼尔和玛丽，也曾经警示单纯的纳撒尼尔远离自己，这多少赋予了这个人物一定的复杂性，但是总体上马丁就是一个脸谱式的人物，他“不是一个个体，而是一个包含了人性命题的象征”②。马丁在小说中的意义是哲学性的，与其说他是一个人物，不如说他是一个象征，是一对无法自控地去攫取、去抢夺、去征服的螯足。他的恶是无因之恶，戈尔丁并没有对这个人物的恶提供社会背景、个人身世方面的解释。不论是在礁石上极力求生的马丁，还是回忆中恐吓玛丽、暗害纳特的马丁，驱动他的是同样的本性——他的螯足所象征的贪婪。戈尔丁在构思这部小说时罗列的纲要里提出了这个问题：“为什么他是这样的人？”而他的回答却是：“因为他逃离上帝”；“没有答案。他就是比多数人糟糕。这一定是在母腹中就决定了的。”③《品彻·马丁》是一部高度戏剧化、高度象征性的哲理小说，它以极为简约的布景和背景，同时又令人信服的真实，以哲学的抽象和史诗般的笔触展现了人性中的贪欲及其后果。马丁是恶的极致，他也是每一个人内心深处的黑暗。戈尔丁曾这样评价这个人物：品彻是“一个堕落的人……非常堕落——他比多数人都堕落。事实上，我不遗余力地谴责他，把他写成我所能想到的最使人厌恶、最肮脏的类型。我很乐于看到所有的评论家都说：‘嗯，是的，我们就是那样的。’我的确很高兴。”④确实，评论家回答说：“是的，我们就是这样的。”⑤

---

① Carey, John. *William Golding: The Man Who Wrote* Lord of the Flies. London: Faber and Faber, 2009, p. 193.

② Hynes, Samuel. "On *Pincher Martin*". In Norman Page (ed.). *William Golding: Novels 1954 – 1967: A Casebook*. Basingstoke: Macmillan, 1985, p. 132.

③ Carey, John. *William Golding: The Man Who Wrote* Lord of the Flies. London: Faber and Faber, 2009, p. 194.

④ 转引自 Hynes, Samuel. "On *Pincher Martin*". In Norman Page (ed.). *William Golding: Novels 1954 – 1967: A Casebook*. . Basingstoke: Macmillan, 1985, p. 132.

⑤ Hynes, Samuel. "On *Pincher Martin*". In Norman Page (ed.). *William Golding: Novecs 1954 – 1967: A Casebook*. Basingstoke: Macmillan, 1985, p. 132.

三、 作家的织毯

戈尔丁的研究者从不同的角度剖析小说的结构。例如,雷德帕斯把小说分解成四个同心圆结构:占据中心位置的是克里斯托弗·马丁,第二个圆是马丁在礁石上求生的文本,第三个是作者建构、读者再建构的小说以外的文本,第四个是哲学文本。[①] 泰格的讨论以时间为切入点,将小说的叙述结构分为"时间-现在"、"时间-过去"和"时间-将来",马丁在礁石上似真似幻的经历与他对过去的记忆和对未来的恐惧融于一体。[②] 格雷格和金基德-维克斯指出小说的叙述进程里隐藏着七日创世的戏仿,在第七日始即结束,因为人工无法继续模仿神的创世[③],因此他们按照小说创世戏仿的进程进行细读研究。

研究者的讨论之所以多元而不能穷尽,恰恰在于《品彻·马丁》的文本结构是层叠型的,在叙述视角、时间、象征、文体、文本间性等小说构造的不同方面都是多层次的。然而小说的整体结构繁而不乱,各个方面、层次之间的关联紧密有序。就阅读体验而言,小说的叙述进程清晰紧凑,始终可以感受到作者在节奏上的精心控制。阅读戈尔丁的作品,读者往往能觉察到作者的音乐素养在小说结构上的体现:各个元素如何逐渐汇聚,形成交响,然后出人意料地以一个清冽的尾声收曲,尾声中的提问余音袅袅,促人掩卷长思。

如果从小说叙述视角来看,可以对《品彻·马丁》的结构进行简单的划分:小说的第一章至第十三章以马丁为叙述中心,马丁作为第三人称有限视角,展现他在虚拟的礁石上求生的过程,由于这部分内容是马丁构建的世界,因此可以称之为"马丁的文本";第十四章视角即小说的尾声采用第三人称全知视角,叙述突破马丁

---

① Redpath, Philip. *William Golding: A Structural Reading of His Fiction*. London, Totowa: Vision and Barnes and Noble, 1986, p. 144.

② Tiger, Virginia. *William Golding: The Unmoved Target*. New York, London: Marion Boyars, 2003, pp. 99 – 115.

③ Gregor, Ian & Mark Kinkead-Weekes. *William Golding: A Critical Study of the Novels*. London: Faber and Faber, 2002, p. 112.

的内部意识活动，切换到外部世界，可以简单地称之为“尾声”。这个划分符合小说意义生成的过程。

在“马丁的文本”中，叙述完全依靠马丁的意识活动，马丁在小说第二页即死亡，此后，贪生之欲促使他虚拟出海中孤礁，幻化出暂时得救的假象，他的自我不折不挠地依附其上，整个过程确系七日创世的戏仿。然而，马丁内心深处是知道真相的，死亡的图像和象征不时进入他的意识，将他虚构的世界割开一道道裂隙。随着叙述的深入，裂隙越来越大，难以填补，真相呼之欲出，越来越难以逃避。小说开篇颇为现实主义的叙述风格也逐渐变得光怪陆离，转向如梦似幻的超现实主义。同时，马丁的回忆也开始频繁地侵入他的意识，渐渐地，往事、噩梦、礁石上的幻想罗织在一起，纷纷指向马丁不愿面对的真相。从文本间性的角度看，如果开篇时小说还属于以《鲁滨孙漂流记》为代表的荒岛求生的文学传统，此后的互文内容则愈加戏剧化，哈姆雷特、李尔王、古典神话等内容出现在马丁的独白中。因此，叙述进程在这几个层面上是向着同一个方向行进的，即真相。如同一支渐强的乐曲，在第十三章达到高潮，即马丁与神的对峙和对话，小说的情感强度已经达到了最强音。而整个马丁的文本也颇似拉长了的卡夫卡的《变形记》，完成了马丁从人到龙虾螯足的变形过程。如果说小说叙述进行到这里，真相已经呼之欲出，那么小说的尾声在乐曲高潮之后的收尾则明确无误地点出了真相：马丁在小说开篇已溺亡，小说描述的是炼狱，而非人间。

由此可见，小说的叙述在各个层面上都指向“尾声”，即真相。如果“马丁的文本”是死后的马丁在意识里构建的文本，那么这个文本的真实性始终在消解。作者好似织毯的珀涅罗珀，一边在编织“马丁的文本”，一边在拆解。当叙述进行到第十三章，织毯已经漏洞连连。小说的尾声，作者拆去最后一根线，证明“马丁的文本”是完全的虚妄，是炼狱在马丁意识中的折射。从这个意义上看，戈尔丁的“把戏”，即最后的拆解、“结束的开始”，是小说行动不可或缺的组成部分。

四、马丁的文本

《品彻·马丁》是作者的织毯,而"马丁的文本"就是作者一边织、一边拆的虚构中的虚构。就小说结构而言,"马丁的文本"和小说的关系也是嵌入式文本和框架文本的关系。马丁所虚构的孤岛求生的故事始于马丁之死,终于黑色闪电的最终降临,或者借用小说首次在美国出版时的标题"品彻·马丁的第二次死亡";"马丁的文本"实际上是马丁的炼狱经历。

"马丁的文本"本身也是多层次的,可以有多重诠释,如戈尔丁所说,阅读的过程与其说是发现,不如说是选择。而且,其他文本的介入或者说小说中的文本间性增加了"马丁的文本"的意义的复杂性。和《鲁滨孙漂流记》相比,马丁的文本聚焦人物的意识,强调他的主观感受,多采用内心独白、意识流、闪回等手法表现他的心理活动;同时,对莎翁戏剧对白的戏仿、对神话和宗教典籍的反讽性的指涉也赋予"马丁的文本"复调性。

"马丁的文本"全然是虚构。品彻·马丁死于小说的第二页:那人在水中挣扎,他"游离在抽动着的身体之外,悬浮在这混乱的景象背后"①,在那个瞬间,他灵魂出窍,仿佛处于一种休战的状态,冷眼旁观自己的身体,"脸也不再是脸,而是一副龇牙咧嘴的怪相。"(8)这时,他看到了一幅图景:一个果酱瓶子放在舞台的中央,瓶子里几乎装满了水,水中漂浮着一个玻璃小人。瓶口蒙着一层薄膜。"他注视着这个瓶子,一动不动,一无所思,远在一边的身体也静止了下来放松了。"(9)用手指按压薄膜,玻璃小人就会起起伏伏,被玩弄于指掌之间。悬浮在水中的玻璃小人即马丁浮在水中的尸体的形象,暗示此时马丁已死。然而,戈尔丁的笔法虚虚实实,随后便描写马丁意识的复苏,不明就里的读者很可能把这段内容理解为马丁短暂的昏迷状态。事实上,悬浮的玻璃小人在后文中多次出现,是小说的重要意象。

---

① Golding, William. *Pincher Martin*. London, Boston: Faber and Faber, 1956, p.8. 小说引文均译自这一版本,页码注于引文后,用括号标出,不再另注。译文参考了刘凯芳译本:威廉·戈尔丁. 品彻·马丁. 刘凯芳译. 上海:上海译文出版社,2000 年。

“马丁的文本”是马丁出于极端自私自负的本性、依靠顽强的意志为自己编织的神话。马丁的神话建立在他对理性的信仰上。他依据自己对外部世界的理性认识构建出一个貌似真实的虚拟世界。马丁首先凭借求生的知识虚构出得救的幻想。最先进入他的意识的是救生带，救生带仿佛是得救的信号，给他提供求生的动力。但是，戈尔丁在小说的结尾借坎贝尔之口点明“救生带”救了马丁一命纯属虚构：“它们在人完全不可能生还的情况下给予希望。太残酷了。”(207)人在死后应当祈望的是另一种得救，而不是寄望于无用的救生带。然而，对马丁贪恋生命的意识来说，救生带就像是一根救命的稻草，凭借救生带，他回忆起求生的常识，于是挣脱沉重的防水靴，吹起了救生带，使自己浮到水面，随波逐流，终于被冲刷到礁石上，虚构出生命延续的假象。

马丁的意志随后就开始编纂荒岛求生的文本。马丁的文本是现代版的《鲁滨孙漂流记》，强调主观感受，追随意识的活动。鲁滨孙忠实地记录外部世界，马丁的外部世界则是扭曲变形的，是映射到马丁死后的意识中的炼狱。马丁感受到意识和肉身的分裂；他的意志是一团黑暗的“中心”，被囚禁在一个躯壳里，而他的身体仿佛远离中心，犹如体外的死物。他以意志的形式存在，就像一个软体动物，栖居在两道缝隙的硬壳里：一道是岩石上的裂隙，他为自己找到遮蔽处；另一道是他的身体，一举一动都会引起剧痛。他自己就存在于这道壳的顶端，悬浮在其中的球体中，从窗口向外张望。

马丁依据理性重建生存的假象，他牢牢抓住理性，对马丁来说，理性意味着自我身份的维护。他捕捉住一个想法，“它使他恢复了一点儿他自己的个性”。他用语言把这个念头表达了出来，虽然没有发出任何声音，但是他借此确立了自我的存在，“立刻，他就成为主宰”(27)。他试图确定自己的位置，命令自己“思考”。他的意识如同牢笼里的动物到处搜索。“他到处寻找一个念头。他找到了它，区分了它和其余的胡思乱想，把它高举起来，然后使用身体这套装置赋予它力量和重要性”——这个念头就是“我是个聪明人”(32)。然而，在炼狱山的山脚下，维吉尔对但丁说：“希望用文明微弱的理性,识破无穷的玄妙,真是非愚即狂。”①马丁在炼狱中的理性成为巨大的反讽。

他开始寻找生存必需的一切:遮蔽风雨的藏身之处就像另一具使他疼痛的硬壳,但是他努力利用所剩的一切来使自己尽量舒适;他在一个小石洞找到了水源;他取食冒贝充饥;他争取获救,用石头垒起一个矮人,计算方向,用所剩的巧克力锡纸包裹矮人头部的石块,寄希望于过往的船只注意到阳光在锡纸上的反射。重新垒起矮人时,马丁搬动沉重的石头,“有了教育、智力和意志,石头就不那么沉重了。”考虑到让空中飞过的飞机注意到他的存在,他把海藻铺在礁石上,“‘人创造图形。’用海藻在自然界添加一个人工的图形,对着每一个目睹的具有理性的人呼喊——看!这里有思想,这里有人的存在!……接着我会填满一道沟壑,把直条变成十字。礁石将会成为热乎乎的十字圣糕。”(109)马丁还尝试在岩石上凿出一道水槽,“或者像罗马皇帝那样,把水从山上引入城市。‘这是导水槽,我把它叫做克劳狄人。’”(129)

找到身份牌是马丁在礁石上的重要一刻。身份牌上镌刻着他的名字和军衔,他不无惊奇地默默、反复读着圆牌上的小字,低头审视自己的身体。重拾自己的身份仿佛不仅唤起了马丁对自己身体的记忆,也激发了他对自己依靠理性幸存的信心。“刹那间,他似乎从头部的球体中古怪的孤独里脱身而出,伸展到自己的肢体上,恢复了常态。他大声肯定自己:‘克里斯托弗·哈德利·马丁。马丁。克里斯。我还是原来的那个人。’”(76)这是马丁在礁石上短暂的身心合一的时刻,对自我身份的确认加强了他暂时得以幸存的幻觉,马丁的虚构文本忽然有了真实的过去,自我也重新获得了实体的感受。于是他思忖:“我不是什么英雄人物。但是我身体健康,受过教育,又有头脑,我会战胜你。”(77)身份牌上的符号幻化成肉体的感受,符号改变了认知,把虚构变成了真实,不啻是名与实的悖论。

---

① 但丁·亚利基利.神曲.王维克译.北京:人民文学出版社,1983年3月,第181-182页.

马丁重建自己的身份，在“中心”的虚构文本和外部的现实世界之间找到了桥梁。要维系虚构的谎言，他就必须不断确认自己存在的真实性。他无法看到自己完整的面貌，自忖：“没有镜子，我怎么还能保持完整的身份呢？正是这一点改变了我。”（132）他想到如今孤零零一人，而在过去，与他人的关系都能起到镜子的作用，帮助他定义自己：“但是那时有别人向我描述我是谁。他们爱上我、赞美我，他们抚摸我，为我定义这具躯体。也有人是我手下败将，讨厌我，和我争吵。这里没有人可争吵，我就要忘记自己是谁了。”（132）对马丁来说，他人是一面确定自我身份的镜子，他对他人的定义取决于是否有利可图。他又想到了自己的剧照、自己扮演过的角色，即便对着镜子，马丁也不能看到他真实的自我。

重建身份的马丁对自己在礁石上的未来做出理性的规划：一，生存；二，健康；三，理智；四，获救。他的规划逻辑清楚，条理清晰，目标明确。具有讽刺意味的是，马丁的规划建筑于他仍旧活着的虚幻假象。马丁仰仗自己的知识和才智，特地定下一天来思考，认为理性是存在和身份的证明。然而，小说强调的是理性的荒诞和虚无，其本意是质疑而非赞美理性。戈尔丁把人的理性置于宗教的框架背景下，在这个情境下，理性的根基是虚妄，理性所构建的是谎言。

马丁依靠语言来确立自己和世界的关系。“话语就是身份。”（115）在重建自己的身份、对自己的处境做出理性的判断之后，他便开始着手定义这块他赖以生存的礁石对他意味着什么。他研究礁石的地形，从他自己的需要出发命名礁石的各个部分，俨然是主宰这块小小领域的神灵。于是礁石有了他的“瞭望台”、“救生礁”、“食物崖”、“红狮饭店”、“希望崖”、“海鸥礁”、“大街”，甚至有了“牛津广场”、“皮卡迪里”和“莱斯特广场”这些伦敦闹市区的地标。对于命名，马丁强调：“有些人无法理解这件事的重要性。给事物命名就是给它盖上印章，套上锁链。假如这块礁石想要改变我来适应它，我拒绝，我要改变它。我要在这里建立我的习惯、我的地形。我要用名字来约束它。如果它要用吸墨纸来消灭我，我就要在这里说话，我的话将会回响在这里，这声音意义重大，使我确信我是谁……我要把我的头脑当作一台精密的机器来使用，创造出我所想要的结果。舒适，安全，获救。"（86－87）马丁的命名既有"创世"戏仿的意味，也是对殖民的戏仿。礁石被附加了马丁的个人意志，命名的过程也是征服的过程。同时，命名也是一种以语言为工具、通过理性来定义人与外部世界关系的活动。

在马丁的文本中，"吃"是另一个关键词。实际上，"马丁在礁石上"这一形象正是大张着嘴的形象，而礁石正是他记忆中的疼痛的牙齿。小说开篇即暗示，漂浮在水中的马丁只是一副龇牙咧嘴的形象。小说关于"吃"的寓言和意象突出了马丁的生存原则，也标示出马丁的本质。马丁赋予"吃"这项生存的基本活动"弱肉强食"的意义："吃东西这件事具有特别的意义。人们在各个层面上把吃变成了一种仪式……被杀掉，然后被吃掉。你可以用你的鸡巴或者拳头来吃，或者用你的声音来吃。你可以用钉着平头钉的皮靴或者买卖或者结婚或者生孩子或者戴绿帽子来吃。"（88）马丁用"吃和被吃"来定义自己和他人的关系。"吃"或者更可怕的"食人"主题就是他回忆中的主旋律："那就想想女人，或者吃。想想吃掉女人，吃掉男人，嚼碎阿尔弗雷德，那个女孩，那个男孩……我要把那里的三块礁石命名为牙齿。"（90）马丁的回忆里也充斥着"吃"和"被吃"：被制片人的妻子海伦耍了，他"被吃了"（155）；觊觎的女人要嫁给朋友纳撒尼尔了，他"被吃了"（157）；暗害纳撒尼尔，却被抛进了大海，他"被吃了"（186）。

小说中反复出现的中国盒子的故事强化了"吃"的主题。在马丁混乱的意识里，中国盒子最初与他偷窃的钱箱联系在一起："中国盒子有点捉摸不透。有时它是一个雕花的象牙盒子，一个套一个，有时就是钱箱那样的盒子。"（95）随后，制片人皮特和马丁的一段对话道出了小说中最重要的象征之一。醉酒的皮特前言不搭后语，他先援引《哈姆莱特》中的一段台词，随后讲述了中国盒子的寓言。皮特称中国人在准备一道美味菜肴时会先把一条鱼放在马口铁盒子里埋到地下，不久就会长出蛆虫吃鱼；鱼吃完后，蛆虫就开始互相吃，大的吃中等的，中等的吃小的，很快盒子里就会只剩下一条最大的蛆虫；这条蛆虫就是美味，中国人知道什么时候把蛆虫挖出来，他们的眼睛就像X射线；皮特问马丁："你有没有听见铁锹挖到马口铁盒子上的声音，克里斯？怦，怦，就像打雷。"皮特毫不留情地自嘲，且嘲讽人类这种"肮脏的"生存状态，称之为"肮脏蛆虫俱乐部"，并邀请马丁加入。(135-136)中国盒子的寓言典出《哈姆莱特》中男主人公关于蛆虫的讽刺，但是故事却不一样。虽然两者都和死亡有关，但是哈姆莱特关于蛆虫的"疯话"带有更多的虚无意味，而皮特的醉话则道出了马丁"弱肉强食"的信条和"掠食者"的本性。最后，丧失理性的马丁完全将自己认同为蛆虫："我孤零零地在石头上，在一个马口铁盒子的中央。"(144)"从他的心头冲出一个狂暴的想法：'我会活下去，哪怕必须把这只该死的盒子里的一切都吃光。'"(159)而中国盒子在故事结尾处的马口铁盒子上铁锹的声音和雷声联系在一起，则带有最后审判的意味。小说中马丁反复听到敲打马口铁盒子的声音，最后他的虚构文本终于被戳穿，不得不面对毁灭性的黑色闪电。如果说关于中国盒子的寓言只是表达因果报应，那未免过于简单。这个寓言嵌入"马丁的文本"，与"马丁的文本"构成嵌入式故事和框架故事的关系，不仅在情节走向上互相对应，也具有象征意义。蛆虫互食以及最大的蛆虫最终成为食物的命运讽喻马丁无耻贪婪的本性和处世之道，也预示了马丁的结局。

马丁贪恋生命还表现为他无法入睡。睡眠唤醒记忆，打开无意识的大门，释放出内心世界的鬼魂。更重要的是，睡眠如同一次短暂的死亡，坠入睡眠意味着沉入死亡的虚空。这正是马丁无法接受的。马丁想到：

> 睡眠放松了意识上的警觉和条理。所有那些未经整理的东西从睡眠中飞出来，就像大风中打翻了的垃圾桶……或者，睡眠意味着接受死亡，去进入彻底的无意识状态，个性湮灭，只能老老实实地承认人终有一死，承认这意味着我们不过是暂时拼凑起来的躯壳，要不是每日一次的休息就无法抵御死亡的脚步……
>
> 在睡眠中我们接触到那些最好不要去审视的东西……在

睡眠中,我们珍藏并享有的个性,我们唯一的财富,我们唯一的防范,都会消亡,化为最终的真理,化为劈开并摧毁一切的黑色闪电,化为确定无疑的虚无。

而我躺在这里,一个裹着甲胄般的防水服的生物,挤进一条裂缝里,不过是在这尘世上已经磨损的牙齿上的一小口食物。(91)

马丁无法入睡,他的双手牢牢抓住救生带。他自问为什么无法入睡,最终惊惧地意识到他害怕入睡。马丁对睡眠的这段思索令人联想到哈姆莱特著名的独白中关于死亡和睡眠的类比。马丁的"独白"代表了20世纪理性背景下人类对死亡的一种认识,它仿佛是对哈姆莱特独白的现代回响,是马丁和莎翁之间的关于死亡的对话。

渐渐地,"马丁的文本"被幻觉劈开,他试图利用理性和意志规约自己的幻觉,修补谎言中的漏洞。一度他意识到"我再也无法从这块礁石上脱身了。"(162)这个念头使他惊慌失措,刹那间他的身份分裂成"克里斯托弗和哈德利和马丁"。他告诫自己:"智力。坚持到底的意志。坚如磐石的意志、生存。教育……我必须坚持,首先要活下去,其次不能丧失理智……"(163)他确信自己产生了这个疯狂的念头是因为吃了有毒的海葵和肠阻塞造成的中毒,"身体里盘踞着毒蛇"(163)。于是他给自己灌肠。

灌肠颇有炼狱涤罪的意味,然而马丁的灌肠并非为了涤罪,反而促使他张扬自我,将自己比作神话中的巨人:"我是阿特拉斯,我是普罗米修斯。"阿特拉斯和普罗米修斯都受到神的惩罚,前者被宙斯降罪,用双肩支撑起天空;后者为人类偷盗火种而被宙斯锁在巨石上,日日被巨鹰啄食肝脏。马丁将自己等同于阿特拉斯和普罗米修斯,将自己置于神的对立面。此刻的他觉得自己的身躯无比巨大,"成为一名英雄,没有做不到的事。"同时,他在想象中召唤气势磅礴的背景音乐,柴可夫斯基,瓦格纳,霍尔斯特,来衬托他的灌肠活动。"虽然本无必要爬行,但是背景音乐强调的是迎着苦难不屈不挠、缓缓前进的英雄主义精神。"(164)这一刻,马丁俨然成为宇宙的中心,“乐声渐强,大海和太阳在演奏,宇宙也屏住了呼吸”,直到华彩乐章的到来,一阵阵的痉挛伴随着宏伟的和弦,秽物如大堤决口,冲垮了所有的阻碍,胜利地爆发完美的技巧,冲入大海。生理行为被马丁赋予崇高的精神意义,而炼狱的精神上的涤罪则降格为肉体的排泄活动,强化了马丁灌肠的反讽意味。马丁的下一步是把自己等同于上帝。看到天空即将降雨,他说:“我说天会下雨。”“让天下雨,于是天就下雨了。”(170 - 171)

此时,疯狂成为“马丁的文本”的关键词。他无法再为自己的虚构自圆其说。黑暗地窖的童年噩梦幻化成礁石上的矮人,天空电闪雷鸣,想到所有不符合逻辑的怪诞图像,他相信自己已经发疯。“中心命令自己装假,一直装下去。”(186)而且,他宁可选择发疯,因为疯狂是“避难所,就像石头里的裂隙。失去了所有防御的人总是可以爬进去躲在疯狂里面,像那些有着甲胄的家伙急急忙忙躲到海草下面长着跆贝的地方……疯狂可以解释一切,对吗,亲爱的?”(186)。面对冲刷着礁石的暴雨和漆黑的天空,马丁听到让他感到恐惧的声音,他认为那是雷声,是“索尔的闪电”劈向了礁石上的普罗米修斯。(188 - 189)他知道那是铁锹敲打马口铁盒子的声音。

然而,是真相,还是疯狂?马丁选择后者。疯狂就能解释一切:龙虾,蛆虫,海豹,雷声……而不必面对失去身份和自我的死亡。小说的第十三章是“马丁的文本”的终结。马丁负隅顽抗,假装一切都是自己的幻觉、梦境、错觉。他自诩特洛伊战争的英雄埃阿斯和普罗米修斯,此刻更是开始扮演在暴风雨中的李尔王。疯狂需要扮演,因为疯狂本身是马丁的虚构、逃避真相的借口。他拿起刀砍石头矮人,因为矮人幻化成地窖里的老妇人追逐着他和他的身份牌。

然后他的眼前出现了一个幻影。幻影和他一模一样,除了穿着他那双防水靴。幻影既是死去的马丁,也是造物主的化身。马丁和幻影的对话是“马丁文本”的高潮。小说在这里其实已经透露马丁已死、此为炼狱的真相。马丁非常恐惧,对幻影说,你是我心灵的外化。而幻影则回答他,你才是我心灵的外化。马丁不以为然地说:"我们可以永远这样下去。"幻影则反问:"你受够了吗,克里斯托弗? ……活着,坚持着。"马丁答:"我还没想好。"幻影敦促他快点想,马丁则问:"想有何益,我已经疯了。""可是即便那条裂隙也会碎裂。"但是马丁再一次扮演起神的主宰:"第六天他创造了上帝,所以我只许你用我的词汇,按照他的形象创造了他。"① (194 - 196)

马丁拒绝考虑。他告诉幻影,他信奉的是生命之线,他将不惜任何代价活下去,这是他的权力。他对幻影说:"我创造了你,我能创造自己的天堂……你赋予我选择的权力,自我有生以来,你精心领着我来受这份罪,因为我的选择是我自己做出的……即便我踩着那些我利用过的人的尸体从地窖逃走,即便我摧毁他们,用他们做台阶来从你那里逃走,你又为什么来折磨我呢? 即便我吃了他们,又是谁给了我一张嘴?"(196 - 197)然而对方只是告诉他:"用你的词汇是无法回答的。"马丁怒视着幻影,喊道:"我宁愿受苦,受这一切……"他乘着礁石劈波斩浪向前冲锋,高喊:"我才不要你的同情! ……我诅咒你的天堂。"于是黑色闪电击向大海,就像一棵倒过来的树,把大海变成一片纸页,礁石变成了空无,最后一切都成为虚空,而马丁也终于完成了变形,只剩下"中心"和一对通红的虾螯。黑色闪电向他劈去。"马丁的文本"也告终了,马丁的下场如戈尔丁所说,"成为品彻本身就是炼狱,永久地成为品彻即地狱本身。"

马丁的虚构文本还嵌入了回忆。马丁的意识在此刻的虚构与往昔的回忆之间来回穿梭,两者的边界是模糊的,两者之间的切换模仿意识活动的特点通过自由联想等手段架起桥梁。马丁的回忆和戈尔丁的下一部作品《自由坠落》中萨米的回忆不同。萨米追忆往事,目的在于找到纯真失落、堕落开始的人生原点,因此他的追溯是对往事的寻寻觅觅,他的回忆虽然不按照时间顺序,却有逻辑可循,而且勾勒出萨米的人生轨迹。相比之下,马丁的回忆则以闪回的形式出现,发生在意识恍惚之际,呈现为片断的样式,对马丁

① 此句原文为"In his own image created he Him"。Him 指上帝。

的成长背景不做任何交代。

更重要的是，马丁的炼狱涤净罪孽，因而纠缠着马丁的种种记忆也关乎他的罪恶：不断在记忆中闪回的钱箱意味着他的偷盗行为；他和阿尔弗莱德的女友西贝尔上床，被阿尔弗莱德发现，马丁毫不在意地出卖了西贝尔；为了获得海军军官的军衔而满嘴谎言；因为嫉妒彼得的新车而故意在转弯处制造事故造成后者受伤；胁迫并试图强奸玛丽；与制片人皮特的妻子海伦私通，试图利用她逃避服军役；设计谋害他唯一的朋友纳撒尼尔。最有代表性的是皮特让马丁扮演七宗罪之一，皮特不乏讽刺意味地告诉马丁他可以挑选他最喜欢的罪恶，而且好色、愤怒、嫉妒都适合他，他连面具也不需要就可以演出骄傲，最适合他的是贪婪，因为他"伸着手什么都要占……他要最好的角色、最多的钱、最好的海报、最好的女人。他一出世就张大嘴巴，裤子拉链敞开着，伸出两只手来抢。他是个大坏蛋，既抓自己的子儿，又抓别人的面包。"（120）贪婪或者说对财富、机会、女色等一切的贪欲是马丁这个人物最突出的特点。

马丁的罪恶是故事的背景，不是前景，这是《品彻·马丁》和《自由坠落》的另一个不同点。小说关心的不是马丁如何成为罪人，而是马丁如何经历涤罪的炼狱。马丁这个人物在小说中是高度象征性的，因此他回忆的内容也必然是选择性的。然而，马丁并不仅仅是一个罪恶的符号。戈尔丁仍旧表现他的复杂性。马丁的童年恐惧，为自己开脱的谎言，他对玛丽的占有欲，他对纳撒尼尔又爱又恨的矛盾感情，对他人的利用……这些都是普通人的恶。他的炼狱也是每个人的炼狱。

五、 谜面里的线索

《品彻·马丁》是关于如何死亡的小说。"马丁的文本"是关于死亡的谜语，在马丁的虚构里埋伏着指向真相的线索，而谜底则在尾声中揭开。戈尔丁在"马丁的文本"中埋下多条伏线，在马丁搭建的虚构文本里戳出漏洞。马丁的文本犹如小说尾声赫布里底群岛上为他的尸体遮挡风雨的斜顶棚，"破碎腐烂，归于大地，木椽都烂掉了,棚顶也陷了下来——成了残骸。你相信那里面曾有活人吗?"(207)坎贝尔的这番话语涉双关,仿佛作者在提问读者:难道你相信马丁的虚构,相信他真的在礁石上幸存过吗?"马丁的文本"就像这破旧的斜顶棚,早已漏洞百出了。

就结构来说,作者布下的防水靴、红色龙虾、牙齿和马口铁盒子的敲打声的伏线从第十章开始一一收线。第十章结尾,马丁终于明白他暂时赖以生存的礁石其实是他的牙齿。第十一章结尾,他辨认出敲打马口铁盒子的咚咚声。第十三章结尾,马丁完成了从人到虾螯的变形记,和穿着防水靴的幻影展开了一场最后审判式的对话。第十四章,小说突破马丁的视角,以一句"他连防水靴都没来得及踢掉"将所有的线头打结收尾。

小说最明确的提示是防水靴。在小说的第二页,马丁灵魂出窍,和肉体分离,旁观在果酱瓶里悬浮着的玻璃小人,小人在水中浮起沉下,暗示男主人公已经溺亡。马丁在小说开篇即称已踢掉了防水靴,以减轻在水中的重量,使自己浮上水面。在礁石上,他又后悔不迭,几次三番自语不该踢掉防水靴。当他无法再维系幸存的虚构文本,他的嘴巴仍然"机械地"重复着这句谎言,因为"中心命令自己假装"。(186)如同人类依靠聪明才智制作的求生工具,复述谎言也能暂时维持假相。向马丁戳穿假相的是和自己一模一样却穿着防水靴的人影。小说收尾处作者点出了马丁从未踢掉防水靴的真相。

马丁的意识暂时栖居的礁石是作者布下的另一条伏线。和防水靴一样,这条伏线若隐若现。这块礁石首先以船的形象出现,最初马丁以为这是一艘"弃舰"(derelict carrier)(20);当马丁的虚构即将崩塌,他自己成了"弃船"(derelict boat)(188);最终,为马丁收尸的坎贝尔将他称为"那被遗弃的可怜人"(that poor derelict)(208)。戈尔丁的用词暗示礁石即马丁自己。首次触到坚实的礁石让马丁惊慌失措:"在经过了那个反复无常的湿淋淋的世界之后,这种坚实却很可怕,仿佛预示着末日的降临(apocalyptic)。它不像船身那样摆动不定,而是冷酷无情,令人生畏……他见到了一块裂开的岩石,浪花冲在上面像是树一样。在大西洋当中见到这块浮在水面上的礁石真是太可怕了,他就像见到野兽似的,不由大声尖叫起来,把刚刚吸入的空气都浪费掉了。”(22)马丁的恐惧源自眼前的真相:岩石实际上是他的牙齿。马丁接着就看到面前黑白相间、主要是白色的图形,分为两层,然后他的知觉又回到了意识之中。他感到局部的疼痛,就像是持续的牙痛似的——牙疼“使他恢复了意识,使他又开始像个人那样了。”(24)可笑的是,使马丁暂时获救的不是所谓的舰船,而是他的牙齿;使马丁恢复个体意识的是牙齿的疼痛。

礁石、卵石和牙齿被反复联系在一起:马丁看到白色的卵石,“卵石喀哒作响,就像牙齿”(32);他注意到礁石上来历不明的血迹(61);礁石外部的一排岩石让他很不安,他不由自主地认出了礁石的本质,但是恐惧使他无法接受:

> 他神情严肃地望着这排岩石,心中不由将它们想象成一排牙齿。他意识到自己正想象它们一个个从下颚上长出来——但其实不是这样的。这些礁石正在缓缓下沉,更确切地说,它们遭到无比缓慢的侵蚀,正在渐渐磨损。它们是老年人的牙齿(grinders),都已经磨坏了。人在世上度过一生,把牙齿磨得没了棱角,它们咀嚼着岩石的食物,给磨得越来越小。(78)

他决定把外围的三块岩石称为“牙齿”,但是立刻惊恐万分地否定了这个想法。“霎时,他双手紧抓住救生带,把肌肉绷得紧紧的,抵御一阵阵掠过他身体的战栗。”(90)他安慰自己牙齿正好好地在他的口中,但是牙齿“就像是一种挥之不去的记忆,只要他肯去想着它们”(91)。岩石的模样不断困扰着他,总是让他觉得十分熟悉,熟悉得就像多年来很少见面却常常想起的亲戚、儿时的朋友、护士……“像儿时不断检查、审视的石头,黑暗的冬夜躺在床上也会记得它们,在想象中手指在空中触到的形状。”(125)他在岩石上敲打的导水槽看上去如一道长长的白色伤疤,他奇怪石头的硬度超乎寻常,“而且——那么熟悉”。(129)终于,马丁认出了他

的牙齿:

> 他的舌头舔着他的两排牙齿——舔到边上的大牙和空缺的地方……他的舌头记起一些什么来了。它舔到牙齿中间空缺的部位,那个熟悉的痛楚形象又出现了。他触到峭壁起伏不平的边缘,沿斜坡往下,经过一道道痛楚的沟壑,直到红狮饭店那里的平滑的表面,就在牙床上方——他对在大海中间一块与世隔绝的正在蛀蚀的礁石有种驱之不去的既熟悉又痛苦的感觉,如今他明白这是怎么一回事了。(174)

牙齿和礁石难分彼此。在此前引文中可以看到,作家用形容牙齿的语汇描述礁石的形象,展现马丁自我欺骗的谎言,暗示礁石与牙齿的联系。而在这段引文里,作家将描述礁石的语汇渗透到对牙齿的描绘,表现舌头对牙齿的触感,如起伏的峭壁、斜坡、沟壑、平滑的红狮饭店等,揭示出马丁不愿意面对的事实:礁石不过是他的一颗疼痛的牙齿,马丁虚构的礁石其实只是他自己意志的产物。

“马丁的文本”处处有关于龙虾的暗示,形成一条从人变形为虾螯的线索。例如,作家用了不少爬行的动词描述马丁在礁石上的行动:迅速的攀爬(scramble)、爬(climb)、滑动(slither)、缓缓爬行(crawl)等。螃蟹和龙虾的形象暗示他的本质,提示他已经死亡的事实,使马丁非常厌恶。他念着自己的名字,“伸出双臂,仿佛要在词语消失前抓住它们。他的双臂出现在他的窗口前,毫无理由地,他感到恐惧极了。‘哦,上帝啊。’他抱起胳膊,紧紧搂住自己的身体,左右摇晃着。”(130)恐慌的马丁安慰自己并没有变样,可是接着他就看到腿上爬着龙虾,惊恐万分地把它们重重甩到岩石上,却感到碰撞的疼痛,龙虾又变回了他的手,摊在他的身旁。马丁感到一只龙虾在他的右手袖口处支撑起他的身体,他不得不用意志使它消失,变回手的样子。最后,他看到红色龙虾,惊恐地喊道:“有谁看到过龙虾像那样在海水里游着?一只红色的龙虾?”这一刻,谎言的假象被剥除:“有什么东西给拿走了。刹那间,他觉得自己沉了下去,接着是一道黑暗的鸿沟,那里一个人都没有。"(167)此后,中心开始"用一只龙虾将食物送到面前"(156)。在小说的第十三章的结尾,马丁的"变形记"终于完成,或者说,马丁作为幸存的活人的虚构终于破灭。此时,"只剩下中心和螯。虾螯强壮巨大,颜色通红。两只虾螯咬在一起,缩了回来……它们闪着光亮,如此真实,牢牢地扭在一起。"(201)

戈尔丁埋下的伏线中也有嵌入性文本。皮特关于马口铁盒子和蛆虫的寓言就是其中的一则。小说表现马丁不断听到"声音",而蛆虫与铁盒子的意象也反复出现。在小说的第十二章结尾,马丁不得不面对这莫名的声音:中心把遥远而沉闷的声音听成了鼓声、雷声、楼上的房间有人搬动家具的响声、面粉袋从铁扶梯上滑落到钢甲板上的声音、两翼的铜板发出的声音。最后,中心确信,"这是铁锹在挖埋在地下的一个巨大无比的马口铁罐子的咚咚声。"(189)

除了这几条埋在文本各处的主要的伏线,马丁的谜语中还隐藏着多条线索。看似马丁丧失理智时的幻觉,却完全可以理解为拆解马丁虚构文本的暗示,如溶于水的鸟粪、状如"会飞的爬行动物"的海鸥(57)、被马丁自解为"光学上的假象"的移动的礁石(166)等。戈尔丁描绘了一个超现实的外部世界来表现马丁如梦似幻的虚构世界。

纳撒尼尔的预言是小说中关于死亡的相当明确的暗示。在马丁的回忆中,纳撒尼尔来见马丁,向他传达如何面对死亡的教诲。纳撒尼尔是《品彻·马丁》中的"圣愚"形象。戈尔丁小说中常常出现的"圣徒"形象,如《蝇王》中的西蒙、《自由坠落》中的贝雅特丽齐、《黑暗昭昭》中的麦蒂等,是戈尔丁小说人物的一个典型类别。纳撒尼尔到访,告诉马丁:"对于此刻像我们这样的人,天国是完全不存在的。没有形体,全然虚空。明白吗?一道黑色闪电将摧毁我们称之为生命的一切……我认为你需要我的教导……你可以称之为关于死的技巧的讲话……我们之间有某种联系。我们会遇到什么事,或许我们注定要合作。你有超乎寻常的忍受力……

我——有预感……可以这么说,我知道让你个人理解天国——理解死亡——是很重要的……因为只要再过几年你就会死。”(70–71)纳撒尼尔的预言成为现实。两人都参加海军,在一条驱逐舰上服役。纳撒尼尔是唯一真诚对待马丁的朋友,但是当他告诉马丁和玛丽相爱并准备结婚时,马丁的怨恨占了上风。一直想要占有玛丽的马丁暗中计划利用纳撒尼尔喜欢在船舷边独处的习惯,使军舰急转将他甩出:“一切都安排就绪:时间、地点、爱的人”(184),却没想到正在这时船遭到敌人的鱼雷袭击,马丁被炸到了大海里。纳撒尼尔关于死亡的预言如期发生,但是马丁并未从他的劝诫中获得任何教益。最后,他编造的幸存的假象全然崩塌,明知死亡早已降临,但是面对摧毁一切的黑色闪电,马丁拒绝接受神的仁慈,犹抱紧虾螯决定继续抗争,他的炼狱因而成为永久的地狱。

小说对于“炼狱”也提供了多种暗示。马丁的炼狱也是在大海中央,最初他的礁石也看似一艘船。马丁扮演七宗罪之一的情节也令人联想到《神曲》中但丁跟随维吉尔途经的涤净七宗罪的惩恶层。基督教常常将炼狱和火的意象联系在一起,炼狱即人在死后经历的惩罚罪恶、净化灵魂的过程。马丁身体疼痛的感受被比作火焰:“太阳晒伤的地方还是阵阵刺痛,胡子茬也擦痛他,凹凸不平的石头又像一团团焖烧的火苗那样慢慢烧了起来。它们像大海一样老待在那里,甚至就是意识不清的时候也可以感到它们的存在。这些火苗变成了亮丽的风景,它们变成了一个宇宙,他则来回摆动着,一会儿悬挂在空中观察着这些火苗,一会儿觉得自己的身体被拉伸到每个极其痛苦的角落里。”(122–123)有趣的是,关于《神曲》的指涉在戈尔丁的下一部作品《自由坠落》中更为明晰,萨米的贝雅特丽齐将会引导他上升,到“天堂山”的山顶。

所有这些伏线、意象、嵌入性的故事和互文性的指涉都像是谜面里布下的线索,指向马丁已死的事实真相,与马丁荒岛求生的虚构文本形成张力。或者说,作家有意将这些线索隐藏在“马丁的文本”中,读者也因此疑虑重重,与马丁的虚构保持距离。因此,当谜底在小说的尾声揭开,虽然出人意料,一切却又在情理之中。从这个意义上看,小说的阅读体验也好比一种隐喻:《品彻·马丁》和《自由坠落》都是寻找真相的过程,只是《自由坠落》中寻寻觅觅的是萨米,至于在《品彻·马丁》中,则是读者。

六、余音不绝的提问

小说的尾声揭开了谜底,却同时向我们提出了一个问题。夕阳西下,夜色将至,坎贝尔默默地望着斜顶棚。"他审视着长着苔藓的石头、布满地衣的下陷的棚顶,似乎这一切是大自然写下的别具深意的文字,人只有在极其特殊的情况下才有机会看到它。"(205)他问来到码头确认死者身份的军官戴维森:"……我想问您一个问题,也许答案会很残酷……破碎腐烂;归于大地,木椽都烂掉了,棚顶也陷了下来——成了残骸。你相信那里面曾有活人吗?……那令人伤心的收获。您对我的——这么说吧——正式的信仰一无所知……但是这些天隔壁一直躺着这被遗弃了的可怜人……您还认为有什么幸存的事吗?或者这就完了?就像那个斜顶棚一样?"(207-208)显然,在提问者坎贝尔的眼中,斜顶棚成了一个意味深长的隐喻,以它在大自然的侵蚀下颓败破烂、苔衣斑斑的形象向他揭示了神秘的信息。和马丁的尸体一样,斜顶棚成了残骸;和马丁的虚构一样,斜顶棚早已漏洞百出。

在戴维森看来,坎贝尔发问也许是出于对马丁的怜悯之心,然而在读者的眼中,坎贝尔的问题意味深长:死亡意味着什么?死亡是否仅仅是肉体的消亡,一切归于大地?死后的世界是否存在,灵魂是否续存?除了活着的痛苦和罪恶,人死后灵魂是否得救?坎贝尔的问题是人在现实的、物质的世界中提出的超越现实和物质世界的问题。人处于现实世界的此岸,因而无法揣测、想象超越现实世界的彼岸。同样,人在现世也无法想象死亡。对于此岸的人来说,彼岸是未知,它或许是光明,或许是黑暗。

马丁死后的现实是黑暗。他惧怕黑暗,不由自主地回忆起童年时代那些无法入眠的黑暗的夜晚。对黑暗的恐惧,加上对毗邻住所的教堂墓地的想象使他十分害怕,黑暗中充斥着死亡的图像和场景——尸体、棺木、吸血鬼等(139);他的意识中的死亡体现为

黑色的毁灭性的闪电。但是黑暗也是马丁的选择。戈尔丁曾向访谈者拜尔斯阐释马丁的黑暗意味着什么:

> 拜尔斯:约翰·彼得曾引述你写给他的一封信,信中你谈到了《品彻·马丁》中的地窖,他引道:"我们拒斥上帝,奔向生命,所以我们恨他,惧怕他,把那里变成一片黑暗。"你能否对此略加阐述?
>
> 戈尔丁:嗯,我想这是在尝试理性地解释神学或者神学观念,虽然这种尝试总是很危险的。但是它是建立在这样的假设上,即人是有自由意志的,人是按照上帝的形象创造出来的,他和上帝一样有自由意志。一旦你有自由意志,你被创造出来,你就有选择。你可以接受上帝,也可以拒斥上帝。上帝如果不能剥夺你的自由意志,就无法阻止你拒斥他,因为自由意志就是这样的。这就是《品彻·马丁》所要说的。除了这点,别无其他。当你拒斥上帝,他就成为黑暗;当你接受他,他就成为光明。这话有点老套,但我认为就是这个意思。①

马丁的黑暗是他的自由意志所选择的,他的黑暗就是拒斥上帝。因为拒斥上帝,马丁成了黑暗的中心。小说的宗教意味呼之欲出。如泰格所说,"所以这个故事实际上只是现实世界的类比。马丁没有得到拯救,这本应诠释为对于毫无精神视野的当代人的额外警示。"②同样,雷德帕斯称:"通篇小说,戈尔丁都在试图描绘我们对宇宙的认识,试图让我们看到另一个维度,它超越了我们的理性意识和我们对经验世界的确信。正是在这个精神的维度,我们的生命才有了真正的价值和意义;在这个维度,只要我们学会'通过死亡进入天国的技艺',我们就会找到真正的中心。"③

---

① Biles, Jack I. *Talk: Conversations with William Golding*. New York: Harcourt Brace Jovanovich, 1970, pp. 75–76.

② Tiger, Virginia. *William Golding: The Unmoved Target*. New York, London: Marion Boyars, 2003, p. 95.

③ Redpath, Philip. *William Golding: A Structural Reading of His Fiction*. London and Totowa: Vision and Barners and Noble, 1986, p. 153.

因此,坎贝尔的提问是人对未知世界的提问。这也许是个无解的问题,但是我们仍可以回到当下和生活本身。小说是关于死亡的谜语,但是也是关于如何生存的问题。戈尔丁的宗教主题往往蕴含着道德寓意。就《品彻·马丁》而言,马丁的道德缺陷恰恰是这个现代版的普罗米修斯赖以凭借和命运抗争、赖以生存的种种——他的傲慢、贪婪、残忍。因此,小说其实提出了一个道德难题,用海恩斯的话说,“我们以什么为依据来谴责这些人类赖以生存的品质?”[①]而戈尔丁的解答是宗教。从这个意义上看,《品彻·马丁》或是对《继承者》的应答。

---

① Hynes, Samuel. “On *Pincher Martin*”. In Norman Page (ed.). *William Golding: Novels 1954 – 1967: A Casebook*. Basingstoke: Macmillan, 1985, p. 127.

第四章 《自由坠落》:理性和宗教的诘问

一、 不同以往的小说

1959 年,戈尔丁发表了他的第四部小说《自由坠落》(*Free Fall*)。一眼看去,《自由坠落》在形式上颇似《青年艺术家的自画像》,或者我们称之为关于艺术家的成长小说。故事的叙述者萨米·蒙特乔伊是英国 20 世纪中叶一位业已成名的画家,他的作品已经被悬挂在塔特现代艺术博物馆的殿堂。萨米的讲述围绕一个中心,即追述、寻找、回忆改变他的人生的重要时刻:他是从什么时候开始失去自由的。在自我追问的过程中,萨米回顾了他的童年、学校生活以及那些早年对他产生影响的人。他回忆了当年如何引诱然后无情地抛弃美丽单纯的贝雅特丽齐,致使后者精神失常,在精神病院度过余生。萨米还回忆了二战期间沦为德国人的战俘以及在战俘营里受到盘问和折磨的往事。小说以萨米终于找到了那个改变他的时刻,对自己的人生和观念做出总结而告终。

《自由坠落》在很多方面迥异于戈尔丁的前三部作品。首先,小说的背景难得地设置在当代的英国,并提供了关于英国当代生活的细节丰富的描绘。《蝇王》中语焉不详的未来战争的时代背景和荒岛环境将人物和情节隔离在现代生活之外,产生了一种超越时代的寓言气质。《继承者》以创造性的语言追溯了史前尼安德特人的生活。《品彻·马丁》的男主人公虽然是现代英国海军军官,但是小说的叙述以马丁死后的炼狱体验为框架,将人物置于大西洋中与世隔绝的礁石上,呈现超越现实和经验的神学色彩。相形之下,《自由坠落》对当代英国社会的关照显然更为密切:无论是小镇贫民日常生活的再现、对教育体制和宗教权威的批评，还是对英国政治的讽刺，都明确无误地将笔触深入到当代英国社会生活。可以说，小说体现出戈尔丁从“寓言”到“历史”的创作走向。对此，戈尔丁自己是这样说的：

> 我也许是做了一次尝试，写一部不同以往的小说……我想，从某种意义上说，我尝试将故事放到我这一代的大多数人都能辨认出的情境里，就是这样。大多数人没在太平洋或者大西洋中央的岛上待过，也没有和尼安德特人接触过，我想也许是时候写写街上有电灯的或者诸如此类的生活了。①

其次，戈尔丁在小说时间的处理上也做出新的尝试。《蝇王》和《继承者》都是按照传统的线性时间来讲述的，《品彻·马丁》中少量的闪回处理也仍设置在线性叙事的框架中，但是《自由坠落》的叙述者萨米则在他记忆的迷宫里来来回回，寻找着自己罪孽的源头。小说以人物的回忆为情节的骨架，行动的基本框架即萨米对自己何时失去自由的追忆，其实质是梳理一条罪与罚的因果链，这一点决定了小说在叙述顺序的组织方式上脱离线性时间，转而遵从事件的因果关系。因此，戈尔丁在《自由坠落》中采用倒叙和时间的跳跃式的处理方式绝非随意，也并非出于增加小说难度系数的目的，虽然阅读难度也的确因此而上升。戈尔丁的实验相当大胆，他在日后的《金字塔》、《越界仪式》、《纸人》中也有类似的叙述尝试。

而且，戈尔丁在《自由坠落》中第一次采用第一人称叙述角度。戈尔丁一向喜欢在视角上做文章，他的前三部作品都在结尾处设置视角的突然转换，这一手法在后期作品中也不乏应用，但是第一人称的叙述却是首开先例。这给了小说一种“忏悔录”式的效果。戈尔丁在他的后期作品中也进一步尝试第一人称叙述角度，如《金

---

① Biles, Jack I. *Talk: Conversations with William Golding*. New York: Harcourt Brace Jovanovich, 1970, p. 79.

字塔》、《越界仪式》和《纸人》都有不同程度的创新。

《自由坠落》再次体现了戈尔丁不断求变的创作勇气,然而实验的效果并未受到评论界的一致认可。在戈尔丁的整体创作中,《自由坠落》是为评论界诟病较多的作品,在艺术上也并不突出。《自由坠落》的写作过程并不顺利。早在1957年底,戈尔丁已经在创作这部作品。他一度考虑将它写成四卷本,然而后来作家显然改变了主意。小说经过了较大的改动。按戈尔丁的传记作者凯瑞教授的说法,在他读到的《自由坠落》的初稿中,叙事时间完全是直线递进的,在第二稿和第三稿中,戈尔丁就打乱了叙事时间。①小说因此也受到评论界的批评。评论家科莫德也认为小说在某些方面是失败的。他认为,小说"至少和戈尔丁的其他作品一样技法高超。戈尔丁在他的每本书里都会运用极具独创性的技巧,而且从不无度滥用,哪怕比起道德情境所要求的多出一分一毫。这是戈尔丁品德的标志。"但是"这一部却不时出现柯勒律治批评的那种精神上的虚张声势——'思想和形象大于话题'——即话题不再是关于堕落,而是对堕落的评述"。小说因而失去了前几部作品的魅力。科莫德随后指出,就戈尔丁的神学而言,"他所做的正如秉承浪漫主义传统的作家们从前所做的那样——就像马拉美发现涅槃(Nirvana)而不懂佛教,叶芝以异教的理解念念不忘天使报喜(Annunciation)。他在自己的经验和寓于他自己的神话中发现了对他人有益的真理。但是描绘神秘的经验是一回事……编纂神秘的神学是另一回事。前者是天才的工作,后者则是教会的。而看不到这一点正是所有那些陷入神秘学的伪神学的浪漫主义和象征主义作家的症结了。"②科莫德的看法是有一定代表性的。戈尔丁自己也曾在写给费伯编辑蒙蒂斯的回信中表示:"那些批评的言论是对的,《自由坠落》有些地方很好,有些地方则言过其实,过于急

---

① 沈雁. 书写戈尔丁:约翰·凯瑞访谈录. 外国文学,2011年第6期,第146页.

② Kermode, Frank. "Golding's Intellectual Economy". In Norman Page (ed.). *William Golding: Novels 1954 – 1967: A Casebook*. Basingstoke: Macmillan, 1985, pp. 63 – 65.

切了。"[1]评论界对《自由坠落》毁誉不一，但是读者却似乎挺欢迎这部作品。小说第一年的销量几乎达到之前任何一部的两倍。[2]《自由坠落》虽有瑕疵，却仍体现出戈尔丁在艺术上的高超才能。巧妙、复杂、完整的结构，意义的丰富性，人物形象的多样和深度，语言风格的收放自如，富于震撼力的阅读效果等，都延续了戈尔丁一贯的水准，不失为一部佳作。

二、"自由坠落"的多义性

小说的标题《自由坠落》语义多解，和主题思想关系密切。评论界指出这个标题可能的来源和关于它的各种联想。科莫德提示了《自由坠落》的神学意味："《自由坠落》的神话根本上也是戈尔丁所有作品的神话：人类的堕落，人类被逐出伊甸园，向上挺立的智能和遭到腐蚀的意志。"[3]泰格认为，"自由坠落"可在弥尔顿的《失乐园》里找到出典："原本自足以傲立／却自主而堕落(Sufficient to have stood / But free to fall)。"同时，这个术语意味着自由落体的物理状态，即重力场中无法控制的运动。[4]弗里德曼比较了小说和加缪的《堕落》(*The Fall*)，指出两者之间的种种联系：标题，自传性，关于某个人生中无法回头的时刻迟来的启示，以及男主人公的堕落和一位女性的堕落之间的联系。[5]

对小说的标题，戈尔丁本人是这样阐释的：

> 我的观点是，我所谓的20世纪典型知识人的痛苦也就是我们大多数人的痛苦，是他身处这种自由坠落的状态中的痛苦。除非我们自己投入到某事中去，这可实属幸事。每个人

---

① Carey, John. *William Golding: The Man Who Wrote* Lord of the Flies. London: Faber and Faber, 2009, p. 235.

② Carey, John. *William Golding: The Man Who Wrote* Lord of the Flies. London: Faber and Faber, 2009, p. 235.

③ Kermode, Frank. "Golding's Intellectual Economy". In Norman Page (ed.) *William Golding: Novels 1954 - 1967: A Casebook*. Basingstoke: Macmillan, 1985, p. 63.

④ Tiger, Virginia. *William Golding: The Unmoved Target*. New York, London: Marion Boyars, 2003, p. 120.

⑤ Freidman, L. S. *William Golding*. New York: Continuum, 1993, p. 71.

都把它理解为神学术语,当然你可以这么做,所以说这题目还是不错的;但实际上它是科学术语,指的是你的重力消失了,是人在宇宙飞船里没有重力的状态,物体既不下落也不上升,而是四处飘浮……千百年来人们一直明了他们身在何处,但是现在他们却困惑了,这就是《自由坠落》的意思。①

有趣的是,戈尔丁的这番话所描述的物理现象是失重,而不是重力场中的下坠现象。不过,戈尔丁也认可了评论界的种种诠释:

里面有弥尔顿的意思、创世纪的意思,也有日常生活中东西是"免费"(for free)的意思以及"坠落"的意思。②

正如研究者所揭示的那样,书名语涉多个领域:神学、文学传统、当代文学、自然科学等,这些都从各个方面提示了小说的主题。从神学角度看,小说男主人公所寻找的人生中从此失去自由的那一刻正是他堕落的开端。这一主题通过伊甸园的相关指涉表现了出来。小说在开篇描绘萨米童年时代时就确立了与伊甸园神话的意义关联。萨米居住的罗顿街(Rotten Row)虽然不过是小镇里的贫民窟,但是对天真的小萨米来说不亚于伊甸园。"在狭窄的罗顿街,我爬着,滚着。这里像个肥皂泡似的空空如也,却有一道彩虹在我身边,缤纷,多彩。"③萨米对贫民窟里肮脏的尘土不以为然,倒是清洁卫生似乎意味着童年的失落:"似乎当我们洗刷干净,离开这小小贫民窟的时候,生活中的快乐和安定似乎也给冲洗得不见了踪影。"(17 – 18)对叙述者来说,记忆中的罗顿街宛若伊甸园,在这里,纯真是一个恒量。长大后离开罗顿街的人们仿佛被生活逐出了伊甸园。

---

① Biles, Jack I. *Talk: Conversations with William Golding*. New York: Harcourt Brace Jovanovich, 1970, p. 81.

② Biles, Jack I. *Talk: Conversations with William Golding*. New York: Harcourt Brace Jovanovich, 1970, p. 82.

③ Golding, William. *Free Fall*. London, Boston: Faber and Faber, 1959, p. 17. 小说引文均译自这一版本,页码注于引文后,用括号标出,不再另注。

在萨米对小学时代的回忆中也有伊甸园的暗示：一天夜里，他与好友约翰尼潜入了住在天堂山顶的将军的花园。小男孩们的探险活动有惊无险，充满神秘的体验。萨米记得在月光下看去只有黑白两色的花园里有一棵参天大树，树干巨大，树枝伸展开去，繁茂的树叶仿佛漂在水面的油，像皱起的锡箔纸一样立体，一层层地直渗入象牙色的静谧。萨米仿佛获得了某种天启。而小说结尾，将军的府邸成了疗养院，萨米在这里再次见到了贝雅特丽齐，她在被萨米抛弃后精神崩溃，成了这里的常住病人，也成为萨米的自私纵欲、自甘堕落的见证。

戈尔丁把"自由坠落"释为悬浮在真空之中无所着落、没有根基的自由坠落的状态，并称小说中的萨米就是这样一个 20 世纪知识分子的典型形象，没有信仰，也不信奉任何哲学。小说开篇，萨米称："我已经把所有的体系都挂在了墙上，就像挂上一排无用的帽子。没有一顶合适的。"(6)马克思主义的帽子，基督教的四角帽，理性主义的圆顶硬礼帽，学校的帽子，萨米都不愿接受。萨米在战俘营遭到盘问时，盖世太保霍尔德即利用这一点，试图让萨米供出准备逃跑的战友。霍尔德如此诊断萨米的症结：

> 你没有任何信仰足以使你甘愿为之受苦或以此为乐……你有的只是你自己。知识的观念，甚至对自己国家的忠诚，这些你都不怎么热衷。你在一间满是灰尘的候车室里等候，却既不排什么队也不等什么车……只有那些你躲避不了的性和疼痛的灼烧，为了躲避一种而不得不忍受另一种的重复和延长，这就是你日常的意识所不愿意承认的，这就是你人生体验的全部。啊，是的，你对朋友还有点情谊，你也能爱一点，但你并不比蚂蚁、麻雀之类的生物好多少。(145)

霍尔德描述的萨米的生存状态是一种为欲望所驱动如动物般没有灵魂的生活。所谓的"自由坠落"这一物理术语表达的便是戈尔丁所批评的，也是萨米的人生所代表的那种现代人信仰和道德真空的状态，那种质疑一切的怀疑论调、否定一切的虚无感受，甚至颠覆一切的破坏欲望。

三、 叙述和时间:发现的过程

《自由坠落》刚发表时受到评论界质疑最多的就是小说对叙事时间的处理。但是随着时间的推移,越来越多的研究者开始试图找到戈尔丁如此操作的理据。例如,研究者莫纳德认为,小说的时间结构"无论从心理上,还是从道德上,都是有说服力的"①。科莫德指出,小说的时间重排揭示了人类经验中宗教的意义。②

的确,戈尔丁抛弃了直线式的叙事时间,对所述事件根据其因果关系而非时间上的先后次序来排列,在阅读上构成了一定的挑战。小说以萨米为第一人称叙述者,在小说开篇以带有浓郁神学意味的诗性的语言开宗明义,即"我"写作的目的是穿越记忆的甬道,寻找那个聚集了巨大能量的原点,也就是"我"是在什么时候自甘堕落,心甘情愿地放弃了自己的自由。叙述者萨米于是带领读者一页页翻开他的过去,重审记忆中的一幅幅画面,不断追问,是这里吗?是不是此刻?这些在回忆中交替浮现的往事构成了一条宿命的因果链,将纯真的男孩萨米一步步引向此时此地的、为罪孽所苦、在茫茫人生中迷失自我的艺术家萨米。

戈尔丁在小说的第一章借叙述者之口阐述如此处理时间的原因:

> 我是如何失去自由的?我必须回去,原原本本地讲述我的故事。这是一个奇怪的故事,其意旨并不在于外部事件,因为它们再平常不过了。这个故事旨在告诉我这唯一讲述者它是如何展现出来的。因为时间并不是像砖块那样排成一列,没有尽头。从出生时发出第一声啼哭到死亡时呼出最后一口气息,这种直线式的讲述已经废弃不用了。时间有两种模式,

---

① Monad, Sylvere. "Golding's View of the Human Condition in *Free Fall*". In Norman Page (ed.). *William Golding: Novels 1954 – 1967: A Casebook.* Basingstoke: Macmillan, 1985, p. 138.

② Kermode, Frank. "Golding's Intellectual Economy". In Norman Page (ed.). *William Golding: Novels 1954 – 1967: A Casebook.* Basingstoke: Macmillan, 1985, p. 63.

一种对于我们就像水对于鲭鱼，是与生俱来、毫不费力就感觉到的。另一种则是记忆，是一连串打乱了顺序的折叠、翻卷，是这天更重要因此觉得比那天更近，是这件事映照出那件事，是那三件事如此不同和特别，脱离了讲述的直线。(6)

戈尔丁的这段文字令人联想到美国作家福克纳（William Faulkner）的名篇《献给艾米莉的玫瑰》（"A Rose for Emily"），其中作者也借叙述者之口对于记忆和时间发表过一段精彩的论述：对那些岁数很大的老人来说，"过去并非都是一条渐行渐细的道路，而是一片寒冬从不触碰的宽阔的草坪，隔离在最近几十年的窄窄的瓶颈之外"。实际上，《自由坠落》对叙事时间的确做了一番大胆的重排，但是这种手法却并未脱离20世纪上半叶的现代主义作家们所确立的形式传统。戈尔丁以因果链组织叙事，在每个重要时间点自问"是这里吗？"来达到结构上的统一，在时间和空间之间搭起了桥梁，将过去转换为福克纳笔下的那片巨大的草坪，任由回忆往事的人信步。这虽然是别具一格的创新，对有一定阅读经验的读者来说，也并非是不可接受的做法。

事实上，叙述者的讲述顺序并非全无秩序或理据。如果我们将小说章节按照时间顺序重新排列，那么萨米所追忆的一生次序如下：第一、二、三章；第八章；第十一、十二章；第四、五、六章；第七、九、十章；第十三章；第十四章，即尾声。但是萨米的叙述时间取决于他的回忆，而他的回忆是理性的追溯，其目的的明确性不同于意识流小说的那种记忆由"微小的、相互激荡的偶然性构成的网络"①。弗里德曼认为，"萨米详审他一生中的细枝末节，寻找那条极为重要的线索来揭示他的症结，他在每个忆起的片段后自问：是不是这里？《自由坠落》于是成了某种探案故事，成了检视、过滤蛛丝马迹，直到揭开谜底的过程。"②弗里德曼在《自由坠落》中所看

① 语出理查德·罗蒂（Richard Rorty），转引自A. S. 拜厄特. 记忆与小说的构成. 载《记忆》. 帕特丽夏·法拉和卡拉琳·帕特森主编. 户晓辉译. 北京：华夏出版社，2006年，第43页。

② Friedman, L. S. *William Golding*. New York: Continuum, 1993, p. 68.

到的这种探案故事的结构也多少存在于戈尔丁的其他作品里：《品彻·马丁》结尾的"把戏"，《继承者》洛克顿悟利库已死，尤其是《越界仪式》考利之死的真正原因浮出水面，都以视角的突然转换或者真相的意外揭示收尾。而在《自由坠落》中，戈尔丁以打乱叙述时间的方式建立这种带有悬疑意味的结构。这种情节结构使读者在探索真相时欲罢不能，而在真相得以揭示时又产生巨大的情感冲击。因此，和探案小说一样，《自由坠落》的时间结构实际上体现为"发现"的过程。作为写作者的萨米也曾指出这一点："此时此地的我，正如面对画布的我，是发现，而非交流的动物。"(103)如果我们细细考察小说章节的组织结构，我们可以发现，萨米的"发现"过程是这样展开的：

小说有十四个章节，或可分为五个部分。

在第一部分，即第一章到第三章，萨米讲述他的童年回忆：第一章是关于年幼的萨米在罗顿街的生活，第二章讲述他在学校里和约翰尼、菲利普两个小男孩之间发生的故事，第三章是关于萨米在母亲去世后被瓦茨瓦特神父收养的经历。萨米从纯真懵懂的童年开始他的追溯。母亲和艾薇是幼年萨米身边的两个幻想家，她们把罗顿街变成了神奇故事的乐园。对孩子来说，这个逼仄、匮乏、满是尘土的世界充满想象和传奇。孩子的纯真幻想给罗顿街灰暗的现实涂上了彩虹的颜色。虽然萨米是私生子，从未见过父亲，但是母亲却用浪漫的想象编造出各式各样的父亲形象、战争英雄、神圣的牧师，甚至威尔士王子。艾薇(Evie)是比他年长一两岁的小伙伴，从名字上即令人联想到夏娃(Eve)。同样，艾薇也是个幻想家。在她的故事里，古玩店里的长勺子和盔甲多了神秘的哥特色彩；她还渴望自己能像男孩那样撒尿。母亲和艾薇占据了萨米对罗顿街的回忆，他总结道："我几乎想要落入格言警句的俗套里了：只要无私去爱，就不会有伤害。"(33)

学校是新的探险。萨米身边有了两个男孩伙伴，即约翰尼和菲利普。约翰尼热爱飞机，简直是个天生的飞行器专家，了解关于飞机的一切。约翰尼勇敢、诚实、正直，富于同情心。他和萨米的探险包括一起悄悄潜入小镇附近的军用机场，一起在夜晚钻进天堂山上将军的花园。讲完和约翰尼一同经历的探险，萨米审视自己说起这一切的动机。这段话也可以看作是叙述者对选择叙述某些事件的解释："现在我明白我在寻找什么，明白为什么选择这些画面并不完全是偶然的。我描述这些画面因为他们似乎很重要。它们并不作用于故事的那条直线……它们的重要性仅仅在于它们出现在我头脑中。我就是它们的总和，我到处都带着自己记忆的负荷……"(46)然而，菲利普的确改变了萨米的人生轨迹。他完全不同于约翰尼：他早熟，残忍，幸灾乐祸，善于利用别人的弱点。单纯的萨米完全成为他手中的道具。在他的提议下，萨米去威吓低年级学生获取香烟牌子，开始展露出人性中普遍的恶。校长发现后并没有责打他，而是"让藤条留在墙角，让内疚跟在我背后"(52)。正是在这里，叙述者萨米第一次自问："这是不是我要找的那个时刻？""不，不是这里。"(52)对萨米来说更重要的事件是菲利普用激将法诱使萨米亵神——对教堂的神坛吐口水，直接导致萨米被教堂司事发现，尔后被打伤，住进了医院。在此期间，萨米的母亲病逝，成了孤儿，由瓦茨瓦特神父领养。即便是这个渎神的小捣蛋，叙述者仍旧认为他是无辜的。"我寻找的是我现在这恶魔般可怕的意识世界的开端，我宣判医院里的他无罪。"(78)

第二部分，即第四章到第六章，小说转而讲述青年萨米如何引诱贝雅特丽齐、参加左翼社团、遇到塔菲后抛弃贝雅特莉齐的往事。爱情是这三章的主题。首先是萨米精心安排的毕业后与贝雅特丽齐的重逢。他并没有立刻得到贝雅特丽齐的信任和好感，直到他在绝望中为她写下长信，向她倾诉了他长久以来对她怀有的爱情。同时，萨米也讲述了他参加左翼激进团体的情况。他在那里初尝性的滋味，和一个女孩"交换一点秘密的乐趣，就像分发一袋太妃糖"(91)。萨米租下一间小室向贝雅特丽齐苦苦求欢。他以自己爱得快疯为借口要挟这个单纯善良的姑娘，迫使她乖乖就范。回忆至此，他写道："人一旦失去了自由，他的残忍就没有了边界。"(115)萨米无疑在告诉读者，他的人生行进到这里就已经失去了自由。在这场性的角逐中，贝雅特丽齐是弱者。她被动，清心寡欲，始终不知情欲为何物，却以一种献身的姿态充当了萨米的情人,成为这段关系的牺牲品。而对萨米来说,他狂热的欲望却一直得不到回应,对方仿佛对情欲免疫,一片空白,他的任何追问也只得到一个模棱两可的答复:“也许。”

“难道你什么也感觉不到?”
“也许。”(119)

“你到底是不是人类?你是不是人?”
“也许。”(121)

然后萨米在社团遇到了情投意合的塔菲,他无情地抛弃了贝雅特丽齐。贝雅特丽齐的最后一封信像刀子刺进他的胸膛,因为她在信纸的左上角画下一个小小的十字,这是他们的暗号,意味着她没有怀孕。然后二战开始了,“我内心的无序和外部世界的无序何其相似,它们似乎互相生成。毁塌的房屋,难民,死亡,酷刑——如果你把这些看作是世界的范式,那么个人行为就连病症也谈不上了。如果你能当众射杀他人,甚至因此获得大众的赞许,又何必以私己的力量谋杀呢?如果成千上万的姑娘们被炸得粉碎,又何必在意一个被狠狠伤害呢?邪恶让人不得安宁,但是战争、战争的损耗、贪欲和不负责任足以抹去这邪恶。”(131 - 132)这个时刻依然不是萨米所要寻找的。然而,萨米的这段独白却暗示出小说的爱情主题和战争主题的联系:情欲的残酷和战争的无情何其相似,小说的两个相关部分是密切相关并互相对应的。

第三部分,即第七章到第十章,是关于二战期间萨米在德军战俘营的情况。如果说在前两个部分,萨米离答案还有一段漫长的距离,那么战俘营的遭遇可谓发现的开端。萨米遭到了德军军官霍尔德的盘问,要他出卖准备越狱的战友,萨米随后被关进漆黑的囚室。第八章插入了萨米对少年时在瓦茨瓦特神父的宅子里如何怕黑的回忆。在经受可怕的心理折磨后,萨米被从囚室里放了出来,他由此获得了精神的顿悟。如果说贝雅特丽齐成了萨米情欲的囚徒,那么萨米同样成为德军军官霍尔德的囚徒。在与贝雅特丽齐的关系中,萨米始终占据主动,他是操纵者,而非受害者。而在与霍尔德的关系中,这种情形颠倒了过来,萨米成为霍尔德手中把玩的猎物了。于是,萨米与贝雅特丽齐实现了换位。不少戈尔丁研究者都指出了这一点。例如,格雷格和金基德-维克斯认为,萨米"处在贝雅特丽齐的位置上,他曾经对她百般盘问,他现在也遭受到这种折磨,正如那个看似微小却不乏重要性的时刻所揭示的那样(难道你什么也感觉不到?/也许)"[①]。弗里德曼也指出,"战俘营的情节暗示了萨米的过错何以如此严重。战俘营的那段内容将萨米的道德过错比成德国纳粹所犯下的涉及面大得多的罪行。霍尔德……利用萨米的恐惧,就像萨米利用贝雅特丽齐的恐惧。"[②]

纳粹军官、盖世太保心理学家霍尔德想要萨米供出战俘营里的逃亡计划,但是萨米对这项计划一无所知。他只是以艺术家的眼光观察到一些蛛丝马迹,却并未掌握准确的信息。面对盖世太保的盘问,他无言以对,也不愿开口,只能回答"也许"。于是他被蒙上眼,带进了一间黑暗的囚室。霍尔德了解萨米,预料到黑暗对萨米的巨大心理折磨。萨米在这里插入了一段回忆,追溯他惧怕黑暗的原因。萨米痊愈后被瓦茨瓦特神父收养。瓦茨瓦特有恋童倾向,作为神职人员,他努力克制不侵犯萨米,极其担心名誉受损,于是生活在恐惧、谎言、受迫害幻想、性压抑的深渊里。但是萨米并没有在童年的恐惧里找到答案,黑暗意味着"普遍的、非理性的恐惧"。他只知道他曾经并不惧怕黑暗。(165)

在一无所见的囚室里,萨米开始无法抑制地想象各种可怕的惩罚和酷刑。他在探知四周的墙壁后摸到囚室中央有个湿冷的软软的物体。在他疯狂的想象中,他觉得那是一块人体,而囚室的中央正吊着那具不完整的尸体。这个物体究竟是什么,小说并未言明。评论界普遍认为,萨米以为那是被割下的生殖器,这符合萨米对贝雅特丽齐所犯过错的性质。但是凯瑞指出,戈尔丁本人否认

---

① Gregor, Ian & Mark Kinkead-Weekes. *William Golding: A Critical Study of the Novels*. London: Faber and Faber, 2002, p. 155.

② Freidman, L. S. *William Golding*. New York: Continuum, 1993, p. 80.

这是他的意图,他设定的仅仅是“恐惧的无边的可能性”;而且在前后三部手稿中,萨米的想法也不一致。①最后,虽然萨米还没有丧失理性,知道并没有什么尸体,一切只是霍尔德布下的心理游戏,他还是无法承受他自己制造的恐惧,喊出了“救救我!”对萨米来说,这个求救的时刻是重要的。求救本身只是本能,求救的人也不过是“被猎犬摇晃的老鼠”(184),但是这个行为却为萨米指出了方向。物质世界无法拯救他。过去得不到慰藉,未来也只提供逃跑的阶梯——从恐惧逃向恐惧。于是萨米走投无路,只能在恐惧中尖叫着冲向“熔炉”,来到那个紧靠死亡如同黑暗紧紧贴住眼球的出口。“于是门突然打开了。”(185)这扇突然打开的门无疑是象征,意味着绝望中的精神出口、自由坠落的失控状态中的恒定支柱——信仰。

随后,萨米记录了被德军指挥官放出囚室后获得的精神启示,这是重生的极乐感受。这段文字既诗意十足,又不乏戈尔丁的说教意味。萨米发现,他经历的奇迹形成了一种秩序,而这种秩序的建立需要支柱。然而,“我们卓越的政治眼光和深奥的科学知识使我们丢弃了它们”(189)。它们的本质是一种基本的道德观,它不是一个人与后世或与社会体系的关系,而是个体与另一个体的关系,他看到霍尔德的可怕尚不及他自己。“或者我生来就缺乏这种慷慨的天性,或者我早已在某处丢弃了它。”(190)罗顿街的小男孩并不是他,但是那个在自行车上狩猎爱情的少年却和他是一体的。他曾经为之不解的贝雅特丽齐的沉默并非源于她精神世界的空洞无物,而是如孩童一样的纯真和善良。他推断出,自由坠落的开端应该在他被教堂司事重击之后和他骑着自行车去寻找贝雅特丽齐之前。自此,萨米终于开启了他的“发现”之门。

第四部分,即第十一章和十二章,揭示了萨米追寻的谜底,即失去自由的原点。萨米讲述了他的这段少年时期、他的两位老师——科学教师尼克和神学教师普林格尔小姐——和他们分别所

---

① Carey, John. *William Golding: The Man Who Wrote* Lord of the Flies. London: Faber and Faber, 2009, p. 232.

代表的人格和观念对萨米产生的影响，以及萨米如何最终选择成为理性主义者，摒弃了他为神秘所吸引的天性。尼克和普林格尔是两个互相对照的矛盾体。尼克是一位热爱科学、爱护学生、品格高尚的好老师。评论界普遍认为，尼克的原型是戈尔丁同样在学校教书的信奉理性主义的父亲。另一方面，普林格尔小姐虽然能把圣经故事讲解得有声有色、热情洋溢，却无法控制地暴露出她的冷酷和势利。她对瓦茨瓦特抱有好感，鄙视出生低微的萨米。虽然萨米的天性与神学有更多共鸣，却因为受到尼克人格魅力的吸引，爱屋及乌地接受了他的理性主义信条。在奇迹的世界和理性的世界之间，萨米左右摇摆，然后奔向了他的朋友。“于是，一扇门在我身后合上了。摩西和耶和华被砰地关在了背后。终于我蜷缩在纳粹战俘营里的那扇门前，因恐惧和绝望几乎半疯，我再次敲了门。”(217)至此，小说的主旨已经呼之欲出了。

萨米的探寻在小说的第十二章找到了答案。萨米接受了“尼克的因和果组成的宇宙……但是我比尼克聪明，我认识到，如果人是万物之尊，是他自己的造物主，那么善与恶就取决于哪个占多数票。行为没有好坏之分，只有被发现的和逃脱了的。”(218)萨米在课堂上偶然为贝雅特丽齐画下一幅肖像。不经意的着笔成就了一幅充满灵性的佳作。在画里，他看到她沉静地坐在窗前，脸上“沐浴着隐喻之光，就像客观现象一样真实”，于是“她成了惊奇、疑问和我道路中途的山峰。”(222)虽然萨米画了又画，这灵感却不曾再临，客观的世界和天堂的光辉再没有融会在画稿上，然而他完全被她迷住了。暗恋的痛苦和情欲的涌动让萨米郁郁寡欢。毕业那天，校长鼓励他在绘画上施展才华。他给了萨米一点建议：“如果你真的很想要一样东西，你总是能得到它的，只要你愿意做出相应的牺牲……但是你得到的绝不会是你原来想要的，你迟早会后悔你牺牲了什么。”(235)那一夜，萨米对自己说，“什么对你最重要？”“贝雅特丽齐。”“你愿为此牺牲什么？”“一切。”于是，在第十二章的尾部，萨米终于找到了“自由坠落”的开端，即他发誓不惜一切代价得到贝雅特丽齐的那个时刻。至此，萨米的探询终于收获了答案。

小说的第十三、十四章是第五部分。其中，第十三章可谓“结束的开始”，有多处回应萨米的童年记忆。多年后，萨米来到疗养院探望贝雅特丽齐，直面自己的行为造成的巨大伤害。疗养院所在地就是萨米童年时和约翰尼一起探索过的将军的花园，充满着反讽意味。这就像是重返伊甸园，但是萨米重访的却是摘下禁果后的灾难性后果。如今的贝雅特丽齐只是一副发胖的、痴傻的模样，已经认不出来访的萨米。她很紧张，竟然尿了出来。贝雅特丽齐沦为第一章里弱智的被参观者吓得当众尿出来的小明妮。正如势利的教育机构伤害了明妮，萨米同样毁了贝雅特丽齐。萨米痛苦地追问医生她发疯的原因，被告知她可能有家族遗传。这多少解释了萨米以发疯为借口威胁贝雅特丽齐就范时她的反应。第十四章中，萨米回到家乡看望两位老师。尼克在医院里奄奄一息，而普林格尔小姐则热情地招呼萨米，声称萨米功成名就，是老师的安慰。萨米感慨地断言两者的世界同样真实而无法连接。最后，小说笔锋一转，又回到战俘营，以萨米被放出黑暗囚室而告终。

小说的叙述摆脱了线形时间的框架，而是搭建起另一种秩序，即萨米探寻和发现的过程。萨米所记录的是探寻的足迹，或者说是一种排除法，在回忆中一步一步走到那个原点。第一部分（第一、二、三章）：回望童年——发现纯真不是“自由坠落”的开端。但是这个部分却记述了向往神秘体验的萨米如何走向渎神的过程。第二部分（第四、五、六章）：引诱和抛弃贝雅特丽齐——坠落早已开始，自由已经失去。第三部分（第七章到第十章）：黑暗中的囚徒——黑暗中，萨米打开了一扇紧闭已久的门：信仰。同时，萨米感受贝雅特丽齐的痛苦与第二部分对应。第四部分（第十一、十二章）：少年萨米——信仰如何失落和探寻的终点。答案浮现，萨米找到了“自由坠落”的开端。第五部分（第十三、十四章）：重访故人——疗养院里的贝雅特丽齐是萨米行为的后果，而尼克和普林格尔则是其原因，小说结尾重提战俘营，萨米走出囚室的那一刻正是他发现的开端。德军指挥官的那句“那个医生不懂得人”是萨米对理性主义的完全否定。(253)霍尔德以理性为指导的刑罚却将萨米引向奇迹和神启。理性只能是人性的一种异化形式，依靠理性无法真正探知人性的深度。

不过,小说的叙事组织形式在逻辑上顺理成章,不得不说还是遵从了理性的指导原则。萨米通过排除、推断等手段步步为营,找到了自由坠落的原点,然后他又审视了坠落的后果和原因。戈尔丁采取如此叙事组织形式凸现了信仰失落和"自由坠落"之间的因果链,两者之间的联结点即欲望的失控或者说道德约束的缺失。可以说,小说的叙述结构和要表达的主题是一体的。

四、 但丁文本的戏仿

除了在时间和叙述组织上的匠心,《自由坠落》的叙事结构的复杂性也体现在另一条伏线中,即但丁文本的戏仿。这种与经典作品形成呼应的艺术手段沿袭了戈尔丁的创作精神。戈尔丁的《蝇王》颠覆了巴兰坦的《珊瑚岛》,《继承者》颠覆了威尔斯《世界史纲》对尼安德特人的描绘,《品彻·马丁》则从神学角度重写了以《鲁滨孙漂流记》为代表的荒岛文学。在戈尔丁的后期作品中,《黑暗昭昭》戏仿了《圣经》,《越界仪式》则在文体上重访19世纪初的书信体写作以及浪漫主义和古典主义文风。戈尔丁研究者一般认为,《自由坠落》和但丁的《新生》(*La Vita Nuava*, *The New Life*)和《神曲》两个文本关系密切。

《自由坠落》对但丁文本的戏仿涉及整部小说,在整体上作用于小说结构;女主人公的名字贝雅特丽齐影射了小说与但丁文本丝丝缕缕的关系。弗里德曼认为,《自由坠落》有多个场景戏仿或颠覆了《新生》。他指出,萨米佯装与贝雅特丽齐偶然重逢,贝雅特丽齐当时身边有两个女伴,令人联想到但丁初遇贝雅特丽齐时后者身边也有两个女伴;萨米的情书又是《新生》中但丁向贝雅特丽齐示爱的谣曲的"无望的戏仿";但丁曾在一条清澈的小河边散步,得到启示,爱情也得以升华,而萨米则在类似的经历后做出不惜一切代价追求贝雅特丽齐的决定,他的爱情也堕落为肉欲。① 事实上,"萨米决定不惜代价追求世俗的肉欲之欢,这本身也是戏仿

---

① Friedman, L. S. *William Golding*. New York: Continuum, 1993, pp. 76 – 77.

了但丁不惜代价求取天堂之爱的决定。”①

《自由坠落》和《神曲》也密切相关。但丁由维吉尔引领经历炼狱各层,直到山顶,遇见贝雅特丽齐。小说开篇,萨米即自言居住在“天堂山”,童年时他跟随伙伴约翰尼潜入天堂山上的花园里游玩,叙述者甚至特意提示:此情此景自有其意义。在小说结尾,萨米重访天堂山,花园已然成为疗养院、贝雅特丽齐的居所。萨米重访贝雅特丽齐,他的忏悔录将临终点,小说也即将收尾。因此,《自由坠落》一头一尾分别语涉天堂山上的花园,整个叙述犹如将《神曲》的炼狱之行镶嵌其中。小说开篇萨米处于“自由坠落”的失重状态,然后他细述往事,写下了这部灵魂的忏悔录,最终在叙述的终点又回到获得神启的那一刻。

《自由坠落》和《神曲》不止在结构上关联,更有细节上的互文。弗里德曼指出,《自由坠落》的起始即但丁《地狱篇》的开端,但丁迷失在过错之黑暗森林中,被豹、狮、母狼三只野兽围堵,直至遇见象征人类理性的维吉尔,告诉他要离开过错的黑暗,他必须“先坠入地狱(认识罪恶),然后升入炼狱(弃绝罪恶),最后才能到达天堂(欢乐的顶峰和上帝之光)”。维吉尔首先引导但丁降入地狱,正如萨米依靠理性重审他的人生;萨米在战俘营囚室的经历呼应但丁的炼狱之行;走出囚室的极乐体验类似但丁式的复乐园景象。②不过,弗里德曼认为,萨米的天堂之路是被阻断了的。但丁在黑暗森林遇见三兽,萨米则是在贝雅特丽齐的疗养院门口看见三兽石像:狮、巨蟒和有着“黄色的欲望之眼”的山羊。虽然疗养院坐落于天堂山,对萨米来说却无异于地狱。③的确,当萨米面对贝雅特丽齐动物般的生存状态,在感情上几乎无法承受自己的行为造成的严重后果。对萨米来说,在疗养院的经历不啻是认识自身罪恶的地狱之行。小说对但丁文本的影射和戏仿给小说结构添加了更多的意义层次,也给小说叙述增加了声部,使萨米贯穿全文的第一人称叙述有了和声的效果。

---

① Friedman, L. S. *William Golding*. New York: Continuum, 1993, p. 76.

② Friedman, L. S. *William Golding*. New York: Continuum, 1993, pp. 74 – 75.

③ Friedman, L. S. *William Golding*. New York: Continuum, 1993, p. 78.

五、人物的两极化设置

小说人物的两极化设置也强化了作品的主题。由两组人物代表相反的两种观念,互为映衬,互相作用,也是戈尔丁自《蝇王》开始惯常采用的结构方式。在《自由坠落》中,萨米的人生受到其他人物的影响和塑造,而这些人物或呈现出两极化,对萨米形成相反的作用;或互相呼应,有着可比性。萨米的母亲和收养他的瓦茨瓦特神父构成一对父母亲的截然相反的形象,约翰尼和菲利普分别是萨米童年时期善与恶的化身,贝雅特丽齐和塔菲是萨米情爱经历中两个完全相反的选择,而尼克和普林格尔小姐则是萨米精神上的父亲和母亲,对萨米产生了完全不同的影响。这些人物组合是作家着笔较多、比较重要的两极化人物形象。其中,约翰尼和菲利普在前文中已有论述,尼克和普林格尔小姐在下一节中会涉及,此处不再赘述。

萨米记忆中的母亲是一个"时代"、"世界"、"维度","她吓唬,但是不让人惊恐。她忽视,但是不损害利用。她猛烈,但是不险恶残忍。她是大人,但是不屈尊俯就。她热烈,但是不占有。然而最重要的是她一直在你身边。"(15 - 16)她像大地母亲一般,"是挡在我和冷冷的光线之间的温暖的黑暗。"(15)母亲的爱给了萨米温暖的安全感,黑暗曾是温暖的。收养萨米的瓦茨瓦特神父是替代父亲的角色,但是这个人物形象却颠覆了父亲的属性。他给了萨米安定的生活,但他病态的欲望却构成了潜在的威胁,他是萨米惧怕黑暗的原因。搬到神父家的第一夜,萨米第一次体验到了那种非理性的恐惧。瓦茨瓦特神父说:"我想你母亲以前会亲亲你,和你道晚安,萨姆?"(159)然而,他对萨米怀有的爱不是长辈对孩子的爱,而是无法启齿的欲望。和依从天性来爱孩子的母亲相比,神父虽然也养育了萨米,也终于克己地没有做出非分的举动,但却没有给予他温暖的亲情和保护。他疏远、冷漠,欲言又止,吞吞吐吐,虚张声势,始终被困在欲望的牢笼里,在欲望和名誉之间痛苦地挣扎。

另一对两极化的人物贝雅特丽齐和塔菲同样形成了鲜明的对比。贝雅特丽齐有着一种神性的美丽,她单纯、谦卑、利他、贞静。有研究者指出,纯真的贝雅特丽齐是小说中的"圣愚"形象,是萨米的罪恶把她钉上了十字架。[①] 她纯真、空白、疯狂,将生理的羞耻无阻滞地表现出来,是戈尔丁作品里难得一见的女性愚者形象。萨米和她之间更像是萨米与宗教的关系,她就像一个萨米无法攻克的奥秘,只能用灵性体验,而无法用理性诠释或解答。如同但丁的贝雅特丽齐,萨米的贝雅特丽齐也会引导他上升,到达天堂山的山顶,找到罪恶的原点和天启的大门。塔菲则完全不同,她美艳、大胆、坦率、聪慧,深谙人际之道,满嘴亵语,和萨米一样追求情欲的满足,两人很快一拍即合。塔菲是萨米在世俗世界的伴侣,她理解萨米的罪恶,不以为意,与贝雅特丽齐构成两极。

小说还有比较次要的二元人物关系,同样在小说结构方面埋下了经纬线,丰富了小说的细节。例如,小明妮和贝雅特丽齐都沦落为动物般的生存状态,两个当众撒尿的场景分别出现在小说首尾,形成呼应。左翼党派的两个头目艾尔索普和温布利外表极其不同,但是就像一对小丑,把政治理想当成了追名逐利,满足私欲的工具。战俘营的霍尔德医生利用对人类心理的知识盘问折磨萨米,指挥官则将萨米放出囚室,并嘲讽霍尔德不懂人心。

六、 理性和宗教

戈尔丁的传记作者凯瑞在他的后记中一针见血地指出,理性和宗教之间的冲突是戈尔丁小说创作中的核心主题。他写道:“这么说也许并不很夸张,这就是戈尔丁所有作品的主题。他所有的作品都多多少少展现了两种不同世界观的碰撞,一面是逻辑、理性和科学,其对立面则是宗教和想象。没有简单的定论,因为戈尔丁自己也是矛盾的。”[②]《蝇王》中的西蒙和猪崽、《品彻·马丁》中的纳特和马丁、《教堂尖塔》中的神父和石匠、《黑暗昭昭》中的西姆和埃德温等都各自代表了这种对立的两面。但是在《自由坠落》中,戈尔丁对这个主题的表现最直接和直白,而且在立场上虽然没

---

① Boyd, S. J. *The Novels of William Golding*. New York: Harvester Wheatsheaf, 1990, p. 72.

② Carey, John. *William Golding: The Man Who Wrote* Lord of the Flies. London: Faber and Faber, 2009, p. 520.

有给出简单的定论,却有明显的倾向。于是,《自由坠落》其实更像一篇阐述观点的论文,作家的意图过于明显,凌驾于小说形式之上,在某种程度上牺牲了部分小说本身自足的艺术性。当然,也正是这种表达的急切招致了科莫德对小说的批评。

如前所述,戈尔丁通过打乱线性叙述时间的方式在小说中建立信仰失落和"自由坠落"之间的因果关系,前者为因,后者为果。戈尔丁表达的是对信仰空缺的现代社会和现代人缺乏精神支柱的生存现状导致道德缺失的忧虑。小说跟随着萨米自我发现的脚步,实际上则是一步步推导出戈尔丁的结论。

在萨米走出囚室得到神启时,他认识到当代社会缺乏基本的道德观念,科学和政治的发展促使人们抛弃了这种"活生生的道德"。他意识到他的身上缺失了他的童年小伙伴约翰尼与生俱来的善良和慷慨。他发现,贝娅特丽齐也像约翰尼那样,"单纯,爱人,慷慨,谦卑。这些品格既没有政治上的重要性,也不会带来所谓的成功,但是当你回想起这些,它们就焕发出光芒,就像那所儿童病房。"(192)萨米于是自问:"曾几何时,我在自由与失去自由之间做出了选择。在教堂司事把我打倒前我并未失去什么,又或者那一拳就像死亡,让我偿还了债务。"(192)

萨米认为是他的"精神父母"尼克和普林格尔小姐塑造了他。尼克和普林格尔代表了理性和宗教的两极。神学教师普林格尔小姐主要教授《圣经》。一方面,她讲经释义生动、真切,深深地吸引了小萨米,迎合了他对神秘经验的向往,也培养了他对神学的兴趣;另一方面,她冷漠、残忍。"她用恐惧而不是爱来统治我们。她的武器不是藤条,大不一样,更微妙、残忍、不公,而且恶毒。她的武器是极微妙的,带恶意的冷嘲热讽,能割开你的血肉,让你成为其他孩子的笑柄。"(195)她尤其憎恨萨米,"部分原因是她爱上了瓦茨瓦特神父,而他却非但不娶她,还收养了我。"(194)她在课堂上嘲讽、惩罚、孤立萨米。萨米发现,他对神学课的热爱没有在老师那里得到回应:"难道你不明白?我站在你这边……我知道这本书里充满奇迹和意义,左边的约翰尼只是把它当作读物,前面的菲利普正看着你,盘算着怎样学着利用你。而我的喜悦就是你的喜悦。”(202)她能把基督受难的故事讲得催人泪下,却把一个无辜的孩子钉在十字架上。于是,萨米疏远了神学,走向了另一极。科学教师尼克尊重、关心每一个孩子。他尤其同情因私生子出身被人嘲笑的萨米,特意让孩子在课后留下来帮他整理仪器,和他谈心。那一瞬间,萨米明白了自己的天性和方向。“这个时刻对我极其重要,我必须仔细审视。在这个时刻,两个世界同时存在着。那个符合我天性的奇迹的世界深深吸引着我……然而从摩西的树丛里望着我的却是普林格尔小姐胖胖的长着雀斑的脸。另一个世界冷静、合理,却属于尼克友善的面孔。”于是萨米义无反顾地奔向了善意和友情。和普林格尔小姐一样,尼克也是一个矛盾体。他们的信仰或信条都没能决定他们的行为。

萨米以毫无逻辑的方式继承了尼克的逻辑世界,他开始推导出他自己的逻辑:“没有精神,没有绝对。是非对错是由议会决定的……但是萨米·蒙特乔伊……要服从大多数人的决定?难道萨米不应该决定自己的利益?”(226)萨米随后评论道:“自然科学里无法推导出道德,有的只是不道德。19世纪提供的乐观和仁慈早已消耗殆尽,非我辈可享用。”(226)事实上,这个观点在戈尔丁的其他作品中也通过各种艺术手段反复出现,但却是《自由坠落》的核心论点。戈尔丁曾谈起自己的父亲亚历克(Alec),即尼克的原型:

> 他的确有一种深沉的人们会说几乎是本能的人生道德观,不过我想这是出于习惯,而非出于本能。很奇怪,他最终信奉一种体系,我坚信那是理性主义者以及很多人都信奉的体系。而从逻辑上讲,这种体系里没有是非对错之说。但是是非对错仍在那里。我常常对他说:“你说你信奉的那些并没有给是非对错留下一席之地。为什么你却是讲道德的?为什么你相信正义、公平等等这些?”他从来看不到这点。他那一代人就是有这种古怪的盲点,可以直接追溯到至少19世纪中叶。他们从来不明白,他们身体力行的道德是无法从他们信守的体系中推导出来的……你看,某种程度上,《自由坠落》就

是对这种情形所做的注释，不是吗？①

据戈尔丁的女儿朱迪回忆，戈尔丁在父亲亚历克去世一年后对子女谈到他时曾说："亚历克认为他最了不起的优点是他的头脑，实际上应该是他的善良、他的灵魂。"②

然而对萨米来说，信仰的大门已经关上，而理性主义信条中又没有道德的一席之地，于是萨米变了。他修改了尼克单纯却虚幻的世界，创造了自己的"没有道德感的、野蛮的世界。人被无望地困在这个世界里，随波逐流，尽其所能地享用。"(226)于是当他爱上贝雅特丽齐时，他走到了人生的转折点：他立誓不惜一切代价得到她——"她洁白的我未曾见过的身体，她的服从，为了我对她所有的守护，为了她让我经受的痛苦，为了她的轻视……"(235－236)萨米从理性主义中推导出来的观念培植了他的人格，塑造了他的人生，也导致了他的悲剧。萨米探视贝雅特丽齐的第十三章带给读者痛苦的阅读体验。贝雅特丽齐的境况令他回想起幼儿园里的明妮，深深的内疚感折磨着罪人萨米，令他无颜面对。他对医生自白："什么也补救不了、改变不了。纯真不宥恕。"(248)在宗教和理性的困惑中，萨米选择了后者，导致了他的"自由坠落"。

在小说中，萨米"自由坠落"的状态通过"黑暗囚室"的核心意象表现出采。萨米在德军集中营囚室里遭受折磨的经历处于小说叙事结构的中心，也正是这一刻的极端处境开启了他的发现。要理解"黑暗囚室"的意象就必须结合萨米的追问来考量，即他是如何失去自由的。一方面，萨米对灵魂的拷问始于黑暗囚室。"囚徒"萨米遭受霍尔德的盘问，正如同萨米盘问单纯的贝雅特丽齐，爱情和囚徒两个部分对应萨米的罪与罚。另一方面，萨米对贝雅特丽齐不计代价、不顾后果、不负责任的追逐是他无所着落、道德缺失的精神困境必然导致的结果。从他不惜一切追逐贝雅特丽齐

---

① Biles, Jack I. *Talk: Conversations with William Golding*. New York: Harcourt Brace Jovanovich, Inc., 1970, p. 85.

② Golding, Judy. *The Children of Lovers: A Memoir of William Golding by His Daughter*. London: Faber and Faber, 2011, p. 142.

开始,信仰的世界就完全失落了,取而代之的是随波逐流、肆意攫取的欲望丛林。一旦萨米将自己的人生降格为欲求的满足,他就如同将灵魂交给魔鬼的浮士德,陷入了罪与罚的宿命之中,失去了灵魂的自由,无所皈依,无法逃脱。而萨米失去方向的、在欲望红尘中辗转的灵魂所寄居的正是"自由坠落"的世界——那正是一个理性失衡、信仰失落的巨大的黑暗囚牢。

因此,小说结尾再次回到萨米走出黑暗囚室的时刻,是不乏象征意义的。萨米的"黑暗"实为失去信仰的心灵世界的隐喻。当萨米走出黑暗的囚室,他目之所及皆是光耀,身心所感俱是炽热,光与焰的神启永远改变了萨米的认识论。"黑暗的囚室"和萨米浴于光焰神迹中的意象相对。走出"黑暗囚室"的萨米重新找到了神迹的世界。这一刻是萨米道德发现的开端,也是他神学启示的肇始。在理性主义膨胀的现代社会,通往信仰的桥梁已经断裂。而当萨米从囚室走向神迹的世界,他也终于获得重生,寄望于逃离罪与罚的宿命之链。可以说,戈尔丁以他的神学立场为囿困于"自由坠落"的精神状态中的现代英国社会留下了一丝希望的光亮,开启了一扇救赎之门。

萨米的宗教和理性之惑呼应了西方社会的精神困惑。《自由坠落》涉及的当代生活内容相当丰富:萨米的人生经历中有对小镇教区生活的描写、对教育的反思、对左翼政治社团生活的嘲讽。小说描绘了一个无所着落、没有根基的精神状态下的社会。从某种程度上看,萨米的成长史几乎就是一部西方社会的精神探险史。罗顿街的萨米处于前基督教时期,他的神秘经验和想象是异教式的或个人化的。罗顿街成为信奉大地女神(母亲和艾薇)的人类早期蒙昧时代的象征。小学生萨米的情境则是伊甸园式的,他和约翰尼一起探险的情节明显隐射伊甸园;相形之下,菲利普就像是轻声诱惑的撒旦,诱惑萨米做出恶行。伊甸园的篇章以萨米亵渎神坛告终。母亲去世,萨米也在隐喻意义上被逐出了伊甸园,转而被瓦茨瓦特神父收养。这个没有父亲的孤儿被拢入基督教的羽翼之下,然而瓦茨瓦特极度性压抑,长期神经紧张,有恋童倾向,他的形象勾画出在人欲的张力下宗教不堪的一面。尼克的出场象征着理性时代的来临。此后,理性和宗教成为萨米学生生活中的两个互相角逐的力量。神学教师普林格尔小姐促使萨米进一步疏远了宗教。普林格尔的残酷、虚伪,性压抑导致了她荒谬的神经质;而科学教师尼克则善良,富于同情心,热衷于传播知识,对外部世界的知识和奥秘充满宗教般的热情,是被理想主义和人文主义激励的知识分子形象。因此,萨米从他们身上分别看到的恰恰是宗教阴暗的一面和理性美好的一面,即便他天性中有着宗教的热情,他还是理所当然地奔向了理性的怀抱。萨米走向宗教的性压抑的反面,开始了他对贝雅特丽齐的狩猎;同时,信仰缺失的萨米也走向了他精神旅程的下一个思想阵营:对20世纪中叶的英国社会产生重要影响的马克思主义。"成为一个共产党员,这似乎有种大义凛然的意味、殉难的意味,似乎有了方向。"(125)然而,萨米所目睹的英国地方左翼政党充斥着私利和贪欲,对他来说,左翼理想无法成为信仰的替代物。萨米最终陷入"自由坠落"的状态。他个人的精神困境成为当代西方人精神困境的象征。因此,《自由坠落》可谓戈尔丁对20世纪西方社会精神状况的独特解读。小说通过萨米的追寻追溯了西方人精神探险的历程,使之成为浓缩了西方社会精神史的寓言。《自由坠落》从个体回忆的叙事结构出发,抵达的是作家对现代社会信仰失落和西方社会精神历程的思考。戈尔丁在这部作品中展示了恢宏的创作野心。

虽然《自由坠落》反思人类理性的局限,探讨宗教与理性之惑,小说的叙事因果链、人物的极化设置及其高度的象征性却体现了小说组织形式中理性的作用。小说形式繁复,但是表意却颇为清晰。然而,小说结尾再次回到萨米走出黑暗囚室的那一刻,以纳粹指挥官的一句"那位医生不懂得人"收尾,将小说原本理性而清晰的表意模式悬置于不确定之中,判定萨米的精神追索无效:写下这一切的萨米难道懂得人吗?通过追溯自己的一生,萨米尝试为自己在信仰和理性之间的漩涡中定位,寻找信仰和理性之间的桥梁而不得。小说的意义也因此陷入含混不明。也许,戈尔丁此举不仅意在嘲讽萨米,抑或是现代人的窘境,也终究是自嘲。毕竟宗教与理性之惑是戈尔丁作品的恒久主题。也许,贝雅特丽齐的"也许"和萨米的"也许"都多少指向这个小说尾声的巨大问号:也许……

第五章 《教堂尖塔》:恶的知识

一、《教堂尖塔》的不确定性

正如约翰·凯瑞教授所说,“戈尔丁的整体走向是越来越背离那种对任何事物的确定性……戈尔丁在他的创作生涯刚刚起步的时候,在《蝇王》中,一切都相当明确,道德也好,故事也罢。但是当你抵达《黑暗昭昭》,就不明确了,语言也随之变得不确定。你不能确切知道其意义。”如果我们来尝试寻找这一背离的开端,那也许是在《自由坠落》的尾声。萨米的追忆再次回到走出囚室的那一刻:那位纳粹指挥官轻描淡写地说:“那个医生不懂得人。”于是,萨米作为叙述者写下的一切所指意义滑向了不确定。戈尔丁的下一部作品加剧了这一不确定性。《教堂尖塔》意指含混,致使评论界得出截然不同的结论,可以说是戈尔丁第一部明确地走向这种不确定性的作品。

事实上,小说叙事线条明晰,并无《品彻·马丁》在人物意识状态上设置的“把戏”,也无《自由坠落》在叙事时间上的颠倒重排。《教堂尖塔》的情节按照线性时间展开,讲述了 14 世纪英格兰南部一座教堂的教长乔斯林在没有地基的教堂中央建起高达四百英尺的尖塔的故事,细述了两年的建造过程,从尖塔始建开始,到尖塔完工乔斯林之死结束。小说叙述主要采取了乔斯林的第三人称有限视角。小说的另一条情节发展线索关乎乔斯林的自我认识,他在尖塔完工摇摇欲坠时看清了自己建塔的初衷,获得了关于信仰和人性的顿悟。然而,乔斯林的顿悟究竟是什么?小说结尾时他体验到的神秘幻象——苹果树和翠鸟究竟意指何方?戈尔丁以极富象征意蕴的意象所揭示的究竟是什么？小说清晰的结构和含混的意蕴使作品形似水晶球，看似晶莹剔透、一目了然，却在不同的光照下折射出完全不同的色彩。

比起前四部作品，《教堂尖塔》的创作过程显得漫长而困难重重。1961年4月，戈尔丁携家眷去希腊旅行归来，在他写给蒙蒂斯的信中提到他的下一部作品可能命名为《巴彻斯特尖塔》(*Barchester Spire*)。[①]"1961年年中，还只是最初设想中的一篇'滑稽'的短篇小说，到1964年四月出版，丽贝卡·韦斯特称之为'绝妙的悲剧'，其间的这三年历经种种重新考虑、恼怒和近乎绝望的情绪。"[②]作品痛苦的诞生过程也许和戈尔丁本人的内心矛盾息息相关。期间他写给蒙蒂斯的一封信就"意味着他内心挣扎在宗教和理性之间，导致他对写下的内容极不满意。因为不管哪一方占了上风，另一方就不可避免地被挫败了。"[③]于是小说最终仍旧挣扎在理性和宗教之间，这一冲突既是小说的重要主题，也造成了小说意指的不确定。

除去作家本身对小说理性与宗教主题的矛盾情绪，就小说本身而言，意指的不确定性和小说技术层面也有关联。戈尔丁研究者泰格认为，《教堂尖塔》的不确定性来源于小说的叙述中心的单一性和小说所表现的世界的复杂性之间的冲突：

> 如果《自由坠落》的最后一页挑战了模式的局限性，展现了两个视域，那么含混，而非规则，最终得以揭示叙述者所生存的分裂的世界。《教堂尖塔》则延续了这一悖论作为指生意义的主题，即任何计划都是自相矛盾的，因为它多少是一种隐喻。这部小说所借助的和再现的世界是多元的、多义的、混杂的、复杂的。但是小说却将位于其中心的智力人格设置为一

---

① Carey, John. *William Golding: The Man Who Wrote* Lord of the Flies. London: Faber and Faber, 2009, p.250.

② Carey, John. *William Golding: The Man Who Wrote* Lord of the Flies. London: Faber and Faber, 2009, p.268.

③ Carey, John. *William Golding: The Man Who Wrote* Lord of the Flies. London: Faber and Faber, 2009, p.278.

个任性妄为、毫不退让的模式制造者。在两者的对峙和不可避免的激烈对抗中产生了这部一度被称为“本世纪最野心勃勃、引人入胜的小说之一”。①

泰格的观点不无道理。的确,《教堂尖塔》最主要的一个叙事线索就是将乔斯林的基督教信仰的单一原则置于科学理性、异教迷信、肉体欲望、商业利益、贪图享乐、趋利避害等种种人性现实的情境之中经受考量。在这样的现实环境中,以尖塔为象征的乔斯林的信仰是否最终分崩离析,还是找到了更坚实的地基?换句话说,乔斯林的模式是否仍有存在的意义?如果小说没有或不能明确回答这个问题,自然就会导致意义的不确定性。

小说以乔斯林的第三人称有限视角出发,在与现实对立面的碰撞之中一层一层揭开他的意识表层,抵达问题的核心。然而,外部世界是如何作用于乔斯林的意识的?读者或可进而追问:戈尔丁是如何追索和探入乔斯林被层层揭开的意识?戈尔丁的确使乔斯林的叙述视角不时地从接受外部世界的信息滑向表达内在的反应和感受。但是即便是乔斯林的内心独白也依然受困于他自身的认识局限。如哈芬顿在一次访谈中提出的,“就《教堂尖塔》中的乔斯林这个人物,存在着数个层面的意义或诠释。读者可以将他的偏执理解为精神病理学意义上的问题,或理解为性(冲动)的升华,或完全就是虚荣。他既可能是真正的神秘主义者,也可能是假的,或者他的执念也可能是心理疾病造成的。”②戈尔丁的回答或能揭示他的创作意图:

我十分清楚你提到的这些选择。这个人物是精神变态,还是虔诚的神秘主义者,像以西结那样被选中建造一座尖塔,对那些有信仰的人来说就像一个标志……作者对所有这些不

---

① Tiger, Virginia. *William Golding: The Unmoved Target*. New York, London: Marion Boyars, 2003, p.146.

② Haffenden, John. *Novelists in Interview*. London and New York: Methuem, 1985, p.108.

同的诠释一清二楚，但是他不做选择。既然这些诠释都存在，正确的选择又有什么意义呢？……作者总是开放所有选择，因为这是生活的本来面目……但是当然，我个人相信乔斯林被用来建造尖塔，他最初的幻象是真实的。这是我的观点。但是问题是，他本应采用别的手段？这就是我感兴趣的地方。我接受这个事实、这个假定，即乔斯林看到了一个真实的幻象，要建起一座石头的圣经或者什么——接着就是人的问题，他是怎么做的？……如果你要做这样一件事，你必须使用手头的一切手段。于是你就会对人产生影响，这对于我就是一个基本命题，是绕不开的。同样，所有这些诠释也都在那里，你可以说他是个混蛋，我不可以，但是你可以这么认为……我仍旧站在他的立场上，不管好坏。①

二、历史上的尖塔

读者一眼就能辨认出乔斯林执掌的中世纪教堂是以索尔兹伯里教堂为原型的。戈尔丁曾在索尔兹伯里附近的华兹华斯主教学校教书近20年，一直对这座宏伟的建筑奇迹感到难以置信。戈尔丁自己也坦承这一点："我教书的时候，尖塔就矗立在窗外。从学生低着的头上望去，它就在我眼前。就像考利的历险，它必须要有一个解释。我越看就越觉得难以置信，无法相信它会存在，会有人这么做。我必须尽可能构想出情境和会那么去做的人。"②不过，戈尔丁称小说并不一定要和索尔兹伯里有关，他刻意砍掉了索尔兹伯里教堂的一对耳堂。③

索尔兹伯里教堂建于1220—1258年，是英国13世纪哥特式的教堂建筑。索尔兹伯里著名的尖塔建于1310—1333年，高404

---

① Haffenden, John. *Novelists in Interview*. London and New York: Methuem, 1985, pp. 109 - 110.

② Baker, James R. "An Interview with William Golding". *Twentieth Century Literature* 28. 2 (1982): 130 - 170, p. 148.

③ Biles, Jack I. *Talk: Conversations with William Golding*. New York: Harcourt Brace Jovanovich, Inc., 1970, p. 98.

英尺,在原有的建筑重量上增加了6500吨,目前仍是英国最高的教堂尖塔。现在,尖塔已向南倾斜27.5英寸,向西倾斜17.5英寸。[①] 同样,《教堂尖塔》中乔斯林的尖塔也有400英尺高,也是在原有建筑完工约一个世纪后向上搭建。在建造过程中,尖塔下原有的四根承重柱开始弯曲。在小说尾声,尖塔仍矗立着。

戈尔丁在1965年为《假日》(*Holiday*)杂志所写的散文《对教堂的热爱》("An Affection for Cathedrals")里提到索尔兹伯里教堂的传奇历史:

> 据传1200年左右,普尔主教站在山上,俯瞰当地河流的交汇处,其时耶稣之母向他显现,教他射出一箭,在落箭处为她建造一座教堂。那支箭飞出一英里多,落在一片沼泽中央。教堂就在那里建了起来,完全无视健康、地基、道路和可行性种种。八十年后,建造者使用了成千上万吨的铅、铁、木、石,在那座教堂顶上竖起全国最高的尖塔,其技术上的豪赌使太空旅行相形之下成了小儿之戏。然而,整幢建筑仍屹立着,虽然倾斜、弯曲,却屹立不倒……有谣传说沼泽下其实存在着承重底层。即便如此,即便这底层奇迹般地毫不漂移,当时的建造者也是不可能知道的。于是这建筑屹立着,一种永久的愉悦、永久的奇迹,让我们渺小的国民整体在它周围塑造成形。[②]

同时,评论界也注意到小说与英国作家安东尼·特洛普(Anthony Trollope, 1815 - 1882)的"巴彻斯特"系列小说的关联。特洛普的"巴彻斯特"系列创作于19世纪中期,故事都发生在虚构的巴塞特郡及其首府巴彻斯特。戈尔丁的《品彻·马丁》第三次印刷的书皮上即有下一部即将发表的作品"《巴彻斯特尖塔》"的字样。戈尔丁后来回忆说,想到特洛普写尽了这个地方,却没有提及教堂,他觉得非常奇怪;他的确有过这样的念头,写一本巴彻斯特

---

① http://www.salisburycathedral.org.uk/visitor.intro.php.

② Golding, William. *A Moving Target*. New York: Farrar, Straus and Giroux, 1982, p. 17.

式的小说,但是他当然改变了主意;考虑到小说中的性意象,他甚至开玩笑地向出版商建议将小说题名为《巴彻斯特的勃起》;而且他并不想把这个故事写成一部中世纪小说或者历史小说。[①]研究者弗里德曼将之解读为戈尔丁"玩笑似地否认了小说的历史真实性"。[②]

小说另一个有趣的方面是戈尔丁关于建筑工艺的知识来自何处。根据作家自述,弗兰克·科莫德曾问及他是如何做相关的研究调查的,他回答说他没有为这部作品做任何研究调查,"事实就是这样";他唯一查阅的资料是索尔兹伯里图书馆里一本关于这个教堂的雕像、每日如何祈祷等内容的书籍,总共花了他大约 45 分钟。因此,科莫德说:"哦,比尔凭空想出了如何建造教堂尖塔。"[③]科莫德后来回忆说:"他对自己心灵手巧很得意。"[④]

三、尖塔的攀升和认识的演进

《教堂尖塔》的情节主线是尖塔的建造。在这个建筑过程中,尖塔逐渐向上升起,教堂的原有地基也被挖开勘查,新的道路以尖塔为中心开始成型,教堂的教士和会众的日常生活开始受到影响和改变,甚至付出生命的代价,乔斯林登上日益攀升的尖塔,同时也渐渐深入灵魂深处。研究者对小说结构的分析不尽相同。布福金(E. C. Bufkin)在论文《〈教堂尖塔〉:书之意象》("*The Spire*: The Image of the Book")中将小说结构分为三个阶段,分别由四个章节构成;他指出这一结构形式契合典型哥特式悲剧的三段式结构:上升、顶点和下降。布福金指出小说呈现为金字塔式的叙事结构,将乔斯林推到野心的高处,然后使他坠入深渊:在中间到达塔

---

① Biles, Jack I. *Talk: Conversations with William Golding*. New York: Harcourt Brace Jovanovich, Inc., 1970, pp. 98 – 100.

② Friedman, L. S. *William Golding*. New York: Continuum, 1993, p. 87.

③ Biles, Jack I. *Talk: Conversations with William Golding*. New York: Harcourt Brace Jovanovich, Inc., 1970, pp. 96 – 98.

④ Carey, John. *William Golding: The Man Who Wrote* Lord of the Flies. London: Faber and Faber, 2009, p. 285.

尖,在结尾跌至阴沟。①弗吉尼亚·泰格则将小说分为两个“乐章”(movement):第一章至第十章详述尖塔的建造,紧随其后的第十一章、第十二章审视乔斯林建塔的动机。②弗里德曼提出类似的看法,称“小说总体上由两个乐章构成——尖塔的建造(第一章至第九章)和代价的最后估算(第十章至第十二章)。”③但是他同时指出,不断攀升的尖塔也代表着乔斯林渐进的领悟。他认为小说的结构就像古希腊和莎士比亚的悲剧,将人物的教育融于情节设计的变化中。以此为着眼点,乔斯林的发展呈现为三重结构,或者说是大体相似的三“幕”,每“幕”都以获得某种认识的场景结束:第四章的工人骚乱、第八章的仲夏夜魔鬼崇拜以及第十二章的临终顿悟。④

虽然研究者对小说结构的阐释略有不同,但是都基于塔与人的两分法,即尖塔的攀升和人物认识的演进。研究者的共识是有理据的,能揭示小说的结构形态。《教堂尖塔》共十二个章节,其中主要行动是乔斯林建塔,体现在乔斯林所遇到的种种困难和阻力。这是叙事的外显部分,构成小说情节上的外在张力。与之相对应的而且真正产生意义的是叙事的隐含部分,即乔斯林对建塔这一行为的认识:这包括他对建塔所付出的代价和自己建塔的潜在动机的认识。乔斯林在认识上从盲目自欺到获得顿悟的演进是和小说的叙事进程交织在一起的。同时,乔斯林的盲目无知和读者对事件的认识构成了小说叙事上的内在张力。

这些内在和外在的张力在小说开篇起就显露无遗,并持续整个建塔过程。小说的第一章叙述建造伊始,欢欣鼓舞的乔斯林发现两名修士正在议论某人,口吻轻蔑厌恶,而他却没有意识到他们谈论的人正是他自己。紧接着教堂清扫人潘格尔就向他抱怨进驻教堂的建筑工人们对自己百般嘲讽戏弄,乔斯林不无恼怒地意识

---

① Biles, Jack I. & Robert O. Evans (eds.). *William Golding: Some Critical Considerations*. Lexington, KY: The University Press of Kentucky, 1978, p. 137, p. 143.

② Tiger, Virginia. *William Golding: The Unmoved Target*. New York, London: Marion Boyars, 2003, p. 148.

③ Friedman, L. S. *William Golding*. New York: Continuum, 1993, p. 97.

④ Friedman, L. S. *William Golding*. New York: Continuum, 1993, 98.

到他的宏伟尖塔在潘格尔心中不过是“乔斯林的愚行”(Jocelin's Folly)①。第二章中,乔斯林与他的忏悔牧师安塞尔姆发生了矛盾,工程影响到了后者谋取私利的蜡烛买卖,而施工造成的尘土更使他无法忍受。然后,建筑队的工头罗杰·梅森又告诉他教堂现有的地基不足以支撑尖塔的重量。第三章中,漫长的雨季使工程停滞下来,教堂的里里外外潮湿渗水,积水甚至渗进了墓地,散发出恶臭;同时,乔斯林又发现罗杰和潘格尔的妻子古迪有了私情,他不由冒出自私残忍的念头,希望罗杰就此安心建塔:“她会把他留在这里”(59)。第四章中,罗杰为勘测地基挖了个深坑,却发现教堂矗立在沼泽上,同时坑洞造成了塌陷,工人们陷入了恐慌,袭击了潘格尔;乔斯林在一片混乱中被推挤到一边,视线受到遮挡,因而没有目睹惨剧。真相直到小说结尾才揭开,迷信的工人们杀死了潘格尔,按照古老的异教仪式,将他埋在了坑洞里。显然,乔斯林的工程遇到了种种阻力:来自教堂内部的、工头的,甚至气候的;同时也开始付出可怕的代价:反目、背叛、通奸和谋杀,而乔斯林灵魂中的龌龊也开始显露和膨胀。从第五章起,乔斯林开始攀爬在建的尖塔,躲避地面上的种种矛盾,试图在高处的寂静和孤独中得到慰藉,却发现古迪和罗杰在塔楼上的工具棚里偷情;而撑起尖塔的石柱因巨大的重量开始发出歌唱般的声音,塔楼也开始晃动。罗杰不得不在工艺上孤注一掷,锻造钢条来固定塔尖,减轻重量。乔斯林拿着钱去找怀孕的古迪,希望能用自己的积蓄为她在别处的修道院换得容身之地,恰逢罗杰的妻子来到古迪住处羞辱她。古迪看到乔斯林,以为神父是去指责他的,恐惧和羞愧引发了流产,古迪在痛苦中死去。古迪的死使乔斯林濒临崩溃,而罗杰虽然回到了妻子雷切尔身边,却开始酗酒。乔斯林日益疏远教堂的事务和会众,每日攀上尖塔,与工人们为伍。仲夏夜,他失望地发现工人们离开了工地,聚集在城外的石头阵举行崇拜魔鬼的异教仪式。第九章中,乔斯林的麻烦和大风、圣钉、巡查齐聚而来。大风

① Golding, William. *The Spire*. New York: Harvest-Harcourt, Brace & World, Inc., 1964, p.15. 小说引文均译自这一版本,页码注于引文后,用括号标出,不再另注。译文参考威廉·戈尔丁. 教堂尖塔. 周欣译. 上海:上海译文出版社,2001 年。

吹得尖塔摇摇晃晃。尖塔即将完工,工人们固定了压顶石,拆除了脚手架,砸松了钢缆,塔顶的八角木架随之崩裂。乔斯林遭到了巡查的盘问,他得知两年前就已经有人指控他了。安塞尔姆神父出于私利指控乔斯林建塔使得教堂中殿不再点蜡烛;工程导致教堂的日常仪式终止;他的工人们是一群"杀人犯,凶手,暴徒,斗殴者,强奸犯,臭名远扬的通奸犯,鸡奸犯,不信神的人,或者更坏"(161)。乔斯林试图解释他最初的幻象和事情如何失控而变得日益复杂,却发现很难说清。他被责令待在家中。同时,暴风雨摇撼着尖塔,石块纷纷掉落,人心惶惶。狂风暴雨之中,乔斯林爬上塔顶,钉下"圣钉"。

如果说小说从第一章建塔开始到第九章乔斯林钉入"圣钉"完成了建塔的过程,第十章到第十二章则完成了乔斯林精神上的洗礼和顿悟。第十章中,乔斯林的姨母艾丽森到访,艾丽森是前任国王的情妇,也是他建塔的财源。乔斯林从她处得知,自己得以当上教长,全凭她与国王的特殊关系;同时,乔斯林发现赖以支撑尖塔重量的石柱内部竟然都是碎石。巨大的惊骇下,乔斯林背部的痼疾发作了。陪伴他的亚当神父为他朗读当年乔斯林记录下自己幻象的日记,吃惊地发现乔斯林竟然缺乏基本的神学教育,他甚至不懂得如何祈祷。乔斯林对着善良的神父喊出了"帮帮我。"这句话仿佛是一把神奇的钥匙,开启了乔斯林的谦卑。第十一章中,乔斯林试图取得安塞尔姆神父的谅解却不得,然后他悄悄溜出教堂去求得罗杰的原谅。乔斯林在走出教堂的路上看到了一棵开花的苹果树,他像个孩子似的哭了,接着他又看到翠鸟一闪而过。罗杰误以为乔斯林是来指控他的,驱赶乔斯林,后者随即遭到人们的围攻。第十二章中,乔斯林陷入了一阵阵的昏迷。他的背疾被确诊为脊柱结核。乔斯林得知罗杰企图上吊自尽未果,如今瘫痪在床,全靠雷切尔照顾。临终的乔斯林眼前再次出现了古迪秀发的幻影,飘荡在群星之间。他喊道:"贝丽奈西!"他瞥见窗外矗立不倒的尖塔,如同向上冲起的飞瀑,就像一棵苹果树。然而,乔斯林的顿悟却未能惠及他人,亚当神父也只是把他无声的自语诠释为对上帝的呼唤。

在小说的叙述进程中,其内在和外在的张力始终延续着,推动着情节的发展,直至小说的第九章建塔完成和第十二章乔斯林的临终顿悟。然而,尖塔虽然直至小说尾声依然矗立,却始终留下悬念。乔斯林的临终顿悟究竟为何?贝丽奈西是指圣女还是埃及美后?转瞬即逝的翠鸟凝固了整个天空的蔚蓝,去而不返,究竟意味着什么?尖塔幻化成开花的苹果树,这个美丽的意象又指向何方?无论是尖塔的完工还是顿悟的完成,都似乎开启了新的疑问,使小说的结尾化为一个个隽永的问号。和《自由坠落》一样,开放性的结尾仍凸现小说意义的不确定性。

四、建筑空间的隐喻

如果《自由坠落》是按照因果链重排时间的小说,那么《教堂尖塔》的主要结构形式是空间隐喻,并从建筑空间出发探求建塔这一核心事件的因和果。《教堂尖塔》的评论者普遍立足于塔与人的二分法展开对小说的分析。事实上,将《教堂尖塔》描述为一部关于建筑与人的小说并不为过。小说的一个重要形式特点即建筑空间与人物意识之间存在着密切关系:教堂建筑的空间布局、建造尖塔带来的空间上的变化都与人物的意识息息相关、紧密互动。同时,建筑空间在建筑文化、宗教、历史等方面的意义以隐喻和象征的手法体现在小说中,教堂和尖塔的物理空间及其形成、建筑空间的变化和小说的叙事进程、人物的意识状态又互为呼应,并且构成隐喻。

尖塔和肉身

教堂空间和人之间的密切关系首先体现在乔斯林和教堂空间的关系上。评论家津丁指出,《教堂尖塔》通过建筑可见的公共形态,以空间的形式展现了肉体和灵魂的隐喻。[①] 中世纪教堂的鸟瞰平面多呈十字,象征十字架,形似仰卧的人体。索尔兹伯里教堂有

---

① Gindin, James. *William Golding*. *Macmillan Modern Novelists*. Houndmills: Macmillan, 1988, p.49.

双重翼部，而戈尔丁曾说他在小说中砍去了一对翼部，因此乔斯林的教堂平面呈十字形。小说开篇，乔斯林就把他主持的教堂模型比作人的身体："模型就像一个仰面躺着的人。中殿是他并拢的双腿，两边的耳堂是伸开的双臂。唱诗坛是他的躯体，圣母堂……是他的头颅。现在，一座新的尖塔将从这建筑的心脏跃升、突起、迸发而出，他的王冠，他的威仪。"（4）而在教堂内部进行的修建就像是"将我的手放在我的教堂的躯体上，我就像外科医生，向着这被罂粟麻醉的腹部插入我的刀……晨祷声就是被麻醉的仰卧的躯体发出的缓慢的呼吸。"（9）

随后，教堂的"人体"形象又出现在叙事进程的另一个关键点，颇为直白地揭示了乔斯林建塔的动机。乔斯林把背部的灼热感看作是守护天使来临，往往"天使"光临之后，情欲的"魔鬼"也会来折磨他。当他发现罗杰和古迪的私情后，他萌生了一个可怕的念头，"那个念头就像一个活物跃入他的脑中"（58），即罗杰会为了古迪留下来建成尖塔。当晚他长跪不起，流下眼泪，他的"天使""温暖"了他之后，他做了个噩梦，梦见自己"仰面躺在沼泽地里，被钉在十字架上，他的双臂是耳堂，潘格尔的王国就依偎在他身体的左侧。人们来嘲笑他、折磨他，雷切尔来了，罗杰来了，潘格尔来了，他们知道教堂没有尖塔，也不可以有尖塔。只有撒旦从西方升起，头发飘扬，一丝不挂，站在他的中殿之上，干着，折磨着他，于是他在沼泽温暖的水中扭动，高声地喊叫。"（59－60）在这个梦境中，乔斯林把自己完全代入了坐落于沼泽地上的教堂，而潘格尔的王国则令人联想到女性依偎于男性之侧的形象。梦境中的撒旦显然导致了乔斯林的自渎，尖塔的性征意味十分明显。

小说多次提到乔斯林把自己的身体带入尖塔，如"用自己的双肩负起整座建筑"（69）；当石柱不堪重负慢慢弯曲（147），乔斯林的背部也在弯曲（145）；当尖塔开始在大风中晃动，乔斯林的意识也越来越混乱。当尖塔即将完工，八角木架的钢缆松开的时候，"另一根钢缆却收紧了"（154），乔斯林知道这根钢缆束缚着他的胸膛，他必须尽快钉入圣钉；当他接过圣钉，他把它"紧紧按在束缚他胸膛的钢缆上"（155）。此外，尖塔的滴水兽依据乔斯林的头像雕刻而成,石像有着和他一样的面庞,鼻子尖利如鸟嘴,面容布满皱纹,高耸瘦削的颧骨下是深陷的两颊,失明般的眼睛深深地凹陷进去,石像的口大张着。这些石像将被砌在二百英尺的高塔上,成为尖塔的一部分。而当罗杰挖出的勘测地基的深坑导致地面晃动时,他的头像和潘格尔被一起埋在了里面,支撑起尖塔。因此,对乔斯林来说,建筑既是信仰的图式,也是肉身的表达。在他的意识中,教堂、尖塔和肉身已经融为一体,难分难解了。

向上和向下的隐喻

小说通过详细描绘乔斯林建塔的过程,展现了"向上"和"向下"两个建筑空间的隐喻。这一对隐喻构成了小说的基本结构:尖塔的攀升和信仰的跃升对应地基的勘测和动机的审视。象征着信仰的教堂尖塔实际上建筑在坑洞里的牺牲品和欲望的"地窖"之上。因此,小说不仅展现了尖塔和信仰"向上"的跃升,也揭示了乔斯林对自己的行为动机、人性之卑琐的"向下"的追索。不论是人"向上"的渴望,还是"向下"的回望,小说都同样赋予其深沉的意义。就这一点看,雷切尔在小说第二章中即道出的古老建筑理念也就是小说的主题:"尖塔向上有多高,向下就有多深。"(39)正如评论家津丁所说:

> 向上的攀升和向下的深渊,两者的平衡是戈尔丁常用来表现信仰和理性之间的平衡的隐喻,但是这仅仅是表面的东西。关于人类内心的空间位置和权力谱系的隐喻衍生为更为有趣而复杂的样式:戈尔丁用"上"和"下"的平衡来表现乔斯林得以实施其意志的神权政治;表现关于人性的宗教观点,这种人性是基督教的重要象征尝试要"跨越"的;表现使得阳痿的潘格尔成为坑洞里的替罪羊的性的立场和等级制度,该立场合乎乔斯林内心世界的认知,他认识到他的性压抑的罪恶感和他的渴望的崇高之间的联结。空间隐喻串起了所有的人类经验、所有难得的胜利和常态的痛苦。①

① Gindin, James. *William Golding. Macmillan Modern Novelists.* Houndmills: Macmillan, 1988, p. 52.

对乔斯林而言,高高耸立、直插云霄的尖塔是人类"祈祷的图式"(115),是连接天空与大地、无限与有限、神与人的桥梁,是蜉蝣般卑微的人类向往天堂的企图、追求无限的象征。乔斯林的目光是向上的。他总是高高抬起下颌,用他的目光绘出向上延伸的无形的几何线条,直达四百英尺高空的尖顶(31),并"跃升为一幅永恒的图画"(64)。乔斯林坚信,教堂建筑是"向上帝祈祷的图式,而我们的尖塔是祈祷的最高的图式"(115)。教堂以充满隐喻意味的空间设计和装饰在人间传递神的意旨,形成人与神的对话,而教堂挑高的空间设计更是将人的视线高高拽起,跃升至世俗社会之上。然而,在"向上帝祈祷的图式"中竖起"最高"的图式,这样的雄心使人不得不把尖塔和巴别塔联系起来。巴比伦人建造"通天"高塔,传扬他们的美名。巴别塔象征着人类对无限性的追求,在接近天顶的高度时无限接近神性。然而上帝因人类的放肆而不快,扰乱了他们的语言。"巴别"一词所蕴含的"嘈杂喧嚣"之意确实令人联想到乔斯林的教堂里混乱、喧嚣的状况。

当乔斯林攀爬到尖塔上沉湎于高空带给他的快乐时,他感到远离了俗世的纷扰。现实世界里,"大地上聚集着的是没有鼻子的人,向着天空露齿而笑。到处都是绞架,分娩时的血、犁沟里的汗不停地流淌。那下面还有妓院,醉汉躺在阴沟里。"除了教堂这大地上的"方舟"一无是处。(102)张开双翅在高空盘旋的大鸟不是渡鸦,而是象征着圣约翰的鹰。而且,当乔斯林站在塔顶向下俯视时,他的目光是上帝般的审视和评判。他忽然意识到尖塔带给下面的俗世景象巨大的变化,"影响着,改变着,主导着,凡尖塔的可见之处,都赋予它崭新的版图"(102)。尖塔导引人们穿过灌木和荆棘而来,开辟出新的道路,"整个乡村顺从地换上了新的模样"(103)。尖塔,"这向上伸出的手指,让这城市成为先定之轮的心脏。新的街道、旅馆、码头、桥梁,如今又有了新的道路,带来新的人群。"(103)同时,尖塔顶端的位置给予他神一般的近乎全知的视角。仅仅一次短暂的注视,他就看到在牛奶里掺水的妇人、躺在阴沟里的醉汉、将要走进酒馆狂饮的盗窃石材的小偷。他愤怒地告诉罗杰派人去惩罚那个小偷,心情复杂地体验着尖塔赋予他的“高度、权力和代价”(105)。

和乔斯林向上的渴望相对的是建筑空间在相反意味上的向下的追索。和乔斯林朝向天空的目光相反,罗杰的目光是望向下方的。罗杰·梅森夫妇都有不同程度的恐高。这种对高度的畏惧或多或少意味着更加接近大地、注重实际、接受人性现实的世界观。以现代人的眼光来看,中世纪的罗杰称得上是在技术上富有创造力的建筑专家;他的妻子雷切尔则是带有男性特征的女人,虽然她在床笫之欢时发出颠覆性的笑声,毁掉了两人的夫妻生活,却以她自己的方式扶持着丈夫。罗杰始终试图说服乔斯林没有地基的尖塔在技术上是不可能完成的任务。罗杰在小说中首次出场便是望向下方的形象,勘测地基,忧心忡忡。“罗杰·梅森站在地洞的另一端,向下望着,盯着看。他抬了下眼,看看通道那里的石柱,对乔斯林视而不见,继续盯着下面看……他向下望着,瞪着眼睛,深褐色的脸上完全是一副惊奇的、不可置信的神气。”(32)罗杰是乔斯林的反衬。他以科学、理性的态度考察建塔的可能性。他和乔斯林相反,他依赖的不是信仰,而是手艺,是实践经验和对物质世界的理性认识。从另一个角度看,最终把罗杰拴在乔斯林的工地的是他和古迪的私情,是和人在精神上的信仰截然相反的肉体上的满足。因此,乔斯林忽略向下的目光,无视地基的重要性,而罗杰则代表了与乔斯林对立的另一种认识和看待世界的方式。

小说对教堂空间的隐喻也体现在乔斯林自身“向下”的追索——追索自己建塔的代价和真正的自我。正是在这个追索的过程中,乔斯林逐渐认识到信仰的真正涵义。小说开篇,哑巴吉尔伯特雕出乔斯林的头像,表现他“圆睁的盲眼”(20),揭示出乔斯林视而不见的盲目。“的确,目睹幻象的时刻,眼睛一无所见”(20),他被自己的幻象蒙住了眼睛,看不到显而易见的现实。小说第七章描写古迪之死,乔斯林在混乱中跪下祈祷,眼中所见只有痛苦的古迪;看似毫无逻辑和次序的事件忽然有了联系:安排的婚姻、燕子巢、头发和鲜血、拿着扫帚一瘸一拐穿过过道的男人。一个句子浮现在他的脑海，能概括他全部的人生、全部的罪恶、他不得已的残忍以及他那可怖的专注的意志：“这就是我为我真正热爱的所做的。”（132）乔斯林所想到的这些都关乎古迪的不幸，而他就是古迪不幸命运的缔造者，为了自己的欲望以极为自私的方式将她留在身边，保有她的贞节。对这一代价和动机的认识导致乔斯林对建塔行为的质疑。第八章中，工人们前往石头阵参加异教徒的仪式，乔斯林自问：“如果大卫因为手上沾了鲜血而建不起庙堂，那我们又将如何？我又将如何？”（151）记忆于是蜂拥而至，碎片串成完整的故事：古迪、罗杰、雷切尔、潘格尔和工人们。“他往下望着，一直向下，越过楼梯、木质地板、穹顶，直到十字中心挖开的坑洞，如同为某个大人物准备的坟墓。”（151）这向下的目光将他引向潘格尔的真正死因，也引向人类罪恶的可怕坑洞。更可怕的猜想是：古迪是否知道甚至默认了潘格尔的谋杀？这可怕的怀疑使他心神不宁，潘格尔被追逐时古迪抱着石柱望着罗杰的模样烙在了他的心里。当乔斯林去找罗杰求得他的原谅时，他对罗杰说：“我必须知道她是什么样的人。”（205）这也是魔鬼幻化成古迪形象的原因之一。最后，他向罗杰分享了自己获得的认识：“人心是什么，罗杰？它是不是整座建筑，算上地窖和其他的一切？”他无情地剖析自己对古迪的占有欲：“问题是，罗杰，地窖了解他，我的意思是知道他阳痿，于是我安排了他们的婚姻。”（208）

渐渐地，乔斯林对建造尖塔付出的代价也有了更加深沉的认识。他开始意识到必须付出的代价，除了金钱的物质成本，更多的是不可估量、难以名状的人的代价：教堂的日常活动，他和安塞尔姆神父之间的情谊，潘格尔安宁的生活，建筑工人的意外死亡，以神职换得伊沃提供石材……当他下定决心利用古迪和罗杰的关系，操纵罗杰为他工作时，古迪的堕落就成为“建材的成本”（121）。建造者是“他的工具”（50），罗杰·梅森是“我的，是我为完成这项工作的囚徒”（83）。他甚至写信断绝罗杰接受另一份工作的后路。为了建造尖塔，他愿意付出任何代价。他对罗杰说：“我也是刚刚开始了解这有多么可怕，它就像炼炉的淬火。人也许了解一点它的目的,但是却对需要付出的代价一无所知……你我被选中一起完成这项事业,这是无限的荣耀,我明白它一定会毁了我们,但是我们又算什么呢?"(83)他知道这些是他付出的代价,但是不曾了解这代价的真正意义,直到他发现潘格尔被杀死埋在了坑洞里的事实。为信仰而付出的代价已经使他变成了魔鬼:"在十字中心,那些新铺上的石板是炽热的,他的脚下仿佛地狱之火。"(151)而建造的物质成本是以他的姨妈艾丽森凭借她与前国王的肉体关系换取的金钱,甚至乔斯林的教长职位都取决于她床第之欢时的一时之兴。可怕的代价如同有了不可控的生命,自行滋生:"我有一个幻象……就这么简单……但是接着事情就变得复杂了。起初是一棵绿色的嫩芽,然后就长出了纠缠不放的须蔓,接着是枝干,最终变成一片繁茂混乱。"(162)

同样,对于自己的"地窖"里深藏的对古迪·潘格尔的情欲,乔斯林的认识也是渐进的:从一无所知到真相大白,小说的表现也相当隐晦。叙述不时切入乔斯林的内心独白,可以清楚地看到乔斯林并未意识到自己对古迪如此着迷。小说通过描写乔斯林注视古迪的目光表现他的欲望。每当古迪出现,乔斯林的目光就会紧紧追随她的一举一动。乔斯林对古迪的注视虽然不乏神父对在自己羽翼下长大成人的女孩的爱护和赞赏,但是同时也隐含着男性的情欲。潘格尔死后,乔斯林想去安慰古迪,对她说:"这些年来,我的孩子,你对我来说很珍贵。"但是古迪显然把他看成了另一个意图不轨的男人,大惊失色地说:"你不会也这样吧!"(95)虽然古迪误解了乔斯林的意图,但是却以不乏洞察力的女性的敏感明白了神父的困窘。乔斯林注意到古迪成熟女人的风韵、甜美的面容、苍白的皮肤、漆黑的眼珠。他眼中的古迪以裸露在外的身体部分表现出来:她在十字中心画出金色迷宫的双脚、潘格尔被追逐时她被撕裂的裙子里白色的腹部和扯乱的红发、潘格尔死后她从乔斯林身边匆匆逃离时裙子底下的脚踝、她和罗杰在燕子巢偷会时露在外面的手、雷切尔去她那里闹事后手里缠绕着的古迪的红发。小说反复提到她的红色长发和绿色的发带,尤其是当潘格尔消失后,这个形象更是时时刻刻萦绕在乔斯林的心头。古迪不着一物、红发飘扬的形象也代替了魔鬼出现在他的梦境里,乃至白天的意识中(179),他就像受到了巫术的迷惑。

在尖塔向上的攀升中,乔斯林逐渐获得了关于"坑洞"或"地窖"的可怕知识。在乔斯林向神的天顶攀登的同时,也完成了他"向下"的追索。小说建立在建筑空间隐喻上的二元结构也被颠覆了。"上"与"下"原本就融合在一起,难分难解。尖塔顶架上的燕子巢成为古迪和罗杰偷情的场所;坑洞里埋着虔诚的潘格尔,作为异教信仰的牺牲品成了支撑起尖塔的部分地基;艾丽森的肉体之欢换来尖塔的建造费用;古迪的肉体留下了亲手建起尖塔的罗杰;在乔斯林临终前,他看到古迪罪恶的红发飘扬在群星之间,而他建造的尖塔则向着这红发高高擎起,既是信仰的象征,也是欲望的表达。塔向上有多高,向下就有多深。乔斯林的尖塔也是"乔斯林的愚行"。信仰是人造的巴别塔。正是人类的愚行和错误才体现出信仰的价值,真正的信仰正是建立在对人性和罪恶的充分认识之上。

五、 意象的图谱

《教堂尖塔》以乔斯林为小说叙述的意识中心,赋予这个人物中世纪宗教思想的特点。这一点既体现在他的叙述语言上,也体现在他认识世界和自身的意识形态上。科莫德指出,"整部作品就是比喻性语言的舞蹈"①。津丁也认为,戈尔丁在《教堂尖塔》中使用的语言回响着 17 世纪《圣经》传统的庄严气质。② 乔斯林的语言是高度隐喻性的,他的认知形式也是隐喻性的,和罗杰直截了当、"把铲子称之为铲子"的理性认知方式不同,受到宗教语言风格的影响,镌刻着宗教文化的印迹。基于乔斯林的认知形式,现实

① Kermode, Frank. "On *The Spire*". In Norman Page (ed.). *William Golding: Novels 1954 – 1967: A Casebook*. Basingstoke: Macmillan, 1985, p. 149.

② Gindin, James. *William Golding. Macmillan Modern Novelists*. Houndmills: Macmillan, 1988, p. 54.

和神迹之间的界线是模糊的。他看到的幻象是可能实现的,即便没有地基也可以建起尖塔;守护天使的慰藉和鼓舞带来背部的灼烧感,痼疾发作的剧痛是因为黑色天使的惩罚;情欲的升腾是撒旦的折磨,尖顶上呼啸的狂风是撒旦的咆哮;苹果树冠上飞舞着身着彩衣的天使,人们紧裹着羊皮赤身走动……在这样一种比喻性语言中,小说纷繁的意象就不只是作用于读者的感官感受,而是在细密的文本肌理中形成意义的谱系,不仅承载着丰富的宗教寓意,也成为人物的个体情感符号。于是,解读小说的意象也就成为把握小说主题的关键。

在小说的意象图谱中,有象征着圣约翰和圣灵的鹰、渡鸦、蜉蝣等。乔斯林把在尖塔高处盘旋的巨鸟称为鹰,表达人类对神性的渴望;乔斯林将众生比为蜉蝣,渡鸦尚且看得到第二日的朝阳,人类却只有如蜉蝣般从早到晚的短暂生命;乔斯林相信,即便人的生命渺小短暂,作为神的选民也必得留下信仰的印记。小说中有光亮和幽暗的意象:在小说开篇,乔斯林的喜悦和希望如同金色的阳光;在光线里蜉蝣般翻滚的细尘使阳光仿佛有了实体,阳光射过彩窗,迸发一束束的色彩;乔斯林的心头产生了私念,想要利用古迪留下罗杰,这时他望着圣坛上的烛火,渴望着,但是“圣洁的光却不可企及”,“光汇聚在无尽的远方”(57,58);阴雨和乌云带来幽暗,阴影笼罩着中殿;撒旦在黑夜里降临,神父在黑暗里目睹仲夏夜之火,也是在黑暗里想起槲寄生的浆果。小说有火的意象:多年前教堂失火,潘格尔的高祖父曾砍掉一段屋顶;为了锻造钢条,工人们在尖塔顶部燃起冶炼之火,火光熊熊,火花四溅;仲夏夜,乔斯林看到夜幕的边缘,撒旦的崇拜者在山上点燃“魔鬼之火”;他想到在罪孽中建起的尖塔,新铺的石板带着地狱的火焰灼痛他的脚(150-151)。小说有和古迪相关的意象:那些表现女性肉体和女性之美的意象和欲望联系在一起,如古迪的红发、绿色的衣裙、洁白的手、白色的腹部、漆黑的眼睛和她的脚步踩出来的金色迷宫。小说有网的意象,表现欲望、宿命和罪恶:情欲犹如张开的大网,如帷幕般将通奸的古迪和罗杰网住,无法挣脱。另一张网则网住了罗杰,使他无法逃离这项工作,乔斯林告诉他"那不是我的网,是主的"(116),因为他自己也是被驱赶的,"我也深陷网中"(202);他同样网住了古迪,"我知道她在我的网中陷得有多深。"(205)小说的意象中还有槲寄生的浆果,棕色的,丑陋的,在石柱旁的垃圾里伸出来,揭示出潘格尔的悲惨结局(151)。小说还有天使的意象:守护天使、黑暗天使以及在苹果树上飞舞的彩衣天使。

尖塔是小说意象图谱中的核心。尖塔是教堂这部"石头圣经"的王冠,是"石头写成的启示录"(103),是"祈祷的最高图式"(115)。同时,尖塔也是乔斯林的"小丑帽"(114),是"乔斯林的愚行"(116),象征着人类的罪恶;但是尖塔也是"主的愚行",提示出信仰的非理性层面。乔斯林这样告诉罗杰,人类理性既无法揣测神意,也无法度量信仰:"即使在远古,主也从未要求人去做合理的事。人可以自己去做合理的事,做买卖,疗伤,治国。然而,在深处会有一个声音,命令人去做毫无道理的事——去造一艘在陆地上的船,去坐在粪土上,去娶一个妓女,去把儿子供奉在祭坛上,如果人是有信仰的,新的事物就会出现。"(116)在小说的尾声,尖塔依旧傲然挺立,乔斯林也经历了从幻灭到希望的转变,获得了顿悟。乔斯林的临终顿悟通过一系列尖塔的相关意象表现出来,意义丰富而含混,是小说意象图谱中最神秘的环节。而且,和戈尔丁的其他作品一样,《教堂尖塔》的尾声关照小说整体,在某种程度上屈折、修正、点明小说的主题意义,是意象阐释的重点。

小说最后一章集中展现了乔斯林的临终顿悟。这一章首先为读者揭开了乔斯林和罗杰的结局。乔斯林的背部疼痛炽热,患上了脊柱结核,已经病入膏肓;罗杰企图上吊自尽未遂,结果瘫痪在床。乔斯林的预言实现了:尖塔毁了他们和更多的人。随后,即将抵达人生终点的乔斯林看到了种种幻象,也抵达了他的精神顿悟。此刻,乔斯林清楚地认识到自己建塔的潜在动机,他看到折磨他的巫术仍然在那里,群星中飘扬着古迪红色的长发,而他的尖塔向着红发擎起。他喊出了"贝丽奈西"这一后发星座因之而得名的公元前3世纪有着美丽金发的埃及王后。[1] 然而一旁虔诚的亚当神父却误以为乔斯林呼喊的是圣女贝丽奈西的名字。[2] 乔斯林几乎要笑出来，这是了解"地窖"的人的亵渎之笑。此刻，他也认识到建塔付出的代价："我用一把石锤换了四个人。"(214)就像那四根不堪重负的石柱，罗杰和雷切尔、潘格尔和古迪成为尖塔的祭品。乔斯林看到可怕的幻象，于是要把这幻象说出来："他们对地狱的期盼多么自豪！没有什么无罪的功绩，主知道主在哪里。"(214)这一刻，乔斯林是幻灭了的，他所得到的关于"恶"的知识将每一个人都指为罪人，每一份功绩本质上的驱动都与下意识的罪恶纠缠在一起，天堂、地狱、炼狱只是名而已。如果不能救赎世人于罪恶，天堂就是子虚乌有。"除非我一手牵着他，一手牵着她，否则天堂对我又有什么意义？"(214)

乔斯林的希望来自窗外依旧矗立的尖塔。乔斯林赋予尖塔种种意象：尖塔直冲云霄，犹如无声的呼喊；犹如向上倾泻的瀑布，晶莹闪亮，它向着无限直冲而去，欢乐地喷涌着，什么都无法阻挡。尖塔于是成为生命体，蕴藏着人类的渴望、欲望和激情，如同挣脱向下的引力、奋力向天空攀升的枝叶，如同奇迹般向上喷涌的瀑布。尖塔是奋力挣脱人类有限性的信仰的证明和图式。这时，乔斯林对自己先前的幻灭结论感到迟疑了。"现在，我什么都不知道了。"(215)死亡的阴影浓重，思想的闪耀划过黑暗，尖塔的石头在呼喊："我相信，乔斯林，我相信！"(215)石头以重压之下的尖声歌唱回应乔斯林的疑问。小说回到乔斯林走出教堂去求得罗杰原谅的时刻看到的景象：如同翠鸟掠过水面，恐惧和欢乐交杂着，像光亮划过黑暗，留下神奇的词语："它就像一棵苹果树。"(215)翠鸟带来朝闻夕死、一生一次的临终领悟，蕴含着寰宇中最深沉的奥

---

① 据传贝丽奈西在丈夫出征叙利亚期间将美丽的金发献给爱神阿佛洛狄特，求其夫安然归来，然而放在神庙里的头发却不翼而飞，萨摩斯的科农称头发被送至天堂，放在群星之间，后发座由此得名。

② 圣女贝丽奈西，又称圣维罗尼卡，是公元前1世纪耶路撒冷的一名虔诚妇人。据传她看到耶稣背着十字架前往各各他，怜悯他，给他自己的面纱拂拭额头，耶稣取面纱贴于面后还给她，面纱上即印下了耶稣的面容。

秘,留下永恒的喜悦和希望。

树(植物)以及苹果树意象和尖塔意象联系在一起,或单独出现在小说中。乔斯林把自己建造的尖塔比作树上的果实,把自己以建塔为唯一目的,罔顾他人的痛苦比作果实的生长:"我就像是一枝要结出果实的花,我一心一意地等待果实胀大,花瓣枯萎,整株植物都是一心一意的。叶子掉落,一切都在死去,除了那颗生长的果实。"(92)他把建塔看作是脱离他的控制的象征:把所造成的巨大代价比作树木的生长,起初只是嫩芽,然后长出卷须,接着是枝干,最终长成一棵盘根错节的大树。(162)乔斯林在第一次攀爬尖塔的时候就把尖塔和"禁树"(a forbidden tree)联系在一起:"他感到既害怕又惊喜,就像一个小男孩第一次高高地爬上一棵禁树那样。"(96) 当乔斯林爬下病榻去求得罗杰原谅时,他看到苹果树上天使飞舞的幻象,随后一只翠鸟滑过天际:

> 接着,他头顶上似乎有了什么动静,于是他忽然抱有了巨大的希望。他扭动脖子,向侧上方看去。一大群天使在阳光下闪烁,粉色的,金色的,白色的。阳光明媚,空气清新,他们喜悦地吐出芳香,他们带来了一大片透亮的绿叶,绿叶丛里有一根长长的、黑色的、跳动着的东西。天使使他一阵眩晕,忽然他意识到苹果树不止一根树枝。它在墙的外面,向上喷涌着云霞与绿叶,它紧紧攀着大地和空气,它是喷泉、奇迹,是一棵苹果树。这使他像孩子似的哭泣起来,说不清是悲是喜。接着,在教长的宅邸与河流交界的地方,在河水流淌、树木低垂的地方,他看到整个蓝天凝成一颗长着翅膀的蓝宝石,一闪而过。(196)

在乔斯林的幻象中,苹果树盛放的是天使,翠鸟凝结了整片天空的蔚蓝。如果乔斯林的所见是神迹,那么最后乔斯林眼中幻化为苹果树的尖塔也是一种神迹。和尖塔一样,苹果树本身也是和宗教有关的意象。研究者博伊德详述了苹果树意象的宗教内涵。他认为,尖塔的苹果树意象必然呼应了伊甸园禁树的象征;乔斯林在尖塔危险的“枝干”间攀爬,洞悉了关于恶的知识;我们每个人在洞悉事物以及自身本性的真相时都曾体验到相似的喜悦和惊愕;尖塔的知识之树导致了乔斯林和罗杰的悲剧性堕落(fall)。同时,尖塔的树意象也和基督牺牲自己拯救世人的十字架之树有关:“十字架的悲剧将历史转化为一出喜剧,再次为人类架起通向天堂的桥梁”。博伊德指出,戈尔丁以树意象突出尖塔的象征意义,联结了堕落之树和救赎之树,和中世纪的宗教文化环境是相符的。在中世纪,人们相信基督受难的十字架正是取自禁树的木料。基督在各各他被钉上十字架,而各各他是头骨之地,那正是亚当的头骨。因此,悲戚之树成为救赎之树,神子正是牺牲于亚当的墓地之上。而作为前基督时期的象征,潘格尔也正是埋骨于尖塔的地基里,从他的腐骨中跃升出尖塔的信仰之树。[①]

六、 意象的绵延

研究者斯基尔顿认为,小说的叙述形式决定了意象属于乔斯林,小说直接展现乔斯林的所见和所想,不做任何解释。这就迫使读者在阅读时步步为营,并且必须重审整部作品。[②]事实上,《教堂尖塔》的重要意象不仅覆盖整部作品,与戈尔丁之前的三部小说——《继承者》、《品彻·马丁》和《自由坠落》都有关联,它们也属于戈尔丁。尖塔作为“向上倾泻的瀑布(fall)”和“苹果树”既是《教堂尖塔》的核心意象,也是对戈尔丁的前三部小说的回望,形成更大的意象图谱。而且,图谱的绵延不仅使意象所蕴含的内容更丰富,也更清晰。

《继承者》中的树意象带有明显的“禁树”意味,尼安德特人在树上窥视智人的举动犹如人类发展史上的幼童无法理解少年放肆的恶。小说中的瀑布意象倾斜而下,见证了尼安德特人的覆灭和智人的崛起:尼安德特人从瀑布坠落,而智人则利用理性和知识,

---

① Boyd, S. J. *The Novels of William Golding*. New York: Harvester Wheatsheaf, 1990, pp. 102 - 103.

② Skilton, David. "On *The Spire*". In Norman Page (ed.). *William Golding: Novels 1954 - 1967: A Casebook*. Basingstoke: Macmillan, 1985, p. 162.

用杠杆原理将圆木运上山顶。和顺应自然规律、随遇而安的尼安德特人相反,作为人类祖先的智人凭借尚处于萌芽状态的智能,反自然秩序而动,他们在瀑布旁向上运送圆木的壮观图景预示着人类倚仗自身理性在历史的进程和进化的阶梯向上攀升的渴望。然而,理性的攀升并未将他们带离黑暗,跃上山顶、奋力逆流前行的智人拼尽力量,也并不能消除非理性的恐惧,黑暗始终环伺周围,戈尔丁最后暗示,或许唯有信仰和艺术能修复人类内心的良知,完成救赎。《品彻·马丁》中最终毁灭马丁的闪电以一棵倒挂的树的形式闪现。黑色闪电伸出"枝干"和"卷须",刺入海中的巨涛,暴风像枯叶般掉落。① 有着黑色枝丫和枯叶的闪电意味着最终的毁灭,完全没有救赎的可能性,马丁远离上帝,自我膨胀,他的结局是永久的地狱。毁灭之树并非救赎之树,向着炼狱的罪恶猛击,而非向着天空渴望。《自由坠落》表现现代人的无信仰状态,徒劳地在理性和宗教之间架起桥梁。《自由坠落》的基本叙述结构即男主人公萨米追溯他的一生,寻找自己堕落的开端,小说意旨建立在"失乐园"隐喻上。《自由坠落》中也有"禁树"的意象。幼年的萨米曾在天堂山顶的花园里看到月光下的一棵参天大树,繁茂的大树美丽而神秘,使萨米如获天启。

《教堂尖塔》通过乔斯林建造尖塔的故事表现理性和宗教之间的困境,追问"地窖"和"尖塔"的关系,探索信仰对于人类的道德救赎。在乔斯林的眼中,尖塔无论是欲望和罪恶的象征,还是"祈祷的最高图式",都幻化为美丽盛开的苹果树。如苹果树般的尖塔是乔斯林的死亡箴言,既象征着对于"恶的知识"的洞悉和恐惧,也表达了对信仰的崇拜。只有洞悉"恶的知识"、了解"地窖"的黑暗,人类才有可能获得真正的信仰,才有可能在偷食知识的禁果而失去伊甸园之后重新获得救赎。由此,乔斯林的那句"没有什么无罪的功绩,主知道主在哪里"既是乔斯林的幻灭,也是他的领悟。将尖塔比作喷泉和向上喷涌的瀑布,比作天使飞舞的苹果树,戈尔

---

① Golding, William. *Pincher Martin*. London, Boston: Faber and Faber, 1956, pp. 199 - 201.

丁连接了他的这四部作品的意象图谱。这也许就是作家的箴言：能使瀑布摆脱向下的引力而向上喷涌的并非人类的理性，而是信仰，只有信仰才能使人类真正超越“地窖”的恶和“退降”的宿命。如此看来，《教堂尖塔》可谓是戈尔丁对《继承者》、《品彻·马丁》和《自由坠落》的提问做出的解答。

第六章 《金字塔》:阴郁的社会喜剧

一、 "退后一步,以期向前一跃"

在戈尔丁小说的卷帙中,《金字塔》(*The Pyramid*)始终是较不起眼的次要作品。小说由三个短章构成,其一和其三曾单独发表在杂志上,以短篇小说的面貌出现,致使一些研究者将小说看作是短篇小说的组合。而且,《金字塔》前有《教堂尖塔》,后有《黑暗昭昭》,两者都是戈尔丁雄心勃勃的重要作品,夹在中间的《金字塔》自然显得不那么重要了。再者,研究界普遍把《金字塔》定性为戈尔丁创作生涯转折期的过渡之作。弗里德曼将《金字塔》和戈尔丁的短篇小说并置在一起讨论,冠之以"幕间"(Between the Acts)的标题。[①] 而戈尔丁自己也说,《金字塔》乃"退后一步,以期向前一跃。"[②]

诚然,《金字塔》并非戈尔丁作品中的翘楚,但是作为"幕间"之作,却体现出戈尔丁在主题和艺术上的转向。戈尔丁把故事设置在二战前后一个典型的英国小镇,从英国喜剧小说传统中汲取养分,一改自《蝇王》起逐渐形成的"寓言编纂家"的形象,将视线转向当代英国社会生活的现实,其喜剧表现手法更是令人联想到狄更斯小说中的阴郁喜剧和奥斯丁的风俗喜剧,这是作家在小说创作上的新的尝试。

乍看《金字塔》的标题,联想到戈尔丁此前设置在中世纪英国

---

① Friedman, L. S. *William Golding*. New York: Continuum, 1993, p. 121.

② 引自 Gregor, Ian & Mark Kinkead-Weekes. *William Golding: A Critical Study of the Novels*. London: Faber and Faber, 2002, p. 221.

教堂的故事以及作家关于古埃及的渊博知识和浓厚兴趣，读者可能会认为小说多少会和古埃及有关，但是《金字塔》实际上表现的是英国社会阶级等级秩序及其对个体的影响。“金字塔”正是令人窒息的社会等级秩序的隐喻。阶级始终是戈尔丁笔下的重要主题。他曾说：“我们得消除它，或者至少抹平这座金字塔的棱角，或者让它不那么巨大，而且越快越好。不然我们就完了。”[①]在20世纪初期的英国，戈尔丁家庭的社会地位属中下阶层，父亲虽然思想开明，博学多才，但是止步于在马尔伯勒文法学校当自然科学教师。戈尔丁少年时期也是在父亲工作的学校上学。然而，街道的另一头就坐落着马尔伯勒公学（英国著名的公学之一）。戈尔丁传记的作者凯瑞教授在英国广播公司为纪念戈尔丁100周年诞辰而制作的纪录片《威廉·戈尔丁之梦》（*The Dreams of William Golding*）中曾说：“戈尔丁对此非常怨恨。他说他十分羡慕和憎恨，始终耿耿于怀。”[②]1930年，时年19岁的戈尔丁步兄长后尘进入牛津大学学习。在他就读的布瑞兹诺兹学院，他是那一年唯一来自文法学校的学生。由于没有奖学金，迫于经济压力，戈尔丁的父母决定解雇家里的厨师兼管家，转而雇佣酬劳较低的打杂女佣。凯瑞在传记中写道：“学校的董事们放出话来，表示他们不赞同一个文法学校的教师采用这种方式降低他的社会地位。那个时代人们势利的眼睛如何紧盯彼此，由此可见一斑。”[③]

《金字塔》的不少情节和人物来自戈尔丁的真实生活素材，可以说是他自传色彩最浓厚的作品了。从小说中所描写的地形和规模看，虚构的斯蒂尔伯恩镇以戈尔丁的家乡马尔伯勒镇为蓝本。小说年轻的男主人公奥利弗和当年的戈尔丁一样即将进入牛津大学学习，酷爱音乐，有着同样热爱音乐的父亲。小说的第一个短章中写到奥利弗和艾薇在崖坡上交欢，结果父亲用望远镜目睹了一

---

① Baker, James R. "An Interview with William Golding". *Twentieth Century Literature* 28.2 (1982), p.160.

② Arena. "The Dreams of William Golding". BBC 2. 17 Mar. 2012. Television.

③ Carey, John. *William Golding: The Man Who Wrote* Lord of the Flies. London: Faber and Faber, 2009, p.41.

切,以及艾薇指责奥利弗企图强奸她等内容,都取自戈尔丁的真实经历。凯瑞在传记中曾提到这个事件:根据戈尔丁写给妻子的从未发表的自述《男人、女人和现在》(*Men, Women and Now*),父亲目睹了在传记中化名为朵拉的少女先后与戈尔丁兄弟俩在崖坡上交欢,不久朵拉就离开了马尔伯勒;一年以后,两人在家乡重遇,朵拉在酒吧报复性地当众指责戈尔丁强奸她;戈尔丁在自述中还提到如何无意间发现朵拉臀部的鞭痕;所述一切几乎和小说中的情节如出一辙。① 2009 年传记发表后,这个插曲的公开引起轩然大波,多家媒体报道了诺贝尔文学奖获得者年少时的窘事。然而无论如何,传记坐实了《金字塔》的自传性内容,对戈尔丁研究意义重大。

二、 奏鸣曲和金字塔

《金字塔》由三个短章构成,采用奏鸣曲形式。这是戈尔丁唯一一部有意识地在结构上借用音乐形式的小说。戈尔丁坦承最初构思的时候并没有想到这一点。他在创作过半时发现小说呈现出奏鸣曲形式,于是就着意将第三个短章打造成目前的样式。② 戈尔丁在访谈中谈到,他用一种音乐的结构形式来统一《金字塔》的三个短章,因此小说就好比三个乐章:"它是奏鸣曲,完全是音乐性的。中间有一个谐谑曲,关于那个傻乎乎的业余戏剧导演的整桩事件就是奏鸣曲中的谐谑曲。曲终是一组贝多芬式的变奏,道利什小姐在不同人生阶段的各种形象,她不断回归,然后情况变了,她开始不断重复,困在那个不断重复的模式里……小说是奏鸣曲,这是因为奥利弗。如果他还对什么怀有热情,那就是音乐。"③

《金字塔》的三个短章都以奥利弗为第一人称叙述者,分别讲述即将前往牛津大学就读的奥利弗和少女艾薇的一段情爱纠葛,

---

① Carey, John. *William Golding: The Man Who Wrote* Lord of the Flies. London: Faber and Faber, 2009, pp. 53 – 56.

② Scott, MaryLynn. "Universal Pessimist, Cosmic Optimist: William Golding". Aurora Online (1990). http://aurora.icaap.org/index.php/aurora/article/view/50/63.

③ Baker, James R. "An Interview with William Golding". *Twentieth Century Literature* 28.2 (1982), p. 153.

以及假期回家的大学一年级学生奥利弗参加小镇歌剧社演出和多年以后已经成家立业、再次回到小镇的奥利弗对当年的音乐教师道利什小姐的回忆。

在第一个短章中，18 岁的奥利弗还是情窦初开的青涩少年。故事始于夏日的一个夜晚，奥利弗因暗恋的伊莫锦即将嫁给当地报纸的董事克雷默闷闷不乐。这时，艾薇向他求助，作为酬谢，给了他一吻。原来奥利弗邻居家的少年罗伯特·尤恩借了修车行老板亨利的车载艾薇兜风，汽车却出了故障。艾薇是当地报讯人巴尔科姆的女儿，美丽妖娆，但是名声不好，身份卑微；而罗伯特的父亲是当地医院的医生，本人也即将就读皇家空军学院；两人社会地位悬殊，因此只能偷偷幽会。第二天，艾薇约奥利弗到广场，求他帮忙寻找前夜丢失的项链，结果奥利弗和罗伯特起了口角，打了一架。奥利弗想尽办法，为艾薇找到了项链，偷偷向她求爱。不久，奥利弗发现巴尔科姆夫妇开始和他打招呼，这才意识到艾薇在利用他当避雷针，她一面和罗伯特来往，一面却使父母相信奥利弗在追求她。奥利弗步步紧逼，终于得到了艾薇，他无意间发现艾薇身上的鞭痕，了解到她和韦莫特上尉之间畸形的关系，顿悟艾薇的成长环境和他的生活之间的天壤之别。听母亲说艾薇即将离开小镇，愤怒的奥利弗去找她，艾薇只肯在小镇的崖坡上与他交欢；奥利弗感到小镇的眼睛盯着他们，等他回到家才发现，父亲用望远镜目睹了一切。他羞愤不已，而艾薇也因为和琼斯医生有染被逼出走。两年后奥利弗回到家乡，重遇艾薇，两人在酒馆叙旧，艾薇报复性地当众指责奥利弗曾强奸她。艾薇怒斥小镇人们说她和父亲的闲话，再次泄露真相，而奥利弗也突然懂得了艾薇是如何在卑微困窘的生活中挣扎的。然而，当他想到自己的父母犹在社会等级秩序的阶梯上小心翼翼地奋力攀爬，终于没有勇气去追逐她了。

小说的第二个短章讲述了小镇歌剧社演出的闹剧。斯蒂尔伯恩歌剧社简称“SOS”，不无讽刺意味地和国际通用的求救信号相同。歌剧社的演出向来是小镇人们社会地位的风向标。这一年歌剧社将演出音乐剧《多情国王》，请来伊夫林·德·崔西先生任导演，由克雷默夫妇担纲男女主唱，而奥利弗则由母亲推荐出演一个拉小提琴的吉普赛人。彩排过程中摩擦不断,克雷默先生嗓音太细,要求奥利弗降低小提琴的音量配合,引发母亲的不满,即使德·崔西先生甜言蜜语都无法安抚,最后不愿意惹起纷争的奥利弗建议用硬币当消音器。然后奥利弗被要求扮演一个王宫卫士的龙套,为了卫士的军衔问题母亲再次和克雷默先生争执了起来,克雷默毫不让步,母亲则讽刺伊莫锦连乐谱都不识。最后还是奥利弗自己打了圆场。演出当天对奥利弗来说简直是一场灾难。他的硬币丢了,琴声高亢,结果掌声雷鸣,完全抢了克雷默的风头。德·崔西先生邀他溜出场外喝上一杯,他道出了奥利弗的心事,毫不留情地批评伊莫锦愚蠢虚荣,讽刺歌剧社演员们的品位和才艺。在伊夫林和烈酒的鼓励下,奥利弗向他吐露了他与艾薇的窘事和对小镇令人窒息的虚伪的愤懑。而伊夫林则高估了奥利弗的理解力,向他展示了自己易装的照片,只逗得奥利弗哈哈大笑。接着,奥利弗试图拿着大戟回到舞台上扮演卫士,整个过程再次演绎成一场闹剧。最后,奥利弗在伊夫林的指点下用心聆听克雷默夫妇的二重唱,终于看透二人的无知和虚荣,放开了多年来对伊莫锦的苦恋。他怀着感激之情去找伊夫林,却发现后者已经烂醉如泥,只能把他送上了回巴彻斯特的汽车。

小说的第三个短章采用倒叙的形式,由奥利弗将彭斯和亨利的感情纠葛娓娓道来。奥利弗在多年后回到斯蒂尔伯恩镇,小镇已经商业化,面貌大为改观。他遇见业已发迹的亨利·威廉斯,后者买下了彭斯,即道利什小姐的古董双座轿车。彭斯曾是奥利弗的音乐老师,过世已经三年了。奥利弗来到彭斯的墓地吊唁,回想起彭斯疯狂的父亲和对彭斯早年的印象。他 6 岁时开始跟随彭斯学习小提琴,犹自记得彭斯独居的阴森黑暗的寓所。他回忆起彭斯带学生们参加初级提琴演奏考试,当时亨利是她雇佣的汽车司机,是个讨人喜欢的年轻人。亨利开始教彭斯开车。镇上的女人们,包括奥利弗的母亲,也开始密切地探听两人的关系和进展。亨利搬到小镇居住,不久就带来了妻子和孩子,与彭斯同住。亨利的铁匠铺和彭斯的音乐课摩擦不断,他的妻子也和彭斯时有争执。母亲说亨利用彭斯的钱扩大自己的事业,愤愤不平。奥利弗热爱音乐,定期去彭斯处学习钢琴,但是最终为了前途放弃音乐改学化学。就在奥利弗准备去牛津上学的那段时间,亨利一家搬出了彭斯的住所,住进了新盖的平房。奥利弗去向她告别,意外发现她在黑暗中痛哭。此后,奥利弗从家乡的报纸得知彭斯开车常出车祸,有一次回乡路上他碰到彭斯的汽车出了事故,亨利接到她的电话急忙赶来。对此奥利弗的母亲评论说彭斯只是借此要亨利多关心她。彭斯事故不断,终于被吊销了驾驶执照。那一年秋天奥利弗目睹了彭斯一丝不挂走出家门,年轻人的心灵受到极大的震撼。多年后奥利弗又见过她一次,她离开了疯人院,养了许多猫,仍旧孤独冷漠。如今,奥利弗站在彭斯墓前,看到墓碑上亨利所刻"天堂即音乐"的字样,只觉得好笑。他去彭斯故居凭吊,唯见花园里彭斯焚烧琴谱的残迹。在这里他再次遇见亨利,从他的眼睛里看到了自己:和亨利一样,他总是默默地衡量收支,不会为爱付出任何不合理的代价。

戈尔丁的奏鸣曲类比阐明了作者对小说结构的创作意图。研究者克朗普顿从小说结构建筑的角度出发提出了"金字塔"的类比。他结合小说标题,更为详尽地解析了《金字塔》的结构和其主题、人物和意象之间的关系。克朗普顿提出,斯蒂尔伯恩镇的广场构成了金字塔的四边形底部,如同"Stilbourne"的四层含义:拒绝改变、死水、死胎、未实现的可能性。四边形底部也提示了小说的四个主题,即小镇居民、阶级、性和音乐,每个主题都由三个元素构成,可以看作是四个三角形、最终在顶上相交的立面。阶级分为上层、中层和底层;奥利弗一家处于中层,彭斯、克雷默夫妇和尤恩医生一家等为上层,艾薇的家庭属下层。性分为压抑、理想化和耽欲三种态度,彭斯属前一种,奥利弗对伊莫锦和艾薇的态度即属后两种。音乐分为爵士乐、古典乐和音乐剧,艾薇喜爱爵士乐,奥利弗偏好古典乐,小镇歌剧社演出的是音乐剧。小镇居民包括三个主要人物,即艾薇、奥利弗和彭斯;这个三角形结构象征着小说的三个短章,或人的三个方面:肉体、头脑、精神。①

奏鸣曲和金字塔的类比都需要回到小说的卷首语——奏鸣曲的母题和金字塔的塔尖。小说卷首语开宗明义:"治民之道,以爱为本;心有爱则生,无爱则死。"②既然小说将斯蒂尔伯恩镇比作死气沉沉的陵墓,那么"无爱则死"便是小说最重要的主题了。小说的第一、第三个短章呼应了"无爱则死"的主题,无论是奥利弗对艾薇的欲念,还是亨利对彭斯的利用,两性关系都是腐坏的。小镇隐藏在虚伪表象之下的阶级意识和以亨利为代表的对商业利益的追逐损毁了个体的情感道德选择,爱沦为交易。这个主题在小说结尾清晰无误地表达了出来。而且戈尔丁并未只将某一个社会阶层定罪,批判的笔触涉及小镇方方面面:来自社会底层的亨利从彭斯的爱情中获利,而被锁在高雅音乐中的彭斯凄凉地度过无爱的一生;奥利弗的家庭在中层社会地位上小心经营,不敢踏错一步;社会底层的艾薇利用地位较高的罗伯特和奥利弗向上攀附却成为等级金字塔的牺牲品。在这个金字塔内,社会底层是欲念的垃圾场,中层是门面虚饰里的囚笼,上层则是傲慢的愚人马戏场。小说的第二个短章是架通前后两个短章的桥梁,以一场滑稽的歌剧演出展览了小镇的沉疴,并且借着外来的伊夫林,携带着一丝邪恶的气息③,把奥利弗引向短暂而有限的认知。

三、《金字塔》的社会喜剧模式

发表于1967年的《金字塔》与戈尔丁早年的"神话书写"大为不同。一则,小说表现的主题是20世纪中叶英国的等级社会,体现出"国情小说"的特征,与此前或置于未来的《蝇王》、或追溯远

---

① Crompton, Don. *A View from the Spire: William Golding's Later Novels*. Oxford and New York: Basil Blackwell, 1985, pp. 55 – 57.

② 见李国庆译本:威廉·戈尔丁. 金字塔. 李国庆译. 上海:上海译文出版社,2000年,卷首。原文为:If thou be among people make for thyself love, the beginning and end of the heart. 根据李国庆注,这段文字传说为古埃及大臣普塔霍蒂普写给第五王朝国王伊塞斯的忠告。见卷首第二页。

③ 克朗普顿指出 Evelyn de Tracy 可以解读为"a trace of evil",意为一丝邪恶。见 Crompton, Don. *A View from the Spire: William Golding's Later Novels*. Oxford and New York: Basil Blackwell, 1985, p. 59.

古的《继承者》、或凝固于中世纪教堂的《教堂尖塔》等作品的寓言气质大相径庭；二则，小说采用喜剧手法。研究者斯基尔顿指出，"《金字塔》是一部立意严肃的喜剧小说，属于社会喜剧的传统。"[①]的确，《金字塔》是一部社会喜剧，其锋芒直指英国的社会阶级体系，嘲讽囿于其中的个体狼狈不堪的窘状。一方面，《金字塔》体现出社会小说的特征。依据艾勃拉姆斯的定义，社会小说"强调一个时代的社会和经济状况如何影响人物的塑形和决定事件的发展。"[②]另一方面，小说的结构建立在掩饰和揭露的喜剧机制上，辅以一系列精彩的喜剧人物肖像画，表现他们各自在等级社会所规定并加以限制的身份和角色里挣扎、抗争的困境。

对于戈尔丁出人意料的喜剧笔触，评论界反应不一。克朗普顿称，《金字塔》是"戈尔丁最令人发笑的作品之一，有时令人捧腹大笑，既有犀利而风趣的语言，也有尴尬场景的喜剧色彩带来的愉悦。"[③]博伊德则认为小说中的幽默"苦涩而令人不快"。[④]斯基尔顿则将《金字塔》称为"戈尔丁的喜剧杰作"；他的论述涉及小说的文类形式，认为小说属于社会喜剧小说传统，隐含着安东尼·特洛普的风味，并认为在《金字塔》中"戈尔丁成功地将表现英国社会的喜剧小说和批判锋芒富于洞察力的社会观察和直率的笑料糅合在一起。"[⑤]格雷格和金基德-维克斯的论述析出小说中的喜剧形式。他们认为，小说总体上呈现为风俗喜剧的形式，但是三个短章的色调却各有不同：起初是青少年的讽刺喜剧，然后变得越来越令

---

① Skilton, David. "The Pyramid and Comic Social Fiction". In Jack I. Biles and Robert O. Evans (eds.). *William Golding: Some Considerations*. Lexington, KY: The University Press of Kentucky, 1978, p. 176.

② Abrams, M. H. *A Glossary of Literary Terms*. Beijing: Foreign Language Teaching & Research Press, 2004, p. 193.

③ Crompton, Don. *A View from the Spire: William Golding's Later Novels*. Oxford and New York: Basil Blackwell, 1985, p. 52.

④ Boyd, S. J. *The Novels of William Golding*. New York: Harvester Wheatsheaf, 1990, p. 109.

⑤ Skilton, David. "The Pyramid and Comic Social Fiction". In Jack I. Biles and Robert O. Evans (eds). *William Golding: Some Considerations*. Lexington, KY: The University Press of Kentucky, 1978, p. 176.

人不快,成了一处滑稽歌剧,最后色调更加阴郁,以悲喜剧收场。[1]格雷格等的论述概括出小说的三重结构在喜剧模式上的动态变化。虽然小说的前两个短章多少维持着喜剧的表层形式,但是第三个短章就不可避免地滑向阴郁和苦涩。小说于是就像是不同喜剧色调的光谱,总体上呈现为色调阴郁的社会喜剧。

关于喜剧的学术讨论往往导向这样的结论,即很难给喜剧这个术语下一个清晰的定义。喜剧并非像大多数读者或观众所认为的那样仅仅是一个意图逗引笑声的文类。"在文学范畴内,从最为宽泛的意义来看,这个词语描述的是从绝望到欢乐的任何段落。"[2]埃里克·本特利区分了舞台喜剧的两种几乎相反的传统。他指出,其中一种喜剧模式的实质是嘲弄,这是与喜剧的拉丁传统一脉相承的,其锋芒便是讥讽嘲笑;另一种模式与拉丁式的喜剧完全不同,如莎士比亚的喜剧,其本质是同情。本特利对于这两种模式的效果进行了如下阐释:

> 这两种喜剧的最终目的是不同的。第一种喜剧的原理是它产生使人震惊的效果,即揭示某种恐怖。这类戏剧似乎向内驱动,指向可怕的真相。其"皆大欢喜的结局"完全是反讽性质的。第二种喜剧的原理是它产生迷惑人的效果,即实现我们发自内心的希望——我们对爱和幸福的渴望。其"皆大欢喜的结局"不仅没有反讽性,而且弥漫整部戏剧,因此当幸福的结局最终发生,它来得恰如其分。[3]

本特利对舞台喜剧的分类有助于解析《金字塔》的喜剧模式。显而易见,《金字塔》属于第一种以嘲弄为目的的喜剧。它是一部呈现不同喜剧色调的社会讽刺小说,轻快的表层下面涌动着阴郁

---

① Gregor, Ian & Mark Kinkead-Weekes. *William Golding: A Critical Study of the Novels*. London: Faber and Faber, 2002, pp. 223 - 224.

② Perkins, Pam. "A Subdued Gaiety: *The Comedy of Mansfield Park*". Nineteenth-Century Literature 48.1(1993), p. 2.

③ Bentley, Eric. *The Life of the Drama*. New York: Atheneum, 1979, p. 313.

的暗流，将读者推向令人不安的真相。而真相也似乎随时撕破喜剧的外衣，揭示英国社会等级观念对个体的伤害。

评论界普遍认为《金字塔》的意旨乃是社会批判，小说意在表现社会和个体的关系。迪克指出，《金字塔》意味着戈尔丁从普遍的对人类的批判转向对社会的批判。[①]这是戈尔丁小说的一个新的方向。同样，另一位研究者迪克逊勾勒出戈尔丁在创作内容上的演变："从《蝇王》到《教堂尖塔》，戈尔丁所表达的意蕴是败坏的个体最终能够败坏社会。但是在《金字塔》中，败坏的社会使个体无法完成自身的道德选择。"[②]的确，小说表现了一个年轻人如何下意识地抗争，试图从令人窒息的社会等级的金字塔中突围，但是不乏讽刺意味的是，他最终又自觉地融入这个体制。正是人的这种自相矛盾的尴尬姿态成为小说的喜剧素材，揭露并嘲讽受困于又依附于这种体制的人的可笑之处。

正是由于《金字塔》对英国等级秩序的嘲讽，小说被称之为戈尔丁作品中"最英国的"一部。[③] 戈尔丁自己是这样评价这部小说的："《金字塔》非常英式，我很清楚美国人无法读懂它，美国人也无法读懂《越界仪式》。"[④]这种锁定于英国社会生活的创作出发点，尤其是对英国社会等级秩序的关注，令人联想到上世纪50年代被称为"愤怒的青年"的作家群体。二战后的数十年内，对英国等级秩序的抨击是十分激烈的，无论是工人阶层还是中产阶级出身的学术界人士。在文学上，这场阶级大战是由"愤怒的青年"首先发起。他们在作品中宣泄对英国社会体制的不满情绪。克洛福德指出，戈尔丁对英国阶级体制的抨击可以在这种战后盛行的表现"年轻的男主人公成长于战后社会流动性更为宽松的新英国"的

---

① Dick, Bernard F. *William Golding*. Boston, Massachusetts: Twayne Publishers, 1987, p.83.

② Dickson, L. L. *The Modern Allegories of William Golding*. Tampa: University of South Florida Press, 1990, p.98.

③ Baker, James R. "An Interview with William Golding". *Twentieth Century Literature* 28.2 (1982), p.152.

④ Baker, James R. "An Interview with William Golding". *Twentieth Century Literature* 28.2 (1982), p.153.

文学样式里找到源头。①

四、《金字塔》中的“揭露”母题

正如本特利所说,“喜剧的艺术在于揭示真相,摆脱谬误,揭开面具,它是解开(untying)的艺术。”②《金字塔》的喜剧正是这种“揭示”的喜剧。真相往往伴随着创痛蓦然显现。小说的三个短章都精心设计,“于无声处”撕开创伤,揭示真相。第一个短章是艾薇臀部上的鞭痕和她口误不慎泄露的信息;第二个短章是撕裂人际假面的斯蒂尔伯恩歌剧社演出,和伊夫林·德·特雷西的照片;第三个短章是彭斯花园里打破了的贝多芬胸像、烧毁了的乐谱和彭斯惊世骇俗的裸行。简言之,“揭露”母题在情节、结构和主题上贯穿并统领小说各章。

小说在第二个短章明确“言示”这一母题。奥立弗向伊夫林袒露心声,诉说内心的失望和困惑。年轻人痛苦不堪,情绪激动,语无伦次地说:“一切——都不对劲。所有这一切。既无真相,也不诚实……我们藏起自己的身体,闭口不谈那些事,不见那些人……一派谎话!我要的是真相,但是哪里都没有真相。”③然而,追问真相的奥立弗却与真相擦肩而过。年轻人的苦恼触动了伊夫林。他拿出一沓照片,但是奥立弗看着照片上身着芭蕾舞女演员的装束、摆着相应舞姿的伊夫林,却无法理解伊夫林的隐痛,报之以大笑。真相一晃而过,此后,当奥立弗追问伊夫林,后者只是说:“恐怕我都忘记了。”(150)

这段情节是小说的核心所在。一则,它发生在小说的第二个短章,而第二个短章连接着第一个短章和第三个短章,占据着小说叙事结构的中心位置。斯基尔顿认为,“中间部分并不仅仅起到桥

---

① Crawford, Paul. *Politics and History in William Golding: The World Turned Upside Down*. Columbia and London: University of Missouri Press, 2002, p. 134.

② Bentley, Eric. *The Life of the Drama*. New York: Atheneum, 1979, p. 313.

③ Golding, William. *The Pyramid*. London: Faber and Faber, 1967, pp. 147 - 148. 小说引文均译自这一版本,页码注于引文后,用括号标出,不再另注。译文参考了李国庆译本。

梁的作用，而是将小说其余部分都蕴含其中。”[①]他认为，中间部分浓缩了小说的其他部分的重要主题；从几何角度和比喻意义上看，这个部分就像微型金字塔，构成了整部小说的金字塔顶部。二则，这段情节直截了当地道出了小说“揭露”母题以及伴随这一母题的反讽：追寻真相却视而不见。[②]

《金字塔》的“揭露”母题在小说中也体现为另一对反讽，即“揭露”和对“揭露”的恐惧，两者的互动既产生了不乏趣味的喜剧效果，也蕴含着社会批判的深意。小说人物对“揭露”的恐惧固然有保护个人隐私的原因，其深层的根源乃是阶级意识作祟。这些人物之所以躲躲藏藏、遮遮掩掩，多半还是出于维护社会地位的需要。

第一短章：情欲与阶级

小说第一个短章的“揭露”母题主要关乎少年人的情欲和社会等级秩序的矛盾冲突。短章最初以《在崖坡上》为题，以短篇小说形式发表于《凯尼恩评论》(*Kenyon Review*)，讲述18岁的奥利弗和少女艾薇·巴伯科姆的情爱故事。美貌的艾薇出生低微，在小镇上背负着人尽可夫的名声。她与奥利弗的感情纠葛中充斥着英国社会等级秩序的残酷、算计和苦涩。一边是性的吸引，一边是社会秩序的规约，奥利弗尴尬地困在中间，少年情事于是演变成一出带着苦味的闹剧；而艾薇与数个男人之间的情欲纠葛——奥利弗、罗伯特、威尔摩特上尉、琼斯医生和巴伯科姆军士，以及奥利弗对伊莫锦的思慕，使这出桃色事件愈加复杂化了。

奥利弗对小镇的阶级等级秩序心知肚明。斯蒂尔伯恩镇(Stilbourne)是典型的英国小镇，镇名语带双关(stillborn)，一派死气沉沉；社会等级是界定小镇人际关系的首要坐标，生于斯长于斯

---

① Skilton, David. “The Pyramid and Comic Social Fiction”. In Jack I. Biles and Robert O. Evans (eds). *William Golding: Some Considerations.* Lexington, KY: The University Press of Kentucky, 1978, p. 183.

② Skilton, David. “The Pyramid and Comic Social Fiction”. In Jack I. Biles and Robert O. Evans (eds). *William Golding: Some Considerations.* Lexington, KY: The University Press of Kentucky, 1978, p. 183.

的奥利弗也不能幸免。他的等级意识可谓根深蒂固，可以凭直觉绘出一幅小镇的阶级地图。奥利弗的父亲是当地诊所的药剂师，父母都是在小镇小有名气的业余艺术家，奥利弗本人也即将就读牛津大学，因此奥利弗家在斯蒂尔伯恩镇的等级金字塔上介于中产和中上层之间。奥利弗暗恋的伊莫锦嫁给了小镇报社的董事，社会等级高于他，可望而不可即。而住在钱德勒巷的艾薇风姿绰约，名声不好，对少年人来说却是触手可及的。钱德勒巷几乎是贫民窟的同义词，而艾薇的父亲巴伯科姆军士更是社会地位卑微。然而，艾薇却与罗伯特暗通款曲。罗伯特的父亲是诊所的尤恩医生，属于小镇的中上层，罗伯特本人则在公学就读，地位高于奥利弗一家，因此罗伯特和艾薇并不门当户对，两人只能悄悄往来。人与人之间的等级划分早在婴儿车里就已经是不言而喻的事实。

小说开篇便是一出"揭露"与"掩饰"互为冲突的闹剧。罗伯特悄悄开了道利什小姐的汽车，载着艾薇去兜风，结果午夜汽车抛锚，陷入池塘，不得不去找奥利弗帮忙。在奥利弗看来，"尤恩医生的儿子是不可以开着他父亲的车带巴伯科姆军士的女儿去跳舞的。想都不用想，这是生来就明白的道理。"（18）这道理的内涵就是中上层的尤恩和中下层的巴伯科姆之间不可能有社交往来，更不用说联姻了。隔开各个社会阶层的分界线虽然无形，却不容逾越。于是罗伯特不敢开父亲的车，出了事故后又不敢去找当地的修车铺老板亨利，只得深夜去找同龄人奥利弗。经不住奥利弗的一再追问，罗伯特只得承认，他与艾薇在车上云雨，不小心碰松了手刹，汽车于是失去了控制，自己行驶起来。失控的汽车颇有些少年人情欲失控的象征意味，和第三个短章中道利什小姐事故频频的汽车意趣相似。用奥利弗的话说，"如果社交的得体和性的吸引有矛盾，哪个胜出，从来是毋庸置疑的。"（45）情欲促使罗伯特跨越了社会等级的分界线，却不敢明着来，只能尽量掩人耳目。

奥利弗引诱艾薇的情节同样充斥着等级意识。奥利弗清楚，他的家庭虽处于斯蒂尔伯恩镇阶级金字塔的中部，地位却并不稳固，很大程度上取决于他们的社会关系。如果他家与巴伯科姆家联姻，必然使得家庭的地位下滑。而且，奥利弗即将入学牛津，这将大大提升一家人的社会地位，因此奥利弗的母亲小心谨慎，不遗余力维持现状。奥利弗更是深深明白，自己对艾薇神魂颠倒，固然是因为她的美貌，更重要的原因是艾薇对他来说不难得手。于是，奥利弗想要得到艾薇，同时又害怕别人知道，只得千方百计地掩盖自己与她的关系。

由于害怕有人看到他和艾薇在一起，他费尽心机地挑选合适的幽会地点，分手时他也总是先逗留一会，然后才绕道回家，避免被人撞见。但是艾薇显然比奥利弗更成熟，也更有心计。不久，奥利弗发现，巴伯科姆军士见到他时会点头致意，而巴伯科姆夫人会向他屈身行礼。起初，奥利弗只觉得匪夷所思。直到有一天，他突然恍然大悟。原来，艾薇一直利用他，把他当作和罗伯特约会晚归时向父母有所交代的挡箭牌。巴伯科姆夫妇一定是误以为奥利弗正在追求他们的女儿。

在第一短章的高潮部分，“揭露”成为“裸露”，少年人少不更事的情欲闹剧也开始呈现为更加阴暗、苦涩的调子。奥利弗担心别人发现他和艾薇的秘密，愤怒的艾薇于是自导自演了一场恶作剧。她对奥利弗的父亲说男人都是禽兽，他的儿子也不例外，她会让他看到证据。同时，奥利弗的母亲得意洋洋地宣布了艾薇即将被赶出小镇的传闻，让奥利弗怒火中烧。年轻人为情欲所苦，冲动之下与艾薇在崖坡上做爱，背后是远处的斯蒂尔伯恩镇居民的目光。奥利弗事后得知，他的父亲当时正用望远镜注视着他们的一举一动。

渐渐地，前半部分的喜剧色彩开始褪去，露出轻快的色调下阴郁而不堪的真相。本特利曾论述喜剧中的悲观主义，他认为喜剧中也许始终潜藏着深深的悲观主义，因为悲剧假设一切都可以撕开，而喜剧承认有些东西不堪触及。因此，喜剧的传统是任凭暗流汹涌但并不触碰，以此保持喜剧表面的完好和平衡。①然而，小说中的这种喜剧平衡无疑被打破了。喜剧的平衡始终是动态的：潜在的阴郁也会不时突破喜剧的制衡，浮上表面。在斯蒂尔伯恩镇等

① Bentley, Eric. *The Life of the Drama*. New York: Atheneum, 1979, p. 299.

级森严、犹如坟墓般令人窒息的阶级金字塔中,艾薇困窘的抗争——她的耻辱、愤怒、报复——在喜剧外表下显露出来。两个年轻人公然做爱,他们的愤怒和叛逆撕裂了小镇平静的表面。正如斯基尔顿所论,在《金字塔》的三个短章中,都有着这样创痛的时刻,都涉及奥利弗或其他人物的裸露或暴露。① 在这样的时刻,生活的残忍无情、人性深处的痛楚昭然若揭。

另一个关于"裸露"的情节是艾薇臀部的鞭痕。当奥利弗轻浮地掀开艾薇的裙子时,他惊骇地看到那些可怕的伤痕。艾薇曾告诉过他,威尔摩特中尉教她速记,还警告她说,如果她不好好学习,就会挨揍。于是奥利弗脑中立刻浮现出威尔摩特从轮椅上起身像狼一样狞笑的滑稽画面,奥利弗不由哈哈大笑。然而,此刻喜剧的表层下露出面目狰狞的真实。他被艾薇的伤痕刺痛了。刹那间,那些鞭痕凑成了一幅完整的人性拼图。

在短章的尾声,比性虐待更可怕的真相浮出水面。一年以后,奥利弗从牛津回到了家乡,在酒吧遇到了艾薇,艾薇愤怒地指责斯蒂尔伯恩镇的社会等级秩序和奥利弗对她的伤害。她说:"你呀!难道你就永远长不大?……我绝不回来,绝不……瞧,这样你们就可以一直说闲话笑话我——我和我爸。"(110)她的话让奥利弗不由思忖这奇怪的口误,也促使读者重新审视小镇那田园诗一般平静的表层下面深藏的污垢。但是奥利弗总是与真相擦肩而过,年轻的他无法探知艾薇话语中的乱伦暗示,他只是再次被她深深吸引,想要追逐她,哪怕进入钱德勒巷黑暗的巷口。但是自家窗口的灯光和母亲窗前的身影让他停下了脚步。奥利弗此刻陡然感受到的对艾薇的爱意也终因无法跨越等级界限而止步。对他来说,无私的爱情需要付出昂贵的代价,而他和他的家庭都无法承受。

导致艾薇离开小镇的也是一出关于"揭露"的讽刺喜剧。琼斯医生嘴边的一抹吻痕没能逃过当斯夫人"斯蒂尔伯恩式的眼睛"和"斯蒂尔伯恩式的舌头"。(101)吻痕虽淡,对镇上的人们来说,却

---

① Skilton, David. "The Pyramid and Comic Social Fiction". In Jack I. Biles and Robert O. Evans (eds). *William Golding: Some Considerations*. Lexington, NY: The University Press of Kentucky, 1978, p.180.

是严重事件。这段情节的反讽意味在于：让斯蒂尔伯恩镇的居民们无法容忍的并非是艾薇的滥交、乱伦，抑或是在众目睽睽之下做爱，而是她触犯了小镇等级秩序的禁忌。艾薇是小镇金字塔里的牺牲品。

第二短章：个体与社会

个体与社会的关系是《金字塔》的重要主题。这一主题既表现为金字塔般的社会等级秩序如何损毁个体的秩序，也体现为个体在社会等级秩序施加的压力中如何自处。如果说《金字塔》的第一个短章主要涉及的是第一个方面，或者说，是少年人在面对情欲和社会等级秩序的困境中的尴尬和困惑，那么第二个短章主要探索了第二个方面，表现了奥利弗在斯蒂尔伯恩镇的社交和文化生活中的处境。

《金字塔》的第二个短章昭示了小说的"揭露"母题，这一母题略有变化，转化为"展示"母题，"揭露"和"展示"融为一体。短章表现了斯蒂尔伯恩歌剧社的成员们在彩排和演出时上演的闹剧。歌剧社的演出活动本身就是某种形式的"展示"。同时，故事也颇具象征性和喜剧性地揭示了年轻的个体受缚于社会的约束时笨拙、困窘的挣扎姿态。

歌剧社彩排的是一出名为《多情国王》的音乐轻喜剧，彩排现场本身成为微缩社会，展示人性的舞台。歌剧社的演出是小镇社会等级的象征性的展示。扮演男主角的诺曼·克雷默拥有当地报纸，他的新婚妻子伊莫锦取代了往年的女主演——市长的女儿。而奥利弗在剧中扮演什么角色则暗示着他在斯蒂尔伯恩的社会地位。于是，当奥利弗的小提琴声盖过了克雷默蚊子哼哼般的歌声时，风波骤起。克雷默要求奥利弗用消声器放低琴声，惹得奥利弗的母亲大怒。随后，母亲还就奥利弗扮演的皇家卫士该如何称呼和克雷默争论起来，直到导演伊夫林出面调停。小镇的社会等级秩序导致的不公和苦涩虽从未言明，却一一展示于大庭广众之下。音乐剧的舞台成为展示阶级争端和冲突的舞台。

奥利弗极力置身事外，但是由于参加了演出，他和小镇居民之间有了更多的相交点。颇具讽刺意味的是,一方面,奥利弗试图从小镇令人窒息的金字塔中脱身,另一方面,他又有意无意地寻求小镇人们的认同。可以说,小说的第二部分即表现了年轻人在成长过程中的这种矛盾心态。

引领奥利弗看到真相的是伊夫林。在演出中间,伊夫林邀请奥利弗溜出剧场小酌。此前,伊夫林在彩排现场长袖飞舞,以阿谀奉承来平息争端,然而谎言只是他的保护盾。当他摆脱人群暂时褪去谎言的铠甲之后,他尖酸刻薄的讽刺让奥利弗看到了是非背后的真实面貌:克雷默夫妇在艺术上无知无能,伊莫锦自私迟钝,母亲有着狭隘的阶级意识,小镇的文化生活虚伪陈腐。这一切就像是"粗俗而笨拙的乡村练习曲"(146)。伊夫林承认来小镇导演音乐剧无非是为了钱,而奥利弗"算是在这里遇见的第一个人"(146)。克朗普顿指出,"伊夫林的甜言蜜语和女性气质也许意味着蛇的引诱……他可能是个滑稽魔鬼……他让奥利弗看到了令人不快的真相。"①伊夫林的坦率,加上灌下的那一大杯酒,让奥利弗暂时从斯蒂尔伯恩的束缚中解脱出来。在伊夫林善意的引导下,奥利弗用心倾听克雷默夫妇的双人演唱,看清了伊莫锦的虚荣和傲慢,终于摆脱了暗恋的苦闷:"就像是伊夫林正站在我身边,就像是他的手还放在我的肩上……我自由了。"(154)然而,正如克朗普顿所说,"和第一部分一样,在这个部分的尾声,获得了一种真相,却失去了另一种。"②伊夫林向奥利弗袒露了内心的隐秘,而奥利弗却无法理解,也无法回应。斯蒂尔伯恩充斥着谎言,但他却还是身陷其中。《金字塔》的三个部分都揭示了性的困境以及这种困境的既隐秘不宣又昭然若揭的悖论。小说的"揭露"母题也因此始终与这个主题纠缠在一起。

奥利弗从未真正了解自己与斯蒂尔伯恩镇的密切关系。他的视而不见恰恰也是第二个短章的主题。《金字塔》的三个主要人物

---

① Crompton, Don. *A View from the Spire: William Golding's Later Novels.* Oxford and New York: Basil Blackwell, 1985, pp. 59 – 60.

② Crompton, Don. *A View from the Spire: William Golding's Later Novels.* Oxford and New York: Basil Blackwell, 1985, p. 61.

都试图挣脱社会、他人加之于个体的束缚:艾薇冷对恶意的嘲笑,伊夫林毫不在意地打破禁忌,彭斯最后的裸走更是一种几近疯狂的姿态,但是奥利弗却并非他们的同类人,他更依附于习俗和阶级意识而不自知。在奥利弗身上,个体和社会之间的关系充满着矛盾和悖论。这点在小说第二个短章中尤以喜剧的手法表现了出来。

《金字塔》的第二个短章是小说最滑稽的部分。评论界多以"低喜剧"(low comedy)、"高喜剧"(high comedy)、"插科打诨"(slapstick)、"模仿讽刺剧"(burlesque)、"闹剧"(farce)、"轻快的玩笑"(lighthearted joke)等字样来描述这一短章多样化的喜剧效果。① 泰格曾评论道,《金字塔》的重要性在于,在戈尔丁的全部创作中,它的谐谑曲在节奏的把握上技艺高超,可谓《纸人》闹剧的序曲。②

对奥利弗来说,外部世界显得神秘而冷漠,音乐剧的演出成了巨大的考验。首先,奥利弗似乎处处被戏弄。他上台时必须穿过后台楼梯,楼梯上站满了暴徒似的演员,他们化好妆的脸凑到他的眼前,对着他发出嘘声,无声地咒骂着他。最滑稽的桥段是奥利弗遇到了神秘的阻力:他的道具长戟仿佛有了生命似的,不听他使唤。其实却是一个蛮不讲理的小伙子抓住了奥利弗的长戟要将他顶回去。这个戏谑的场景不乏象征意味地展示了年轻的个体在初入社会时面临的困境:必须面对一个个冷漠、充满敌意且乔装改扮后的面容。

---

① 斯基尔顿采用模仿讽刺剧(burlesque)和高喜剧(high comedy),见 Skilton, David. "The Pyramid and Comic Social Fiction". In Jack I. Biles and Robert O. Evans (eds). *William Golding: Some Considerations*. Lexington, NY: The University Press of Kentucky, 1978, p. 183; 克朗普顿用的是"joke"一词,见 Crompton, Don. *A View from the Spire: William Golding's Later Novels*. Oxford and New York: Basil Blackwell, 1985, p. 58; 低喜剧(low comedy)和插科打诨(slapstick)系出泰格,见 Tiger, Virginia. *William Golding: The Unmoved Target*. New York, London: Marion Boyars, 2003, p. 13; 以上提到的论者均采用过"farce"一词,包括格雷格和金基德-维克斯,见 Gregor, Ian & Mark Kinkead-Weekes. *William Golding: A Critical Study of the Novels*. London: Faber and Faber, 2002, pp. 230 - 231.

② Tiger, Virginia. *William Golding: The Unmoved Target*. New York, London: Marion Boyars, 2003, p. 13.

其次,戈尔丁大书特书奥利弗对他人视线的恐惧。显而易见,这是"揭露"和"掩饰"母题的变体。演出当天,奥利弗穿着戏服前往市政厅的剧院,担心小镇上的人们看到自己的模样,恨不得变成透明人。市政厅门前的观众们排起了长队,乍见人群,他不由躲到了阴影里。此后,奥利弗打算登上拥挤的后台楼梯,在与其他候场的演员一番推搡之后,他惊恐地发现自己的假胡子掉了:"我最后的指望——全面伪装——也破灭了。"(142)奥利弗拿着卫士的长戟无法挤上台去,因而不得不从前门走,他绝望地喊道:"但是他们会看到我的!"(152)奥利弗的担心让人不由联想到《金字塔》第一部分中和艾薇在崖坡上做爱的场景。

奥利弗的怯场也体现了初出茅庐的年轻人忐忑不安的情绪。直到他站在舞台上,台下一片热情的掌声,奥利弗在小镇人们的认可中确认了自己的身份,才恢复了自信。他意识到:"显然,他们认出我了,药剂师的儿子,我是他们认可的那类人。忽然我就明白了,街上的行人们其实已经看到了我,认同了我所做的,谅解了我。"(142)很明显,奥利弗的自信根植于他对自己社会身份的确定,尤其是在这个等级森严的小镇里社会地位和阶层的确定。因此,这个人物的矛盾性在于,一方面,他努力跳出自己处境的"规定情境",另一方面,他趋向于与之认同。这固然是少年人成长的必然悖论,也终于在奥利弗和小说的三个人物艾薇、伊夫林和彭斯之间划了一道清晰的分界线:尽管他们的努力显得滑稽而可悲,后三者都不同程度上脱离了各自的"规定情境"。当然,他们的抗争也更惨烈。

如果说《金字塔》的第一个短章表现了奥利弗在情爱方面的探索,那么第二个短章表现的则是他对自己社会身份的定义。这个故事的核心意象是戏剧舞台,而故事也的确体现为"展示"的喜剧,或者说是"揭露"母题的一种变体、一段谐谑曲。故事喜剧性地展示了斯蒂尔伯恩的虚荣、狭隘的阶级意识和少年人的成长悖论。

第三短章:爱与金字塔

在《金字塔》的第三个短章中,"揭露"的喜剧成了黑色喜剧。

“爱”是《金字塔》最重要的主题，其中第三个短章尤为突出地表现了“爱”的主题以及小镇居民以共同意志建造起的社会等级的金字塔如何窒息、扼杀个体的爱的可能性。这个故事早先独立发表于《绅士》（*Esquire*）杂志，标题即为《在金字塔内》（“Inside a Pyramid”）。故事延续了前两个部分的喜剧表现手法，但是内容却愈加阴郁。小说的“揭露”母题在阴暗、怪异和哥特式的背景基调中变异为难堪的“裸露”母题，撕裂了喜剧的表层，揭示了无爱的生活状态给个体造成的可怕创伤。

“金字塔”始终是涵盖整部作品的核心意象，并在第三个短章中起到了举足轻重的作用。故事延续了奥利弗的第一人称叙述，其时奥利弗已经人到中年，驾车回到了斯蒂尔伯恩。叙事以闪回的方式追溯了奥利弗童年时的音乐教师道利希小姐的往事，儿童的视角和成人的观点融合在一起。叙述者的视线追溯到金字塔的内部——“彭斯”凄凉、阴暗的寓所。在这里这个孤独的女人徒劳地渴求着爱情，而“彭斯”坟墓般的寓所与她去世后装修豪华的坟墓形成鲜明的对比，同时斯蒂尔伯恩镇成为名副其实的“金字塔”，一所拔除了爱的、巨大的陵墓。

构成这座坟墓的是邻人刺探的目光和闲言碎语。斯蒂尔伯恩镇女人们的视线就像雷达一样，穿透邻居家厚厚的窗帘。虽然男人们的观察力没有那么敏锐，他们却成了女人的工具，带回来有用的情报。除了“雷达”，奥利弗的母亲另有一项秘密武器，那就是她的儿子。奥利弗成了他母亲的“星际探测器”，一无所知地执行着秘密任务，带回流言蜚语的素材。母亲常常遣奥利弗跑跑腿，然后从他口中套出些什么。一度与亨利密切交往的彭斯发现自己被困在了雷达射线的金字塔中。奥利弗天真地向她转述了他母亲的话，说亨利是在“放长线钓大鱼”，令她恼怒不已。小镇的女人们津津有味地看她的好戏，她的孤单和对爱情的渴求成了大家茶余饭后的谈资。

小说尾声的“裸露”呼应了第二个短章中的“展示”母题。奥利弗的一番话将“展示”和“裸露”这两个母题联系在一起：“一想到我们都清楚各自的底细，都刺探各自的隐私，都衣冠楚楚却为裹着衣服的身体而羞惭,我就感到无比的羞辱、满腔怨恨和一种好比怯场那样的恐惧。"(205)在这里,"怯场"一词生动地例证了斯蒂尔伯恩社会生活的"戏剧表演式"的特征:每个人都生活在众目睽睽之下,而那种粗鄙、狭隘、冷酷的集体价值观念则筑起了吃人的金字塔,扼杀了个体的爱。

彭斯在大庭广众之下赤身露体的情节对于叙述者和读者都是极为残酷的体验。远在牛津上学的叙述者奥利弗从母亲寄给他的当地报纸《斯蒂尔伯恩广告》中读到关于彭斯的片言只语:她不断地出车祸,最后终于被吊销了驾驶执照。奥利弗回乡时也曾路遇彭斯汽车抛锚,彭斯拒绝了奥利弗的帮助,只等亨利去搭救她。如果说彭斯早前故意出车祸来求得亨利对她的关注和关怀尚有一丝喜剧色彩,那么小说结尾的这段情节则完全融合了"裸露"与"揭露"母题,将彭斯的情爱困境和心灵创伤,连同她老去的躯体一同展示在眼前,犹如一场噩梦。在小说尾声,彭斯一丝不挂地走出家门,这一难堪、残酷的景象终于颠覆了小说的喜剧性,使故事的基调转向阴郁、凄厉的悲剧色调。

"揭露"母题涵盖了《金字塔》的三个短章,"揭露"的过程既富喜剧色彩,又是揭示真相的过程。"揭露"母题在第二个短章中演变为可笑的舞台"展示",在第一个短章和第三个短章中都体现为"裸露",只不过前者是关于年轻人情欲的闹剧,后者则是一个孤独无爱的女人的人生悲剧。"揭露"母题也始终与对"揭露"的恐惧和"掩饰"母题不断互动,产生喜剧效应。同时,"揭露"母题在主题内容和情节结构上都成就了《金字塔》的社会喜剧风格,逐一揭示了年轻的情欲和固有的阶级意识、个体和社会以及对爱的渴求和扼杀爱的金字塔般的小镇生活之间的矛盾冲突。

五、 喜剧人物群像

喜剧人物往往是类型人物,是漫画式的,或仅仅是某种性格的归纳,是没有深度的"扁平"人物。福斯特对扁平人物的定义是"依照一个单一的想法或品质构建起来的"人物。他认为,扁平人物最好就是喜剧性的,因为"一个严肃、悲剧性的扁平人物往往令人厌烦。"福斯特继而称，"只有圆形的人物才适合一定长度的悲剧的表现，才能打动我们的情感，而非唤起幽默或者关于行为恰当性的那种感受。"[①]福斯特的断言在以下两个概念中架起了桥梁，即扁平人物和喜剧漫画式的人物；而且，喜剧漫画式的人物易唤起"幽默或者关于行为恰当性的那种感受"。

进一步解答这个问题的是亨利·柏格森。柏格森认为，人们显得滑稽，是因为我们观看他们时不投入感情；伴随着笑声的往往是"不动感情"。柏格森写道：

> 值得注意的是，伴随着笑的往往是那种"不动感情"的症候。正是那种完全冷静而无动于衷的灵魂才能使滑稽的内容产生影响，从而打破他们的平静。笑最大的敌人莫过于动情，因而无动于衷才是最适合它的土壤。我并不是说一个人一旦唤起了我们的怜悯或者喜爱，我们就无法再嘲笑他，而是在这种情形下我们必须暂时驳回我们的喜爱、封闭我们的同情。[②]

柏格森显然认为，笑的前提是在情感上保持距离。笑需要我们关闭同情心或者任何形式的认同感和共鸣。柏格森的理论对于我们理解《金字塔》中的喜剧人物有着重要意义。

戈尔丁在小说中采用不可靠第一人称叙述者，这一点和喜剧人物塑造之间有着不可分割的关联。奥利弗既是《金字塔》的男主人公，也是故事唯一的叙述者，因此事件通过他的视角过滤，人物也往往经由他来描绘和评判。经过小说的三个短章，奥利弗在年龄和经验上都渐渐成熟，因此小说某种程度上体现为成长小说的模式。但是作为叙述者，奥利弗却依然无法把握一些关键事件的深层含义，无论是艾薇的口误，还是伊夫林的照片。而且，奥利弗虽然有着敏锐的观察力，但是却缺乏深沉的理解力，因此往往作为

---

① Forster, E. M. *Aspects of the Novel and Related Writings*. Vol. 12 of *The Abinger Edition of E. M. Forster*. London: Edward Arnold, 1974, p. 47.

② Bergson, Henri. *Laughter: An Essay on the Meaning of the Comic*. Cloudesley Brereton, Fred Rothwell (Trans.). London: Macmillan, 1921, p. 4.

第一人称叙述者展现未经咀嚼消化的素材，需要读者自行推论和评判。尤其是在第三个故事中，由于一部分篇幅是奥利弗回忆自己童年时的所见所闻，因此事件通过不谙世事的幼儿的眼光展现出来，加上成年奥利弗的理解和评论，立体的观察视角投射到事件上，形成视角之间的差异，产生美学效果。因此，戈尔丁通过这个不可靠的叙述者，在读者、叙述者和小说其他人物之间形成了不同的距离。

按照布思的看法，不可靠叙述者在道德上、心智上、情感上和时间上都多少与故事中的人物保持着距离。[①] 叙述的距离对于叙述者描绘喜剧漫画式的人像必不可少。在《金字塔》中，奥利弗的叙述视角就像是一面透镜，其他人物通过这面透镜展现出来，多少显得歪曲或不完整。首先，他与巴伯科姆、尤恩等人之间的交往就相当有限。其次，他对其他的人物了解有限，不足以使他理解他们的行动动机。最重要的是奥利弗的观察和判断受到他自身道德观念和认知能力的局限，他的缺乏理解力、自私、阶级意识等种种痼疾都令他无法真正揭开其他人物的内心世界，因此这些人物在他的叙述中就往往只表现出单一的性格特征，或是流于表面化的甚而仅仅是体貌上的特点，由此而成为漫画式的人物。

尽管如此，奥利弗仍旧在成长过程中开始学会自省，并获得了超越自我的理解力。戈尔丁擅长在行文中谨慎地提供必要的信息，使读者得以从更高的视角理解事件。斯基尔顿认为，"戈尔丁的作品总是呈现给我们原始的、未经理解的经验，而几乎所有的戈尔丁小说的中心进程都体现为从无知到更加复杂的意识，再到最终的理解。"[②]于是，一些漫画式的喜剧人物随着叙述的进程逐渐趋向丰富和复杂。

值得注意的是，《金字塔》中人物的喜剧性都是奥利弗阶级意

---

① Booth, Wayne C. *The Rhetoric of Fiction*. Chicago: The University of Chicago Press, 1961, p. 156.

② Skilton, David. "The Pyramid and Comic Social Fiction". In Jack I. Biles and Robert O. Evans (eds). *William Golding: Some Considerations*. Lexington, NY: The University Press of Kentucky, 1978, p. 182.

识的产物。奥利弗评判他们的一个重要出发点就是他们的社会地位。这些人物构成了斯蒂尔伯恩镇社会阶层的金字塔:中下层的边缘人、中上层的傻瓜以及古怪的艺术家。

在奥利弗看来,属于社会中下层的巴伯科姆夫妇和威尔摩特上尉是对中上层趣味的冒犯,他们住在近乎贫民窟的钱德勒巷。巴伯科姆夫妇是小镇的笑柄。巴伯科姆军士是小镇的一大景观。他是市政厅的看门人、池塘管理员、教区助理、镇公告员,他还照看着小镇悠久的历史遗留下来的其他杂活。其中最让他显得滑稽可笑的是镇公告员一职:他穿着17世纪的制服,迈着军操的步伐,而这些古风却和他健硕、多肉的体魄完全不搭调。作为镇公告员,他的当地口音也是个笑话。巴伯科姆夫人则不断挑战着小镇的阶级秩序。她会向着完全不属于她这个社会阶层的人物侧身致意,这当然是得不到回应的,因为"没有人能说得清究竟巴伯科姆夫人是否神智清楚,相信她有资格向他们致意,或者她来自某个神话中的国家,在那里镇公告员太太也许会和郡警察局局长夫人亲密无间。"(43)巴伯科姆夫人处于小镇金字塔的尴尬位置,她既不和贫民窟的人们相熟,也得不到与社会地位更高者的认可。在小镇保守人士看来,她侧身致意的形象莫过于混淆了阶级划分。威尔摩特上尉是另一个中下层的边缘人。他是残疾军人,在战时晋升为军官,战后回到小镇在医院里当职员。威尔摩特靠轮椅代步。炸弹在他身上留下了无数弹片,以致"他若摇晃起来,动静比他的轮椅更响。"(36)然而,艾薇身上的鞭痕让奥利弗探知了威尔摩特的性虐待癖好,窥见了人性的深渊。威尔摩特的滑稽漫画像变得立体而令人不安。

如果中下层的边缘人冒犯的是趣味和体面,那么中上层的傻瓜们冒犯的则是常识。罗伯特·尤恩是医生尤恩之子,也是奥利弗的情敌,在小说开篇就以喜剧形象出场。奥利弗应艾薇恳求去解救他的时候,他赤着双腿,可怜巴巴地哆嗦着,不得不向奥利弗承认和艾薇在汽车里交欢,结果臀部碰到了刹车,于是失控的汽车就沿着山坡一路向下,而他的裤子还褪在脚踝处,狼狈不堪,匪夷所思地成了这辆汽车的牺牲品。不久,他和奥利弗为争夺艾薇大打出手。虽然接受公学教育的罗伯特拳击起来像模像样,也不乏君子风度,却被技不如他却不讲规则的奥利弗一脚踹到了裆下,倒在灌木丛里发出唱歌般的"哦哦"的呻吟。此后,他为了在艾薇面前炫耀车技,驾摩托车爬坑,结果摩托车非但没有立起来,还倒在他的身上。罗伯特屡次成为他荒唐的"贵族风范"的牺牲品,但是读者需要体察的是,罗伯特这些滑稽事迹的叙述者是奥利弗。奥利弗的社会地位较低,因此在争夺艾薇的情场上处于劣势。他对于罗伯特始终是抱有敌意的。因此,罗伯特的滑稽形象是和奥利弗的无动于衷和情感上的对立分不开的。相形之下,傲慢而无知的克雷默夫妇则丝毫不令人同情。伊夫林和奥利弗嘲笑诺曼·克雷默细弱的歌喉,用伊夫林的话说,"既然什么都听不到,可以判断出克雷默正在演唱。"(145)伊莫锦徒有漂亮脸蛋,五音不全而不自知,夫妇俩的合唱成了"蚊子和蜜蜂的和声"。两人不知天高地厚,涉足艺术领域,却成了一对笑柄。

另有一组喜剧人物是古怪的业余艺术家,然而艺术却并不能拯救他们。老道利什先生是小镇的一道古怪而有趣的风景。他一副艺术家的怒容,呼哧呼哧地走在大街小巷,活像愤怒的贝多芬。在这幅滑稽肖像画里,他是"一个失败者,激烈地实践他的种种偏见,徒劳地演出他的雄心壮志。"(165)和老道利什寥寥数笔的漫画像相比,彭斯和伊夫林的形象要丰满得多。两人外表怪异:彭斯气质男性化,毫无女性魅力;伊夫林则显得阴柔。他们因为对爱的渴望而成为笑柄。随着奥利弗对他们的逐渐了解,满嘴谀词的伊夫林成了唯一直言真相的勇者,道出了斯蒂尔伯恩歌剧社的愚蠢和矫饰,而彭斯也会为了爱情而害羞、欢笑和哭泣。当亨利搬走的时候,彭斯蜷缩在黑暗中,试着学会尽情哭泣。

奥利弗的母亲是一个独特的喜剧人物,独立于以上各类别。她既非单线条的漫画人物,也并未在叙述的进程中经历发展和演变。她的丰富和复杂的特性需要奥利弗去品味、去发现。在小说的第一短章中,她是慈爱而精明的母亲,小说以喜剧化的笔触表现她对小镇社会阶层的几近超自然的强大观察力。在第二短章中,母亲是歌剧社排练风波以及与克雷默夫妇阶级大战中的悍将。叙述者以寥寥数笔刻画了她平庸的艺术品位和敏感得可笑的虚荣心，讽刺的语气依然是温和而体谅的。在第三短章中，叙述者嘲讽母亲处心积虑地刺探邻居的隐私，富于喜剧色彩，但是母亲不经意间展露的人生智慧和同情心也让叙述者和读者如惊鸿一瞥，使这个人物更加立体和多维。彭斯对爱的饥渴让男人们大惑不解，母亲却对儿子一针见血地道出了造成彭斯悲剧的原因："钱并不是一切。总有一天你会明白的，奥利弗。"（205）奥利弗突然意识到母亲沉甸甸的箴言和她平日里以刺探邻人秘密为乐趣的轻快冷漠大相径庭。然而，正当他为了对母亲的新发现而暗暗思忖，母亲却又依然故我地咀嚼起邻居们的家长里短了。或可以说，母亲这个人物之所以复杂，多少是由于她与叙述者奥利弗之间的母子关系。毕竟，叙述者站在儿子的立场，无法把母亲完全客体化。

喜剧人物不仅构成了斯蒂尔伯恩镇的各个社会阶层，而且也形成了小说社会喜剧的肌理。正是由于他们的喜剧是由一个同样喜剧化、同样充满局限性和谬误的叙述者娓娓道来，小说的社会喜剧多了一重美学意蕴和道德内涵。"任何一种阅读经验都意味着作者、叙述者、人物和读者之间的对话。"[①]在《金字塔》中，作者、叙述者、喜剧人物和读者始终围绕着社会阶层、道德立场、理解力的轴心在互动。因为叙述者的有限视角和他在道德价值观、理解力和感受力上的缺陷，使得读者必须作出自己的判断。而戈尔丁通过把握叙事策略和这些微妙的互动，让阅读过程充满各种发现、惊奇、倒错的期望和全新的视角。这些喜剧人物不仅逗引读者发笑，也激发他们的思考。

借用泰格的评论，《金字塔》是一部多少"被低估"的作品。[②]即便从戈尔丁的整体创作中来检视，这部小说有着结构建筑的紧凑严整和叙述视角的细腻处理，在艺术上独具匠心，而且是相当成

---

① Booth, Wayne C. *The Rhetoric of Fiction*. Chicago and London: The University of Chicago Press, 1961, p. 155.

② Tiger, Virginia. *William Golding: The Unmoved Target*. New York, London: Marion Boyars, 2003, p. 6.

功的。作为一部“重点之书”①,《金字塔》预示着戈尔丁小说创作的发展方向:对英国社会尤其是英国当代社会的题材的兴趣、对喜剧手法的尝试、对艺术家群体的探索等都可以在戈尔丁的后期小说中找到更为深入和广泛的展现。

① Tiger, Virginia. *William Golding: The Unmoved Target*. New York, London: Marion Boyars, 2003, p.4.

第七章 《黑暗昭昭》:宗教的现代诗学阐释

一、《黑暗昭昭》的创作之谜

1979年,戈尔丁在经过长逾十年的休眠期后发表《黑暗昭昭》(*Darkness Visible*),引起评论界的关注,为作家赢得了詹姆斯·泰特·布莱克小说奖。戈尔丁作为战后英国重量级的小说家重新获得瞩目。凯瑞教授在翻阅了戈尔丁的大量未公开的日记、手稿后称,早在1955年,戈尔丁就开始构思这部作品。最初,戈尔丁将小说称为《垂直》(*The Vertical*),当时他还在华兹华斯主教学校任教。此后,这个故事中的一些元素和场景始终吸引着作家,不断地激励着他的想象。① 小说从最初的构思到1979年发表,将近四分之一世纪,其间几易其稿,可以说是戈尔丁所有作品中创作时间最长,也许也是创作过程最艰难的一部。

《黑暗昭昭》是戈尔丁作品中最为神秘难解的一部,原因之一是作家本人对其闭口不谈。戈尔丁在各种访谈中往往相当直率地谈论自己的作品,但是对《黑暗昭昭》却一直讳莫如深,这无疑给小说抹上了一丝神秘色彩,也突显了作品的重要性。戈尔丁的缄默究竟出于什么原因颇费猜测。小说的男主人公麦蒂的身上可能有戈尔丁之子戴维的影子。戴维生来脚部有残疾,早年经过痛苦的治疗,后在牛津大学就读期间精神崩溃,始终没有完全康复。戴维成年后皈依天主教,个性内敛,对财物视若无物,心地极为善良

---

① Carey, John. *William Golding: The Man Who Wrote* Lord of the Flies. London: Faber and Faber, 2009, p. 368.

慷慨,为人处世犹如圣徒。戴维本人在英国广播公司为戈尔丁100周年诞辰制作的纪录片《威廉·戈尔丁之梦》中曾说:“我觉得麦蒂就是我。”[①]这从某种程度上解答了麦蒂的原型之谜。戈尔丁不愿谈及《黑暗昭昭》是否出于不愿向外界提及戴维不得而知。另一个原因就很有意思了。凯瑞在传记中提到,戈尔丁曾对蒙蒂斯说:“根本的困难是,我也不知道这该死的东西说的是什么。”凯瑞认为,“他拒绝谈及这部小说可能和他内心的困惑有关。”[②]

《黑暗昭昭》本身也极为晦涩多义。小说虽然以20世纪后半叶的世俗社会为背景,却在文本中植入大量的《圣经》典故,被看作是从《创世纪》到《启示录》的《圣经》故事在当代社会的重演。然而《黑暗昭昭》与《圣经》的互文关系却若即若离,充斥着各种互相矛盾的因素,如神学命题和喜剧形式的对立、男主人公麦蒂亦圣亦愚的形象等,呈现出完全相悖的诠释方向,因而显得扑朔迷离、晦涩难解。同时,《黑暗昭昭》高度象征性的寓言风格和善恶主题令人回想起作家赖以成名的被马尔科姆·布拉德伯里誉为“有着永恒的气派”的《蝇王》,但是其中大量的宗教典故、多声部的芜杂多元的时代内容以及严肃命题与喜剧手法的矛盾混合使之鲜明地区别于《蝇王》等戈尔丁早期作品所谓的“明晰的神话”。[③]

和戈尔丁此前的作品相比,《黑暗昭昭》令人耳目一新。戈尔丁将小说扎扎实实地设置在20世纪后半叶,展现了一幅人物多、事件多、时空跨度大的当代英国社会图景。戈尔丁的小说多选用相对封闭的空间,聚焦于一两个人物的意识:《蝇王》的珊瑚岛、《继承者》的尼安德特人和智人的栖息地、《品彻·马丁》的礁石炼狱、《教堂尖塔》的中世纪教堂、《金字塔》的斯蒂尔伯恩镇、《海洋三部曲》的甲板上下等都在时空设置上极为紧凑洗练;即便是时间、空间跨度比较大的《自由坠落》和《纸人》,故事也都以一

---

① Arena. “The Dreams of William Golding”. BBC 2. 17 Mar. 2012. Television.

② Carey, John. *William Golding: The Man Who Wrote* Lord of the Flies. London: Faber and Faber, 2009, p.378.

③ Bradbury, Malcolm. *The Modern British Novel: 1878 – 2001*. Beijing: Foreign Language Teaching and Research Press, 2004, p.350.

个人物为叙述中心展开。而《黑暗昭昭》则涉及当代社会的各种话题：国际政治局势、英国社会经济现状、民众的精神文化生活等；小说视野宽阔，时空跨度大：空袭中的伦敦、战后的小镇、澳洲的荒野、阿富汗的恐怖组织、青少年犯罪团伙和电视等媒体的发展、英国社会种族和文化的多元化等内容在小说中都有所表现。根据凯瑞对小说创作意图的考证和猜想，戈尔丁着重表现政治内容，尤其是国际恐怖主义活动，是和当时的政治气候有关的。1973 年的国际石油危机、1972 年的"血腥星期天"(Bloody Sunday)、爱尔兰共和军的极端分子等都进入了作家的视野；在小说创作过程中，戈尔丁的日记里也提到当时的英国、荷兰、意大利恐怖组织的暴行，尤其是女性恐怖分子的活动。①

虽然《黑暗昭昭》的时代内容丰富芜杂，却依然难掩戈尔丁的"寓言编纂家"的精神特质。这是一部以 20 世纪后半叶的世俗社会为背景的圣魔交战、善恶斗争的寓言。我国学者阮炜的评论文章《世俗世界中的黑暗与光亮》就极为精炼地概括出了作品的意蕴。② 小说分为《麦蒂篇》、《索菲篇》和《归一篇》三个部分，前两篇分叙天使与魔鬼的生成，第三篇暗指《使徒行传》，以天使与魔鬼的对峙收拢前两篇的情节线，繁而不乱。小说在结构上与《圣经》形成极富张力的互文性，在人物、情节上又具高度的象征性，体现出作家对小说主题内容的哲学思考。

二、当代英国社会图景下的善恶寓言

研究者多注意到《黑暗昭昭》吸纳芜杂的时代内容在戈尔丁创作中并不多见。泰格将小说形容为"国情小说或社会问题小说"这一类别的戏仿，她认为小说对英国社会精神领域的批判取代了维多利亚和爱德华时代同类小说中典型的对社会和经济领域的批

---

① Carey, John. *William Golding: The Man Who Wrote* Lord of the Flies. London: Faber and Faber, 2009, pp. 369 - 371.

② 阮炜. 社会语境中的文本：二战后英国小说研究. 北京：社会科学文献出版社，1998 年，第 159 页.

判,而且小说全景式、多声部展现了英国当代社会的状况。[①] 泰格说,戈尔丁曾对她提起过即将创作一部"关于英格兰"的小说,那应该就是《黑暗昭昭》。[②]博伊德也指出,小说与当代社会密切相关,而且"对现代世界的谴责是很明确的。"[③]津丁在他的戈尔丁研究论著中将《黑暗昭昭》和《金字塔》放在一个章节里讨论,题为《英国的状况》。他说,《黑暗昭昭》是这样一部作品:

> ……全面的社会阐释……关于英国的国情,范围和形式都不像《金字塔》那样局限。《黑暗昭昭》在主题和技巧上都丰富繁杂,囊括当代经验的复杂性和多样性……没有一个单一而整洁的、线性的、连贯的形态,没有手法和角度的单一性,不仅从字面意义上也从隐喻意义上似乎都能容纳所有戈尔丁这部 1979 年作品赋予英国国情小说这个文学体裁的经验。[④]

同样,克洛福德提出,"在《黑暗昭昭》中,戈尔丁记录了后现代英格兰的不确定性、破碎分裂、失去中心、离心、肤浅和败坏。"[⑤]

《黑暗昭昭》是戈尔丁对当代英国社会精神状况的评价,表现了二战后三十多年的社会现实。结构上小说分成三个部分,分别为《麦蒂篇》、《索菲篇》和《归一篇》;其中,《麦蒂篇》和《索菲篇》构成光明和黑暗的两极对立,两者在《归一篇》中相遇,发生正面冲突,善瓦解了恶。《黑暗昭昭》将《圣经》内容织入当代英国社会的图景之中,尤其是六七十年代的冷战热战、恐怖主义活动、暴力和性的失控、经济衰退、移民潮流、种族和文化的多元化、媒体的发

---

① Tiger, Viginia. *William Golding: The Unmoved Target*. New York, London: Marion Boyars, 2003, pp. 181 - 183.

② Tiger, Viginia. *William Golding: The Unmoved Target*. New York, London: Marion Boyars, 2003, p. 183.

③ Boyd, S. J. *The Novels of William Golding*. New York: Harvester Wheatsheaf, 1990, p. 126.

④ Gindin, James. *Postwar British Fiction: New Accents and Attitudes*. Westport, Connecticut: Greenwood Press, 1962, pp. 65 - 66.

⑤ Crawford, Paul. *Politics and History in William Golding: The World Turned Upside Down*. Columbia and London: University of Missouri Press, 2002, p. 175.

展等构成了小说的背景。在麦蒂的眼中，这个世界是罪恶的，他认为最后审判将在66年6月6日降临；在索菲看来，这个世界处于永无止境的败坏过程中，不断的退降直至最终的暴力，77年的7月7日就是退降的证据。西姆·古德柴尔德则幻灭地认为全人类都疯了，他谴责斯坦诺普姐妹："那些可爱的人儿——她们什么都有——什么都不缺，年轻，貌美，聪明——是不是她们没有了生活的目标？"[①]在佩迪格里看来，在这个到处是"动机最高尚的爆炸、绑架、劫机"的世界上，他远远不是最坏的人。(286)戈尔丁在《黑暗昭昭》中批判的正是这样一个世界。

小说的第一部分《麦蒂篇》始于炼狱之城的场景，伦敦正处于二战时期德军空袭的肆虐之下。城郊一群志愿消防队员目睹了神秘的景象：一个男孩赤身独自一人从熊熊大火缓步走出，步伐庄严犹如仪式，令人称奇。孩子左侧身体、面容严重烧伤，"除了火，他的背景身世完全空白"(12)。送到医院后，他编号为七，后来登记孤儿的办事处给他起名为马修·塞普蒂默斯·文德洛夫，人们叫他麦蒂。因为烧伤，麦蒂成了阴阳脸，他的右侧面容算得上英俊，左侧面容却极为丑陋。麦蒂的语言功能似乎也遭到重创，说话十分费力。"语言的通道似乎阻断了……只有通过超越语言概念的方式来接近他。"(13)麦蒂特别依恋一个常常拥抱他的护士，护士觉得，"麦蒂相信我带来了另一个人。"(14)似乎麦蒂看到了别人没有看到的景象。

随后，读者跟随着麦蒂一瘸一拐的脚步走过了战后的20年。少年麦蒂被送到了绿野镇的孤儿学校，仿佛命中注定，他遇见了佩迪格里先生。麦蒂容貌丑陋、品格高尚，成为孩子们戏弄的对象，而佩迪格里则是个恋童癖，喜欢漂亮的男孩。他尤其钟爱一个叫做亨得森的孩子，常常以补课为名让他单独去他的宿舍。佩迪格里厌恶麦蒂，讽刺他是班里的"珍宝"，麦蒂却信以为真，从此热烈

① Golding, William. *Darkness Visible*. Toronto, New York, London: Bantam Books, 1979, p.284. 小说引文均译自这一版本，页码注于引文后，用括号标出，不再另注。译文参考了张和龙译本，见威廉·戈尔丁. 黑暗昭昭. 张和龙译. 上海：上海译文出版社，2009年。

地爱着老师。为了掩人耳目,佩迪格里让麦蒂去他的宿舍补习,亨得森嫉妒不已。第二天,亨得森神秘死亡,陈尸防火梯下。警方在亨德森尸体下发现了麦蒂的体操鞋。麦蒂遭到盘问,然而他的回答却令人困惑。直到多年以后,早已离职的校长才顿悟他说的是《圣经》旧约诗篇中的一段引文:“我要向以东(Edom)抛鞋。”他意识到这是一种古老的诅咒。佩迪格里因此入狱,他对着麦蒂咆哮:“你这个可怕、可怕的孩子,这全是你的错!”(34)从此,这句话成为麦蒂内心沉重的负荷。麦蒂人生的下一站是绿野镇的弗兰克里五金店。他爱上了塑料花柜台后的美丽少女,却明白自己的外表注定会成为那种圆满生活的阻碍。深沉的痛苦和渴望将他带进了教区教堂。在那里,“他开始流下了成人的眼泪,本性感受到了深深的伤害。”(49)麦蒂决定远走他乡。

麦蒂来到了澳洲,开始了他的流浪生涯。他为无望的欲念所苦,同时也被“我是谁”和“我是什么”这两个问题困扰着。他辗转墨尔本、悉尼和格拉德斯通,期间得到了一本木质封面的旧圣经,他撕去了自己的圣经,不再光顾教堂。麦蒂在格拉德斯通找到了一份掘墓人的工作,在墓穴里产生了一个可怕的念头:“有为天国的缘故自阉的”(62)。麦蒂在驾车前往达尔文市途中误入荒野,遇见厌恶传教士的“土著人”哈里·巴莫,后者将麦蒂的双手用长矛刺伤,又跃到麦蒂的腹股间。这场类似钉十字架的遭遇几乎使麦蒂丧失性能力,也暂时平息了他的欲念。现在,他的问题变成了“我的使命是什么?”麦蒂伤愈后开始以一种独特的方式传教,用那位来自英格兰、能理解他的官员的话说,“感觉自己有责任把信息硬塞给一个没有留意的世界”(74)。他用火柴盒、陶罐和树枝搭起一座塔,用火点着,警示《旧约》的《传道书》中的句子“愚昧人的笑声,好像锅下烧荆棘的爆声,这也是虚空。”官员示意他回国:“毕竟——那里更需要你的语言。”回国前,麦蒂在一个深夜独自举行了神秘的浸洗仪式。他赤身穿过一个水塘,腰上围着沉重的链条和钢圈,高举一盏油灯。漆黑的夜晚,布满淤泥的水塘上方的星火灯光不无象征意味。麦蒂在澳大利亚期间,佩迪格里先生出狱回到了绿野镇,成了一个流连在公园里的猥琐的老人,躲避着警察。而绿野镇则发生了一件怪事，妇女们的婴儿车频频被人推离原处，令警察也颇为困惑。

《麦蒂篇》的最后一章，即第七章，插入了麦蒂从1965年5月17日到1967年5月13日的日记，主要记录了"幽灵"的来访。从麦蒂言简意赅的叙述里可以看到他于66年回到了英国的康沃尔郡，感到末日审判即将来临，开始斋戒，并以"说话"为举祭。6月6日，麦蒂用他的方式向人们发出末日警示，但是什么也没有发生。来访的"幽灵"示意他丢弃木制封面的《圣经》，告诉他罪恶损毁了他的"精神之脸"，并向他展示他的罪恶。麦蒂按照他们的授意骑着自行车前往绿野镇，在郊外的万迪考特寄宿学校当园丁。他获悉他的使命是守护一个孩子，他相信这个孩子是"拿撒勒的耶稣"（109）。麦蒂到镇里去的时候看见了美丽的斯坦诺普姐妹，情不自禁地希望她们就是自己要守护的孩子。这是麦蒂第一次见到姐妹俩。

《索菲篇》以索菲为主要叙述视角，记叙了托妮和索菲这对斯坦诺普家双胞胎姐妹的故事。这对姐妹和麦蒂形成对照。麦蒂丑陋可怖，人人避之不及，而斯坦诺普姐妹则天生丽质，人见人爱。麦蒂象征着善与光明，斯坦诺普姐妹则象征着恶与黑暗。麦蒂的阴阳脸半边黑半边白，斯坦诺普姐妹也是一黑一白。姐妹俩长相完全不同，索菲黑发黑眼睛，托妮则肤色白皙透明，一头亚麻色的头发，两人就像黑夜和白天似的。麦蒂有表达障碍，只能理解语言的字面意义，可谓愚笨，而斯坦诺普姐妹则智力超群，能够洞察人心，左右他人好恶。小说的黑暗图景主要通过斯坦诺普姐妹表现出来。和麦蒂一样，索菲姐妹超凡脱俗，具备超验的感知力，不过麦蒂的神秘性多和光明的意象联系在一起：火、灯、水晶球等。而斯坦诺普姐妹的神秘性则体现为脑部后面的黑暗隧道。索菲相信自己的大脑后面是一片黑暗——"她自己的黑暗"，她就在自己黑暗方向的末端，"仿佛坐在一条隧道的出口处，向外注视着这个世界……"（122）她是"这只坐在她后面隧道口的叫索菲的动物"（133）。她的脑袋后面长着眼睛，"当脑袋前面的眼睛闭上后，脑袋后面的眼睛仿佛睁开了，凝视着一个无限广袤的黑暗世界，一束锥形的黑色光线。”(147)她渴望着这个黑暗的世界。索菲相信宇宙衰竭的理论,把它比作正在松开的混乱缠结:“一切都在退降,在松开。我们只是——混乱,一切都是一团乱麻,都在松开,渐渐的,朝着越来越简单的方向松开……善良只是另一团乱麻而已,管他呢。无论如何都是会松开的,继续下去吧,一路上尽可能地获取。不管它要什么,那片黑暗,让重负掉下去吧,松开刹车——”(183)索菲的晶体管收音机就像是她和黑暗之间的秘密通道,在频道和频道之间好似星系之间的巨大黑暗,从收音机里她听到“星球之间、星系之间的黑暗的声音,那一大团正在松开的混乱缠结发出的平淡的声音;她知道为什么一切都将变得简单,成为最后那点松垮无力。”(190)如果麦蒂的信仰是光明与救赎,那么索菲信奉的则是黑暗和堕落。戈尔丁在《继承者》中就浓墨重彩地表现向下的飞瀑,他当时就受到了这种“退降”理论的影响。在《黑暗昭昭》中,这个母题通过索菲表现了出来,几乎可以说是《继承者》的现代版。索菲的所谓退降和“堕落”母题联系在一起。“退降”是“堕落”的隐喻。索菲的“退降”宇宙是戈尔丁对在道德上堕落的、失去信仰、放弃救赎的当代社会的一种抽象的阐释。

虽然戈尔丁不惜笔墨,描绘了姐妹俩缺乏父母之爱的童年生活,但是说戈尔丁将斯坦诺普姐妹的堕落归咎于两人不幸的家庭背景也是不甚确切的。原因在于,孤儿麦蒂的遭遇更令人怜惜,但是他却选择了和双胞胎完全相反的救赎之路。索菲和托妮早早就意识到自己黑暗的那一面,她们安之若素。由于母亲弃家而去,姐妹俩和父亲一起生活。然而父亲痴迷于钻研棋艺,对孩子没有多少耐心,于是她们要么被托付给保姆,要么就被送去和奶奶同住。姐妹俩聪慧过人,对他人的心理洞若观火。得知父亲打算与保姆温妮结婚时,她们不失时机地获取了温妮和别人通奸的证据,干脆利落地把她除掉了。15 岁的时候,托妮离家,在阿富汗牵扯进贩毒案件里,在监狱里待了几年;被遣送回国后,她成了政治激进分子。索菲则在绿野镇搭陌生人的车,和他们发生性关系,探索自己的身体,但是只感到厌恶。“此事过后,她将性扔在一边,因为她已经发现、检视然后把它当作一件无聊的小事抛诸脑后了。”(152)

索菲始终相信自己具有控制他人和未来的能力，她曾透过家中的老虎窗向外张望，看到佩迪格里走进厕所，她用意念让他留在那里，她相信自己成功了，然后她看见麦蒂正骑车经过，但是她无法支配他。这是索菲第一次见到麦蒂。

索菲搬到伦敦，找了份工作，交了男友，但是她发现自己从性虐待中得到了巨大的快感。索菲结交了一个名叫格里的小伙子，开始和他同居。格里曾在北爱尔兰服役，他的属下比尔嗜好杀人。离开军队后两人靠抢劫店铺为生。通过电视，他们找到了老友菲多，后者在绿野镇郊外的万迪考特寄宿学校任体育教师。索菲说服格里和比尔去那里绑架一个孩子，勒索巨额金钱，她很快就靠出卖色相骗取了菲多的信任，三人开始实施他们的计划。索菲顺道回家，撞见了父亲，两人互相发泄对各自的怨恨。出乎她的意料，托妮现身，加入了索菲的计划。

《归一篇》中，各个人物悉数登场，或多或少卷入了同一事件中。书商西姆·古德柴尔德哀叹人们对书本的兴趣不再，书店无人光顾；孤儿学校的教师埃德温·贝尔则因为和妻子两人的中性化气质受到人们的嘲笑。麦蒂在公园遇见了用彩球吸引孩子将他们骗至厕所的佩迪格里。索菲借口弄丢菲多的订婚戒指回到寄宿学校打探情况，她丢弃戒指时恰巧被麦蒂看到，但是麦蒂却不明所以。麦蒂捡起戒指交给索菲，这是两人的第一次面对面接触。西姆、埃德温和麦蒂借用了斯坦诺普家的马厩举行了类似通灵的仪式，这里曾是姐妹俩的住处，麦蒂感受到马厩里魔鬼遍布。小说再次插入了麦蒂的日记，幽灵来访，告诉麦蒂他将在烈火中被献祭给上帝。西姆、埃德温组织的第二次通灵会恰逢索菲计划实施绑架的那个夜晚。两人在马厩与索菲不期而遇，他们发现了绑着绳子的椅子。麦蒂没有现身。事实上，索菲等人计划在寄宿学校的车库引燃炸药，趁乱绑架孩子；麦蒂前往车库补胎，被正在引爆炸药的比尔打晕。正当比尔扛着孩子准备离开时，麦蒂浑身着火，如一团旋转的火焰向他冲去，比尔扔下了孩子仓皇逃跑，麦蒂完成了他守护孩子的使命，“火祭”的预言也实现了。同时，索菲目睹大火映红了山丘，幻想自己将绑架来的男孩折磨至死，获得了快感。但是她很快获悉计划被挫败,她被托妮和格里耍了。两人伙同恐怖分子劫持了人质,迫使当局向他们提供飞机,逃往非洲,不久,托妮就在电视上露面,大谈民主和正义。绑架事件之后,索菲托辞不知情逃脱了法律的制裁,西姆等人受到法庭的问讯,通灵会的秘密录像也在电视上反复播放。原来因为托妮的关系,索菲已被秘密监视一年。西姆和埃德温成了公众的笑柄,西姆决定卖掉书店前往加拿大,埃德温则打算写书记述整个事件的来龙去脉。当他们得知麦蒂的日记即将公之于众,两人觉得又有了希望。

小说尾声,作家贯注情感于笔下,令人动容:佩迪格里不由自主地来到公园,独自等候孩子们的到来。他看到麦蒂出现在眼前,他向麦蒂承认:“真正爱我的人,正是你!”(291)他告诉麦蒂自己的恐惧:欲望无法自控,总有一天他会伤害一个孩子,好让他闭嘴,这不可避免的结局堪比地狱。这时,佩迪格里看到麦蒂被金色的光焰吞噬、融化,就像篝火中的人化身金色的风,他的阴阳脸也变成了金色,唇边的微笑深情而令人畏惧。麦蒂的脸俯向他,用非人类的语言吟唱出“自由”,巨大的手拿走了他的彩球。死亡终于使佩迪格里摆脱了欲望之困,他的确获得了某种自由。

《黑暗昭昭》枝蔓繁复,内容驳杂,据凯瑞记载,戈尔丁一开始就意识到小说“主要的结构问题”是“将完全可以是两部书的内容放进一个故事”①。的确,《麦蒂篇》追踪着麦蒂成长的脚步四处漫游,足迹远至澳大利亚。其中插入麦蒂的日记,而麦蒂记录的超自然经历令人困惑,可以指向完全相反的阐释。《索菲篇》则描述两个女孩的成长,然而托妮和索菲两条线索一条虚写、一条实写,承载着大量的个体和时代的内容。《归一篇》将所有的线索整合在一个事件周围;三组人物——麦蒂和佩迪格里、斯坦诺普姐妹和她们周围的人、西姆和埃德温以及在前两篇处于背景中的人物等也都轮番登场,他们的命运和各自在小说中扮演的角色也纷纷尘埃落定。即便如此,透过丰富的时代元素和复杂的枝枝节节,仍可以看

---

① Carey, John. *William Golding: The Man Who Wrote* Lord of the Flies. London: Faber and Faber, 2009, p. 371.

到善恶对抗、光明和黑暗对峙、天使与魔鬼交战的清晰主线，小说确实可谓当代英国社会图景下的善恶寓言。

三、戈尔丁的神学立场

《黑暗昭昭》也许是戈尔丁最为明确地表达他的神学思想的作品。事实上，戈尔丁的早期创作中存在大量宗教内容。例如，《蝇王》和《继承人》都被认为是关于人类失去纯真、被逐离伊甸园的隐喻。《品彻·马丁》描述了一颗极端自私的灵魂如何在死后依然奋力对抗神意、拒绝被上帝毁灭的故事。小说结尾出人意料，被冠之以“把戏”(gimmick)之说①。对此戈尔丁自承高估了现代人对神学的兴趣和了解。② 同样，《自由坠落》中的萨米像马丁一样“背弃了上帝”③。《教堂尖塔》的故事本身便设置在中世纪的教堂，人与神的关系是重要主题。此外，评论界也注意到了戈尔丁早期小说中的圣人或基督原型。有论者指出戈尔丁的策略往往是让这些人物短暂地露面，却产生重要的影响。④ 如果我们回想一下《蝇王》中的西蒙、《品彻·马丁》中的纳撒尼尔，那么这样的概括不无道理。可以说，宗教内容在戈尔丁的作品中比比皆是，难怪神学家戴维·安德森称：“戈尔丁的小说具有神学倾向。”⑤丹尼斯·基恩甚至说，只有将戈尔丁看作基督教作家，才能理解他的早期作品。⑥对于被某位评论者称为“卡尔文主义者”，戈尔丁答：“就我的作品

---

① Gindin, James. *William Golding. Macmillan Modern Novelists.* Houndmills: Macmillan, 1988, p. 196.

② Biles, Jack I. *Talk: Conversations with William Golding.* New York: Harcourt Brace Jovanovich, Inc., 1970, p. 70.

③ Baker, James R. "An Interview with William Golding". *Twentieth Century Literature* 28. 2 (1982), p. 145.

④ Baker, James R. "An Interview with William Golding". *Twentieth Century Literature* 28. 2 (1982), p. 144.

⑤ Anderson, David. "Is Golding's Theology Christian?" In Jack I. Biles and Robert O. Evans (eds.). *William Golding: Some Critical Considerations.* Lexington, KY: The University Press of Kentucky, 1978, p. 1.

⑥ 转引自 Anderson, David. "Is Golding's Theology Christian?" In Jack I. Biles and Robert O. Evans (eds.). *William Golding: Some Critical Considerations.* Lexington, KY: The University Press of Kentucky, 1978, p. 1.

看,这种说法并没有显得过于严厉……我并非卡尔文主义者,但是我愿意相信我的创作能力、性格和经验决定了我的作品中可以推导出卡尔文主义。"①

青年时期的戈尔丁受到父亲亚历克理性思想的影响,一度和宗教保持距离。在牛津大学就读期间,他崇尚理性、嘲讽宗教信仰。但是二战时期在海军服役使他亲历了战争的残酷,世界观发生了巨大的变化。对他来说,宗教不再是可以嘲讽的可笑的观念了;而自幼就印刻在他心灵中的神秘主义倾向也渐露端倪。宗教也成为戈尔丁作品中挥之不去的主题。在一次访谈中,戈尔丁称自己为"并不合格的虔敬者",即并非严格意义上的基督徒,不遵行或奉守宗教戒律和仪式。② 用作家自己的话说,"我不属于任何宗教教派,所以我也不会做出任何相应的举动。"③

对戈尔丁来说,对神的信仰是道德问题,因为它使人远离那种体现在唯理论和过于乐观的科学观中的自我膨胀,而人类的这种傲慢自大恰恰是恶与堕落的开端。戈尔丁认为从科学理性中无法推导出道德准则。他认为,牛顿设想的,或者爱因斯坦所猜想的,甚至宇航员所探测到的宇宙都不过是人类的臆想,是人类头脑的产物。另有一种能包含一切真理的绝对真理,开启一切奥秘的奥秘。在这巨大的真理面前,人是谦卑的。戈尔丁在一次访谈中说:"我不能不信上帝……关键是如果你信上帝,就不必信你自己。"④ 了解人自身的有限性令人宽慰。作家称:"我们现在懂得了,无论在哪个方面,我们都已经走到了人性所能发现、描述甚至感受到的边界。对我而言,这是无限的仁慈。我们明白了自身的神秘性以及我们所处的境况的有限性和神秘性。这一点是我的人生、我的

---

① Biles, Jack I. *Talk: Conversations with William Golding*. New York: Harcourt Brace Jovanovich, Inc., 1970, p. 86.

② Biles, Jack I. *Talk: Conversations with William Golding*. New York: Harcourt Brace Jovanovich, Inc., 1970, p. 83.

③ Biles, Jack I. *Talk: Conversations with William Golding*. New York: Harcourt Brace Jovanovich, Inc., 1970, p. 85.

④ Haffenden, John. *Novelists in Interview*. London and New York: Methuem, 1985, p. 111.

创作的主导因素。”[①]作家似乎在昭示读者,如果有一把钥匙能开启他作品的意义,那么作家自己所阐释的思想也许就是那把钥匙。如果说《品彻·马丁》结尾的“把戏”喧宾夺主,使读者忽略了作品的神学内涵,那么《黑暗昭昭》神学主题是不言自明、不容忽视的。

四、《黑暗昭昭》的《圣经》戏仿

研究者普遍注意到了《黑暗昭昭》与《圣经》之间的互文关系。邓·克朗普顿、弗吉尼亚·泰格、博伊德、伯纳德·迪克等都对小说中的《圣经》典故做出详尽的解析。[②] 克朗普顿由此得出结论,认为小说实际上是从《创世纪》到《启示录》的圣经故事在当代社会的重演。[③] 这个观点在评论界是有代表性的。博伊德指出,小说“是一部预言性的作品,而作者则是一个将自己称为小型耶利米的人……这是一部描绘当今世界的力道强劲的哀史。”(a fierce Jeremiad of the modern world)[④]萨巴洛认为,“《黑暗昭昭》表达的是最后审判的主题”[⑤]。约翰斯顿如此评价麦蒂:“麦蒂也可能是他《圣经》中同名人物的现代版,他将迎来一位新的弥赛亚。”[⑥]阮炜认为,小说中的宗教神秘主义意味着戈尔丁呼唤一种新的宗教精神来对抗现代社会的世俗化进程。[⑦]

麦蒂的一生构成了《黑暗昭昭》的情节主线,他从二战伦敦空

---

① Haffenden, John. *Novelists in Interview*. London and New York: Methuem, 1985, p. 111.

② Crompton, Don. *A View from the Spire: William Golling's Later Novels*. Oxford and New York: Basil Blackwell, 1985, pp. 94 - 126; Boyd, S. J. *The Novels of William Golding*. New York: Harvester Wheatsheaf, 1990, pp. 125 - 153; Tiger, Virginia. *William Golding: The Unmoved Target*. New York, London: Marion Boyars, 2003, pp. 180 - 213.

③ Crompton, Don. *A View from the Spire: William Golding's Later Novels*. Oxford and New York: Basil Blackwell, 1985, p. 100, p. 105.

④ Boyd, S. J. *The Novels of William Golding*. New York: Harvester Wheatsheaf, 1990, p. 125. 耶利米为公元前6、7世纪的希伯莱先知。

⑤ Subbarao, V. V. *William Golding: A Study*. New York: Envoy Press, 1987, p. 107.

⑥ Johnston, Arnold. *Of Earth and Darkness: The Novels of William Golding*. Columbia and London: University of Missouri Press, 1980, p. 108. 同名人物指马太。

⑦ 阮炜. 社会语境中的文本:二战后英国小说研究. 北京:社会科学文献出版社,1998年,第172页.

袭的大火中出世,掷鞋造成亨德里的死亡和老师佩迪格里的入狱,他离开英国自我放逐到澳大利亚,在信使"幽灵"的指点下开始传教生涯,牺牲生命拯救孩子,最后以天使的形象出现在佩迪格里的眼前,整个发展脉络和弗莱所提炼的《圣经》"由创造、堕落、放逐、赎罪及新生五幕构成的具有喻世故事性的戏剧结构"相合①。麦蒂在小说中的形象与多位《圣经》中的圣徒和先知联系在一起:以西结,以利沙,马太,约翰,甚至基督。熟读《圣经》的麦蒂往往用其中的故事、劝诫和箴言当作自己行为的参考,因此《圣经》内容不仅构成小说的隐藏结构,也不时前景化地出现在小说中,提示主题意义。

虽然小说的宗教主题显而易见,但是作家究竟想要传达什么样的思想却颇令读者困惑。的确,《黑暗昭昭》晦涩难解,若要对这部作品做出有效解读,确如格雷格和金基德-维克斯所言,如何评判麦蒂的"启示录"是一个"无法回避的问题"②。博伊德也认为,"评判麦蒂这个人物不能简单地加以全盘肯定或否定,而必须对其中智慧和愚昧的、普世和怪异的内容加以区分,这就像是对《圣经》进行任何严肃的解读和诠释时所必不可少的过程"。③

麦蒂的启示录究竟意义何在?这个问题可以进一步归结为我们如何诠释戈尔丁赋予麦蒂的喜剧色彩。研究者普遍意识到麦蒂的形象被刻意表现得荒唐可笑。格雷格和金基德-维克斯认为他的澳大利亚之旅是"闹剧式的";保罗·克洛福德进一步指出严肃与闹剧并存的内容十分多见:"最终,闹剧式的奇迹、幻觉、精神职责和麦蒂所做的准备工作使得他的精神使命的严肃性以及从广义上讲他的宗教权威降格了。"④泰格提出,"然而,如果《黑暗昭昭》

---

① Frye, Northrop. *Anatomy of Criticism: Four Essays*. Princeton, New Jersey: Princeton University Press, 1957, p. 325.

② Gregor, Ian & Mark Kinkead-Weekes. *William Golding: A Critical Study of the Novels*. London: Faber and Faber, 2002, p. 245.

③ Boyd, S. J. *The Novels of William Golding*. New York: Harvester Wheatsheaf, 1990, p. 138.

④ Crawford, Paul. *Politics and History in William Golding: The World Turned Upside Down*. Columbia and London: University of Missouri Press, 2002, pp. 159 - 169.

通过喜剧形式透露意义，那么随着叙述从几乎是寓言式的语调切换到可谓古怪、滑稽、令人不安且意味深长的调子，这些玩笑又指向何方呢？"①

戈尔丁对于严肃的宗教命题采用了喜剧处理方式，使小说与《圣经》的互文关系若即若离，产生了不容忽视的张力，因而显得扑朔迷离。这种矛盾和张力正是诠释小说意义的关键；而且，困扰着评论界的麦蒂亦圣亦愚的形象归根结底是喜剧形式作用于宗教命题的问题。小说并非《圣经》故事的简单重演，而是创造性的《圣经》戏仿。戏仿构成了小说的基本形式。而且，戏仿之意不在于嘲讽原作，而是指向文本以外的20世纪下半叶英国社会的精神现实。以下四节将从不同角度讨论小说的《圣经》戏仿。

五、麦蒂：圣徒，还是愚人？

《黑暗昭昭》晦涩多义，而最令评论家们困惑的莫过于麦蒂这一形象所传递的意义。小说虽然以索菲所象征的黑暗为题，但是代表光明的麦蒂却是小说的灵魂。《黑暗昭昭》始于童年麦蒂从二战伦敦轰炸的烈火中横空出世，终于70年代成年麦蒂为拯救孩童在烈火中丧生，从时间跨度和小说结构上看，索菲的故事都嵌于麦蒂的故事之中。而且，相对于索菲较为清晰的象征意义，麦蒂亦圣亦愚的形象则呈现出完全相悖的诠释方向。

对许多研究者来说，小说意义的含混可以归结为一个问题，即我们该如何理解麦蒂的"福音书"。例如，萨巴洛问道：

> 麦蒂是幻想家，还是宗教狂，迷失在他个人的幻想世界里？那些幽灵信使是神灵的象征，还是麦蒂内心的声音，他偏执的灵魂产生的形象？再者，麦蒂最后牺牲的价值是否取决于他所救的孩子是否重要？孩子究竟是代表纯真，或者人类在堕落之前的意识状态，还是"新的基督"？②

---

① Tiger, Virginia. *William Golding: The Unmoved Target*. Hew York, London: Marion Boyars, 2003, p. 197.

② Subbarao, V. V. *William Golding: A Study*. New York: Envoy Press, 1987, p. 108.

泰格也提出类似的问题:“痴傻还是怪癖? 毫无意义还是别具深意? 愚人还是圣愚?”①博伊德如此评价麦蒂:“很清楚,他是小说里的圣愚人物,而且有丰富的佐证,但是要弄清并且阐释这个愚人带给我们什么样的智慧就不那么容易了。”②格雷格和金基德-维克斯也提出相似的问题,指出回答这些问题对理解小说意义重大。

虽然学界对麦蒂之“道”看法不一,麦蒂亦圣亦愚的形象却是小说戏仿手法的关键,也是开启小说意义的钥匙。戈尔丁曾向蒙蒂斯解释麦蒂的创作意图即“圣徒”:“这个人物我尝试了一次又一次,我想《黑暗昭昭》里的麦蒂将会是我最接近的那个。”③因此,把麦蒂作为正面形象解读是研究这部作品的出发点。与麦蒂相关的《圣经》典故、他的爱和自我牺牲、他对其他人产生的影响等种种都表明麦蒂所代表的善与光明是恶与黑暗的对立面。麦蒂的形象始终与火、风、光明联系在一起,而索菲的意象是水、土和黑暗。小说结构上的善恶二元对立关系也相当明确。小说的《麦蒂篇》为光明之书,《索菲篇》为黑暗之书,在《归一篇》中善恶对抗,麦蒂以生命为火祭,挫败了由索菲所象征的恶。戈尔丁在60年代末一次访谈中谈及《品彻·马丁》的创作思想时,似乎就已经表明了《黑暗昭昭》的主旨:“当你背离上帝,他就是黑暗;当你朝向他,他就是光明。”④因此,诠释小说的《圣经》戏仿固然要研究作为愚者的麦蒂,但是只有把作为圣徒的麦蒂看作研究的基准点才不致偏离方向。

麦蒂的全名为马修·塞普蒂默斯·文德洛夫(Matthew Septimus Windrove),暗示他和马太(Matthew)的联系。麦蒂出生于

---

① Tiger, Virginia. *William Golding: The Unnoved Target*. New York, London: Marion Boyars, 2003, p. 190.

② Boyd, S. J. *The Novels of William Golding*. New York: Harvester Wheatsheaf, 1990, p. 130.

③ Carey, John. *William Golding: The Man Who Wrote* Lord of the Flies. London: Faber and Faber, 2009, p. 373.

④ Biles, Jack I. *Talk: Conversations with William Golding*. New York: Harcoutr Brace Jovanovich, Inc., 1970, p. 76.

二战空袭中的伦敦郊外，小小孤儿赤身走出末世般的熊熊烈火。在医院里，他编号第七，由此得名“塞普蒂默斯”。他的姓氏则是偶得：一位官员按照字母表顺序给战争孤儿起名字，冥冥之中他的脑海中冒出了“文德洛夫”（Windrove）这个名字，意为“风的漫游”，代替了一位草率的女办事员建议的意为“完结”的“万达普”。和《圣经》中马太一样，麦蒂迎来了弥赛亚。麦蒂在日记中记录了来访的天使向他揭示，他的使命是守护一个孩子，麦蒂相信那就是“拿撒勒的耶稣”（109）。克朗普顿认为，“马修·塞普蒂默斯”指向“《马太福音》第七章”，暗指小说主题为“判人”或“最后审判”。[①] 值得注意的是，戈尔丁对麦蒂的姓氏卖了一个关子。小说中的其他人物往往弄错麦蒂的姓氏，他被叫做文迪（Windy）、旺德格雷夫（Wandgrave）、文德拉普（Windrap）、威尔德沃特（Wildwort）、文德伍德（Windwood）、文德沃特（Windwort）、威尔德维夫（Windwave）、文德格洛夫（Windgrove）、文德格拉夫（Windgraff）、文德雷夫（Windrave）、文德格洛（Windgrow）等。麦蒂的全名直到将近尾声，也就是麦蒂死前，才由叙事者完整、准确地拼出。名字的不确定和读者眼中麦蒂矛盾难解的形象似乎异曲同工。泰格认为，小说中出现的多个姓氏都与风有关，这可能“意味着麦蒂代表圣灵，因为基督许诺在他死后将由圣灵指引使徒”。[②] 麦蒂死后，西姆和埃德温获悉其留下一本日记，备受鼓舞，如与麦蒂晤面。

麦蒂重现了《圣经》中的先知以利沙、以西结、摩西以及基督的事迹。而且，戈尔丁往往明示其中的互文关系。《圣经》中的以利沙上伯特利时曾遭童子嘲笑：“秃头的上去吧！”他因而诅咒童子，使母熊撕裂他们。麦蒂在澳大利亚以火柴盒预示灾祸时，受到孩子们的围观戏弄。叙述者称：“他们都是些顽皮的孩子，精力充沛，完全有可能说：‘秃头的上去吧。’只是他们并不知道麦蒂的帽子下面藏着什么，北域也没有熊。”（71）麦蒂和以西结之间的联系同

---

① Crompton, Don. *A View from the Spire: William Golding's Later Novels*. Oxford and New York: Basil Blackwell, 1985, p. 96.

② Tiger, Virginia. *William Golding: The Unmoved Target*. New York: Harcourt Brace Jovanovich, Inc., 1970, p. 189.

样如此。麦蒂在日记中写道:“我想只有以西结和我才得指示如何警戒那些能看见的人。”(259)以西结是《旧约》中的先知,神使其舌贴住上膛,不得开口训诫罪人。同样,麦蒂在日记中称,天使告诉他:“你的舌被捆绑,因而你的时机到时你将说话如口吐利剑。”(101)麦蒂模仿以西结画围城图警讯世人。他一连七天以火柴盒竖塔,吸引围观者,最后点燃纸盒,使“火舌卷过荒原”(72)。一名来自英国的官员是唯一理解麦蒂的警示的人,他对麦蒂说,那些遭遇灾难的人其实并不懂得他的预言:“所有法老的军队——与那些无知农民的头生子相比,在时间上还要早——”(73),这说明麦蒂和摩西之间有联系。在《出埃及记》中,摩西也曾见到神的使者从荆棘的烈焰中显现。麦蒂的形象往往和火联系在一起,带有宗教意味。他走出大火的时候迈着仿佛宗教仪式般的庄重缓慢的步伐,弱小的身躯被火焰照得透亮,仿佛是“从一座燃烧的城市的极度痛苦中孕育出来的”(15)。在一位志愿消防队队员和书商的眼里,这个情景恍若天启,因为“没有什么比一个被烈焰吞噬的世界更能给人末日的启示了”(10)。麦蒂浴火而生,最终浴火而死,他浑身着火,冲向匪徒,“大火似乎汇聚成一个火焰的形状,不断旋转着,它没有声息地旋转着,唯一的声响是燃烧发出的。”(273)小说结尾,佩迪格里临终前看到麦蒂的灵魂向他走来,腰部以下一片金色光焰;麦蒂如光,如热,如风,如金子,好像一团金色的气团,在火焰中熔化消失。摩西自称笨嘴拙舌,非能言之人,麦蒂则因左脑受创,影响语言功能,终日缄默不语。

麦蒂的基督原型在小说开头就有暗示。消防队队长看到麦蒂步出大火时惊呼:“哦——基督!”(8)此句语带双关,也可以看作是认出基督时的惊呼。麦蒂在澳大利亚流浪时遭遇被钉十字的折磨。《马太福音》中也说,耶稣被引入沙漠,受魔鬼的试探,他禁食四十昼夜。麦蒂在沙漠中迷路,极度干渴,哈里·巴莫如同魔鬼突然出现,对一块石头求雨。在《马太福音》中,魔鬼对耶稣说,如果他是神子,他就能将石头变为面包。麦蒂与西姆、埃德温的关系也好比基督和使徒的关系。

《黑暗昭昭》和《圣经》之间的互文内容非常丰富。不过,两者间的张力同样不能忽视。小说中始终存在着两个交战着、撕扯着的声音:一个声音神圣、神秘,超越理性的边界,与现代社会格格不入;另一个则是现世的,它理性、粗俗,富于地域性和时代性,充斥着现代生活的细节。小说和《圣经》之间的互文关系也往往是反讽的关系。高岸的宗教主题中夹杂着不和谐的低俗喜剧,对于现代人来说,圣徒和愚者难道只有一步之遥?

戈尔丁在小说中两度插入麦蒂的日记,在当代社会芜杂的多声部中引入了重要的视角。麦蒂的日记使读者能进入麦蒂内心世界,同时也为小说增加了一个超自然经验层次。这个层次远离读者的日常现实,也让小说的意义发生了重大的屈折。麦蒂对《圣经》的误读颇具喜剧色彩。他虔诚地奉守《圣经》中提到的"摇祭"、"举祭"等宗教仪式,不能理解《圣经》作为宗教文献记录了一些古老但是早已不再实行的习俗和生活方式。麦蒂的精神世界也不可避免地受到20世纪世俗社会的影响。例如,他看到拜访他的两个天使分别穿红衣和蓝衣,"穿蓝衣的那个也戴着帽子,不过没有那么贵"(92)。看来麦蒂依据帽子的价格来理解天使的等级。麦蒂相信他的使命是守护一个孩子,他对这项使命的描述体现出世俗生活的细节:"一个魔鬼下到俗界,穿着紫彩黑衣,紫得就像皮尔斯先生种在花楸下的三色堇,魔鬼被打败了,那个孩子降生了,正常健康,智商120。"(108)而且,麦蒂无法容忍战后的多元社会。回国后他目睹故乡建起了"异教的庙宇",即清真寺,感到义愤填膺。如博伊德所说,麦蒂虽然虔诚,但是他单纯、狭隘、偏执,缺乏批判精神,他的世界观是有缺陷的。①

那么,作家塑造了麦蒂这样一个亦圣亦愚的人物,动机何在呢?格雷格和金基德-维克斯认为,戈尔丁的意图也许是表现"在充斥着全球性犯罪和劫机的世界里引入一个'圣徒'意味着什么"。② 1981年戈尔丁在与贝克的访谈中曾提到写作的出发点之

① Boyd, S. J. *The Novels of William Golding*. New York: Harvester Wheatsheaf, 1990, p.137.

② Gregor, Ian & Mark Kinkead-Weekes. "The Later Golding". *Twentieth Century Literature* 28. 2(1982), p.93.

一是矫正战后英国信仰缺失的状况:

贝克:我想问的一点是,从你所有的作品看,在无神论的时代,你的创作坚持表现那种神秘的、被忽视或者被忘却了的人类经验的宗教维度。你所一直追求的是不是去弥补或矫正我们业已失落了的虔敬神明的、宗教的、神秘的感受?

戈尔丁:我想我的确试图去矫正我们业已失落了的虔敬神明的感受。我不知道有没有做到,或者那种"传道"是不是让人反感了。但是这么做对我来说是很自然的。①

我们或可以说,把圣徒塑造成愚者的目的也许就在于使现代读者不那么"反感"。格雷格和金基德-维克斯指出,《品彻·马丁》中的圣徒形象纳撒尼尔也显得滑稽可笑,然而那"不过是试图让人们接受和相信这种'善'的常用手法而已。"②理查德·豪克在研究了现代小说中的滑稽基督形象后称:"这个形象显得滑稽可笑,因为在一个长久以来已经失去神性的堕落的社会,他的神性光辉使他成了异类。因为他无从知晓他的神性究竟是启示还是幻想,于是他就变得双倍的滑稽可笑。"③豪克认为,在60年代写作的小说家一定清楚一本正经地表现这类基督式人物可能不为读者接受。因此,如同肯·凯西(Ken Kesey, 1935 - 2001)的《飞越疯人院》(*One Flew Over the Cuckoo's Nest*, 1962)和福克纳(William Faulkner, 1897 - 1962)的《在我弥留之际》(*As I Lay Dying*, 1930)一样,喜剧式的形象也许能卸去读者的戒备心理去认同这些人物。④ 戈尔丁塑造的麦蒂形象也许出于同样的目的。

---

① Baker, James R. "An Interview with William Golding". *Twentieth Century Literature* 28. 2 (1982), p. 169.

② Gregor, Ian & Mark Kinkead-Weekes. "The Later Golding". *Twentieth Century Literature* 28 (1982), p. 106.

③ Hauck, Richard B. "The Comic Christ and the Modern Reader". *College English* 31. 5 (1970), p. 499.

④ Hauck, Richard B. "The Comic Christ and the Modern Reader". *College English* 31. 5 (1970), p. 502.

小说尾声，麦蒂的灵魂显现在佩迪格里面前，终止了后者的罪恶，也化解了圣、愚之间的张力以及严肃命题和喜剧形式之间的矛盾。正因为麦蒂是一个正面形象，在他对立面的那一极，即世俗化了的将圣徒变得滑稽可笑的社会——傲慢的、对人类的智力过于自信的、道德上退降的、被理性主义主导的现代社会才是戈尔丁的批判对象。麦蒂之可笑非为嘲讽或颠覆他的原型，而是为了存留那个原型——圣徒的善和美。因此，与其讨论麦蒂的神秘经历究竟是启示还是幻想，不如探究戈尔丁让麦蒂这个行走在20世纪世俗社会的"圣徒"所承载的主题：他所背负的性的十字架、他引发的凡夫俗子对于理性和宗教的思考以及对于作家的语言批评。

六、十字架上的麦蒂

性是《黑暗昭昭》的重要主题。《黑暗昭昭》表现了二战之后的英国社会的精神状况，其中《麦蒂篇》讲述了麦蒂在战后20年左右的经历，《索菲篇》的时间跨度大约是六七十年代。小说中的重要人物在性的方面有着种种疾患和困扰。麦蒂的老师佩迪格里是恋童癖；索菲的身上集中了性虐待、滥交、卖淫、乱伦等变态行为；西姆被美丽的女童吸引；埃德温夫妇有着性倒错的倾向，而麦蒂则试图以弃绝性能力的极端方式获得灵魂的救赎。性也是《黑暗昭昭》的《圣经》戏仿的内容之一。小说给神圣文本披上了性的外衣，以《圣经》戏仿的方式讽喻了战后西方世界人们沉溺于过度性自由的社会状况。

20世纪60年代，《查泰莱夫人的情人》的解禁标志着"性解放"运动的开始，人们可以便利地获得和使用避孕药物，过于自由的性交成为潮流。马尔科姆·布莱德伯里在他的著作中戏谑地引用菲利普·拉金的诗句"对我却太迟了——/在查泰莱解禁/和披头士的第一章唱片之间"①。在《黑暗昭昭》中，象征着这个时代性的放纵和变态的是索菲。索菲和麦蒂是鲜明的对比：麦蒂容貌丑

① Bradbury, Malcolm. *The Modern British Novel: 1878 – 2001*. Beijing: Foreign Language Teaching and Research Press, 2004, p. 372.

陋,而索菲则极富魅力。孩提时代,索菲的美丽一度吸引了西姆,甚至麦蒂也情不自禁地希望他奉命守护的是斯坦诺普姐妹。然而,两性关系于索菲却仿佛受到了诅咒。不到16岁,她就随意地把自己交给了过路的陌生人,结果却对自己的女性生理特征感到深深的厌恶。性带给她的只有空虚和仇恨。第二次,她甚至得到了报酬,而且完全不介意当了回"妓女"。(152)她穿着印有"买下我"字样的T恤招摇过市。索菲的性冲动是病态的。她刀刺男友,从中获得快感。她计划绑架儿童的部分原因就是满足她的虐待性心理:那些小男孩"令人垂涎"(194)。小说中最黑暗可怖的内容莫过于索菲想象将一个男孩性虐待致死。小说的标题"黑暗昭昭",意即"可见的黑暗",就出现在索菲计划失败慌不择路逃跑时的那段描绘中:"那里什么也看不见,除了黑暗。"(279)索菲对父亲怀有乱伦的欲望。她在童年时期就对父亲怀有的爱从未得到回报,于是就在父亲的卧室挑逗他。索菲放纵乱伦欲望,滥交,出卖自己的肉体,虐待成瘾,残忍嗜血,她混乱而病态的性象征着刻有时代印记的性和人性的黑暗极致。

《黑暗昭昭》所描绘的当代社会充斥着性的疾患。西姆·古德柴尔德爱恋斯坦诺普姐妹。他在书店橱窗摆放童书吸引她们,是无害版的佩迪格里。埃德温和埃德温娜夫妇则像是一对性倒错的中性人。恋童的佩迪格里更具危险性,虽然他最终获得了拯救。佩迪格里是小说中唯一为自己的病态呼救的人。临终前,他告诉显灵的麦蒂:"你知道,如果我活得够长,我就算再害怕也不会去做的事情就是——让一个孩子安静,不让他开口——那会是地狱,麦蒂,是地狱——救我!"(291)麦蒂给了佩迪格里自由——死亡。佩迪格里挣扎在地狱的边缘,死亡使他终于从天性的牢笼里解脱。

戈尔丁小说中的性往往带有道德缺失和原罪的意味。图阿密对维瓦尼的欲望,品彻·马丁对玛丽、萨米对贝雅特丽齐的占有欲,奥利弗对艾薇、托尔博特对齐诺比娅的利用、巴克利和里克对玛丽·洛的利用等,都体现两性关系的种种疾患。对于性爱,戈尔丁曾在一次访谈中如此阐述他的理解:

> 这事关人类关系中或许是最亲密的一种。而且,在这种关系里,人将彼此置于对方的掌控下,所以就会变得格外危险;比起其他,人类的这种状态是最容易出问题的。因为它太亲近、太强大,因为双方都把自己抵押给了运气。①

性一旦出了问题,就会滋生罪恶,这一点就体现在佩迪格里和索菲的身上,虽然两者大不相同。佩迪格里有所惧怕,他虽然有着病态的癖好,却尚未真正走向不归路。索菲却放纵自己嗜血的性虐倾向,任由自己在欲望的黑暗中为所欲为。最终,是麦蒂的爱和牺牲救赎了佩迪格里,挫败了索菲。同样承受着欲望的困扰,但是麦蒂将自己置于十字架上。十字架上的麦蒂未必能拯救战后性放纵的年代,却给予小说中黑暗昭昭的世界一线光明。

麦蒂的性之惑同样有着《圣经》戏仿的意味。他虽然神奇地从伦敦轰炸的烈焰中死里逃生,却留下了一张严重毁容的黑白两色的阴阳脸,对他而言,世俗之爱成了无法企及的奢望。在战后的孤儿学校里,麦蒂热烈地爱着他的老师佩迪格里,而后者却只宠爱漂亮的男孩,以补课为名接近他们,对丑陋的麦蒂唯恐避之不及。为了在校长面前掩饰自己的变态行为,佩迪格里不得不给麦蒂"补课"。他把自己对漂亮男童的渴望比作被钉在十字架上的耶稣的干渴:"世界上最可怕的就是渴,人在各种各样的沙漠里经受各种各样的渴,所有的人都是嗜酒狂,就连基督在十字架上也说'我渴!'人类的渴是无法控制的,所以这不是他的错。"(29)

佩迪格里给麦蒂"补课"引起了一直受宠的男孩亨德森的嫉妒,极度失望的亨德森坠落防火梯身亡。虽然小说对麦蒂掷鞋诅咒亨德森的动机以及麦蒂掷鞋是否直接导致后者坠亡含糊其辞,但是这个事件显然是麦蒂经"创造"后的"堕落"情节,他必须通过"放逐"和"赎罪"获得"新生"。此后麦蒂自我放逐,在澳大利亚流浪,回国后在故乡的一所贵族学校打杂。克朗普顿认为此处麦蒂

① Baker, James R. "An Interview with William Golding". *Twentieth Century Literature* 28.2 (1982), p.146.

的原型是该隐:该隐因嫉妒杀其弟亚伯,神使他飘荡在世上,并在他脸上留下印记。① 天使告诉麦蒂罪孽损毁了他的"精神面容"(spiritual face),麦蒂即理解为他对亨德森的死和佩迪格里入狱负有责任,他必须牺牲生命拯救一个孩子,即未来的救世主,才能修复他的"精神面容"。在索菲策划的爆炸中他浑身着火,像火球一般冲向罪犯,使得索菲计划绑架的孩子获救。在小说尾声,佩迪格里临终见到麦蒂之灵现身,麦蒂的脸部闪耀着金光,不再是黑白两色,可以说经"赎罪"而得"新生"。

与佩迪格里反常的如"干渴"般无法抑制的性心理相对照的是麦蒂无望的爱。丑陋可怖的容貌和创伤遗留下的语言困难使这个孤独的孩子成了"天然的笑柄"(17)。"他的性征和他的丑陋恰成正比。"(18)在弗兰克里百货商店工作时,麦蒂暗恋塑料花柜台的女售货员,但是他明白他的爱情不会有回报,他在教堂无声呼喊:"人类的女儿们!"(49)麦蒂在澳洲糖果厂的遭遇是小说中的一个重要闹剧场景,具有梦境般的诡异色彩,是《出埃及记》中摩西在外邦米甸娶妻情节的超现实戏仿。摩西杀死埃及人,逃往米甸地居住,遇见米甸祭司的七个女儿来井边打水。摩西帮助她们取水饮羊,她们的父亲于是将女儿西坡拉许配给摩西为妻。麦蒂被糖果厂的老板汉拉恩先生带到他家,后者的七个女儿希望家里有个男人,恼怒的汉拉恩要让她们见识一下麦蒂的面貌。汉拉恩的客厅通体装饰着哈哈镜,摩西故事中的水意象幻化为客厅门打开时"水流汇合般的光线"(60)。七个女儿都非常美丽,且都以天使长和圣女命名②,然而麦蒂的阴阳脸让她们大为受惊,可怜的麦蒂落荒而逃。

性爱的无望困扰着麦蒂,他逃离汉拉恩的寓所后找了一份掘墓人的工作。他想到《马太福音》中的句子,"有为天国的缘故自阉的",产生了一个疯狂的念头。叙述者称:"想到这一点时他正

---

① Crompton, Don. *A View from the Spire: William Golding's Later Novels.* Oxford and New York: Basil Blackwell, 1985, p.103.

② Cleve, Gunnel. *Elements of Mysticism in Three of William Golding's Novels.* Diss. Turku: Turun Yliopiste, 1986, p.253.

在坟墓里,这里是再合适不过的地方了。这个念头让他一下子从坟墓里复活了……”(62)以麦蒂弃绝性能力戏仿基督弃绝生命拯救世人是《麦蒂篇》的重要情节。如同基督被圣灵引入旷野受试探,麦蒂发现自己在澳洲长满荆棘的旷野中迷路了。烈日炎炎,口干舌燥,麦蒂产生了幻觉,看见天使引领他向前,奚落他。此时,不知从哪里突然冒出来一个“土著人”。麦蒂向他讨水,那人似乎听不懂麦蒂的话,对着石头比划起来。麦蒂以为他行异教之仪,急忙将他的《圣经》放在石头上,在地上划十字,然后他躺在地上,用身体摆出十字,希望对方明白他的意思。不料那人恶狠狠地跃到麦蒂的手臂和足上,用长矛刺伤麦蒂的手掌,又跃到麦蒂的腹股间,几乎使他丧失性能力。然而,让麦蒂迷路的地方其实并不是澳洲人烟稀少的内陆,不过是城市的郊区而已。麦蒂手掌上的创伤也不过是擦伤,而非圣伤。最可笑的是发现麦蒂的人是一名兽医,他检查了麦蒂的伤势,然后说:“假使你是头牛犊,我得说他们的活做得不利索。”(67)

麦蒂被钉十字的戏仿情节使小说和《圣经》之间的互文关系充满了反讽意味。《圣经》并不仅仅是麦蒂故事的背景,而是被刻意作为小说情节的对照,始终处于前台,也因此始终在读者的意识之中。可以说,戏仿文本和戏仿的对象文本同时作用于读者。叙事者一再提到麦蒂的那本《圣经》,并戏谑地调侃麦蒂的迷路事件:“……虽然《圣经》里充斥着原野和沙漠,却未提到哪里有水井和加油站。”(62)基督被钉十字架是《新约》福音的高潮,摄人心魄的悲剧,而麦蒂被钉十字的桥段却是小说《麦蒂篇》的反高潮,是一场荒诞不经的闹剧。基督牺牲自己救赎世人;虽然麦蒂弃绝性能力,暂时从无法启齿的烦恼中获得了解脱,却并未使世界获得救赎。

小说对耶稣复活情节的戏仿同样以性为主题。麦蒂在日记中记下一则梦。他梦见《启示录》描述的淫荡妇人呈现出索菲的面貌,使他自渎,重新获得性能力。重生的狂喜使麦蒂不由自主随着贝多芬的第七交响曲起舞,他看到校长夫人形如天使,于是向她喊道:“我是男人,我能有子嗣。”他感到这是一个开端,看到了神意:

“那圣灵没有吹入人间的善必由人的天性引入。我看到他们，渺小，枯槁，一些人的脸就像我的那样，有的残缺，有的破碎，但是每个人背后都有一位天使如旭日初升。”（262）自此，麦蒂完成了“新生”。小说以性为主题的《圣经》戏仿在情节上趋于完整。

七、 使徒的困惑

《归一篇》中的《圣经》戏仿以理性和宗教的冲突为主题。如果《麦蒂篇》和《索菲篇》分别表现了圣徒和魔鬼的成长史，那么《归一篇》则好比使徒行传，表现了凡夫俗子夹在理性和宗教之间的困惑。麦蒂的愚者形象很大程度上体现了戈尔丁对科学理性的批判态度。作家非但不认为人类在发展智能的同时能提升道德水准，甚至相信智力即恶。戈尔丁借西姆之口说：“知？那比原子弹更糟，一贯如此。”（287）麦蒂和索菲都具备神秘的感应力，但是索菲的超群智力滋生了力量、傲慢和恶行，麦蒂受损的大脑却保有了他的纯真、谦卑和信仰。戈尔丁不赞成他父亲的科学理性。他认为，父辈们“从不曾明白他们所信奉的道德准则并非他们所一直崇尚的科学理性的产物”①。戈尔丁也不赞成威尔斯（H. G. Wells，1866－1946）在《世界史纲》中表露的相信人类进步的乐观精神。他相信：“唯一真正所谓的进步是个人趋向某种——我宁愿称之为道德上的——完整性的进步以及他对周围其他人的影响。”②可以说，麦蒂的圣徒成长史即表现了这样的“进步”，他的面容从黑白两色到小说结尾的金色象征着这种“完整性”，他对他人的影响体现在《归一篇》的两个“使徒”身上。

绿野镇的两个中年男人书商西姆和孤儿学校的教师埃德温扮演了使徒的角色。迷恋神秘事物的埃德温说服他的好友西姆去公园会见麦蒂。克朗普顿指出，“这场会面带有召唤使徒的意味，麦蒂在前方领路穿过公园，兴奋的埃德温紧随其后，跟在他后面的是

---

① Biles, Jack I. *Talk: Conversations with William Golding*. New York: Harcourt Brace Jovanovich, Inc., 1970, p. 85.

② Haffenden, John. *Novelists in Interview*. London and New York: Methuem, 1985, p. 98.

将信将疑却又'不乏兴趣'的西姆。"①西姆的怀疑论令人联想起《圣经》中彼得三次不认主的故事。理性的西姆对任何神秘事物都持怀疑态度。他发现一身黑衣的麦蒂在公园的人群中显得非常突出，身上凝结着一种由悲伤和愤怒融会成的力量。然而，"虽然麦蒂吸引着他的目光，西姆却感到从内心向着喉咙真切地不由自主地响起了这样的话语：'我认为这一切都是胡扯'"(229)。随着空中一架飞机喧嚣着掠过，西姆惊奇地发现麦蒂消失了，刹那间，他心里有过种种荒谬的猜想，直到麦蒂重新出现，"又一次，那些话语如同瓶子里的气泡般涌上他的喉头……我就知道会是个牧师什么的。"(230)随后，埃德温声称看到一个皮球"穿过"麦蒂的脚。西姆反驳说："那是光学造成的错觉。"(231)就像彼得三次不认主而不自知，西姆以他理性的思维逻辑不知不觉反驳了麦蒂的"神迹"。

此后，埃德温借用了索菲和托妮姐妹的住处召集通灵会。麦蒂的到来使西姆和埃德温都体验到了神秘的启示。西姆看到自己的手掌显示出神圣美丽的奥秘，埃德温感受到极度的喜悦。然而，当三人围坐一圈手心相连的时候，西姆的怀疑论又占了上风，他的内心爆发出一阵大笑。于是对西姆来说，通灵会成了一出闹剧。他突然感到鼻子上无法克制的发痒。出于礼貌，他不便松开手去抓挠，只能挤眉弄眼，最后不得已在桌子上摩擦鼻子以解燃眉之痒。他事后得知，由于托妮参与恐怖活动，她们的住处早已被警方录像监视。于是西姆不得不在警方调查中解释自己的行为。这段录像在电视上反复播放，西姆成为公众的笑柄。彼得不认主的典故再次出现，在这里表现得更加明确。小说最后一章三次重复了"你是和他们一伙的"及类似的句子，其中一个女人在巴士上认出了西姆，向他吐唾沫："你是和他们一伙的，你不就是和马厩里那伙人一起的？"(280)嘲笑比迫害更可怕。西姆不得不迁往加拿大，埃德温则决定著书立传，充当了更为勇敢的使徒形象。对两人来说，麦蒂的日记犹如与他晤面的允诺，西姆想起了通灵会上的启

① Crompton, Don. *A View from the Spire: William Golding's Later Novels*. Oxford and New York: Basil Blackwell, 1985, p. 120.

示,再次望向自己的手掌,这段描绘颇有圣灵将会在基督死后引导使徒的意味。

八、 超越语言的神秘

戏仿也是戈尔丁在《黑暗昭昭》中的语言批评的重要手段。日常语言失去了人际交流的功能,反而在人与人之间竖起了难以逾越的障碍。人被囚禁在孤独的存在之中。小说的语言批评主题体现于麦蒂与语言的喜剧性互动。《圣经》中以西结等先知的象征性语言和沉默成了戏仿的对象。小说以寓言形式勾勒出麦蒂从脱离日常语言到说出神秘的宗教语言的过程。

小说伊始,麦蒂即被塑造成一个语言上的白痴。伦敦轰炸的大火损伤了他的左脑,影响了他的语言能力。"麦蒂与语言的关系很不寻常……似乎词语是物体,是实在的物体,有时光滑滚圆,就像高尔夫球那样的东西,他得费劲地把它从嘴里吐出来。"(13)麦蒂只能理解语言的字面意义,在充满比喻、讽刺、委婉语等修辞手段的语言世界里无所适从。修辞手法的运用使语言在表意上更为艰深婉曲。例如,隐喻以喻体替代本体,反讽所表达的内容往往和字面意义相反,寓言通过象征、类比等手段掩饰意义。如果语言的表意功能本身都令人怀疑,那么修辞使能指更加晦涩难解。在语言的丛林里麦蒂步履维艰,他在语言上的幼稚是推动小说情节发展的机制。佩迪格里讽刺他是班里的"珍宝"(treasure),麦蒂却认定自己是老师心目中的珍宝,由此产生了对老师一生不渝的爱。他误读《圣经》的象征性语言,向亨德森掷鞋,开始了漫长的赎罪之路。麦蒂先后得到两本《圣经》,他发现两者不同后即丢弃了第一本,后来又在天使的授意下丢弃了第二本。麦蒂两弃《圣经》也许意味着他在朝圣之路上必须放弃语言。

脱离了日常语言的麦蒂尝试用高度象征性的方式表达信仰:他用身体摆成十字架,却被那"土著人"误解为在澳洲进行核试验的英国飞机;他试图用火柴盒警戒灾祸,围观者却只当作是杂技表演。能指愈发地含混,所指也更加不确定。后文中的通灵会也因为能指的象征性引发多种释义而变成了一场闹剧。手手相连的仪式指向不同的理解：麦蒂以此对抗邪恶，埃德温借此追求神秘体验，西姆认为一切滑稽可笑，警方怀疑是恐怖分子的阴谋，而这出电视录像的观众把它当作滑稽剧。语言并未拆除人与人之间的藩篱，麦蒂的表达方式提供了更加放任的意指游戏。它不是通天塔，却只是众声喧哗的后现代语言游戏，把人隔绝在自身的存在之中。

于是麦蒂沉默了，以语言为“举祭”（101）。对麦蒂来说，沉默几乎是通往神秘宗教体验的捷径。麦蒂的沉默也使埃德温获得了顿悟，张口说出了天堂般纯净的语言。麦蒂最终得以言说如口吐利剑。他几乎以歌唱般的方式，用并非人类的语言向临终的佩迪格里吐出“自由”一词。在这爱与审判的时刻，麦蒂的笑容“深情而严厉”（291）。佩迪格里在罪恶的悬崖边求助，麦蒂赋予了他自由——死亡。

学界普遍认为语言批评是《黑暗昭昭》的主题之一。自古典时期始，语言哲学中始终存有一个质疑语言表意功能的声音。随着20世纪的西方哲学的“语言学转向”和后结构主义文艺理论进一步消解语言作为人与世界之间的媒介的有效性，这个声音似乎成了主流，语言成了符号的自由嬉戏，语言背后没有意义，有的只是无穷无尽的“延宕”。这一语言哲学观也体现在文学作品中。然而，和塞缪尔·贝克特（Samuel Beckett，1906－1989）这样以语言实验为已任、“用词语来例证词语本身的破灭”①的作家所不同的是，戈尔丁在麦蒂的寓言中试图揭示的并非虚无主义，而是神秘的宗教体验。贝克特在贝多芬第七交响乐中听到的是声音的表层如何被停顿所撕裂，并以此说明语言表层的物质性如何瓦解，只留下声音的轨迹悬停在令人眩晕的高空，连接着沉默的深渊②；戈尔丁则在《黑暗昭昭》中让麦蒂在贝多芬第七交响乐中起舞，感受到重生的神秘体验，获得了信仰的飞跃。小说以麦蒂口吐利剑救赎佩迪格里为结尾可谓意义重大，难解的意指游戏和麦蒂的圣愚之惑都因此有了某种答案，指向相对明确的意义。也许戈尔丁始终不

---

① Bloom, Harold. *Samuel Beckett*. New York: Chelsea House Publishers, 1985, p.218.

② Haynes, John & James Knowlson. *Images of Beckett*. Cambridge: Cambridge University Press, 2003, p.47.

能被归类到后现代的游戏意识之中。他始终是一个寻找意义而非消解意义的作家。小说结尾体现了戈尔丁作品的一个极端:那种与戈尔丁在读者心目中的严厉的道德家形象相悖的浪漫和宗教经验的难以言说的神秘。

《黑暗昭昭》是戈尔丁对宗教命题所做的现代诗学阐释。小说以《圣经》为戏仿蓝本,而其讽刺的锋芒则直指20世纪后半叶的英国社会的精神状况。小说将宗教内容和超自然元素融入了二战后三十多年的语境中,表现了一个充斥着冷战的阴影、核试验、恐怖主义、无因暴力、性放纵、经济衰退、道德沦丧、信仰缺失以及"表征危机"的世界。令人赞叹的是,小说同时也是一部既有高度象征性又与现代社会密切相关的善恶寓言。《黑暗昭昭》无疑是戈尔丁晚年的一部力作,是作家在经过13年的磨砺后自我突破的涅槃之作,其深邃而丰富的内涵令人掩卷长思。

第八章 《纸人》：纸人的闹剧

一、谁是“纸人”？

戈尔丁于1983年获诺贝尔文学奖，次年发表小说《纸人》（*The Paper Men*）。在戈尔丁的长篇小说中，《纸人》也许是受到关注最少，研究最不充分的一部，这多少和作品的内容和形式有关。小说讲述了作家巴克雷如何千方百计逃避评论家里克的纠缠，而里克为了获得巴克雷的传记授权又如何费尽心机，最终导致两人互相毁灭的故事。来自美国的青年学者里克·塔克获得了神秘富豪哈利迪的资助撰写巴克雷传记，欲得作家本人授权。巴克雷却惊恐不已，唯恐往日的丑事曝光而在欧洲大陆四处逃避塔克的追逐。最后，巴克雷大难不死幡然悔悟，决定写下忏悔的自传赠给塔克。就在他键入自传的最后一行字时，塔克向他扣动了扳机。小说对评论家里克极尽嘲讽之能事，对作家巴克雷下笔更是毫不留情。而且，小说采用闹剧形式表现了作家和评论家之间的纠葛，运用了追纸戏、追逐和逃逸、乔装改扮、群殴、动物扮演、颠覆性的丑角形象等多种闹剧表现手段，咄咄逼人地抨击了当代英国文化产业急功近利和道德缺失的现象。《纸人》是戈尔丁获奖后发表的第一部作品，却出人意料地将讽刺的矛头指向文学批评界和创作界，不仅使当时的评论界感到不解乃至不满，也毫不留情地打破了将作家奉为偶像的圣人祠，颠覆了文学创作的神圣性。

《纸人》对学术界毫不留情的嘲弄固然作用于虚构人物，却也不免和现实世界中戈尔丁的评论家们针锋相对，其中一位直言：“从某种程度上看，《纸人》公然地冒犯了那些至少曾间接推动他获得诺奖的人,他们在课堂上讲授他的作品,即便那些作品受到冷落仍撰写研究文章。"[①]的确,戈尔丁对评论界的讽刺意图是相当明显的。戈尔丁的友人彼得·格林(Peter Green)对此曾做如下评论:"比尔对英国评论界的态度是既觉得好笑又相当恼火,这样的情绪就通过这部令人捧腹的滑稽讽刺作品《纸人》宣泄了出来。"[②]克朗普顿也评论称:"戈尔丁任由自己向美国的学术圈发泄了一番他的怒气,就像菲利浦·拉金(Philip Larkin)的那首尖锐的小诗《后代》('Posterity')所表达的那样。"[③]诚然,戈尔丁在《纸人》中或多或少地表达了对文学评论界的不满,但是英国当代文坛并不乏这类嘲弄、讽刺学术界的作品,金斯利·艾米斯(Kingsley Amis)的《幸运的吉姆》(*Lucky Jim*)、戴维·洛奇(David Lodge)的《大英博物馆倒塌了》(*The British Museum Is Falling Down*)、"学院三部曲"(*Changing Places*, *Small World*, *Nice Work*)、布雷德伯里(*Malcolm Bradbury*)的《历史学者》(*History Man*)、拜厄特(A. S. Byatt)的《占有:一段罗曼史》(*Possession: A Romance*)等都包含相似的内容,只是戈尔丁落笔辛辣,突出作家和评论家的矛盾,丝毫不留情面,难免令评论界难堪。

《纸人》出版后,评论家里克·杰寇斯基(Rick Gekoski)认为小说中的同名人物即以他为原型。据杰寇斯基在他的著作《托尔金的袍子》(*Tolkien's Gown & Other Stories of Great Authors and Rare Books*)中的记述,当时甚至有法律界人士建议他起诉戈尔丁。[④] 但是,凯瑞在他的戈尔丁传记中提到,杰寇斯基在编著《威廉·戈尔丁:参考书目,1934 - 1993》(*William Golding: A Bibliography*, 1934 - 1993)一书时曾得到戈尔丁的帮助,获邀出入戈尔丁寓所查阅第

---

① Dick, Bernard F. *William Golding*. Boston, Massachusetts: Twayne Publishers, 1987, p. 133.

② Green, Peter. "King Fix: Bill Golding in Greece". In John Carey (ed.). *William Golding: The Man and His Books: A Tribute to His 75th Birthday*. London, Boston: Faber and Faber, 1986, p. 54.

③ Crompton, Don. *A View from the Spire: William Golding's Later Novels*. Oxford and New York: Blackwell, 1985.

④ 里克·杰寇斯基.托尔金的袍子——大作家与珍本书的故事.王青松译.上海:上海译文出版社,2011年,第31页.

一手资料,但是他却未必是戈尔丁心目中的"里克"原型。凯瑞在阅读作家当时的书信和日记后发现,戈尔丁早在1983年7月就决定将小说人物的名字由杰克改为里克。当时,戈尔丁在日记中写道:"我要的是一个出身贫民阶层的白人教授可能有的名字。"而当时两人相识不久,关系紧张也是后来几年的事,更何况戈尔丁在日记中第一次提到杰寇斯基时错将他称为"尼克",因此小说中里克教授的原型另有其人。①

根据凯瑞的传记所提供的信息,《纸人》最初的构想源于1979年戈尔丁阅读一部海明威传记时产生的灵感,然而整个创作过程颇不顺利,原因在于戈尔丁自己对评论界的矛盾态度:"他既要他们的关注,同时又鄙视他们的关注。"②戈尔丁不喜欢评论家用各种文学理论拆解他的作品,各种研究文献汗牛充栋,数量远远超过了他的那十几部作品,自言成了"学术轻工业的原材料"③。用一位评论者的话说,"小说显示了戈尔丁似乎因自己被神化为英国文坛的显赫长者而备受困扰,因此小说的问世恰逢其时,颇具讽刺意味。"④戈尔丁在以题为《信仰和创造力》("Belief and Creativity")发表的、1980年所做的讲座中谈到:

> 25年来,你们面前的这个人经历了文学的木乃伊化(mummification)。他不再是一个人,而是成了一本考试参考书。这对个人而言当然是有利的,但是却并非全无害处。他就像鲍里斯·卡洛夫(Boris Karloff)扮演的那个可怕的家伙一样生活和呼吸着,而缠绕着他的木乃伊绷带则越来越紧……我还活着;今天我将从绷带中向外张望,而那个虽被重重捆绑

① Carey, John. *William Golding: The Man Who Wrote* Lord of the Flies. London: Faber and Faber, 2009, p. 415.

② Carey, John. *William Golding: The Man Who Wrote* Lord of the Flies. London: Faber and Faber, 2009, p. 414.

③ Carey, John. *William Golding: The Man Who Wrote* Lord of the Flies. London: Faber and Faber, 2009, p. 413.

④ 转引自 Tiger, Virginia. *William Golding: The Unmoved Target*. New York, London: Marion Boyars, 2003, p. 215.

> 着却仍然活着并且变化着的中心也将向外说话。希望我所说的能让某些人感到不快。①

戈尔丁是在以《黑暗昭昭》获得詹姆斯·泰特·布莱克纪念奖的数月后说这番话的。一年后,他以《越界仪式》被授予布克奖,四年以后,他被授予诺贝尔文学奖。如果说作者自《蝇王》始就开始受到被"木乃伊化"的困扰,那么随着一系列的奖项,这种情形很可能更为严重。如今看来,戈尔丁的这些话完全可以为《纸人》作序。

然而,《纸人》虽然对小说中的评论家不留情面,对作家形象的讽刺却更是锋芒毕露,毫不手软。即便是以上这位愤愤不平的评论者也不得不承认,小说中的作家比起疯狂追逐他的评论家来同样可鄙。学者里克为求研究第一手资料自降品格,抛弃尊严,而小说的叙述者巴克雷在躲避他的评论家时反省自己耽乐纵欲、追名逐利、逃避责任的不堪往事,曝露心灵深处的恶念,洗涤灵魂。正如《纸人》标题的复数形式所指,小说嘲讽的"纸人"绝不单单意味着紧追不舍的难缠的评论家里克,更是怕丑事被曝光的落荒而逃的作家巴克雷。可以说,《纸人》以自嘲的口吻质疑了文学创作者的权威,戳穿了将文学创作置于伦理道德之上的谎言。因此,与其说《纸人》是对学术界的批判,不如说是一部道德和宗教意义上的忏悔录:巴克雷的忏悔之旅不亚于品彻·马丁在想象的礁石上的涤罪体验,只不过巴克雷自比小丑,对自我的认识更加现实和清晰,小说也因此一变《品彻·马丁》的模仿悲剧形式而成为一出闹剧。

二、《纸人》的闹剧形式

国外的戈尔丁研究注意到了《纸人》的闹剧特点,使用了"令人捧腹的讽刺"、"半严肃半诙谐的作品"等语言对小说的滑稽效

---

① Golding, William. *A Moving Target*. New York: Farrar, Straus and Giroux, 1982, pp. 185 – 186. 文中提到的演员以出演影片《木乃伊》(*The Mummy*)而出名。

果进行描述。[①] 克洛福德的研究主要关注小说中有关性、消化、排泄物的意象，并利用巴赫金的狂欢化理论进行细致的剖析，他的论述与小说的闹剧模式有着密切关联。[②]也有评论家明确指出小说的闹剧形式。格雷格和金基德-维克斯认为，“小说开篇鲜明的闹剧模式在后文中不断重现，并且越来越阴郁。”[③]弗里德曼则将《纸人》定义为“末世闹剧”（eschatologcial farce），认为小说充斥着宗教意义上的救赎和惩罚的语汇，令人联想到贝克特（Samuel Beckett）的《等待戈多》（*Waiting for Godot*）以及戈尔丁的早期作品，诸如《自由坠落》和《品彻·马丁》，因此《纸人》的闹剧模式谈不上是戈尔丁整体创作上的一次出轨。[④]津丁也认为，《纸人》滑稽却愤怒的语调是戈尔丁早期作品的延续。[⑤]

如果闹剧在戈尔丁的早期作品中只是片断式的，那么在《纸人》中就是最为显著的形式特征了。小说开篇即表现了一场典型的闹剧，充斥着醉酒、裤子滑落、气枪走火、婚外情暴露等情节元素。此后又发展为一出追逐与逃逸的闹剧，两个男主人公丑态百出，叙事呈现非理性走向。在小说的第一章，作家即借人物之口称：“我不安地看到了那只命运之手，有时我想那就是我的因果报应，那种闹剧精神。”[⑥]小说最后一章中，男主人公再次称，他的这部自传即小说本身“公正地记录了一个小丑的裤子如何不断滑落的过程”（189）。由此可见，虽然在戈尔丁的小说如《金字塔》、《越界仪式》等中，闹剧式场景并不鲜见，但是闹剧在《纸人》中却

---

① 分别见 Green, Peter. “King Fix: Bill Golding in Greece”. In John Carey (ed.). *William Golding: The Man and His Books: A Tribute to His 75th Birthday*. London, Boston: Faber and Faber, 1986, p. 54; Doering, Jonathan W. “The Fluctuations of William Golding's Critical Reputation”. *Contemporary Review*, May (2002), p. 289.

② Crawford, Paul. *Politics and History in William Golding. The World Turned Upside Down*. Columbia and London: University of Missouri Press, 2002, pp. 170 – 186.

③ Gregor, Ian & Mark Kinkead-Weekes. *William Golding: A Critical Study of the Novels*. London: Faber and Faber, 2002, p. 274.

④ Friedman, L. S. *William Golding*. New York: Continuum, 1993, p. 160.

⑤ Gindin, James. *William Golding. Macmillan Modern Novelists*. Houndmills: Macmillan, 1988, p. 81.

⑥ Golding, William. *The Paper Men*. London, Boston: Faber and Faber, 1984, p. 11. 本文中的《纸人》引文均由此版译出，页码标于引文后括号内，不另注。

并不仅仅体现为场景或事件,而是构成了小说基本的情节模式和文本肌理。

然而,值得注意的是,研究者对《纸人》中闹剧的描述多使用"阴郁的"(dark)、"末世的"(eschatological)、"暴戾的"(outrageous)等修饰词。①就格林的所谓小说"令人捧腹"的说法,博伊德就讽刺其笑点太低,他认为小说的基调苦涩阴郁,男主人公巴克雷"虽自比小丑,作为喜剧家却无趣至极"②。不过,泰格则援引巴赫金的喜剧理论强调《纸人》闹剧形式的艺术价值:

> 称《纸人》为失败的喜剧意味着忽略了小说的匠心,小说采用喜剧的模式,却并未全盘照搬其生机勃勃的欢乐和颠覆性的生命热力。
>
> 按照巴赫金在《拉伯雷和他的世界》(***Rabelais and His World***)中的陈述来分析,《纸人》中呈现出来的幽默可以称之为"毁灭性的幽默",巴赫金称其特征就是笑声沦为冷冰冰的幽默、反讽和嘲讽,因而不再是快活、欢欣鼓舞、兴高采烈的了。③

评论界在阅读感受上的差异令人玩味。其实,这两种完全相反的评价恰恰说明了闹剧既令人捧腹又咄咄逼人的特点。闹剧中的幽默往往既引人发笑,又意在讽刺和揭露。弗洛伊德曾区分笑话的两种不同目的:摧毁和揭露;前者往往表现为讽刺挖苦,后者则多表现为粗俗猥亵。④基于弗氏的论述,戏剧评论家埃里克·本特利指出,讽刺也好粗鄙也罢,其实都是攻击性的表现。而攻击性

---

① 见 Gregor, Ian & Mark Kinkead-Weekes. *William Golding: A Critical Study of the Novels*. London: Faber and Faber, 2002, p. 274, p. 160; Gindin, James. *William Golding. Macmillan Modern Novelists*. Houndmills: Macmillan, 1988, p. 81.

② Boyd, S. J. *The Novels of William Golding*. New York: Harvester Wheatsheaf, 1990, p. 200.

③ Tiger, Virginia. *William Golding: The Unmoved Target*. New York, London: Marion Boyars, 2003, pp. 221 – 222. 斜体为原文作者泰格所加。

④ Freud, Sigmund. *Jokes and Their Relations to the Unconscious*. James Strachey (trans.). Harmondworth: Penguin, 1976, p. 140.

则恰恰是闹剧的本质。失去了这种攻击性,闹剧就失去其作用了。①可以说,《纸人》体现出的正是这种攻击性。小说中的闹剧既是施虐的也是受虐的,小说中的作家和评论家互相伤害乃至毁灭,在这种恶性的关系中暴露出各自最为不堪的本性,退化为野蛮卑鄙的小丑。

事实上,闹剧的这种攻击性也恰恰是戈尔丁讽刺文化产业的锋芒所在。泰格指出,"《纸人》借用了闹剧中的讽刺策略来嘲讽当代文学圈的习俗和做法。"②戈尔丁借闹剧模式冷嘲热讽的既是小说中的虚构人物,也是小说潜在的评论家。这种令人不快的攻击性可以解释为什么小说反响不佳:《纸人》被描述为"针对学术圈的私人恩怨","缺乏真正的深度"。③ 然而,正如弗里德曼所说,"将小说称作闹剧并非无视其潜在的严肃性。"④事实上,赋予《纸人》严肃寓意的正在于其闹剧形式的这种令人不快的、无情的攻击性。

因此,《纸人》并非是一出"失败的喜剧",而是一出成功的闹剧,如泰格所论,在《纸人》里我们找不到喜剧的"生机勃勃的欢乐或不虔不敬的活力",有的只是"毁灭性的幽默"⑤,小说中那种令人不快的讽刺也因此显得尤为咄咄逼人。可以说,正是小说的闹剧形式使讽刺更为尖锐,也更为苦涩。问题在于,小说讽刺的对象局限于文人学者,其文学圈的背景和巴克雷这位作家的第一人称有限视角都在某种程度上弱化了戈尔丁文本中始终存在着的道德关怀和宗教寓意。因此,如果说《纸人》缺乏戈尔丁其他作品的影响力,原因应该是闹剧的攻击对象过于局限和集中,而非闹剧形式本身。

---

① Bently, Eric. "Farce". In Robert W. Corrigan (ed.). *Comedy: Meaning and Form*. 2nd ed. New York: Harper & Row Publishers, 1981, p. 201.

② Tiger, Virginia. *William Golding: The Unmoved Target*. New York, London: Marion Boyars, 2003, p. 216.

③ Dick, Bernard F. *William Golding*. Boston, Massachusetts: Twayne Publishers, 1987, p. 134; Subbarao, V. V. *William Golding: A Study*. New York: Envoy Press, 1987, p. 130.

④ Friedman, L. S. *William Golding*. New York: Continuum, 1993, p. 160.

⑤ Tiger, Virginia. *William Golding: The Unmoved Target*. New York, London: Marion Boyars, 2003, pp. 221-222.

三、 追逐和逃逸

追逐和逃逸是《纸人》闹剧的情节主线。评论界对《纸人》闹剧形式的讨论往往着眼于小说中的闹剧场景,而没有将闹剧模式作为小说的基本结构。这与闹剧的起源或许不无关联。根据《新不列颠百科全书》的描述,"farce"(闹剧)一词为法语古词,原意为"填料",在15世纪的法国意指演员在宗教剧中插入即兴的插科打诨,因此闹剧往往体现为独立的场景。①李欧·休斯(Leo Hughes)的重要研究著作《英国闹剧百年》(*A Century of English Farce*)提出的观点更为全面,他认为闹剧结构可以明确分为框架和细节,或称"串线"和"串珠"。"串线"可表现为任意情节伏线,其功能为将独立的片断(即"串珠",或真正的"填料")串联在一起。②休斯认为,追逐是闹剧最理想的"串线":"追逐可以提供悬念……最重要的是,追逐可使作家引入许多基本的闹剧创作手法:躲藏,及由此引发的一切乔装改扮和摆弄姿势的可能性;重复,而且可以根据剧情发挥到极致;也许最重要的就是剧烈的身体行动,翻滚,打架,吵闹。"③

休斯提及的闹剧手法在《纸人》中都有体现。小说不乏闹剧场景,同时又有一条追逐和逃逸的情节主线将这些场景串联在一起。闹剧模式构成了《纸人》的基本结构。小说以巴克雷为第一人称叙述者,以回忆录的形式追溯了他和塔克之间的纠葛。塔克的追逐和巴克雷的逃逸是小说情节的基本框架。巴克雷为了逃避塔克在欧洲各地漫游。但是随着故事的发展,巴克雷逃之夭夭的众多动机也浮出水面。塔克纠缠巴克雷无非是为了获得研究资助,在评论界一举成名,巴克雷的逃逸则是因为恐惧。他害怕塔克的研究可能揭露他的劣迹。于是无聊的"追纸戏"也像滚雪球一样愈演愈

---

① *The New Encyclopaedia Britannica: Micropaedia.* 15th ed. vol. 4. 1993, p. 682.

② Hughes, Leo. *A Century of English Farce.* London: Geoffrey Cumberlege, Oxford University Press; Princeton: Princeton University Press, 1956, p. 24.

③ Hughes, Leo. *A Century of English Farce.* London: Geoffrey Cumberlege, Oxford University Press; Princeton: Princeton University Press, 1956, pp. 25 - 26.

烈，逐渐演变为道德、宗教、艺术层面上的追逐和逃逸。

追逐与逃逸构成了小说的基本结构，牵涉作家和评论家两方。故事也以此为情节的基本线索展开。小说为作家威尔弗雷德·巴克雷的第一人称叙述，始于来自美国的评论家里克·塔克教授的一次拜访。巴克雷的叙述暗示这已经是时过境迁的回忆了。当晚正是巴克雷的50岁生日，宾主尽欢，贪杯而烂醉的巴克雷早晨醒来无论如何想不起来自己究竟喝了几瓶酒，于是起身清点空瓶子。然而，当他悄悄溜出后门，摸向垃圾箱时，却发现垃圾箱后有动静。巴克雷相信那是一只闯入的黄鼠狼，于是他趁着酒劲，回屋取来气枪，打算射杀这只非法入侵的动物。他一手举着手电筒，一手持枪，却发现睡裤突然滑落。此时，"黄鼠狼"受惊现身，原来是趁夜在垃圾箱里翻找资料的、粘了一身垃圾的塔克，巴克雷啼笑皆非，气枪走火，擦过塔克的手背。这时，巴克雷的妻子伊丽莎白从睡梦中惊醒，无意间发现垃圾箱里巴克雷写给情人露辛达的旧情书，引发了夫妻间的矛盾。虽然露辛达是巴克雷婚前的旧事，但是此时他的确有个情人。一只真正的黄鼠狼撞翻了垃圾箱，各种纸片洒了一地。三年后，巴克雷的婚姻告终，伊丽莎白有了新欢，女儿艾米莉痛苦出走，巴克雷搬到意大利。他的意大利情人狂热地膜拜一位传说中有圣伤的老人帕德里·皮欧，巴克雷只觉得荒唐，两人为此分手。

此后，巴克雷与塔克反复相遇，开始了两人的追逐和逃逸之旅。巴克雷在塞尔维亚的一次会议上再遇塔克，后者正在讲坛上宣读关于巴克雷作品关系从句的讲稿，并大言不惭地吹嘘与作家关系密切。当塔克瞅见坐在后排的巴克雷本人时，他紧张得掉落了讲稿，稿纸四散，这令人联想到垃圾箱旁的那一幕。接下来的两年里，巴克雷在北美、南美、欧洲漫游，"在学术的旋转木马上贩卖我的演讲"(26)，因为喜爱彩窗艺术而非宗教流连于教堂，快速制造"用来练习如何欺骗大众"的故事和游记(26－27)。如今年近六旬，巴克雷虽然思念前妻，却依旧独自漫游，"以便避开一切"(28)，最后他听从机场医生的建议，前往苏黎世湖边的施维伦(Schwillen)。

然而塔克追踪而至,向巴克雷引见了自己美丽的新婚妻子玛丽·罗。玛丽告诉巴克雷,多年前塔克拜访他时还不过是一个研究生,冒了另一位塔克教授的身份。如今塔克已经是助教,得到了美国内布拉斯加州阿斯特拉坎(Astrakhan)大学的终身教职。巴克雷很快意识到这次相遇绝非偶然,塔克必定是从前妻或经纪人处获悉他的去向,追踪而来,于是他立刻离开了施维伦,留下假信息,前往威斯沃德(Weisswald)的费尔森布利克(Felsenblick)旅馆。然而,塔克再次追踪而来,并透露了他的真实目的。原来塔克希望获得巴克雷的正式传记的授权。塔克的话使巴克雷回忆起他一生中的种种过错和闹剧:年轻时服食春药,和露辛达交欢时拍下艳照,雇人去偷多年前写给深爱过的玛格丽特的情书,在南美遭遇革命事件,开车误撞路人后逃之夭夭、抹去罪证……当塔克提议就在菜单上签下许可书时,巴克雷一口回绝了。

塔克于是让玛丽·罗将合约送到巴克雷的房间。诚实的玛丽·罗告诉巴克雷塔克紧盯他不放是因为没有别人在研究他,而且他已经在巴克雷塔克身上投资了时间和金钱;他们甚至曾寻访巴克雷塔克的出生地;最重要的是,有一位名叫哈利迪的神秘富翁有收集作家资料的癖好,他对巴克雷很感兴趣,愿意资助塔克的研究。巴克雷被美丽单纯的玛丽吸引。在三人共进晚餐后,巴克雷邀二人前往他的房间观赏星空,塔克借故走开。星光下,巴克雷意识到塔克和玛丽的意图以及玛丽的紧张不安,他自嘲不是因为钱的缘故被接受和容忍,而是因为"纸"。他最终没有签下合约。

气恼的巴克雷意欲将塔克写入小说作为报复,为自己设下"追猎者"的角色。第二天,塔克邀巴克雷远足,浓雾蔽目,溪流淙淙,两人结伴而行,相谈甚欢。不久,远处传来坠物的声音,塔克建议折返,巴克雷却兴致勃勃,执意前行。随后,事件的发展急转而下,巴克雷不慎在倚靠栏杆时跌落,幸亏塔克及时抓住他的颈背,将他拽了上来,背回了旅馆。巴克雷恼羞成怒,不愿因塔克的救命之恩就此签下合约,再次不告而别,逃之夭夭。

然而,塔克仿佛幽灵般阴魂不散。巴克雷在罗马依稀看到他的身影,虽然明知是幻觉,但是仍吓得落荒而逃。他为躲避塔克在世界各地漫游,并以玛丽·罗为原型完成了一部新作。期间,巴克雷收到前妻的信,告诉他塔克夫妇曾来纠缠,塔克和他们的女儿艾米来往,可能想利用她追踪巴克雷的举动。巴克雷决定弄清哈利迪其人,却发现此人的势力无处不在,又完全无迹可寻。惶惶不可终日的巴克雷酗酒度日,在恍惚中路过一处村庄,惊恐地发现了塔克那件印有调侃他任职的阿斯特拉坎大学校名的"旧垃圾箱"(Ole Ashcan)字样的T恤衫。

巴克雷逃亡的下一站是希腊的某座岛屿。在那里他遇见了老友约翰·圣约翰·约翰,后称约翰尼,得知艾米的确在和塔克交往,而玛丽·罗则回到了美国,为哈利迪工作。巴克雷愤怒而恐慌。他想到以哈利迪资助的巨款塔克足以雇人将自己查个底朝天。他回忆起一位青年作家曾向他寄过手稿,而自己无意识地在第四部小说里窃用了他的灵感,如今后者已经成名,不知是否会揭露自己当年所为。巴克雷为此坐立不安。交谈中,约翰尼将巴克雷比作甲壳类软体动物,就好像螃蟹或龙虾,硬壳下是蠕虫般的身体;他评论道:"瞧,硬壳里的蠕虫,这不是人类的施虐术。这是施虐术中的纯粹诗歌,只有高高在上的神才有这样的创造力。"(115)约翰尼的话语涉及《品彻·马丁》的核心意象,也点出了巴克雷饱受煎熬的生存状态的实质:和马丁如出一辙的炼狱体验。他还建议巴克雷打破硬壳,尝试宗教、性、收养、善举……最低限度可以从养一条狗开始。

紧接着,巴克雷文本变得超现实起来,再次影射《品彻·马丁》的炼狱意味。他酗酒过度,整天恍恍惚惚,在不断的转机旅行中不知怎么地住进了一家护理院,"我和我的甲壳里的热红的蠕虫有了一次鲜活的接触,一位和气的女医生从各种裂隙里把它们弄出我的身体……"(118)他随后记录了关于"岛屿的事,因为这是第一部分,我以后会写到第二部分。"(118)

巴克雷在"岛屿"上的经历如梦似幻,是小说中的重要转折点。"岛屿"经历后,巴克雷结束了他的逃逸之旅,充当起追猎者,塔克成为被追逐的对象。"岛屿"之"梦"充斥着末世和死亡的意象:为哈利迪所用的当街行凶的黑手党,墓穴般没有窗户的房屋,穿戴整齐靠墙而立的死尸,倒插着黑色玻璃尖片的粉状浮石,浓烟滚滚的火山爆发,晃动的地面,即将沉没的岛屿……然后出现在他面前的是巨大的通天台阶,将他引向一座教堂。教堂的门口坐着一位纺线的老妇。在教堂里,他看到了一座银质的基督抑或是冥王的雕像,红色的眼睛闪烁着炽热的光芒,"与我胸膛里的炽热一样"(123)。巴克雷产生了重要的顿悟,意识到自己始终相信上帝的存在。这场梦幻与现实交错的经历导致了巴克雷中风入院,但是他相信"这根本不是中风,即便是,也是巧合而已"(125)。他看清了许多事情,明白自己作为造物的意图;中风导致的语言功能紊乱也只是表象,他发现了词语之间的联系,找到了语言的隐喻本质,相信这才是他的"母语"。(126)他相信"我的传记"其实是"我们的传记"(126),思忖着"传记所要揭露我们之前的双人舞所要隐瞒的一切",得到一个能点石成金的神奇单词,即"罪恶"。(127)

随后,巴克雷开始了他的追猎之旅,到处寻找塔克。在接通塔克的电话后,巴克雷把他约到威斯沃德的那家旅馆。重访威斯沃德的巴克雷发现,自己曾命悬一线的所谓"悬崖"下面根本不是万丈深渊,而是一片柔软的草地,当时他悬挂在那里其实并无生命危险。他被塔克骗了。两人再次会面时,巴克雷指责塔克欺骗他、跟踪他,出卖玛丽·罗;塔克则指责巴克雷戏弄他,向他透露自己始终偷偷录下他的谈话,嘲笑他的英国口音。作为报复,巴克雷以合同为诱饵,逼迫塔克像狗一样从盘子里喝酒。他为塔克准备了一份正式合同,授权塔克为自己的文学执行人,经手自己所有的文件和资料,撰写传记,允诺将毫无保留向他坦露一生,任其采用,前提是塔克必须在传记里说明曾如何先后将玛丽·罗出卖给自己和哈利迪。巴克雷称:"事实上,这部传记是双人舞。我们会向世人昭示我们是什么人——纸人,你可以这么称呼。就用它作标题如何?"(152)两人的会面成为一场互相伤害和毁灭的心理战。最后,塔克被巴克雷折磨得几乎崩溃,愤然离去,巴克雷则心脏剧烈绞痛,再次体验到梦境般的奇异经历。他记录下一些真幻难辨的场景片断:一位女律师、自己的墓碑、在灵车里追逐他的塔克、炽热的沙漠、被烫伤的手脚、通向教堂的满是各色人等的阶梯、站在教堂顶端的哈利迪，最后他发现自己和哈利迪并肩站在顶端，哈利迪引领他通过一扇门，一起走向一片黑暗而平静的大海，他发现除了隐喻，无以表达他所看到的一切，他听到无法描述的歌声。巴克雷哭泣着醒来，此后获得了一种内心的平静。手部的疼痛使他无法写作，但是他相信尚有一部作品有待完成。

第二次如梦似幻的经历同样是重要的转折点，巴克雷就此结束了他逃逸和追逐的旅程。如果前一次是末世体验，巴克雷的顿悟是"惩罚"，那么这一次则仿佛天堂体验，他的顿悟是"宽恕"。巴克雷首先来到了他的兰登俱乐部，遇见了约翰尼，告诉后者自己的确找到了一条狗，却杀死了它，此处明显暗示巴克雷对塔克的残忍伤害。回家后，他获悉伊丽莎白得了癌症。她告诉他，他和塔克互相毁灭了。在兰登俱乐部，巴克雷尝试告诉塔克协议的事已经结束了，他打算自己来写这部传记。极度失望的塔克失去了理智，与巴克雷厮打起来，一旁的约翰尼等人很快卷入了混战，俱乐部里的各色纸类四处散落，一座名为"普赛克"的雕像也被打碎了。巴克雷终于回到家，伊丽莎白却已经于当天去世。巴克雷回顾了所写的一切——从塔克出现在垃圾箱边到伊丽莎白的葬礼，他认为自己公平地记录了小丑的裤子滑落的那些时刻。他烧掉了自己的所有"纸"，只留下正在撰写的那一小束，打算交给塔克，这就像死亡，使他感到平静。这时，他看到河对岸的塔克向他举起枪……

《纸人》是一场两个"纸人"追逐和逃逸的双人舞。追逐和逃逸不仅构成了小说的情节主线，也成为反复出现的母题。这一组母题呈现出多义性。巴克雷逃避道德良知、神、文学评论家的追逐，他的恐惧和逃逸是对轻飘飘、缺乏意义的自由的追逐，体现出一种超越人的有限性束缚的贪欲，其出发点是极度的利己和自负。

随着故事的发展，巴克雷逃之夭夭的众多动机也浮出水面，其动机之一是逃避道德和法律责任。塔克向巴克雷提出撰写后者的传记，使巴克雷回忆起了他"漫长的一生中隐藏着的累累罪行"（45）。作为作家，巴克雷谴责自己"惯于在纸上涂写谎言，致使那些意志薄弱的人们从中寻求指导、慰藉、友情，而且据其指控，往往让他们代价惨重"（47）。然后他又想到自己的劣迹都曾留下罪证。他想到自己和情人露辛达之间的放荡的性生活纪录还保存在当时为了寻求刺激拍摄的录影带和照片里,不由得不寒而栗。他曾经渴望得到玛格丽特,给她写过疯狂、露骨的求爱信,事后不得不雇人偷回那些让他不安的信件,然而事与愿违,受雇者带回的却是玛格丽特和她丈夫之间的书信。他在南美行车靠左,在撞倒一个印第安人后驾车逃逸,涉水洗去车上的血迹。他曾有意无意地窃取他人的创作灵感,而那位受害作者如今已经成名,使他更加担心自己的剽窃行为会被揭露。恐惧使巴克雷踏上了逃避之路。

最终,巴克雷决定取代塔克,自己来撰写传记,由此使自己从被追逐者变为追逐者,直面并追述自己灵魂的堕落史。他因此停止逃亡,回到了英国的寓所。对此,巴克雷反省道:"他们哪里了解那坚固的铁链如何将小恶连成大恶,一环扣一环,直到你不得不回过头来面对现实,而不是继续逃跑。"(54)

除了道德层面上的追逐与逃逸,这条贯穿小说始终的主线另有一层神学寓意。一向关注戈尔丁作品宗教内涵的研究者克朗普顿指出,小说的前半部主要讲述塔克追逐巴克雷,这段情节发生在日常生活的状态下,风格写实;后半部讲述巴克雷试图逃离上帝,叙述逾越了日常生活的边界,表现出混乱、模糊和幻觉般的内容。[①] 事实上,追逐和逃逸的宗教内涵在小说开篇即有体现。第二章中,巴克雷提到他的无神论立场。例如,他虽然热衷于参观教堂,真正让他感兴趣的却是彩窗。他对自称四肢上有圣伤的皮欧神父的态度也是一样:"我的驱动力就是我热切地希望没有什么奇迹。"(20)正是由于对宗教的不同立场,巴克雷被他的意大利情妇扫地出门,开始了他的漫游。如巴克雷所说,这个事件预示了日后发生的重大事件:"这就是将整个交杂混乱的事件——我的意大利情人、皮欧神父、圣伤、里克·塔克以及他那份研究我的关系从句的图表——变成了现在看起来是我人生主线的东西。"(81)

巴克雷逃离上帝的过程和躲避塔克的旅程重叠在一起。巴克

---

① Crompton, Don. *A View from the Spire: William Golding's Later Novels*. Oxford and New York: Basil Blackwell, 1985, p. 172.

雷将上帝和塔克的资助人哈利迪看作是一体的：就像神灵一样，哈利迪无处不在、无所不能，却神秘地缺席《名人录》；而且，他居高临下地出现巴克雷的幻觉中。于是，塔克的“追纸戏”成了神对巴克雷的追逐，而巴克雷逃亡的动机之一便是对神的逃避。评论界往往将巴克雷和品彻·马丁进行类比。小说中与圣约翰同名的人物将巴克雷描述为软体甲壳类生物，令人联想到《品彻·马丁》中罐头里的蛆互相蚕食的比喻。可以说，巴克雷是另一个拒斥神旨的马丁，而此刻他的逃逸不啻是品彻·马丁的炼狱体验。

巴克雷在逃离上帝的过程中经历了两次幻觉。第一次是末世体验，在幻觉中出现了各种末日景象。在一座黑暗的教堂里，巴克雷遭遇了眼睛露出炽热红光的耶稣像，抑或是冥王像，产生了第一次宗教顿悟：“这可能是基督，也可能是……阴间的冥王。在那可怕的一刻，我意识到自成人起我就皈依了上帝，我明白这是神的显现…… 我就是这可怕的毫不宽容的神据其自身形象的造物。”(124)这个幻象导致了巴克雷的中风和由此引起的语言紊乱。他用错乱的语言评价自己：“我的——罪恶……不。罪恶。我。是。罪恶。”(127)巴克雷的宗教顿悟充斥着毁灭和死亡的苦味。他体验到的是造物主的愤怒，他了悟的是对罪恶的惩罚。巴克雷决心摧毁他的评论家，以一种“哲学上(不如说神学上)机智的方式”，即让塔克模仿狗。(130)巴克雷对塔克的侮辱也摧毁了他自己。他心脏病发作，大脑中不断回放着死亡景象：他的坟墓、水泥荒原、在灵车中追逐他的塔克，可以说经历了一次象征性的死亡。

巴克雷的第二次宗教幻觉是天堂体验。他看到“我的上帝哈利迪站在教堂的顶端”(159)。他看到神圣的光辉照耀世界，听到无法描述的美妙歌声，感受到难以言喻的欢乐。他的罪恶获得了宽恕，手脚的疼痛缓解了。巴克雷从这次体验里获得的顿悟是宽恕。他决定回家，宽恕他的追逐者，为纸人作传。自此，巴克雷对神的逃避终于结束了：“痛苦和压力已经消失，我知道了自己的方向。再也没有必要逃跑了。”(161)

《纸人》逃逸线索中在宗教层面上有两次逆转，都与圣伤有关。第一次逆转是巴克雷亲历圣伤。他梦见自己被撒哈拉沙漠炽热的沙子灼伤了手脚。自此他的手和脚开始感到疼痛。巴克雷遭受圣伤之痛不乏讽刺意味:他成了小说开头提到的皮欧老人,见证了自己所不屑一顾的所谓"神迹"。同时,这对巴克雷来说无疑是闹剧式的:"他居然像圣弗兰西斯那样有圣伤,只不过恰恰相反,他是个无耻的混蛋,并非因为美德得到奖赏。"(159)第二次逆转是他终于理解了自己所谓圣伤的实质。在小说的尾声,一位牧师提醒因圣伤而洋洋自得的巴克雷:除了耶稣,还有两个小偷也被钉上了十字架。于是这位自封为圣人的"纸人"真正认识了自己的本质,获得了安宁。

关于圣伤的反讽引出了《纸人》的另一条追逐和逃逸的情节线。巴克雷逃避塔克和哈利迪的追逐的另一个原因是害怕被钉上文学的十字架。克朗普顿认为,《纸人》"也许的确可以诠释为对一种体系的强烈拒斥,那种体系将作家提升为神职人员,试图在他们并不完美的福音书里或访谈的神谕中寻找开启宇宙的钥匙或使我们赖以生存的指导。"[①]巴克雷逃避的正是这样一种将作家套上紧箍咒、奉上神坛的做法。塔克将巴克雷置于英国文学的先贤祠中,巴克雷则将这种赞誉看作是指责。在他看来,兰登俱乐部好比陈列柜,墙上钉着文豪肖像。他知道自己早晚会名列其中:"还活着呢。给我点时间。"(178)最让他感到恐惧的是雪莱的例子。当塔克援引雪莱的句子时,巴克雷辨认出那是诗人笔记中的内容。他感叹道:"如今他们出版了他所有的东西……就像波斯维尔工厂那样,成了雪莱工厂,极尽搜索之能事,才不管那可怜的家伙会怎么想。"(59)

巴克雷试图逃避的还有死亡。和品彻·马丁相似的是,巴克雷也表现出对死亡的恐惧:他的幻觉中充斥着死亡的意象。然而,相较于马丁对神旨的对抗,巴克雷最终接受了死亡。他不无宽慰地将自己看作窃贼而非圣人,也最终意识到"死亡是有益的、正确的、合理的"(172)。在键入自传的最后几个字时,他感到由衷的

---

① Crompton, Don. *A View from the Spire: William Golding's Later Novels*. Oxford and New York: Basil Blackwell, 1985, p. 164.

快乐,因为“巴克雷和塔克这种低级现象也许将仁慈地被永远摧毁”(191)。就是在这一刻,疯狂的塔克开枪射中巴克雷,两个“纸人”的追逐和逃逸也终于结束了。

四、追逐者与逃逸者的双体结构

《纸人》的逃逸和追逐母题体现出双重性。逃逸和追逐的双方,即巴克雷和塔克,构成了一对意义和空间中的“双体”结构。同时,作为追逐和逃逸母题的两个对立面的双方又互相转化,追逐者和被追逐者调转了身份,“双体”合一。同时,在这场追逐和逃逸的游戏中,塔克是追逐者,也是巴克雷的另一个自我。

弗莱在对传奇的研究中发现,这种文学中的“双体”结构体现为古典神话中爱上自己水中倒影的纳西索斯、民间文学中的双胞胎、莎士比亚喜剧中与自己对话的丑角、王尔德小说《道连·格雷的画像》中格雷和他的画像等形式。弗莱认为,我们在日常生活中有一种中心体验必须借助外部的帮助才能看见,即自己的脸庞。而要看到它,必须有一面镜子。[①]由此可见,这种“双体”结构所体现的正是人与自我的关系,是人在镜像中审视自我的隐喻。

在《纸人》中,塔克构成了巴克雷的一面镜子。通过塔克,巴克雷看到了镜像中的自我。然而,这个自我并非美貌的纳西索斯,而是像道连·格雷肖像画中堕落了的、丑陋的自我影像。巴克雷所要逃避的与其说是塔克,不如说是清醒的自我认识,他长年酗酒的习惯其实也是逃避自我的手段。因此,追逐者塔克映照出的恰是逃逸者巴克雷的真实自我。

在这场追逐和逃逸的游戏中,塔克既是追逐者,也是巴克雷的另一个自我。随着小说叙事的深入,巴克雷和塔克越来越相似。两人都被赋予了动物意象:塔克的形象和狗、马、猿猴、黄鼠狼等联系在一起,巴克雷也被比作甲壳类动物和狗。其中狗对小说的人物塑造、情节发展尤为重要。狗和人类的追猎活动发生关联,是追

---

① 诺思洛普·弗莱.世俗的经典:传奇故事结构研究.孟祥春译.北京:世纪出版集团,上海人民出版社,2010年,第136-139页。

猎者的形象。弗莱指出,神话中的双体结构也体现在追猎情节中,追猎的结局往往是动物的死亡,追猎双方还会互换身份,追猎者成为受害者。[①]《纸人》的追逐和逃逸母题体现出类似的结构。巴克雷不堪塔克的追逐,以一纸授权书胁迫塔克学狗叫,在人格上侮辱塔克,获得报复的快感。在这段情节中,塔克从追猎者转化为受害者,巴克雷成为追猎者和迫害者,于是他的形象也开始和狗联系在一起,养成了模仿狗吠与别人打招呼的习惯,并且宣称:"我是一条多么快乐聪明的狗,汪,汪。"(47 - 161)小说结尾,精神崩溃的塔克在肉体上摧毁了迫害过他的巴克雷,巴克雷又从追猎者沦为受害者。于是追逐和逃逸母题的两个对立面互相转化,"双体"合一。因此,巴克雷和塔克之间存在着一种共生关系:两人互相映射、互相毁灭。这也是不少研究者的共识。[②]

巴克雷和塔克这对"双体"的共生关系也体现在巴克雷最终决定取代塔克,自己来撰写传记。巴克雷由此取代了塔克的角色,通过书写一部灵魂的忏悔录追溯自己的堕落史,记录这段追逐和逃逸的过程,揭露塔克内心的污垢,拯救自己和塔克。小说本身就体现为自传形式。于是,巴克雷通过写作行为使自己从被追逐者转化为追逐者,他的逃亡生涯也终于结束,踏上了回家的旅程。写作行为及传记本身成了镜像,映照出两个人物的真实自我,实现了"双体"合一。

五、"纸"意象

"纸"是《纸人》中的重要意象,是小说闹剧模式的重要道具,是肤浅、琐屑、贪欲的象征。"纸"作为文学圈的提喻在作品中以各种形式露面:书信、日记、手稿、论文、协议、菜单、照片等。评论家塔克纠缠着小说家巴克雷,想要成为由后者授权的传记作者,获

---

① 诺思洛普·弗莱. 世俗的经典:传奇故事结构研究. 孟祥春译. 北京:世纪出版集团,上海人民出版社,2010 年,第 115 页。

② Dick, Bernard F. *William Golding*. Boston, Massachusetts: Twayne Publishers, 1987, p. 141; Friedman, L. S. *William Golding*. New York: Continuum, 1993, p. 160; Tiger, Virginia. *William Golding: The Unmoved Target*. New York, London: Marion Boyars, 2003, p. 231.

得其文字生涯和私人生活中所有的书面记录和文献;而巴克雷却不愿公开自己劣迹斑斑的人生,落荒而逃,于是小说成了两个"纸人"的"追纸戏"。作者在小说的第一章即通过巴克雷的哀叹点明了"纸"对人物的影响:"似乎所有的纸都变得黏黏糊糊的,猪油也好,果酱也罢,一旦粘上了就再也甩不掉了。它是捕蝇纸,我就是那只苍蝇。"(16)

以"纸"为道具,闹剧以滚雪球的方式将事件越闹越大。柏格森在《笑:论滑稽的意义》中曾讨论他称之为"滚雪球"的喜剧创作模式。柏格森认为,这种滑稽的机制是"一种抽象的观念,其效果以等差级数的方式递进,于是原本无足轻重的起因演化累积为出乎意料的重大结果。"[①]在小说开篇的闹剧场景中,纸是情节的推进器。宿醉醒来的巴克雷头痛欲裂,隐约记得前晚招待了来自美国的年轻学者塔克,却无论如何想不起来究竟喝了多少瓶酒。巴克雷打算去数数空瓶子,填补记忆中的黑洞。他听到厨房有动静,料定是流窜而至的黄鼠狼,不料却发现塔克正埋头于他家的垃圾箱翻找研究资料。巴克雷的枪走火了,睡裤也滑落了,吵闹声惊醒了巴克雷的妻子。伊丽莎白顺手从垃圾箱里捡起的一页纸片恰恰是巴克雷多年前写给情人的信件。于是,宿醉导致的记忆黑洞成为吞噬巴克雷平静生活的巨大黑洞,妻子愤而提出离婚,巴克雷则踏上了四处游荡的忏悔之路。而这一切的起因不过是那些被丢弃在垃圾箱里的废"纸"。

小说中的"纸"意象往往和"垃圾箱"的意象联系在一起。戈尔丁显然认为垃圾箱是安置所有这些"纸"的合适场所。在第一章的闹剧结尾,一只真正的黄鼠狼闯进了巴克雷的寓所,打翻了垃圾箱。巴克雷歇斯底里地哀叹:"垃圾箱、垃圾桶、废物罐、证据、证词和一长串生活垃圾一起翻倒在地……一片狼藉,手写的、打字的、印刷的、黑白的、彩色的——全是纸、纸、纸!"(15-16)对"纸人"而言,这些纸是他们生活中的一切。塔克所觊觎的是关于巴克雷

---

① Bergson, Henri. *Laughter: An Essay on the Meaning of the Comic*. Cloudesley Brereton and Fred Rothwell (trans.). London: Macmillan, 1921, p. 80.

的第一手研究资料。凭借着这些“纸”,他能得到教席、资助乃至名望。巴克雷所担忧的则是隐私的曝光。然而,这些记录着巴克雷私生活的“纸”本质上是没有价值的。戈尔丁无疑认为,塔克建立在挖掘作家私生活基础之上的文学批评以及巴克雷肤浅的文学创作都不过是垃圾箱里的内容罢了。用克洛福德的话说,垃圾箱里的“纸”所讽刺的是“戈尔丁(不无揶揄地)表现的后现代英国文学行业所充斥的肤浅的创作和批评。”①

《纸人》的“纸”意象还体现在“追纸戏”和“纸战”中。巴克雷再次见到塔克是在西班牙的一次文学研讨会上,其时塔克正在讲坛上对着昏昏欲睡的听众朗读厚厚的发言稿。他声称与巴克雷私交很深。但是当他看到巴克雷坐在观众席上时,他手里的稿件掉落了,纸张四处飞舞。这一场景成了真正的“追纸戏”:与开篇的场景一样,有的是巧合、谎言穿帮以及乱七八糟的纸。从某种意义上看,“追纸戏”构成了小说的主要情节线索,小说表现的无非是一场评论家试图获得作家第一手研究资料的闹剧式的“追纸戏”。另一个典型场景出现在巴克雷远避塔克的途中。巴克雷为了躲避塔克的纠缠绞尽脑汁,他乔装改扮,留下虚假的线索,提心吊胆,出现了塔克在尾随他的迫害幻想。同样,塔克也产生了巴克雷戏弄他的臆想。多年后两人再次相见时,塔克声称曾见到巴克雷在马拉喀什向他挥舞着传记授权的协议书,然后走进一幢大楼消失了。“追纸戏”于是体现出非理性、超现实的特点,营造出闹剧式的疯狂和歇斯底里,同时也将情节导向更为阴郁的内容:仇恨、伤害和毁灭。

“追纸戏”随后发展为“纸战”。纸的闹剧演化为一场“角斗”,“用的是纸矛,最多是老式的圆珠笔”(153)。“追纸戏”中的迫害幻想成为现实。巴克雷处心积虑地羞辱塔克,他决定授权塔克撰写他的传记,并定下令塔克无法接受的前提。这场争斗成为以“纸”为目的、为内容的残酷“纸战”。用巴克雷的话说,“这是一场

---

① Crawford, Paul. *Politics and History in William Golding: The World Turned Upside Down*. Columbia and London: University of Missouri Press, 2002, p. 184.

交易,孩子。用我来换你,用我的生活来换你的。”(152)“纸战”的结果是两败俱伤,塔克精神崩溃、人格丧尽,而巴克雷则心脏病发作,几乎死去。“纸战”诱发了两人对各自的仇恨和恶意,而“纸战”的初衷居然是为了在巴克雷看来毫无价值、只配丢进垃圾箱的废“纸”而已。小说结尾处,一场闹剧式的群殴给“纸战”添加了滑稽效果。喜剧评论家莫里斯·查内认为,“拳头是闹剧中对于无处不在的非理性做出的惯常反应。”①兰登俱乐部的群殴场面充斥着喧哗、酗酒、打斗以及四处飞舞的纸。当巴克雷将他的传记计划告知塔克时,后者失去了理智,对着巴克雷大打出手。于是,俱乐部里衣冠楚楚的专业人士们挥拳加入了混战,一时斯文扫地,人仰马翻,涕泪横飞,“菜单、酒单、账单、订货簿、手稿雪片似的在空中飞舞。”(182)这场混战造成的一个喜剧性结果是普赛克(Psyche)雕像被毁。俱乐部秘书抱怨说:“我不知道我们得付出多大代价才能修复我们的普赛克。”正如巴克雷所说,这话“说得恰如其分”。(183)“纸战”以失去灵魂的、肤浅可笑的纸人的毁灭而告终:评论家发了疯,枪杀了小说家。

六、艺术家的脱冕

《纸人》以作家和评论家为小说的中心人物,为戈尔丁创作的一系列艺术家群像增添了一幅新的肖像画。戈尔丁小说人物的一长串艺术家多为负面形象。品彻·马丁是业余演员;《自由坠落》中始乱终弃、极端自私的萨米是画家;《金字塔》塑造了一群狭隘可笑的业余歌手和演奏家以及有易装癖的导演伊夫林·德·特雷西;发表在《纸人》之前的《越界仪式》中还有一位肖像画家布洛科尔班克,他酗酒好色,常常放屁,几乎是巴克雷的前身,而《越界仪式》的两个写作者形象也各有可笑之处。可以说,戈尔丁的这一系列艺术家人物在《纸人》中达到了某种反高潮——小说家巴克雷的丑角形象。

① Charney, Manrice. *Comedy High and Low: An Introduction to the Experience of Comedy*. New York: Oxford University Press, 1978, p. 97.

一方面,戈尔丁以丑角形象为艺术家脱冕。巴克雷始终将自己看作小丑,一个"红鼻子,黄头发,裤子总是不合时宜地滑落"的小丑(49)。巴克雷持枪对准垃圾箱后的塔克时,他的睡裤滑落了。尴尬地面对玛丽·罗星空下被动的引诱时,巴克雷恼怒地意识到自己又一次扮演了小丑的角色:"又一次,小丑的裤子滑落了。"(77)当他发现塔克处心积虑地制造了那次搭救他于危难的事件后,他将之看作是"那些命中注定的低喜剧时刻之一,就像骑在马上被向前甩出去跌在一堆马粪上,或者把露辛达从垃圾箱里捞出来。每隔大约十年这个天生的小丑就会遇上一场恰如其分的马戏表演。"(135)《纸人》这部艺术家的自传就好比一场马戏表演。小说家和评论家都和动物形象联系在一起。塔克被比作黄鼠狼、马、猿猴和狗,巴克雷则被比作甲壳类动物,在逼迫塔克学狗叫后自己也开始习惯性地"汪汪"叫。对于自己和露辛达的那段放荡往事,巴克雷自嘲,如果露辛达打算写自传,那会是一部详尽的人类动物庄园的调查报告。和无处不在的"纸"一样,纸人的形象也往往与垃圾、污物相关联。巴克雷因酗酒自我惩罚,常常要求侍者调制一杯状如痢疾排泄物的饮料。巴克雷的追逐者塔克喜欢穿一件胸口印有"旧垃圾箱" 字样的T恤,对其所执教的大学开了个不敬的玩笑,但是"垃圾箱"一词同时也可以解读对所研究的对象巴克雷的嘲讽。最后,当巴克雷面对耶稣像抑或冥王像时,他清洗灵魂的涤罪过程也仍旧是和排泄过程联系在一起的,他尖叫着:"屎尿齐下。"(123)如前文所述,巴克雷意识到自己始终是个小偷,偷情书,偷灵感,是以小偷身份被钉上十字架的纸人、道德上残缺的小丑。

戈尔丁通过颠覆传统的艺术家的圣人形象对当代社会艺术家的道德状况提出了质疑。巴克雷是失去了道德完善的自我追求动力的典型艺术家形象,是肤浅的"纸"的世界里的纸人"小丑"。如克朗普顿所言:

> 人们认为,罪恶更刺激、有趣、生机勃勃,而非美德所必然要求的克制和拒绝……这个社会用纸和印刷术制造出一套虚

> 假的宗教,再以其文学偶像完善之。其仪式的一部分就是,某些作家被选为世俗世界的圣人,因为他们精力充沛地追求生活体验而被奉为经典。他们愈是犯下恶行,就愈接近艺术家殉道者的理想,以艺术之名受到虚假的激情的折磨。①

于是,小说中艺术家云集的兰登俱乐部就充斥着"异装、毒品……抵押、欺诈、集体淫乱"(180)。同样,"在巴克雷和塔克所加入的、所属的文学圈里,任何艺术的严肃性都被性的暴行、龌龊、施虐和剥削利用所颠覆了。"②艺术家群体的道德状况受到了质疑,圣人形象不再有效,尽管《纸人》中的艺术家自贬为小丑,多少意在自嘲,但是小说也由此解构了作家的道德权威,从这个角度看,不亚于宣布了道德意味上的"作者之死"。

另一方面,《纸人》的小说家形象也体现了戈尔丁对作者创作权威的疑问。一则,巴克雷这样道德缺失的小说家无法再充当所谓"人类的无冕的立法者";二则,戈尔丁也揄揶了作家在与评论家的角力中节节败退的现状,以20世纪"作家之死"的文论观为作家脱冕。

小说中的一段对话颇值得玩味。巴克雷嘲讽塔克要当教授的雄心壮志:"教授算什么?……他们比不上作家。"对此塔克回答:"评论家!……他们创造,他们突破!"(34)塔克口中的评论家的确成为20世纪文学圈的新势力。文学理论二战后迅速发展,强调创作者主体性的浪漫主义文论让位于关注文学本体性的形式主义和结构主义文论,挑战了创作者的权威。巴克雷抱怨评论家们用批评的解剖刀将作品肢解得体无完肤。他尤其反感两种观念:"一种是你能通过将作品分解成碎片来理解整体。另一种是创作中没有新的东西。读一本书时总是要问,它源自哪些书?"(25)两者多少令人联想到形式主义和结构主义文论。巴克雷尤其不喜欢后

---

① Crompton, Don. *A View from the Spire: William Golding's Later Novels*. Oxford and New York: Basil Blackwell, 1985, pp. 161 - 162.

② Crawford, Paul. *Politics and History in William Golding: The World Turned Upside Down*. Columbia and London: University of Missouri Press, 2002, pp. 183 - 184.

者。他提到在离婚后曾结交一名女性,“结果她是一个严肃的学术女性,彻头彻尾的结构主义者。天哪,我还不如和塔克同居呢。”(19)结构主义文论的一个极端立场是质疑创作者的主体性,宣称作者的死亡;罗兰·巴特曾说:“作者只有将已经存在的写作混合在一起的能力,加以装配和重新调配;作者无法用写作来表达自己,只能援引‘早已写就’的语言和文化的巨大词典。”①巴克雷的抱怨在某种程度上也代表了戈尔丁本人的观点。戈尔丁也曾经表达过类似的反感:“这样做当然很容易,把作品放在一起比较,勾画出其中的关联,就好像作品会产生作品……某种程度上是这样,但是我认为这种做法很可能过度了,已经过度了。”②

作家和评论家的角力在《纸人》中体现为枪击场景,巴克雷和塔克的力量转换象征着作家和评论家之间的权力变化。在小说的第一章,巴克雷的气枪走火了,开枪的是巴克雷,被击中的是塔克;而在小说的最后一章,巴克雷正在家中撰写自传,塔克持枪出现在河对岸的树林里。这一次,开枪的是塔克,中枪的是巴克雷。于是,作家不仅遭到评论家的追逐、“肢解”,而且“中弹身亡”。评论家宣告了作者的死亡。戈尔丁在 1959 年的一次英国广播公司的访谈中曾打过类似的比方。读者是否可能比作者本人更好地理解作品?对此戈尔丁回答说:“他可能会有不同的理解,不过我想未必更好,因为……评论者是射击的接受方,射击的是作者。在作者开枪前——即他在写作时——他已经很了解他的作品,比评论者所能了解得要多得多,就算他读上 20 遍也一样。”③ 1959 年,他告诉科莫德,劳伦斯所谓的“相信故事,而不是讲述者”的说法是“一派胡言”。④不过,戈尔丁显然改变了想法。1963 年,他在美国的一

---

① Selden, Raman et al. *A Reader's Guide to Contemporary Literary Theory*. Beijing: Foreign Language Teaching and Research Press, 2004, p. 66.

② Baker, James R. “An Interview with William Golding”. *Twentieth Century Literature* 28. 2 (1982), p. 156.

③ Biles, Jack I. *Talk: Conversations with William Golding*. New York: Harcourt Brace Jovanovich, Inc., 1970, p. 53.

④ Biles, Jack I. *Talk: Conversations with William Golding*. New York: Harcourt Brace Jovanovich, Inc., 1970, p. 54.

次演说中谈道:“我不再相信作者对自己智慧的结晶有父亲般的权威。一旦付梓,作品就成年了,作者就不再能掌控它们,了解也不会更深入,也许比起评论家来知道得更少。因为评论家初读作品,他们无视作者的期望,只看到作品的本来面目。”[①]戈尔丁的阐述为《纸人》中的作者和评论者之间的枪击意象提供了这样一种诠释角度,即另一种意义上的“脱冕”——“作者之死”。无论是在道德权威上还是在创作权威上,小说家或沦为丑角,或失去话语权。

《纸人》再一次体现了戈尔丁创作题材和手法的多变,和对善恶、道德、信仰等人类生活本质问题始终如一的关注。《纸人》为作家和评论家作传,讽刺文学圈的浅薄、浮躁和文化产业的疾患,调侃学术界的利欲熏心,质疑将文学创作者置于道德准则之上的传统观念,思考文学与阐释的关系,是作家晚年又一部寓意深刻的警世恒言。

① Biles, Jack I. *Talk: Conversations with William Golding*. New York: Harcourt Brace Jovanovich, Inc., 1970, p.55.

第九章　《越界仪式》:认识的穿越

一、解谜历史留白

1980年,戈尔丁发表了《越界仪式》(*Rites of Passage*)。该小说系戈尔丁晚年《海洋三部曲》的第一部,其后的两部续书分别为《近距离》(*Close Quarters*, 1987)和《甲板下的火焰》(*Fire Down Below*, 1989)。《海洋三部曲》创作的时间跨越了整个20世纪80年代,于1991年以《直至世界的尽头》(*To the Ends of the Earth*)为题完整发表,算得上是戈尔丁最长的作品。《越界仪式》的创作早于《纸人》,且在主题和结构上完整自足,但是考虑到《海洋三部曲》的延续性和完整性,将其放在《纸人》后讨论。

《越界仪式》获当年布克奖,成为戈尔丁创作生涯中的又一个高峰。小说讲述了1812、1813年间,年轻的埃德蒙·托尔博特在其地位显赫的教父的安排下登上了一艘驶向澳大利亚的航船,赴殖民地担任政府要职。他在船上遇到了牧师考利,后者因在船员们穿越赤道时举行的"海神袋"仪式中惨遭凌辱,愤而向船长安德森要求公道,随后却因醉酒当众失仪。此后,考利在船舱中闭门不出,水米不进,死于航行途中。小说形式颇为繁复:全文呈现为托尔博特为取悦教父而写的日记,记述航程中的见闻,其中插入了考利写给其妹的日记体长信,因此兼有日记体和书信体的形式特征。小说可分为三个部分:第一部分为托尔博特的叙述;第二部分为考利的长信,记述他在旅程中的感受,所叙事件与第一部分托尔博特的日记多有重合;第三部分回到托尔博特的日记,揭开了考利之死的真相。

在《黑暗昭昭》创作期间，戈尔丁开始构思《越界仪式》。虽然两部作品读来完全不同，但是凯瑞指出，两者都是关于"受轻视者如何获得救赎与公正……戈尔丁或许是从与《黑暗昭昭》的缠斗中逃离，转向《越界仪式》，就好像它是同一主题的较为轻松的变体。"① 1976 年 7 月至 10 月间，戈尔丁完成了《越界仪式》的第一稿，其后又三次重写，终稿完成于 1979 年 7 月至 9 月间。

触发戈尔丁想象的是他于 1974 年阅读的伊丽莎白·朗福德的《威灵顿公爵传》记录的一个事件：1797 年，当时年仅 28 岁的阿瑟·韦尔斯利，即日后的威灵顿公爵，带领远征队前往马尼拉。随军的年轻牧师在出海第三天即喝得酩酊大醉，一丝不挂地跑出船舱，当众胡言乱语，唱着低俗淫秽的小调。出丑后的牧师闭门不出，拒绝进食，即便韦尔斯利安抚劝说都没能让他回心转意。牧师于十天后死去。② 正是这个事件使得戈尔丁萌发了创作的念头。据凯瑞记载，戈尔丁在读到这则悲剧事件近两年后依旧念念不忘。他在日记中曾提到小说创作源起，怀疑朗福德女士是否理解事件的实质，他认为致使牧师羞惭而死的并非"胡喝滥饮，而是对自己天性的发现"③。朗福德的记述仅短短数行，也不曾明言牧师的真正死因，于是戈尔丁"设计情境，以便理解人如何死于羞惭"。④可以说，《越界仪式》以文学想象填补了《威灵顿公爵传》的历史留白，对这起谜一般的悲剧事件，戈尔丁的解答是阶级、性和人性的不可预测和难以探知。⑤

因此，小说首先是围绕考利这个人物展开的。戈尔丁先写下

---

① Carey, John. *William Golding: The Man Who Wrote* Lord of the Flies. London: Faber and Faber, 2009, p. 388.

② Longford, Elizabeth. *Wellington: The Years of the Sword.* London: Weidenfield & Nicolson, 1969, p. 51.

③ Carey, John. *William Golding: The Man Who Wrote* Lord of the Flies. London: Faber and Faber, 2009, p. 391.

④ Gregor, Ian & Mark Kinkead-Weekes. *William Golding: A Citical Study of the Novels.* London: Faber and Faber, 2002, p. 260.

⑤ 至于戈尔丁为何将考利设置为同性恋，凯瑞在他的传记依据戈尔丁的日记提出了猜想。详见 Carey, John. *William Golding: The Man Who Wrote* Lord of the Flies. London: Faber and Faber, 2009, pp. 388 – 395.

的是考利的日记，然后才产生了“也许应该再写一个人物，充当‘我’这个读者”的念头，而开始完善托尔博特这个人物。[①] 在创作期间，他阅读了鲍斯韦尔（James Boswell）的《约翰逊传》（*The Life of Samuel Johnson*）来体察托尔博特的带有奥古斯都时代印记的言行举止、华兹华斯（William Wordsworth）的《序曲》（*The Prelude*）来探入考利的浪漫情怀、奥斯丁（Jane Austen）的作品来设计小说中的社会喜剧，以及一些历史著作来了解18世纪的风俗和近代舰船、海军等。[②] 戈尔丁的历史编纂也带有强烈的个人印记。《越界仪式》在朗福德故事的基础上添加了戈尔丁始终关注的阶级主题，同时也有着戈尔丁惯常采用的双叙述视角并置与对照、令读者吃惊而不得不修正认识的结局的“把戏”、丰富的航海知识和经验、语言风格的实验兴趣等。

《越界仪式》尚未发表就已经进入了当年布克奖的短名单，评委拿到的是校样本。小说于当年10月16日面世，5天后即获奖，赢得一片赞誉之声。《越界仪式》汲取多种文类形式，模仿19世纪初的书信体和日记体文风，并置不同的语言风格提示人物对立的世界观，通过有意味的叙述选择剥开层层谜团，加之以关于航海生活的历史编纂，手法上令人眼花缭乱，体现出戈尔丁兼收并蓄、老到而多变的创作特点；小说形式繁复，却尽服务于主题，毫无虚饰之嫌，十分难得，确属戈尔丁后期作品中的佳作。

二、 叙述的悬疑

戈尔丁从《威灵顿公爵传》记述的事件中获得了创作的灵感，以文学想象赋予牧师羞惭而死的真相，由此铺陈出《越界仪式》。考利之死也成为小说最大的谜团。虽然小说主要是以托尔博特为叙述者，考利之死仍旧是小说的核心事件，无论是托尔博特记录的点点滴滴，还是考利充满浪漫主义情怀的讲述，都一步步将情节推

---

① Carey, John. *William Golding: The Man Who Wrote* Lord of the Flies. London: Faber and Faber, 2009, pp. 395 – 396.

② Carey, John. *William Golding: The Man Who Wrote* Lord of the Flies. London: Faber and Faber, 2009, pp. 397.

向考利的死亡之谜,而这个谜团也直到小说结尾才得以揭示。戈尔丁善于利用叙述策略制造悬念,精心构造小说情节,在结尾处以一着"把戏"营造震撼人心的阅读效果,无论是早期的《继承者》、《品彻·马丁》,还是戈尔丁年近古稀时创作的《越界仪式》,尽皆如此。

如前所述,《越界仪式》的主体为托尔博特的日记。小说共有23则日记,多以数字为题,指示托尔博特是在船上的哪一天撰写的。托尔博特写下的内容既有即时的见闻,也有对前日或前几日重要事件的记述。前5则日记分别标为"1"到"5",此后则不再是连续的数字。有时日记标为字母"X"、"Y"、"Z"等,多意味着托尔博特并未特意去核准当天的日期,有一次甚至出现"?",提示托尔博特当时腹痛如绞,无心记述。有时插入希腊数字"ZETA","ALPHA","BETA","GAMMA",或希腊数字符号,如"(Ω)",往往指续前一则日记,记述的是和前一则同日发生的事件。考利的长信插在标为"GAMMA"的日记中,其后以一条直线隔开托尔博特的叙述。小说的最后一则日记标为"&",意思相当于"又及"。托尔博特的日记长短不一,短的仅寥寥数行,较长的"GAMMA"由于插入了考利的书信,有逾百页之长。日记的作者托尔博特不仅记述见闻和事件,还常常发表观点,引经据典,表达个人喜恶、观念等,语气自信武断。相形之下,考利的长信虽然也带有日记体的样式,但是多简单地以空行或直线断开,而没有标出或明示撰写的日期,有时标为"第二天",如"海神袋"事件之后,考利另起一页,专门叙述"海神袋"始末。托尔博特的叙述始于登船的第一天,终于考利死后数日、死因揭开之后;而考利的长信则始于登船,终于他在"海神袋"受辱之后、前往水手舱之前,而且由于他自己撕去了一页,没有出现信件的抬头,而是从句中开始讲述。托尔博特和考利讲述的事件多有重合,往往写自对同一事件的不同视角。从日记的组织形式可以看出,戈尔丁尽可能地模仿真实的日记,带给读者身临其境、以假乱真的阅读感受。

托尔博特的日记兼有书信体风格。他的第一则日记即以"尊敬的教父"开头,提示日记的读者并交代故事发生的背景,并以自己的署名结尾。年轻的托尔博特在其位高权重的教父的提携下登上驶向澳大利亚的航船,前往殖民地政府任职。这是一艘改造自战舰的旧船,压船的砾石发出经久不散的臭气,托尔博特的船舱狭小简陋,令他不快。年轻人扬言要找船长,被船上负责左舷乘客的仆人维勒劝阻。但是他很快就对这个木制的世界和航海术语充满好奇。托尔博特发现晕船才是更大的挑战,在服用了维勒的含有鸦片的止痛剂后,他终于能走出船舱,不想却遇见了牧师吐了他一身。

托尔博特终于见到了船长,然而他不知有严禁乘客踏入船长指挥所的禁令,未经邀请擅自登上后甲板。眼看安德森暴怒,托尔博特立即报上教父的大名,"就好像掏出一对手枪来阻挡逼近的响马……我们的船长先斜眼瞥着阁下的枪口——请原谅我比喻不当——明白您是上了膛的,然后畏惧地看了一眼我另一只手握着的使节,勒马止步,露出了他的一口黄牙。"[①]走下后甲板之后,不愿示弱的托尔博特故意向军官康伯申姆调用威利斯充任向导,在船上四处参观,观看了被水手们称为"射日"(shooting the sun)的测量船只方位的"仪式"。紧接着托尔博特就目睹了容貌丑陋、举止笨拙的考利冒冒失失闯入后甲板被扔了下来的"滑稽的耻辱"(43)。虽然托尔博特对考利殊无好感,但是当威利斯幸灾乐祸时,他还是厉声训斥了他。托尔博特察觉到安德森对神职人员的嫌恶,回到船舱后向维勒求证,后者却谨慎地闭口不谈。

当晚,托尔博特受萨默斯中尉之邀与其他乘客和军官共进晚餐。这是一场十足的社会喜剧,各色人物悉数登场。托尔博特与风度翩翩的德弗洛上尉气味相投;结识了肥胖的肖像画家布洛克尔班克;言谈间得罪了神情严厉、因为家道中落而不得不靠当家庭教师谋生的原埃克塞特教堂教长之女格雷厄姆小姐;又因为出言不当无意间冒犯了从底层水手晋升为军官的萨默斯;向姗姗来迟、浓妆艳抹的布洛克尔班克之"女"、实为其情妇的齐诺比娅大献殷

---

① Golding, William. *Rites of Passage*. London: Faber and Faber, 1980, p. 31. 小说引文均译自这一版本,页码注于引文后,用括号标出,不再另注。

勤;最后,普列特曼先生现身,面带怒容,扬言要亲手射杀信天翁以扫荡船员的迷信,齐诺比娅旋即以夸张的语调吟诵起柯勒律治的《古舟子咏》。从托尔博特的记述可知,他对普列特曼这个政治上的激进派早已有所耳闻,知道他秘密携带了一部印刷机上船。

托尔博特获悉安德森不允许考利举行宗教仪式,决意挑战船长权威,向考利提出做礼拜,后者感激涕零。在萨默斯的安排下,礼拜式当天即在乘客大厅进行。托尔博特虽然不喜欢人员混杂的会众,但还是觉得虔诚、质朴的下层人士比涂脂抹粉的齐诺比娅之流更值得尊敬。尤其当他看到夸张造作的齐诺比娅和考利"眉来眼去",更觉恶心。他在日记中大肆嘲讽考利丑陋的容貌、卑微的出身和笨拙的举止,将这场礼拜式称为"布道者和涂脂抹粉的妓女的廉价表演"(69)和"一场悲惨的闹剧"(73)。他注意到安德森不喜欢宗教的态度影响了他的部下,只有萨默斯等两名军官参加了礼拜式。海上风浪造成船身剧烈摇晃,托尔博特深受腹痛困扰,期间考利曾试图拜访他,剧烈腹痛的托尔博特假托正在祈祷闭门不见。渐渐地,对齐诺比娅的情欲冲昏了托尔博特的头脑,他将之归咎于漫长的航程,临近赤道的炎热气候和海上的潘神:"这都是因为疯狂,赤道的疯狂,不是发狂就是错乱。"(75)他到处寻找和齐诺比娅的幽会场所,借故前往下级军官的住舱,第一次听到有人谈起"海神袋"却不知那是什么。

随后的两则日记标为"(Y)"和"ZETA",虽然没有指示日期,可以推算为发生在第46天,即小说的核心事件之一,"海神袋"发生的当天。(Y)记录了托尔博特借全船人员观看为穿越赤道举行的"海神袋"仪式之机,将齐诺比娅约到了自己的船舱。船舱逼仄,书架上的书本在两人酣战时纷纷掉落,帆布水槽也脱落了。正当情事如火如荼,却传来一声枪响。托尔博特认为那必定是普列特曼终于等到了他的信天翁。满足了欲望之后,他便匆匆赶走齐诺比娅,偷偷溜到乘客大厅,遇见醉醺醺的德弗洛,后者笑言船长着实憎恶牧师,下令不准考利接近后甲板,可怜的考利却分不清后甲板,即指挥台(quarterdeck)与甲板后区(afterdeck),于是只敢在船腰活动。事后,托尔博特颇为担心他与齐诺比娅的幽会被仆人维勒发现,想到可以把考利和齐诺比娅凑成一对,不由大笑出声。托尔博特的日记没有记录"海神袋"上究竟发生了什么,而只有他与齐诺比娅幽会的始末,留下了一个巨大的悬念。

"(Z)"和"(Ω)"两则日记记录了第47天的事件,进一步放大了"海神袋"的悬念。托尔博特所看到的是"海神袋"事件的后果,但是对"海神袋"事件本身却一无所知。当天早上,托尔博特吃惊地发现身着法衣的考利正站在后甲板上与安德森交涉;然后又听到考利为萨默斯放枪向他致谢,而萨默斯则劝说进而恳求考利晚些时候再前去水手舱。极度好奇的托尔博特试图与考利搭话,以便打听缘由,令他意外的是,考利竟然感激涕零,热泪盈眶,然后却匆匆离开了。托尔博特也记录了幽会事件的后果。齐诺比娅说有一封信落在了他的船舱。托尔博特寻找后发现,这是一封写给齐诺比娅的情书,白字连连,写信的人文化程度不高,但是维勒显然发现了这封信,他只得贿赂维勒保守秘密。他进而想到,只需把这信丢在考利船舱,然后假装发现信件,即可一箭双雕,从此摆脱两人的纠缠。不过,年轻人毕竟良知未泯,为自己卑鄙的念头感到惭愧。

"(Ω)"是考利故事的关键时刻,直接导致考利之死。然而,由于托尔博特作为讲述者不明事件缘由,也没有看到全部事实,他的叙述仍显得云山雾罩,更增悬念。"(Ω)"在希腊字母表中位列末尾,意为"终局",是托尔博特所谓的"最后一场"(104)。"(Ω)"记录了托尔博特眼中的考利之完结,整个事件与戏剧意象联系在一起,船成了剧场,考利出丑被描述成一场喧哗的闹剧。起先,他看到考利穿着全套法衣前往船头甲板下的水手舱。不久,水手舱里传来了阵阵掌声。此时,甲板后区站满了乘客和军官,众目聚焦的船头好比剧场的舞台,看客们都翘首以待,包括船长本人。托尔博特为看不见究竟发生了什么而焦躁:"我第一次意识到真实生活的无序及其五花八门的行动、半遮半掩的展示、令人烦躁的隐藏和戏剧幻象之间的差距,而我一度以为戏剧是真实生活的明晰的再现。"(110)虽然萨默斯意欲制止事端,安德森却轻描淡写地指示不便插手教会的事务。首先上演的是一出哑剧,两个水手夸张地装扮成女人和追逐者,然后人们听见考利唱起了小曲,对前来劝阻的水手说着污言秽语。最后,只在腰间围了条布的考利走出了水手舱,他烂醉如泥,头靠在一个水手的胸前,显得极度愉悦,高喊着"欢乐",在女士们的尖叫声中当众排尿,最后被萨默斯等人架回了船舱。

此后,小说就完全围绕着考利事件展开了。一连数日,考利闭门不出。第60天,萨默斯拜访托尔博特,告诉他考利情况堪忧,向他指出在考利事件中他也有不可推卸的责任,正是他贸然挑战船长的权威导致考利成为牺牲品,而且他身处贵族阶层,位高任重。在萨默斯的敦促下,托尔博特前去探望考利,后者面朝下躺在床上,不肯回应。萨默斯提示托尔博特或许可促使安德森去探望考利。托尔博特决定出手相助。第二天,他向安德森提起自己为教父而写的日记,意在要挟、警示后者善待考利。安德森随后独自走向考利的船舱,却犹豫着终于没有进去。

安德森离开后,萨默斯奉命探视考利,他再次拜访托尔博特,要求后者探视考利,但是考利依然没有回应。托尔博特发现了考利的日记,潜入他的船舱取了出来。此时,安德森邀托尔博特到他的船舱共进晚餐,意图在航海日志中添上曾派人探视考利一笔以便为自己的失职洗白,当他得知画家布洛克尔班克可能有行医背景,立即将之请来。不料画家醉醺醺的,大谈艺术与现实的差异以及那幅纳尔逊勋爵在特拉法尔加战役中弹谢世的画作是如何进行艺术加工的。晚餐还未结束,萨默斯告知考利已死,一行人前往考利船舱。安德森不由分说判定考利死于低热。当晚,托尔博特回到船舱连夜展卷阅读考利留下的长信,灵魂受到巨大震动。他将考利的信附于其后。

考利的长信揭开了"海神袋"之谜。长信系写给他的不知名的姐妹,缺了第一页,也没有标出日期,只是简单地以空行或直线断开。考利所叙事件与托尔博特的日记多有重合,但是更注重表达个人的感受和情绪,而非记录事件。他写下了所遭受的轻侮、军官们的恶意、对海洋的赞叹和敬畏之情、对水手们健美体魄的赞美、对托尔博特的好感、对他称之为"海神之子"的水手比利·罗杰斯的爱慕等(216)。长信记录了考利上船后不久与安德森的三次冲突：因未看到禁令而两次登上后甲板被驱赶，以及考利获悉禁令后试图向安德森道歉而被羞辱。考利对托尔博特则充满感激，将其引为知己。他把托尔博特训斥威利斯、请求礼拜式、因腹痛谎称在祈祷、出于好奇与他搭话等误读为友情和虔诚，甚至将托尔博特到处寻找幽会场所误解为祈祷之用。他写到"海神袋"之前仆人菲利普斯试图警示他却遭到德弗洛等的阻止。考利详细记录了他在"海神袋"中的遭遇。"海神袋"的第二天，他前去向安德森交涉，并决意前往水手舱训斥作乐的水手。在考利的要求下，德弗洛等登门道歉。考利的日记即到此为止。

第二天，托尔博特受邀与安德森和萨默斯一同调查考利事件。安德森从他安排的耳目处得到消息，怀疑当日水手舱里发生了性侵犯导致考利之死，在质询罗杰斯时，后者却暗示军官们也参与其中，迫使安德森终止调查，以所谓低热草率定性考利的死因。最后，托尔博特同意拟一份声明并签字。考利的海葬就在当天下午举行。

小说以托尔博特的最后一则日记"(&)"收尾。考利死后，充当船长耳目的维勒遭到了报复，不见了踪影；船上有新生儿诞生；普列特曼先生和格雷厄姆小姐订婚了；托尔博特从德弗洛口中得知了安德森如此憎恶牧师的原因。小说至此也终于揭开了考利之死的真相，使托尔博特感慨万分。日记已经写到了最后一页，不得不终结，他意识到自己所记录的不知不觉竟都是考利的戏剧。而他自己则借此探入了另一颗灵魂的深处和人性的隐秘之地。他感叹道："缺少睡眠，又渐渐明白了太多的事，我也变得神思恍惚起来，我想，我就像所有在海上航行[①]的人一样，彼此距离太近，于是也就离日月之下所有可怕的事物太近了。"(278)

《越界仪式》通过设置互相对比同时又互补的两部日记、并置两个叙述视角的方式打乱并重置叙事时间，营造谜团与悬念，将核心事件的真相的揭示延迟到小说结尾，因而使小说产生了悬疑效

---

① 原文为 at sea，此处双关。也可以理解为"困惑"、"不知所措"。

果。而且,真相一旦在结尾揭开,读者就不得不再次出发,回顾小说中留下的指向真相的蛛丝马迹,重审小说结构与意义,修正自己的认知。

三、“海神袋”之谜

《越界仪式》以独特的叙述组织形式留下了种种谜团,其中最主要的即“海神袋”,即字面意义上“越界仪式”所指的、航行中被称为“badger bag”的赤道穿越仪式。从小说情节上看,海神袋也是两位男主人公经历的第一次认识上的重要穿越,也是推动情节发展的重要动因。海神袋是对考利迫害的最大化,是船上多名军官参与、几乎整船乘客观看的公共事件。与海神袋同时发生的是托尔博特与齐诺比娅的私密狂欢:两人借机在船舱里幽会,对甲板上发生的事件毫不知情。海神袋触发了其后的一系列事件,最终导致考利灾难性的自我认知;同时,缺席海神袋唤起了托尔博特的好奇心,并在良师益友萨默斯的引导下逐渐卷入到考利事件中。

“海神袋”是水手俚语,指海船在穿越赤道时举行的一种活动,即“穿越赤道”(Crossing the Line)的仪式,仍流行于多国海军。其中,“badger”意为“海神”,或年资较深的船员。[①] 16 世纪,最早由法国人在穿越赤道时举行庆祝仪式,随后英国皇家海军也开始效仿。[②] 仪式由全体船员参加,曾穿越过赤道的老船员被称为“壳背”(shellback),第一次穿越赤道的新手被称为“蝌蚪”(pollywog)。仪式常常以老船员装扮成海神及其侍从审判新手的形式举行;其间,老船员捉弄、羞辱新手,例如,向新手身上涂抹污物,剃发,使其浸入污水中,甚至殴打和模仿性行为。[③] 仪式的目的,一说,乃是向神灵祈福。昔日的欧洲人将赤道线看作南北的神秘分隔线。航程穿越赤道后即面临季节倒错、水流和风暴的旋转

---

① Partridge, Eric. *A Dictionary of Slang and Unconventional English*. 8th edition. London: Routledge, 2002, p. 39.

② Eyers, Jonathan. *Don't Shoot the Albatross!: Nautical Myths and Superstitions*. London: Adlard Coles Nautical, 2011, pp. 59 – 61.

③ Bronner, Simon J. *Crossing the Line: Violence, Play and Drama in Naval Equator Tradition*. Amsterdam: Amsterdam University Press, 2006, pp. 9 – 15.

反向、失去北极星踪迹等自然现象,因此迷信的水手们举行仪式祈求神灵护佑。另一种说法是,作为新手的成人礼,穿越仪式旨在考验新手,让他们对未来艰辛而漫长的航行做好心理准备。有时,仪式项目中还包括正式宣布新手成为"壳背"并颁发证书或其他象征性的物件。仪式后,新手被正式接纳,日后即可作为老船员参加海神袋庆典。可以说,海神袋以具有人格侮辱、暴力伤害、性侵犯等倾向或意味的活动定义船员群体的身份,规范他们的行为,并建立权力等级制度。1997 年,美国新闻界曾曝光这类活动的录像,致公众哗然,使当时的海军部长倍感压力。①

海神袋对船上的秩序和参与的个体兼有正面和负面的影响。而《越界仪式》中的海神袋加诸考利的则是恶意的迫害,他哀叹道:"啊! 比死更残忍。是的——一定是这样,人对人所施者,无出其右,这凶残、淫荡、狂暴的欲望——"(238)考利在日记中细述了惨遭迫害的过程:他被两个戴着面具蒙着头的人拖到甲板上,遭受一番拳脚之后被迫跪在假扮的海神面前接受审判。"海神"坐在"王位"上,手持巨大的三叉戟,头戴火焰冠冕,满面胡须。考利的嘴里被人一遍遍塞入污物,然后被扔进了一个装满了污水的大水袋,一次次被按进水里,几乎淹死,直至萨默斯开枪阻止。考利在被人抬回船舱后听到:"船头的那些人还在耍弄其他的受害者。只是这作乐的声音并不兽性十足,而是兴高采烈。"(239)他想到:"在别的船上他们不曾有个'牧师'来耍弄。"(239)

船员耍弄牧师既有藐视神权的意味,也是出于船长安德森的纵容和姑息。安德森对神职人员的极度厌恶事出有因。他原是贵族私生子;其父为财富而联姻,将情妇及私生子转嫁给了儿子的教师,并安排他任教区牧师。时机一到,安德森便被派往海军任职,便于亲生父亲不时关照。父亲去世后,继承爵位的弟弟自然对自己同父异母的哥哥不闻不问了。"一位爵爷、一个牧师或者说生活屈待了安德森"(268),因此对牧师的嫌恶、对贵族的怨恨自然使

---

① Bronner, Simon J. *Crossing the Line: Violence, Play and Drama in Naval Equator Tradition*. Amsterdam: Amsterdam University Press, 2006, p. 5.

安德森对笨拙的考利和傲慢的托尔博特颇无好感。而且,考利受辱,实为代托尔博特受过。托尔博特背后有贵族教父撑腰,安德森在他面前所不能表现出的愤怒便宣泄到了出身卑微的考利身上。考利和托尔博特也并非全无相似之处:考利由恩主提升进入士绅阶级,托尔博特由位高权重的教父置于社会等级的高处。托尔博特擅闯禁区,踏上"乘客止步"的后甲板,并搬出教父的头衔为自己护驾,此后又说动考利在船上做礼拜,意在向船长示威。对托尔博特,安德森始终投鼠忌器。而倒霉的考利就没那么幸运了。同样是冒冒失失地走上了后甲板,考利却被扔了下来,最终在海神袋中饱受凌辱,成了替罪羔羊。

从另一个角度看,海神袋作为一项公共活动,其社会意义旨在建立船上的等级秩序。一方面,船上本身的等级秩序和当时的英国社会等级秩序多有重合。在风吹浪打、船员们日常劳作的甲板下面,贵族、牧师、绅士阶层占据了第一层的官舱,左右船舷各有一名乘务员负责照料乘客的生活起居。托尔博特、考利、普利特曼先生、格雷厄姆小姐、画家布洛科尔班克等住在这里。甲板下的第二层则是普通乘客,乃至人畜混居的统舱。另一方面,船上的等级秩序是依据船长的权威、军官阶层和普通船员的专业等级建立起来的。这一等级序列同样体现在船体空间划分上:甲板上划着白线,以此划分不同阶级和人群的活动空间;后甲板是船长的指挥所,乘客不经邀请不可擅越。又如,小说中提到船员们的"射日"活动,即依靠正午太阳测定海船方位的活动,吸引了乘客们驻足观看,人们神情肃穆敬畏,犹如参加宗教仪式。航船上的专业活动替代了陆地上的宗教典仪,形成了新的权威。连托尔博特也不由地感叹对"责任"、"特权"、"权威"等概念有了新的更为具体生动的认识。"射日"仿佛预言了牧师考利或者说神权在船上的失利,因为紧接着考利就被从后甲板上驱赶了下来。因此,海神袋的意图可以理解为将外部秩序融入船上的内部秩序。托尔博特超然于船上的秩序,即便是船长都要忌惮他三分;唯独他可以走上后甲板而不受惩罚;海神袋时刻,他根本就不在场,颇具象征意味地独立于秩序的重建。而考利则不知天高地厚地以为神职可以使他凌驾于船长之上,成了船上秩序整合陆地秩序时的牺牲品。因此,海神袋在颠覆陆地等级秩序的同时建立船上的等级秩序。新秩序的建立外化为海神袋仪式,伴以牺牲。托尔博特的超然建立在考利的牺牲上,考利的牺牲则反证了陆地的等级秩序:他的恩主和神职不足以巩固他在社会阶梯上的晋升。与托尔博特相比,考利什么也不是。因此,海神袋既颠覆又反证陆地社会等级秩序,这一寓意无疑昭示小说的主题之一:阶级。

戈尔丁曾在一次访谈中提到《越界仪式》的阶级主题:"这部小说完全是关于阶级的。"①托尔博特固然势利,却颇能一针见血地指出考利的症结:"就他的天性而言,此人属于某一阶层,而他的恩主却心血来潮地将他提升到高于他的阶层"。(59)戈尔丁本人也从英国社会等级制度的角度阐释考利的失足:"我认为考利被误导了,他过于相信社会等级的金字塔。他攀上了这金字塔的更高位置,高于他的出身,这是他人生的大事件。对他来说,从这个位置跌下来是极为可怕的,而他的确就'砰'地跌下来了。他就这么完了。"②

除了阶级意味,海神袋也关乎考利和托尔博特的个体精神状况,可谓二者的成人仪式。评论家克朗普顿即以杰内普(Arnold Van Gennep, 1873 - 1957)的人类学著作《穿越仪式》(*The Rites of Passage*, 1909)为蓝本,从"分离"、"穿越"、"融合"三个阶段解析托尔博特和考利的成长过程,以象征"融合"的行动或事件作为个体为社会所接受的标志,如分享食物和性行为。克朗普顿指出,海神袋的狂欢迫使考利经历了一次浸洗仪式,只不过不是浸于圣水,而是人的污物。③ 明眼人皆可看出,与发生在甲板上的浸洗仪式相

---

① Baker, James R. "An Interview with William Golding". *Twentieth Century Literature* 28. 2(1982), p.160.

② Baker, James R. "An Interview with William Golding". *Twentieth Century Literature* 28. 2(1982), p.164. 在戈尔丁的作品中,《越界仪式》和《金字塔》都有明晰的阶级主题。虽然《越界仪式》设置在19世纪初的大海,戈尔丁仍指出小说在表现阶级主题上比《金字塔》更为直接,"是一出有着现实意义的黑色喜剧"。

③ Crompton, Don. *A View from the Spire: William Golding's Later Novels.* Oxford and New York: Basil Blackwell, 1985, pp.153 - 154.

对应的是甲板下充斥着世俗欢娱的、汗水淋漓的性的狂欢：托尔博特终于俘获齐诺比娅。考利被迫承受，托尔博特则是主动施加。同样，与海神袋倒错的神学意味相对应的是托尔博特偷情时纷纷跌落的书籍。前者悲惨，后者滑稽。可以说，海神袋在象征意义上引领两个年轻人走向了各自人生推定的边界：于考利，是神权的至高无上；于托尔博特，则是理性的确定无疑。因此，恰如布隆纳所总结的那样，“无论是在结构、修辞，还是在形式上，‘穿越仪式’都意图标记对已知世界的边界的穿越。仪式演示的是进入新的神话般的地界——那往往显得危险而神秘的领域。它抛弃所熟悉的家的领域去创造颠倒的、遥远的世界。”①

如果海神袋在地理意义上标志着从北半球到南半球的穿越、在社会空间意义上从陆地等级秩序到船上等级秩序的穿越，那么它无疑也象征着颠覆考利和托尔博特人生信条的穿越。然而，海神袋发生在托尔博特日记叙事的前三分之一处。它尚未完成两个年轻人的自我发现。海神袋只是一次预演，并非小说真正的核心。它只是开启了一扇通往颠倒世界的大门。随着故事进程的深入，托尔博特和考利都会经历一次真正的穿越仪式，将他们带向陌生的世界。

四、 延迟的真相与舞台的隐喻

海神袋开启了一个新的领域，它的作用力是沉重而缓释的，它所导致的正是小说的核心事件——考利之死。考利原因不明的自戕引导着托尔博特一步步跨越心灵之间的鸿沟，走进考利的情感世界，揭开考利之死的真相。戈尔丁借助舞台隐喻，采用日记体、书信体等并置人物叙述视角的形式，将托尔博特推向他的认识边界。

小说叙事的组织形式导致两个关键问题没有及时解答：一是“海神袋”究竟为何，考利身上发生了什么，造成了什么样的后果？

---

① Bronner, Simon J. *Crossing the Line: Violence, Play and Drama in Naval Equator Tradition*. Amsterdam: Amsterdam University Press, 2006, p. 8.

二是考利究竟因何而死？这两个问题都直指小说的意义之核，而解答却都是延迟了的。首先，托尔博特对于海神袋中究竟发生了什么一无所知，他的日记中也没有相关记述。关于海神袋的具体记述是由考利长信完成，而这封长信是由托尔博特在追究考利死因时发现，行文至此已近小说尾声。也就是说，无论对托尔博特还是对读者而言，海神袋真相的揭示是延迟的。其次，考利的长信写到海神袋辄止，并未涉及其死因；而海神袋也实非考利之死的直接原因。考利在水手舱究竟做了什么，导致他如此羞惭、执意求死？这一信息的揭示也是延迟的。考利死后，安德森邀托尔博特共同质询可能了解真相的水手。安德森怀疑考利在水手舱受到性侵犯，但是由于担心牵涉多名军官，不敢深究。真相直到托尔博特的最后一则日记才得以揭开：普利特曼先生和格雷厄姆小姐无意间听到两个水手的谈话，透露了酒醉后的考利曾在水手舱当众与比利·罗杰斯斯口交的事实。至此，托尔博特和他的读者确知，考利终于意识到自己的同性恋倾向，他的法衣已遭玷污，前途已毁，致使他羞惭绝望而死。解答的两次延迟皆在叙述视角上做文章。读者们也跟随叙述者托尔博特经历了从一无所知到接近真相的过程，即两次穿越的过程。延迟即穿越，从叙述者的观者视角穿越至被观看者的情感和秘密。

在技术层面上，这一穿越得益于小说的舞台隐喻。《越界仪式》在空间、意象、人物叙述视角等各方面运用戏剧元素。戈尔丁曾被问及小说的戏剧特性，他回答说："必然如此，因为考利要当众出洋相，所以这条船必须变成剧院，这样才行。从那个意义上看，小说是一个戏剧性的故事，是一场戏剧演出。"①戈尔丁研究者注意到了小说的戏剧母题。格雷格和金基德-维克斯认为，"整条船变成了剧场，巧妙地将可笑的内容融入到越来越强烈的悲剧性中。"②斯泰普也指出，作者着意安排了关于戏剧的重要隐喻。船

① Baker, James R. "An Interview with William Golding". *Twentieth Century Literature* 28. 2(1982), p. 132.

② Gregor, Ian & Mark Kinkead-Weekes. *William Golding: A Critical Study of the Novels.* London: Faber and Faber, 2002, p. 258.

和剧场的隐喻意味着如下的两分法，即考利的演出，对应托尔博特的旁观。①

作为日记作者的托尔博特把自己定义为观众，他乐于冷静地观察船上的人物和事件，笔下充斥着戏剧舞台的种种比喻。即便他已经成了演出中的一员，他仍然愿意担任机智的解说人的角色。托尔博特在日记中的自我定位意味着他与所见所闻保持距离。更为重要的是，冷冷旁观的托尔博特把一切看作是一场喜剧，因而保持着必要的喜剧距离。他对考利的误解、对人性的无知皆可归咎于他傲慢的观众视角。

托尔博特在日记中不时提到他的戏剧知识和经验，喜用戏剧语汇叙述事件和阐述观点。他自称曾在大学里加入业余剧团，对这门技艺颇为熟悉："戏剧意象在我脑中挥之不去，给我所有的揣测都上了颜色。"（109）他用自己熟识的戏剧术语和知识来评价船上所发生的一切；按照戏剧人物的分类来归纳他人；将船体结构比作舞台，甚至将船喻为"飘浮的剧场"（145）。他用戏剧术语来定义事件，把考利的礼拜仪式看作是一场"闹剧"（73）。齐诺比亚装出一脸虔诚，让他觉得既好笑又厌恶："这女演员涂脂抹粉的脸让牧师大人的眼睛都移不开了。"（70）他戏剧化地叙述和齐诺比亚的调情。齐诺比亚想要取回掉在他船舱的情书，他便夸张地叫道："齐诺比亚！把一切都告诉我吧！"然后在日记中评论道："阁下有没有从我的回应中察觉到一丝戏剧性？的确如此，我们立即就随着情节剧的波涛而起伏了。"托尔博特自导自演，然后再对自己的演出点评一二，玩得乐此不疲。他获悉有这么一封情书的时候，立刻就做出冷冷的样子，一言不发转身"离开了舞台"。他担心齐诺比亚会怀孕，谋划着摆脱她的纠缠："我发现可以从剧院学一手，把齐诺比亚和牧师一起甩掉——我只需把那封信悄悄丢到牧师的船舱，然后假装发现它。"思忖着自己卑鄙的念头，他为自己开脱：毕竟，齐诺比娅如此戏剧化，就像"闹剧和情节剧——总之，就像是演

① Stape, J. H. "'Fiction in the Wild, Modern Manner': Metanarrative Gesture in William Golding's *To the Ends of the Earth* Trilogy". *Twentieth Century Literature* 38:2 (1992), p. 230.

戏。"(99-103)此后,他提到自己的诡计颇似"《无事生非》里的那种,给贝亚特丽斯和本尼迪克特牵线搭桥,让他俩坠入爱河。"(120)他讲述考利出丑事件,写道:"这一定是最后一场了!……我确信会有解围之神降临!……看来是无法阻止整条船的人享受戏剧表演了!"(104)

托尔博特以戏剧语汇和观者的立场讲述考利醉酒这一核心事件。他发现"剧场的形象已经笼罩了整条船"。而他则完全成了观众中的一名。船尾站满了乘客和军官。"我们是观众,那里是舞台。"托尔博特发现,前甲板间断处就像是舞台,但他却看不到演出,因为"船上那块宽敞、不为人所知的地方正在欢乐地上演着什么娱乐节目",而那里却恰好被挡住了。在他下面,"船腰处是正厅后座——用戏剧术语说——那里观众更多。"他看到两名水手的表演,一个夸张地模仿着女人碎步走,另一个则头戴方帽步履蹒跚地追逐着,引起阵阵笑声与喝彩声。托尔博特思量,这出戏"并不仅仅是演给船头水手舱里的人看的,而是演给船尾的我们。"这是演员"故意丢给楼座的独白,他们刻画人类的弱点和愚蠢,演给比他们地位高的人看。"(109-114)船成了天然的剧场,结构与剧场暗合。正如克朗普顿所指出的那样,"于是这船提供了一个天然的聚集场所,甲板模拟舞台。前甲板有两扇边门通向主台。上层社会的乘客们聚集在后甲板,就像是楼座,占据着更佳位置观看舞台内部的演出。"①这样一来,船就完全成了海上剧场,观众聚集在前厅后座和楼座,舞台上正在演出哑剧,这个木制的世界成了人类展示自己的舞台。

舞台隐喻将考利和托尔博特分别置于台上和台下,他们之间横贯着喜剧人物和喜剧观众之间的距离。托尔博特将考利看作是一场喜剧的滑稽主角,在两人之间设置起屏障。托尔博特的立场基于他与考利在阶级背景、教育、个性等方面的巨大差异和他对考利的反感。因此,他对考利既无任何共鸣,也无同情之心。考利丑

---

① Crompton, Don. *A View from the Spire: William Golding's Later Novels*. Oxford and New York: Basil Blackwell, 1985, p. 132.

陋的容貌、卑微的举止、对神权的迷信都令托尔博特嫌恶。同时，托尔博特又刻意将自己置于观众席，以戏剧语汇着意拉开与考利之间的距离；而他倾向于将事物简单化的戏剧语汇又反过来限制了他对考利其人其事的认知。

距离之消弭始于托尔博特阅读考利的长信。阅读，而非观看，引领他跨越情感的距离，进入到一个他者的内在。同时，他的记述，或者说写作，使他重新思考自己在考利事件中的责任，重新审视考利的"堕落"和自戕。一度用喜剧来诠释考利行为的托尔博特逐渐意识到这一事件的悲剧内涵和隐藏在人性深处的秘密。托尔博特的体验正是进入另一个灵魂的穿越过程，他的写作于是也成为一种"越界仪式"。或者说，小说本身也是一种"越界仪式"。当托尔博特凭借同情和想象越过他那傲慢的自我、阶级的偏见的局限时，喜剧舞台所规约的距离消失了，小丑和观者之间的屏障终于移除，他进入他人的内心世界，探知社会和人性的真相。他傲慢轻浮的喜剧观众视角逐渐透出自省和同情的伦理眼光，他的叙述也因此获得了更为深邃的情感维度。阅读考利的日记之后，他情绪激动地发出悲痛、怜悯和对诉求公正的呐喊。在揭开考利之死的真相后，托尔博特郑重写道："在那本记录了人类关于自身知识的薄册中，让我再添上这一句：人的确会因羞惭而死。"(278)

五、 穿越文类的边界

《越界仪式》并置了两个截然不同的叙述角度和文体风格：托尔博特和考利在思想意识、情感表达乃至行文上都大不一样。学界多从小说19世纪初历史转折和文学气候更迭的背景加以诠释，用格雷格和金基德-维克斯的话说，即托尔博特和考利之间的对比呼应了"当尊崇理性和秩序的旧世界面对革命的纪元时那种更加广阔的大背景"以及"奥古斯都时代晚期讲究格调、经过启蒙的理性和仁慈的风格与浪漫主义崇尚情感和想象的风格"之间的对峙。[1] 但是如果以小说无处不在的戏剧隐喻为出发点,那么托尔博特洋洋自得的叙述呈现为风俗喜剧的模式,而考利事件真相的揭示使他目睹一场人性的悲剧。因此,小说引领读者不仅穿越了人心的距离,也跨越了风俗喜剧的文类边界。

托尔博特将自己置于风俗喜剧(comedy of manners)的情境中,他的叙述体现风俗喜剧的模式。风俗喜剧,或称机智喜剧(comedy of wit),成为紧随王政复辟之后主要的英国喜剧模式,至今仍是英国喜剧舞台上的不可或缺的形式之一。托尔博特的叙述呈现多种风俗喜剧的元素,诸如聪明人和笨人的二元对立、道德观念的缺失、阶级意识、崇尚理性、聪明人占上风的情节要素等。

托尔博特的叙述建立在聪明人和笨人的二元对立的基础上。如查尼所论,在典型的风俗喜剧中,"聪明人制定规则、定义标准,按照这些规则和定义,别人往往要么被判定为笨人,要么就完全被排除在外……聪明人冷静、超然、自信,享乐至上,往往带着恶意,而笨人迟钝、愚蠢、自恋。聪明人能说会道,富有才智,机变灵敏,具有创造力,热爱诗歌且善引诗句;可怜的笨人才智粗陋,言语和情感皆粗鄙,完全缺乏灵活机智的社交才能。两者之间的巨大对比尽管着意显得简单和程式化,却是风俗喜剧的灵魂。"[2]

托尔博特无疑把自己看作是"聪明人"。他在评判他人时总是从自己的贵族教育和道德观出发,以自身趣味为标准,强调出身、外表、风度等内容。考利是托尔博特的反面,虽以神职人员的身份升到了绅士阶层,但是举止粗陋,缺乏雅致和魅力。在托尔博特眼中,这位牧师面貌丑陋,五官仿佛由他的创造者匆忙而无序地罗列在一起,举手投足透着一股胆怯、谄媚又沾沾自喜的奇怪气质。考利在那些社会地位高于他的人面前显得尤为怯懦,不懂得如何平等自如地与他们相处。

托尔博特把考利看作天生的笨人。考利在社交方面的笨拙、

① Gregor, Ian & and Mark Kinkead-Weekes. *William Golding: A Critical Study of the Novels*. London: Faber and Faber, 2002, p. 257, p. 269.

② Charney, Maurice. *Comedy High and Low: An Introduction to the Experience of Comedy*. New York: Oxford University Press, 1978, pp. 121 - 122.

在识人断事方面的天真使他往往做出错误的判断，从而误会百出，而他又多愁善感，因而在表达感情时也显得尤其滑稽可笑。托尔博特到他的船舱拜访，请求礼拜仪式，他感激涕零，激动地喊道："托尔博特先生……先生，你，你正是这样的人啊！"(64)他并未意识到，托尔博特此举意在对抗船长的权威，并非出于虔敬宗教之心。另一次可笑的误会是托尔博特在自己的船舱里腹痛如绞，这时牧师来访，托尔博特不得不假装祈祷，引他离开，不想自此每次考利见到他都会向他致意，笑容里透着理解和赞许，用托尔博特的话说，"看到他就会晕船"(76)。这些都使他成为托尔博特眼中的笑柄。正如多位评论家所指出的那样，受到恩主眷顾的考利和他那种为晋升而自喜的做派的确令人联想到另一位著名的"笨人"，即《傲慢与偏见》中的考林斯先生。而他粉饰现实，对一切加以浪漫化，又使他毫无心机、缺乏生存智慧、拙于识别人心。实际上，戈尔丁曾评价考利说：考利是个"蠢蛋"，他"单纯，而非纯洁"①。

风俗喜剧注重人的社会性。托尔博特尤为重视自己在社交场合的表现。他以风俗喜剧式的风格记录了船上乘客的第一次社交聚会。风俗喜剧中典型的"妙语巧辩"是这出好戏的主题。查尼指出，"真正的聪明人具备一种举止、言语得体的直觉。评判聪明人的最终指标是沉静的理性、机敏的智慧、巧妙的应答、精彩的隽语以及一语中的之天赋。"②托尔博特自诩机敏善言，竭尽所能施展他的社交技巧和口才。然而，这位自封的"聪明人"却大出洋相。当他说希望就牌技得到格雷厄姆小姐的"教导"，却没料到她以为他在讽刺她家庭教师的身份。托尔博特立刻改口说她将永久保有学生们的爱戴，为自己的灵活机变而沾沾自喜，没想到却招来格雷厄姆小姐的一顿数落。后者原为埃克塞特教堂的教长之女，为生活所迫当家庭教师谋生，对自己的境遇颇为耿耿于怀。接着托尔

---

① Baker, James R. "An Interview with William Golding". *Twentieth Century Literature*. 28.2(1982), p.164.

② Charney, Maurice. *Comedy High and Low: An Introduction to the Experience of Comedy*. New York: Oxford University Press, 1978, p.125.

博特又开罪了萨默斯中尉。他没有想到萨默斯自承由普通水手晋升到如今的军衔，刹那间，整个餐厅的人们都安静了下来，竖起耳朵听他如何回应。骨子里十分势利的托尔博特竟然失礼地祝贺萨默斯“尽管出身低下，却完美地模仿了高等阶层的言谈举止”（51）。他浑然不觉对萨默斯的伤害，还以为自己应对机智、恰如其分。

风俗喜剧的另一个标志是刻意的道德空白。“风俗喜剧尤其与贵族或上层阶级的观众更为密切，而不是中产阶级或普通大众，后者更倾向于关注伦理道德，而非风俗，喜欢的是感伤或道德说教的戏剧。”①因此，托尔博特的日记读者设定为他的显赫的贵族教父，确实不无道理。用赫斯特的话说，风俗喜剧“无疑是最为反浪漫主义的喜剧形式，因为在这类喜剧中传统的道德标准被另一种标准替代了，即品味的标准、形式的标准。”托尔博特的日记也体现了与之相似的非道德的倾向。《越界仪式》中最典型的“聪明人”德弗洛上尉冷酷无情，心存恶意，毫无道德观念。托尔博特毕竟年少，缺乏辨别力，在他看来，“德弗洛不光言谈举止，样样都文雅。”（53）虽然德弗洛和齐诺比娅也有私情，却被托尔博特的算计逗得窃笑不已。他也是海神袋中考利的迫害者之一。直到小说的尾声，托尔博特才意识到，他对德弗洛的好感基于错误的判断。

性也是典型风俗喜剧中的人物所关心的内容。《越界仪式》中推动情节发展的重要动因之一就是托尔博特和齐诺比娅之间的偷情。在风俗喜剧中，“行动，诸如强奸、抢劫、谋杀、通奸，都不重要，重要的是实施行动的形式，或更多的是这些行动被掩盖起来的样式……获胜者往往是那些最有格调的人：言谈最风趣机敏，计谋最细致巧妙。”②托尔博特不遗余力地确保他和齐诺比娅的情事不为人知，四处搜索秘密幽会场所。他用了“海战”术语来描绘和齐诺比娅的这场欢乐的性事；书本的掉落又给这个场面增添了风俗喜剧温文尔雅的书卷气质。满足了情欲之后，托尔博特就打算把

---

① Charney, Maurice. *Comedy High and Low: An Introduction to the Experience of Comedy*. New York: Oxford University Press, 1978, p. 122.

② Hirst, David L. *Comedy of Manners*. London: Methuen, 1984, p. 2.

齐诺比娅甩掉了。他饶有兴致地算计着借莎翁喜剧《无事生非》的计谋把考利和齐诺比娅拴在一起。齐诺比娅掉落在他船舱里的一封情书使他顿生灵感，打算把这封情书丢到牧师的舱房，以此摆脱牧师和女人的纠缠。虽然托尔博特对自己的卑鄙想法不由大为吃惊，还是为了掩人耳目贿赂了仆人维勒。

《越界仪式》中插入的考利长信不仅弥补了托尔博特视角的偏颇，也平衡了托尔博特风俗喜剧式的文风。考利以狂喜的笔触赞美宗教和自然，细腻、热情地倾诉内心情感，体现了当时的浪漫主义文风。如果说托尔博特的日记追求理性和品味，那么考利的长信则强调情感和道德。考利的长信撕裂了托尔博特自得其乐的风俗喜剧，让他不得不走下了观众席。在阅读考利的日记之前，他将考利当众出丑称为闹剧：

> 这是一出戏。是闹剧，还是悲剧？悲剧的主人公难道不都是高贵的吗？难道他不必伟岸，才陨落得伟岸？那么，就是闹剧了，因为如今看来这人不过是个滑稽小丑。他的失足是社会意义上的。没有死亡降临。他既不会自盲双目，也不会受到复仇女神的追逐——他并未犯下罪行，也没有逾越法律——除非我们那恶毒的暴君还留了几手，对付那无心防范的人。(104)

在追查考利死因的过程中，托尔博特对人性的认知、对情感的体验都开启了全新的篇章。海神袋真相大白，他写道："哦，天哪！我读完了，真希望我没读过。可怜的考利，可怜的罗伯特·詹姆斯·考利！……如果这世界上还有公道——但是看我这语无伦次的笔调，你就知道这感受于我是……我啊！我啊！"(182－183)他从袖手旁观的喜剧观众转变为考利的同情者和正义的伸张人。海神袋施加于考利的悲剧是社会体制、阶级等级对于个人造成的悲剧，在考利与"海神"即船上权威的对峙中，或者说在个体和社会、人与"(伪)神"的清算中，考利不承担主要责任，他是"蒙冤者，而非作恶者"(240)。对于这一悲剧的认知激起了托尔博特的义愤。

他开始反省自身的立场。合上考利的日记,他体验到各种复杂交集的情感,情感的激流使他语无伦次:内疚、怜悯、痛苦、愤怒……他语无伦次地感叹道:

> 哦,爱德蒙,爱德蒙!看你这墨守成规的人犯下的错误!你不是一直相信你的智力优于你的感受力吗?难道你不是一直认为、一直相信你接受的普遍道德体系建立在理性的基础上,而不是感情上吗?……哦,那些自作主张的断语,那些妙趣横生的观察,那些妙语巧辩的火花,我曾经想用这些博您一笑,现在看来却十足地记录了安德森的所作所为——还有我的疏忽失察。(183 – 184)

小说尾声,考利的死因终于浮出水面,再次刷新了读者对考利悲剧的认识。考利信中对罗杰斯健美体魄的赞美、对水手之间亲密关系的羡慕、对托尔博特的好感以及对安德森的怀疑、对萨默斯的沉默都与那句"比利说他好歹算得上见多识广,但是做梦也没想到一个牧师会用嘴巴给他来上一发"(273)严丝合缝,揭示出这场悲剧的深层内涵。考利的悲剧须由他自己承担。他对自我的无知和本身的认识局限才是这场悲剧的真正动因。考利之死是个体的悲剧。正是认识到这一点,才令他羞愧难当。酒后的考利当众展露天性,迷狂地高呼"欢乐啊欢乐",此后他再未续写家书,他必然认识到那句断语如今成了反讽,他的耻辱仅属于他自己。"人的确会因羞惭而死"揭示的正是考利悲剧的根源与本质。小说也因而脱离了托尔博特风俗喜剧式的叙述,展现了人性的悲剧。

然而,小说将考利的感受和托尔博特的理性并置比照,却并未将感受作为托尔博特的进步方向。和托尔博特盲目的风俗喜剧一样,考利泛滥的情感同样盲目。两者都被拒斥在真实人性的认知之外。因此,如果说小说意义在于叙述者托尔博特穿越了风俗喜剧的文类模式,从而揭示了人性和情感的真相,那么考利也以他固执的沉默跨越了他那颇具浪漫主义意味的文体的边缘。戈尔丁的笔法虚虚实实,两位叙述者道出各自眼中的现实,而小说最大的谜——考利的死因，却发生在托尔博特无法目睹的舞台下和考利没有记录的空白处，在旁人的一句玩笑中泄漏了真相。考利多情、细腻、富于浪漫主义想象的文体未能让他认清自己的性向，也无法承载他的痛苦。考利文体的巨大反讽似乎也指向戈尔丁的叙述选择。当语言不再能够承载真实，考利和戈尔丁不约而同选择了沉默和留白。

《越界仪式》实现了各种意义上的穿越：从北半球穿越到南半球，从"蝌蚪"穿越到"壳背"，从托尔博特迟钝的感受力和风俗喜剧模式穿越到考利多情柔软的内心世界和他悲剧的实质。这种种穿越以两位男主人公的写作和阅读为载体，引领读者穿越喜剧观众和舞台之间的距离，去体察、揣测和想象人物的情感深处。从这个意义上说，19 世纪初文学气候的更迭不也是一种人类穿越认识边界的过程吗？而文学的价值不也在于"越界"——越过自身认识的局限和边界，去修正、探索、感知更为深沉的人性的世界吗？

第十章 《近距离》和《甲板下的火焰》：狂欢与颠覆

一、再续航程

《海洋三部曲》创作的时间跨越了整个20世纪80年代，包括三部小说：《越界仪式》（*Rites of Passage*，1980）、《近距离》（*Close Quarters*，1987）和《甲板下的火焰》（*Fire Down Below*，1989）。1980年，《越界仪式》出版，一举摘得当年布克奖；1981年末，戈尔丁完成了《近距离》的第一稿，手稿未保存，但是戈尔丁留下的笔记显示：1987年发表的小说在气氛上要明快得多，被凯瑞称为戈尔丁"最快乐的小说"，而作家本人也称："现在，我只是让自己高兴。"①《甲板下的火焰》在其后的三年里完成并发表，将托尔博特一行带到了航程的终点。《甲板下的火焰》原本的创作意图是"对启蒙的希望的批判"，但是后来戈尔丁改弦更张，浓墨重彩地突出普列特曼，让这位"伏尔泰的门徒"成了小说的灵魂人物。②小说一反戈尔丁着意呈现道德寓意、高度象征性和哲理性的一贯风格，显得放松而率性，仿佛信手拈来，正如凯瑞所说，"小说表现埃德蒙·托尔博特和他的自我发现之旅，自有一层严肃的寓意，有别于戈尔丁此前所作的任何尝试：不那么图解式，不那么轮廓清晰，更温和、

① Carey, John. *William Golding: The Man Who Wrote* Lord of the Flies. London: Faber and Faber, 2009, p. 454.

② Carey, John. *William Golding: The Man Who Wrote* Lord of the Flies. London: Faber and Faber, 2009, p. 472. 凯瑞认为，戈尔丁创作意图的转变源于他1984年的印度之行。详见：Carey, John. *William Golding: The Man Who Wrote* Lord of the Flies. London: Faber and Faber, 2009, pp. 472–476.

真实、成熟。”[1]

《近距离》和《甲板下的火焰》都延续了《越界仪式》的托尔博特的第一人称叙述视角。在《越界仪式》开篇，第一人称叙述者托尔博特即开宗明义告诉读者这个文本乃是他为取悦其教父而写的日记，将毫无保留地记录航行的见闻和心得。由于日记潜在的读者设定为其教父，因而兼有书信体的风格。在《近距离》中，托尔博特逐渐有了施展文采、创作实践的念头，日记的标号成了更加平实的数字顺序，完全可以看作是章节标号了。到了《甲板下的火焰》，托尔博特显然将自己的子孙后代当作了潜在的读者，因此小说又夹带着一层自传的意味。

《越界仪式》和两部续书于 1991 年以《直至世界的尽头》(*To the Ends of the Earth*)为书名完整发表，又被称为《海洋三部曲》，算得上是戈尔丁最长的作品。在该版序言中戈尔丁写道：“第一卷出版后，我才意识到我把埃德蒙·托尔博特、一条船、整船的人和我自己给留在了大西洋的波涛之中，而旅途尚未过半。我在第二部里领着他们继续前行，在第三部里把他们送上了岸。”[2]

二、悲喜交集的旅程

《海洋三部曲》讲述了埃德蒙·托尔博特在 1812 年至 1813 年间登上由旧战舰改装的客船前往澳大利亚的航程，由此经历了他悲喜交集的成长旅程。戈尔丁作品中一贯的阴郁仍旧弥漫于三部曲。漫长的航行中充斥着阶级的偏见、迫害、阴谋、秘密、不幸和死亡。然而，随着男主人公体验的丰富和心智的成长以及船上这个迷你世界发生的种种变化，三部曲整体上趋于喜剧风格，色调也趋于明快。在《越界仪式》中，戈尔丁在叙述视角上做文章，通过叙述视角的对比糅合喜剧表达和悲剧意蕴，在《近距离》和《甲板下的火焰》中则以颠覆性的、狂欢的节庆喜剧模式消弭悲剧

---

① Carey, John. *William Golding: The Man Who Wrote* Lord of the Flies. London: Faber and Faber, 2009, p. 472.

② Golding, William. *To the Ends of the Earth*. New York: Farrar, Straus and Giroux, 1991, p. viii. 本章引文皆出自这一版本，页号在引文后用括号标出，不另注。

的感受，达成了悲喜剧独具魅力的丰富性和复杂性。

和阴郁的第一部相比，两部续书显得欢快得多。如果说《越界仪式》是戈尔丁自己所称的“黑色喜剧”，那么续书模糊了航船上迷你社会的等级界限，使托尔博特修正了自己的阶级偏见，获得了心智的重要成长，因而消解了这抹暗色。两部续书都呈现喜剧式的结尾：《近距离》以一出狂欢式的《后记》收尾，《甲板下的火焰》以托尔博特收获美好的爱情和远大的前程告终。

评论界普遍注意到了三部曲的喜剧性内容。格雷格和金基德-维克斯认为《越界仪式》将闹剧和悲剧的内容融于一体，而因为戈尔丁“在他的前11部作品中已经强烈地表达了他的严肃主题”，因此在两部续书中显得比较放松。① 他们认为，虽然在航程结束时，普列特曼夫人告诫托尔博特不要把这次航行看作是“奥德赛之旅”，但它“的的确确是一次奥德赛之旅”，“因为毕竟奥德赛的冒险有着快乐的结局，在经过种种磨难之后爱得以重生，游子终于回家。”②弗兰克·麦康内尔称，第三部小说以及整个三部曲都愈加乐于利用喜剧资源。③克洛福德认为，“戈尔丁在三部曲中采用了总体上更为轻快、乐观、悲喜剧式的调子。”④同样，弗里德曼认为，三部曲整体上为喜剧形式，《近距离》逐渐体现出更为明晰的喜剧倾向，并在《甲板下的火焰》中确定无疑。J. H. 斯泰普称：

> 虽然悲剧模式主导了第一部小说《越界仪式》的意象和隐喻，主导第三部的是喜剧传统：经过一系列在喜剧文类中必不可少的种种危机，诸如分离和死亡，格雷厄姆小姐和普列特曼、托尔博特和玛丽恩·查姆利小姐终成眷属，一般象征着个

---

① Gregor, Ian & Mark Kinkead-Weekes. *William Golding: A Critical Study of the Novels*. London: Faber and Faber, 2002, p. 258, p. 294.

② Gregor, Ian & Mark Kinkead-Weekes. *William Golding: A Critical Study of the Novels*. London: Faber and Faber, 2002, p. 335, p. 336.

③ 转引自 Tiger, Virginia. *William Golding: The Unmoved Target*. New York, London: Marion Boyars, 2003, p. 302.

④ Crawford, Paul. *Politics and History in William Golding: The World Turned Upside Down*. Columbia and London: University of Missouri Press, 2002, p. 219.

体和团体都上升到了新的精神层面。①

评论界试图猜测戈尔丁在三部曲中采用喜剧手法的动机。据一位评论家说,“戈尔丁先生不无挖苦地说,大团圆结局是给读者的礼物。”②泰格指出大团圆结局的自指性,她认为戈尔丁也许意在“向那些将他永久标示为暴怒地追索原罪的、不可救药的悲观主义者的批评表示轻蔑。”③弗里德曼认为,作者的意图也许是和19世纪初的主流美学保持一致。④ 格雷格和金基德-维克斯发现,如果三部曲是一部奥德赛,那么就有比例的问题。⑤评论界也有批评的声音。博伊德指出,考利的故事是“悲剧和喜剧的怪异融合”,但是《越界仪式》中强烈的隐喻或象征意义在后两部中弱化了,随着三部曲的演进,我们在生活严酷的真相面前自我蒙蔽的需要占了上风,因而丧失了坦承真相的勇气。⑥尽管评论界对三部曲的喜剧内容评价不一,但是都不约而同地指出其中从悲剧模式到喜剧模式、从阴郁到明快的转向。

悲喜剧的传统定义演绎了亚里士多德的《诗学》对悲剧和喜剧的论述,认为悲喜剧是悲剧和喜剧的混合物,有着高贵的人物和喜剧的结局,或者融合了喜庆和死亡,或通常是死亡的威胁,然而最终快乐而不可信地避免了死亡。⑦德莱顿在1668年发表的《论戏剧诗》中将悲喜剧定义为悲剧和喜剧元素的无序混合以及观

---

① Stape, J. H. “Fiction in the Wild, Modern Manner: Metanarrative Gesture in William Golding's *To the End of the Earth* Trology”. *Twentieth Century Literature* 38:2(1992), pp. 234 - 245.

② 转引自 Tiger, Virginia. *William Golding: The Unmoved Target.* New York, London: Marion Boyars, 2003, p. 302.

③ Tiger, Virginia. *William Golding: The Unmoved Target.* New York, London: Marion Boyars, p. 317.

④ Friedman, L. S. *William Golding.* New York: Continuum, 1993, p. 158.

⑤ Gregor, Ian & Mark Kinkead-Weekes. *William Golding: A Critical Study of the Novels.* London: Faber and Faber, 2002, p. 336.

⑥ Boyd, S. J. *The Novels of William Golding.* New York: Harvester Wheatseaf, 1990, p. 165, p. 178, p. 188.

⑦ Barnet, Sylvan et al. *Aspects of the Drama: A Handbook.* Boston, Toronto: Little Brown and Company, 1962, p. 268.

众由此产生的情绪:“没有什么比英国的悲喜剧更荒唐的戏剧了……这一段情节是欢快的,那一段是悲伤而情感强烈的,另一段是荣誉和决斗。于是,这两个半小时的演出让我们经历了疯人院的所有种种情绪。”①

德莱顿对这番描绘道出了三部曲的实在情形:在三部曲中,事件快速切换:紧随着群体非理性狂欢之后的是孤独的死亡,绝望的备战后是欢乐的舞会,沉船阴影下举办婚礼,助好友成为船长后船毁人亡,失去教父庇荫、社会地位一落千丈后被腐败选区缺席选得议席…… 不可预测的海洋、漫无尽头的航行和善变的命运女神让这艘船成了“疯人院”(bedlam)。小说人物托尔博特、安德森等也屡次用这个词来描绘航船上的情形。

然而,三部曲的悲喜剧模式并非悲剧和喜剧元素的简单混合。戈尔丁在两者中建立起联系。维尔纳·福斯特在对戏剧舞台上悲喜剧的研究中提出,在成功的悲喜剧中,悲剧和喜剧元素有机结合,在形式上和情感上互相作用、互相修正并确定各自的属性,从而唤起观众悲喜交集的感受。②

《海洋三部曲》常常被当作托尔博特的成长历程。泰格称之为“漫长的成长小说”③。格雷格和金基德-维克斯得出类似的结论,将小说定义为托尔博特的“个人成长小说”④。弗里德曼也指出,托尔博特的穿越仪式是一段“感伤的旅程,它的幸福结局虽然生硬,却因为主人公不乏幸运却终于圆满完成的情感教育而显得顺理成章了。”⑤托尔博特的成长故事终究是一出喜剧,以他的爱情、前程双丰收告终,危机和死亡依靠情节的突转得以解决,可谓“悲

---

① Dryden, John. *The Works of John Dryden: Prose 1688 – 1691: An Essay of Dramatic Poesy and Shorter Works*. Volume XVII. Thomas Arnold (ed.). Berkeley and Los Angeles: University of California Press, 1971, p. 35.

② Foster, Verna A. *The Name and Nature of Tragicomedy*. Aldershot, Burlington: Ashgate, 2004, p. 11.

③ Tiger, Virginia. *William Golding: The Unmoved Target*. New York, London: Marion Boyars, 2003, p. 306.

④ Gregor, Ian & Mark Kinkead-Weekes. *William Golding: A Critical Study of the Novels*. London: Faber and Faber, 2002, p. 334.

⑤ Friedman, L. S. *William Golding*. New York: Continuum, 1993, p. 158.

剧的规避”。然而,虽然其间经历了种种悲剧性事件,托尔博特的成长教育趋于完成,又可谓“悲剧的超越”。本特利在《戏剧的生命》一书中区分了两种悲喜剧形式:“有着快乐结局的悲剧”和“有着不快乐结局的喜剧”。对于前者,本特利针对苏珊·朗格(Susanne K. Langer)的“悲剧的规避”(averted tragedy)提出了“悲剧的超越”(tragedy transcended)一说,认为成功的悲喜剧并非人为施加快乐结局,而是通过冲突的解决。①因此,从男主人公心智成长的历程重新审视小说悲喜交集的航程,三部曲不失为一部超越了悲剧的喜剧。

的确,作为三部曲的终结篇,《甲板下的火焰》尾声的情节突转不无“降神解围”的意味。托尔博特到达悉尼海湾时收到一大摞早已送达的信件,带来了他的教父去世的消息。失去了教父的庇护,他将不得不像早年的萨默斯那样依靠自己。他意识到,这“不是奥德赛、任何范式、隐喻或类比——而是埃德蒙·托尔博特可笑的悲哀,因为他不再受生活的宠爱,不再是最得宠的孩子了。”(729)而挚友萨默斯和船一起葬身火海,使他更添悲伤。然而,情节很快发生了突如其来的转折。托尔博特援引菲尔丁、斯摩莱特和奥斯丁,宣称喜剧结局原本颇令他这个立传者窘迫为难,不料如今自己的人生却“陡然拐入了幻想、童话的领地,幸福骤临,不可思议。”(734)谁也没料到,奥尔塞尼号到达,为他送来了心上人玛丽恩,带来了他教父的腐败选区将他缺席送进议会的好消息。于是,托尔博特的奥德赛之旅在经过种种“恐怖、野蛮、奉献、厌倦和死亡”之后,终于抵达了爱情和幸运的终点,他也顺利踏上了回英国的归途。(753)

托尔博特的成长中有三次死亡事件。《海洋三部曲》中,每一部都有一位重要人物死亡,托尔博特也因此体验到内疚、震惊和悲伤的情绪,并由此变得更加成熟。《越界仪式》通过托尔博特和考利的叙述视角的转换以及风俗喜剧和悲剧之间的模式转换,揭示了考利的死因。虽然在《近距离》和《甲板下的火焰》的节庆喜剧

---

① Bentley, Eric. *The Life of the Drama*. New York: Atheneum, 1979, p. 316, p. 319.

气氛下,船上的社会等级秩序和托尔博特的奥古斯都式的世界观都遭到了颠覆,但是两部续书仍笼罩在死亡的阴影下。《近距离》中,托尔博特亲眼目睹维勒开枪自尽,对他的情感和心理造成了很大的冲击。《甲板下的火焰》中,萨默斯之死使他几乎难以从悲伤中平复过来。

戈尔丁曾在一次访谈中提到:"在《越界仪式》中,其实有三个神秘的人物我没有解释。萨默斯是三人中说得比较清楚的,但是实际上我觉得需要再写一本书才能把他说清楚。"①除了萨默斯,戈尔丁并没有提到另外两个是谁。但是在《越界仪式》中不难找到他们:神秘失踪的维勒和难见真容的军需官。维勒,无所不知的乘务员,在小说结尾人间蒸发。据说他不慎落海,人们怀疑他是船长的眼线,因为知道得太多而被比利·罗杰斯等扔进了大海。在《近距离》里,维勒获救,随着奥尔塞尼号回到了船上。他坚持说是自己不小心滑下了大海,但是托尔博特后来获悉,维勒曾密告罗杰斯,因此不得不付出代价,回来后他始终生活在恐惧之中,不敢离托尔博特一步,害怕再次遭到报复。维勒得知船可能会沉,对溺水的巨大恐慌促使他偷了布洛克尔班克的枪,当着托尔博特的面炸开了自己的脑袋。和考利的死一样,维勒的死再次使托尔博特意识到自己的责任,后悔没有及时提供帮助。躺在曾见证过两次惨死的船舱里,他仿佛听到自己的声音,代替死者控诉他的冷漠:"你本来能救我们!"(541)对托尔博特来说,这是自我发现的痛苦时刻。特权阶级的优越感和傲慢曾使他对他人的情感、命运乃至生命报以冷漠的态度。

考利和维勒的惨死引发了托尔博特的思考,他获得了一种对他来说全新的洞察力,他开始学习透过喜剧的表层看到悲剧的本质。两个不幸的人一度都显得颇具喜剧意味:考利的天真和沾沾自喜、维勒的略显滑稽夸张的恐惧。但是萨默斯的情形不同。萨默斯原先是"我们的大好人"(250)。戈尔丁曾谈起关于萨默斯的

---

① Haffenden, John. *Novelists in Interview*. London and New York: Methuem, 1985, p. 102.

创作过程,提到这个人物"最初在第一稿中显得尤其像圣徒,但是我开始意识到这不可信。于是我把他降格了,他也会受辱,也会对自己的社会地位感到深深的悲哀。"①萨默斯的复杂性主要体现在第三部。在《甲板下的火焰》中,稳健、尽责的萨默斯和大胆、冒险的贝内之间的冲突成了小说的主要矛盾之一。萨默斯在与贝内的竞争中备受考验。贝内机智过人,富于个性魅力,很快赢得船长的青睐;相形之下,萨默斯作风稳妥,难以脱颖而出。处于弱势的萨默斯必须面对来自船长的斥责,这几乎断绝了他的晋升之路。嫉妒和羞辱考验着他的正直。在托尔博特看来,这些考验都没有动摇萨默斯的"绝对的正直"(669)。然而,真正使萨默斯的形象逐渐显得渺小的是普列特曼。虽然托尔博特敬重萨默斯的美德,但是"与普利特曼先生为他打开的世界一比,查尔斯就不那么伟大了。"(669)在《越界仪式》中,萨默斯教导托尔博特懂得自己对考利之死负有责任,但是托尔博特的情感教育必须继续下去。弗里德曼评论道:"要使托尔博特这个人物更加稳定,必须形成第二个重要的关系——和普列特曼的关系——这样托尔博特才能够完成他的成人仪式。考利的日记作用于托尔博特的心灵,改变了他关于私人事务的观念,同样,普利列曼作用于他的心智,改变了他关于公共事务的观念。"②当托尔博特带给萨默斯他被任命为船长的喜讯时,后者不好意思地承认私自准备了一套制服,并深情地抚摸着床架,好像抚摸着往日的婚床,制服在托尔博特看来却显得皱巴巴的,像假货似的。萨默斯为当上这旧船的船长如此欣喜,令他不由失望。如此,托尔博特已经比萨默斯走得更远了。

作为一个整体,《海洋三部曲》可谓是托尔博特的成长历程。在航行的终点,托尔博特动情地写道:"啊,这航行!我曾以为这不过是一场探险!这竟是多么大的改变!对心灵、对天性,是多么大的影响!多么刺激!在这破旧不堪的船壳里演了多少不经意的悲剧和苦涩的喜剧!这自我认识多么令人羞愧!"(670)这部悲喜交

① Haffenden, John. *Novelists in Interview*. London and New York: Methuem, 1985, p.102.

② Friedman, L. S. *William Golding*. New York: Continuum, 1993, pp.155 - 156.

集的自我记录并不是本特利所说的那种“既无喜剧的宽广也无悲剧的深沉”的“折中的文类”。①它是被成长的喜剧超越了的悲剧。至于喜剧的结局,戈尔丁在小说中似乎已经暗示了他的意图:“诚实的立传者,如果有这种人的话,也总会到达某个阶段,届时他会觉得如果能将真实人生的严酷色彩调得柔和些,添上些罗曼史和传奇的雅致的趣味,那么他会很高兴的。”(734)

三、从奥尔赛尼号到奥尔塞尼号

从《近距离》伊始,到《甲板下的火焰》收尾,奥尔塞尼号两度出现在托尔博特的航程中,带来爱情的翠鸟,为托尔博特的这场出人意料的偏离自我规划和个性特点的爱情画上了一个完美的圆弧。然而,美丽的玛丽恩·查姆利在两次短暂的露面之间,并没有成为两部续书的女主人公。镶嵌在爱情框架里的是各种无关爱情的主题和人物:与萨默斯的友谊、和普列特曼夫妇的情谊、维勒的吞枪自尽、贝内的跳脱才智、失去主桅的航船、偏离航线的行程,以及始终存在并不断制造危机、几乎成为另一个主角的大海。

《近距离》:危机与狂欢

《近距离》的开篇为小说的体裁性质定下了基调:正逢托尔博特生日,他向军需官琼斯买下新的对折本,作为自己的生日礼物:“这不是继续,而是全新的探险。等到它记满我们的航程,我会自己保存,而不为别人。”(248)这本日记将只为自己而记:“我可以自己做主!只要我愿意,我可以完全不为任何人负责!我不必四顾寻找妙语博一位教父一笑,也不必费心呈现我较好的形象,像我原来所做的那样,好比新娘为了自己的结婚肖像画摆姿势。”(256)但是托尔博特并不认为自己的上部日记不真实,反而是过于诚实,恐有损自己在教父心中的形象。总之,这本崭新的对折本将写满航程的坦诚记录。同时,他也意识到上一部日记无意间讲述了一个故事,而这一部却无故事可讲了,他需要新的男女主

① Bentley, Eric. *The Life of Drama*. New York: Athentum, 1979, p. 317.

人公。

《近距离》的开篇也描述了托尔博特的情感和认识的现状："确实，我想我已经不再摆出一副高高在上的架势，也不再觉得自己有多了不起，这是我在航程最初的日子过于轻率地表露出来的。船员们不是因此给我起了'托尔博特大人'的绰号？"(247)他也开始认识到萨默斯的美德，并开始了一段珍贵的友情。尽管如此，托尔博特还是振振有词地为"腐败选区"等现存的英国政治制度辩护，坚持他的保守主义立场。对于未来的婚姻，他也持实用主义的观念，表示自己并没有罗密欧与朱丽叶式的浪漫想法，而是计划十年以后迎娶一位比自己年轻10岁或12岁、善于持家、身家富有、容貌美丽的闺秀。(255)

然而，航行中随后发生的一切却颠覆了托尔博特的立场和设想。《近距离》以船上阶级秩序的颠覆为重要主题，以三次集体狂欢的形式将这一主题推向高潮，托尔博特心智的成长即发生在这样的背景下。巧的是，他头部也遭到三次撞击，使他从自己的政治、婚恋的预设中猛烈地脱轨而出。托尔博特的第一则日记尚未写完即被打断，可以说恰恰象征着这一点。他在三天后回溯了一场群体的也是他个人的危机。德弗洛因酗酒擅离岗位，在下级船员无法应对的情况下，一场突如其来的风暴击断了船的主桅和前桅，险情发生时托尔博特奔去帮忙，被凌空乱舞的绳索击中头部和背部，遭脑部震荡，于是用水手们的行话说，人和船都"吃了一惊"(265)。德弗洛也被禁止饮酒。

第一场狂欢发生于全船人员的战备危机。船员们发现远处出现了一艘身份不明的船只，由于英法战争尚未结束，考虑到对方可能为敌舰，全船一片慌乱。托尔博特和其他乘客被召集到甲板下的低矮的炮舱，由一名船员教授简单的开炮准备，却意外地一再撞伤头部，引发阵阵哄笑。满脸鲜血、怒火中烧的托尔博特在众人的取笑中晕头转向地退回到甲板上，从德弗洛手里接过一把短刀，准备迎战登船的敌人。出乎所有人的意料，对方发射了信号弹，告知乃向各处传递战争结束消息的奥尔塞尼号(奥尔塞尼即"和平"之意)。两艘船被并肩系在一起，一片欢腾。正当托尔博特神志恍惚时,坠海后被奥尔塞尼号救起的维勒出现在他眼前,更使他如堕梦境。尽管晕晕乎乎的,托尔博特还是精明地悟到了维勒的坠海之谜:维勒向安德森通报消息,告发了比利·罗杰斯,为此险些丧命。

奥尔塞尼号带来了战争结束的消息,也带来了托尔博特的爱情。两艘船的人们热烈地准备着一场盛大的庆祝舞会。托尔博特被介绍给奥尔塞尼号的船长亨利爵士及夫人以及受他们保护的孤女玛丽恩·查姆利小姐,年轻人犹如被炽白的闪电击中的桅杆,对她一见钟情。其间也发生了一段插曲:德弗洛原想在战斗中立下战功,挽回自己的前途,如今希望落空,准备向安德森提出决斗,托尔博特看出他色厉内荏、愚蠢轻佻,不愿介入。

与奥尔塞尼号的联欢是第二次船上的集体狂欢,而托尔博特则仿佛变成了情感泛滥的考利,颠覆了他自己的理性立场。他搬到考利船舱,坚持要腾出地方给玛丽恩。在宴会上,被突如其来的爱情冲昏头脑的托尔博特提出跟随奥尔塞尼号前往印度,被拒绝后又邀请玛丽恩同行,决意将自己的船舱让给她。玛丽恩温柔体贴地为他辩护,竟使他感动不已。"我仍旧不明白当时何以眼中涌起泪水!一个成年人,富于理智,甚至精于算计;一个政治动物,竟然泪水盈睫,禁不住流下泪来。"(324)舞会首先以一首嘲讽绅士乘客们的打油诗开场,普列特曼先生订婚、"托尔博特大人"撞到头、画家甚至连船上糟糕的食物都成了嘲讽的对象,不可不谓为底层的乘客们对船上等级秩序的反击。然后由伊斯特夫人清唱一曲,虽然她歌声质朴,明显缺乏专业训练,还是让托尔博特怔怔落泪。最后是狂欢的舞会,人们跳着富于性意味的莫里斯舞蹈和模仿上层社会人群的四对舞取乐。虽然托尔博特完全成了爱情的俘虏,玛丽恩却理智地告诉他:"年轻人就像船只,既不能决定自己的命运,也不能决定航行的终点。"(343)分别在即,托尔博特的理智也崩溃了。他不顾自己的前程,苦苦哀求亨利爵士同意他搭乘奥尔塞尼号,最后被强行带离。托尔博特回忆,自己曾面容憔悴,对着空荡荡的远方呼喊:"回来!回来!"最终被锁进了他的船舱,即考利曾经的船舱。"我已经沦落到了疯子和囚徒的境地。我也记得,萨默斯第一次走开,只剩我一个人的时候,我仰面躺着,开始哭

泣。"(358)

比爱情的失落更迫在眉睫的是航程的现状。失去主桅后,船身的晃动加剧了。托尔博特病愈后,发现自己已被船上的乘客选为代表,和船长商谈改变航向路线,"给猫咪挂上铃铛"(364)。但是这次他决定首先征求萨默斯的意见。船体境况堪忧,木匠吉布斯告诉托尔博特,船身在松动,船上使用了未经晒干的木料,这些木料开始长出新枝,还说到一艘希腊船的桅杆上长起藤蔓,醉倒所有的人。吉布斯醉后的胡言乱语影射戴奥尼索斯的神话故事,透露了航程为酒神所驭和人们失去理智的意味。《近距离》不乏怪异甚至惊悚的内容。托尔博特来到船底寻找萨默斯、德弗洛等人,他在炮舱遇到毫不友好的阿斯丘,后者直言托尔博特为人倨傲,不够成熟。船底照明用的灯笼显得尤为可怖,几令托尔博特魂飞魄散。他从阿斯丘口中意外得知,原来安德森和亨利爵士达成协议,交换了令各自头疼的军官:犯下过错又不便惩罚的德弗洛和对爵士夫人大献殷勤的贝内。托尔博特爬到船底的"地下之旅"是不乏象征意味的"地府之行",他在一片黑暗中差点迷失,又遇见手握重金自认为可以买到安全的军需官琼斯。和维勒一样,琼斯出现在《越界仪式》中,显得颇为神秘,但是在《近距离》中有更多的描绘,是诡异的只认钱不认人的放贷人形象。在甲板下,萨默斯向托尔博特坦承船身松动,确有沉没的危险,而且缺乏动力,无法控制航线。他希望托尔博特对其他乘客有所保留。谈话间托尔博特看出萨默斯和贝内在经线仪、拖绳等专业问题上意见分歧。

小说随后描述了托尔博特洗澡的情形。《近距离》中的"洗澡"可对应《越界仪式》的"海神袋",带有"浸洗"仪式的意味。托尔博特再次服用维勒的鸦片制剂后厌恶自己的放任和情绪化,颇具象征意味地洗了澡,振作起来。他回顾这段时间发生的一切:战争结束了,船遭受重创,可能倾覆,自己被奥尔萨尼号的闪电击中,开始品尝到激情、离别和嫉妒的痛苦。"不知过了多久,我清醒过来,就像潜水者回到水面。"(305)他开始过问船上的事务:船的情况进一步恶化,脚下的木板仿佛有了生命一般不时跳将起来;乘客们的情绪极为焦虑,派克先生变得歇斯底里,普列特曼不慎跌倒摔断了腿，格雷厄姆小姐没有热水，流露出女性柔弱的一面，使尽力帮助她的托尔博特大感意外，对她产生了好感。他也遇见了从奥尔塞尼号调来的军官贝内。贝内英俊风雅，机敏能干，很快赢得了安德森的信任，在船员中树立起威信。玛丽恩通过贝内捎来字条，婉转地吐露心迹。但是托尔博特狂喜之后，却发现字条背后的墨迹显示出不体面的诗行以及"他已经离船，我……"等字迹的印痕，又获悉玛丽恩曾为贝内和爵士夫人的幽会放哨，不由疑虑重重。同时，维勒的情绪也愈加不稳定，亦步亦趋，不肯离开托尔博特的船舱半步。他向托尔博特透露了更多考利失足的细节，称虽然考利并未出卖罗杰斯，船员们却不相信他，如果他落单，他们就会"对付"他。(433)

贝内带领船员用"拖绳"的方法清理船底的海草，深受安德森赞赏。相形之下，托尔博特感到自己的无用，他想到了结绳做吊床，解决派克的小女儿们晕船的问题，却没有人理会他。船上已经开始笼罩着大难临头的气氛，画家布洛克班克尔却不以为然，他让维勒描述濒死的感受，托尔博特发现维勒神情有异，急忙阻止。"拖绳"作业引发了萨默斯和贝内的矛盾。萨默斯和船员们认为贝内的方法风险很大，置全船人的安全于不顾，但是贝内却得到了船长的支持。果然，清理过程中，一个神秘的、裹挟着海草的庞然大物探出海面，如同噩梦一般翻滚着。船员们认为"拖绳"带起了部分船身，人人自危，相信船很快就会沉没。极度惊恐的维勒偷了画家的枪，托尔博特回到船舱，正巧目睹他开枪自尽，受到惊吓的托尔博特昏倒在地。萨默斯安排托尔博特到船员的公共休息室暂住，他苦涩地承认，自认在各方面逊于贝内，失去了托尔博特的友谊，托尔博特则真诚地表达了对他的敬重和仰慕。两人紧紧握手，再续情谊。

《近距离》的尾声是一则喜剧性的"后记"(Postscriptum)。危机之中，军需官琼斯开始向全船的人们讨要欠款。托尔博特傲慢地声称他只欠维勒的后人，不过同意购买一只木桶，存放自己的日记，条件是琼斯必须在船沉没后用他自己的小艇把木桶送到岸上。一时间人们纷纷请求在他的木桶里存一点物件，而托尔博特也有求必应,成了船上最受欢迎的人物。"托尔博特大人的木桶"成为大家的乐子,全船弥漫着一种危机之中歇斯底里的狂欢气氛,是《近距离》中的第三次集体狂欢。托尔博特写道:"如果危机会将整条船降格到这个地步,那么我想她都不需要沉没了,她已经沉没了。"(482)小说最后,托尔博特重新审视了自己记下这部日记的动机,和小说的第一章形成呼应。他声称这也许算不上是真正的日记,他也不能确定自己为谁而写;他虽无考利的文笔,却也希望有朝一日能出版;无论如何,他恳求假想中的读者原谅"第二卷"的仓促收尾,许诺一定会有"第三卷"。

《甲板下的火焰》:火焰与冰山

《甲板下的火焰》延续并且更为深入地展现了《近距离》中贝内和萨默斯的冲突:用托尔博特的话说,贝内"才华横溢地置我们于危险之中",而萨默斯则"清醒而忠诚地看护着"。(535)两人在专业上的矛盾衍生为野心勃勃的科学和谨慎的道德之间的矛盾、大胆冒进的技术和因袭守成的手艺之间的矛盾以及理性和宗教之间的矛盾。同时,普列特曼先生也从幕后走到台前,褪去了他的喜剧形象的外衣,成为托尔博特成长旅途上的人生导师。随着航程向南延伸,《甲板下的火焰》进一步推进了世界"上下颠倒",社会等级秩序被颠覆,进而个体的身份也被混淆颠覆的主题。用格雷厄姆小姐的话说,"我们都变了,危险使我们展露出自身真正的颜色。"(654)

《甲板下的火焰》的前半部分主要围绕修复主桅展开,也是直接指涉小说标题的部分。小说开篇回溯了《近距离》中的重要事件:船失去主桅后,受罚登桅顶的威利斯看似昏迷了。托尔博特巧施手腕,通过贝内促使安德森换下了威利斯,显示出他成熟的一面。同时,由于基座裂开,导致前桅不稳,也使修复主桅成为迫切需要解决的问题。贝内提出大胆的解决方案,但是遭到萨默斯等船员的反对。萨默斯认为重置前桅风险太大,稍有不慎,沉重的桅杆会戳穿船身,而且贝内计划依靠烧红的铁条遇冷收缩的原理固定基座,会在木制基座里留下死灰复燃的隐患,甚至有全船付之一炬的危险。然而，贝内得到了安德森的支持，而萨默斯则因为提出反对意见遭到了船长的训斥。小说对甲板下主桅修复作业的描绘可谓浓墨重彩，突出地展现了赤红的火焰、铁锤的敲击、金属摩擦发出的尖厉的呻吟、铁条收缩的巨响、冷水浇到热铁上的嘶嘶声和白热的蒸汽等竟象。小说在这里赋予贝内痴迷于技术的、非人的科学家形象："即便在那种昏暗的光线下，我仍能看到他喜不自禁、得意洋洋的神情，这是我在其他人的脸上从未见过的"（583）。更具讽刺意义的是，他嘴里还喃喃地吟诵着自然的颂诗，赞美自然的伟大。对此，萨默斯评论道："告诉他，自然的馈赠从来不是无偿的。"（588）贝内灵魂出窍的狂热科学家形象令人联想到玛丽·雪莱（Mary Shelley）在 1818 年发表的《弗兰肯斯坦》（*Frankenstein: or, The Modern Prometheus*），是戈尔丁对近两个世纪狂飙突进的科学时代的回应。自然的赠予果然是需要偿付代价的，最终萨默斯成了贝内计划的牺牲品。小说尾声，船终于在澳大利亚靠岸，萨默斯也在托尔博特和安德森的推荐下继任船长，然而却从甲板之下燃起了无名之火，誓与船共存亡的萨默斯也被熊熊烈焰吞噬。除了修复主桅，萨默斯和贝内采用不同的方法确定船的经度。萨默斯依靠船上三个受损的经线仪，做出大致的推测，而贝内则完全通过计算天体距离的方式得到准确的经度。两人最后得出相同的结论，但是萨默斯谨慎地依靠传统方法和常年的水手经验，而贝内则仰仗更为完备的理论知识大胆创新。虽然托尔博特维护自己的好友，但是不得不承认贝内的计算方法更需巧智。

《甲板下的火焰》的另一条情节线是托尔博特和萨默斯的友情。经过《越界仪式》的考利事件，托尔博特已认定萨默斯是值得尊敬的良师益友；《近距离》的尾声里，两人敞开心扉，坦承对彼此的看重。托尔博特对萨默斯的敬重和忠诚标志着他的道德成长，也使普列特曼夫妇认为他虽傲慢而有偏见，却并非不可救药。《甲板下的火焰》则通过两人友情的发展进一步勾勒出他的成长轨迹。托尔博特援引荷马史诗中格劳科斯和狄俄墨得斯交换黄金盔甲和青铜盔甲的故事来描绘两人的情谊。托尔博特也的确穿上了萨默斯提供的衣物：他为湿疹困扰，萨默斯引导他在暴雨中洗澡，默默为他准备干爽的水手衣物。托尔博特发现,自从换上水手服,他举止中少了些僵硬和高傲,多了一分随意。值得注意的是,换穿服饰是在小说中反复出现的母题,往往意指人物身份的变化或紊乱。后文中还涉及格雷厄姆小姐换上男人衣物、婚礼中换上他人服饰的情节。此后,托尔博特决定从船员的公共休息室搬回自己的船舱。虽然考利和维勒都是在这个船舱丧命,且多少和托尔博特的疏忽有关,他还是决定直面这个难题。察觉到他内心恐惧的萨默斯牺牲自己的休息时间,邀请他和自己一起值午夜班。在午夜班上和萨默斯倾谈成为托尔博特终生难忘的经历,同时他也开始体验水手的责任:午夜守望,在危难中协助萨默斯掌舵,学习对责任和专业知识的尊重。

然而,随着托尔博特和普列特曼夫妇越来越亲近,他和萨默斯之间开始产生差距和隔阂。普列特曼向托尔博特展示了人类心智更加宽广的天地,为他描绘了人类社会的理想国,吐露了他渴望在殖民地建立"新世界"的梦想。相形之下,萨默斯则显得平庸了。《甲板下的火焰》开篇,托尔博特仍认为普列特曼危害国家和社会,是格雷厄姆小姐在情节上起到了穿针引线的作用,将冒冒失失的托尔博特带到普列特曼这位导师的面前。小说暗示格雷厄姆小姐对托尔博特的吸引。托尔博特无意中发现她身着男水手装,"我的手从她瘦弱的肩膀上惊跳起来,就像触到了蛇似的。"(537)随后仿佛大海也推波助澜,船身耸起,将托尔博特掷向地面。紧接着"蛇"和"堕落"(fall)的意象,普列特曼提出要见托尔博特。普列特曼摔断腿后即卧床,日益衰弱,自知将不久于人世,为了确保已和他订婚的格雷厄姆小姐得到自己的遗产,修书一封,说明已与她有夫妻之实,嘱咐托尔博特妥善保管,必要时出面维护她的利益。获悉格雷厄姆小姐"失足"的"知识"令托尔博特十分失望和愤怒。普列特曼夫妇的婚礼是"第三卷"中难得的集体庆典,再次喜剧式地突显了"解构现有秩序"的主题。托尔博特想到了帮助普列特曼减轻痛苦的方法,却发现和贝内不谋而合。一向有嫌隙的两人争吵了起来,争先恐后证实自己的方法,争斗中托尔博特跌倒在普列特曼身上,导致后者因剧痛昏厥,一度情况危急。所幸这个事故阴差阳错地矫正了普列特曼错位的腿骨,虽然他不可避免地瘸了,却开始慢慢康复。经过这个事件,托尔博特开始与普列特曼夫妇更为密切地接触。虽然托尔博特并不认为这位“澳大利亚的托马斯·佩恩”的乌托邦可能实现,毕竟寄望于一群同行的罪犯和移民,点燃“来自下层的火焰”(fire down below)的民主理想并不能使有贵族背景的托尔博特完全信服,但是他却被深深吸引。航行之始,他还身负教父的嘱托,充当“间谍”,暗中监视普列特曼的言行,如今却开始认同普列特曼的社会理想。而普列特曼也向他指出他在航行中获得的从无知到收获知识的痛苦的成长过程。与普列特曼夫妇的精神交流是托尔博特“漫长航程中最奇特的冒险”(667)。聆听他们的高谈让他得到一种精神丰盈、思想启蒙的美好而辽阔的感受。不过,想象中的理想图景虽然令他怦然心动,但是当普列特曼邀请托尔博特加入时,他却踌躇了,被“我们称之为常识的冷静而清晰的认识”(677)拦住了脚步。

托尔博特向萨默斯分享自己的快乐,却发现对方不能理解。萨默斯总是实际地看待问题,“他的思想已经在宗教的热情中得到了验证。”(669)托尔博特能够理解“他使用的手段以及他如何努力维护自己在船上的地位、如何与嫉妒和蔑视缠斗、如何严守海上服役的惯例”,他仰慕萨默斯“单纯的善”。(669–670)当萨默斯向他讲述了自己如何因虔诚的信仰获得职业上的第一次晋升,托尔博特困惑地发现自己和朋友间产生了巨大的隔阂。(623)萨默斯更提醒托尔博特与普列特曼过从甚密可能招致杀身之祸。小说把萨默斯降格为“另一个考利”,因为宗教得到眷顾而在社会的阶梯上攀升。小说尾声,船终于靠岸,安德森携贝内飘然离去,托尔博特也终于使好友得到船长一职,萨默斯的满足和喜悦又使托尔博特隐隐对好友感到失望:和考利一样,晋升成为萨默斯的人生蓝图里的终点。早早即得到人生馈赠的托尔博特固然不能真正理解萨默斯从底层水手开始默默奋斗多年,终于成为船长时的激动之情,但是托尔博特应该明白,普列特曼为他展开的辽阔的精神世界已经把萨默斯拒之门外了。在萨默斯的身上,托尔博特验证了自己的成长。

对于托尔博特的结局，戈尔丁慷慨大方地"召唤"了"解围之神"。小说结尾，托尔博特可谓"福祸相倚"、"失而复得"。他在和萨默斯值夜时，发现前方有巨大的冰山，在安德森的冷静指挥下，船在即将撞向冰山的瞬间成功偏转，躲过一劫。托尔博特后来引述一位专家朋友的来信，称他们见到的可能是位于南极的大陆，以戏说历史的方式将发现南极洲的功劳归于虚构人物托尔博特。船终于到达了目的地，查尔斯·萨默斯虽然得到了船长一职，却丧生于从甲板下燃起的大火。托尔博特又获悉他的教父去世，他将不得不向萨默斯那样依靠自己的双手攀登社会的阶梯。恰于此时，"解围之神"奥尔塞尼号再临，带来了托尔博特朝思暮想的玛丽恩和他由他教父的"腐败选区"选入议会的消息，爱情和前程一并收入囊中，为托尔博特的第二卷、第三卷日记画下一个完美的圆。《直至世界的尽头》的最后一章记录了托尔博特的一个梦，梦中他舒适地埋在澳洲的土里，只露出头部，目睹普列特曼夫妇带领着一群追随者策马奔驰而过。托尔博特醒来后想到自己未曾一同追随而去，泪流满面。

四、《近距离》和《甲板下的火焰》的节庆喜剧模式

《越界仪式》的双重视角营造出悲剧和喜剧融会的效果，在《近距离》和《甲板下的火焰》中，这一平衡被打破了。在续集中，托尔博特的讲述占主导地位，偶尔插入其他人物的书信等。虽然情节中不时出现恐惧、争斗、痛苦和死亡，但是更多的喜剧行动逐渐淡化了悲伤的意味。同时，随着叙述者托尔博特认识上的转变以及船上社会等级秩序的瓦解，《越界仪式》中的风俗喜剧模式逐渐消弭，让位于更为放松、欢闹、狂欢化的节庆喜剧模式。

莫里斯·查尼认为，节庆喜剧旨在描述"类似仪式和欢庆的喜剧，尤其是与大众的节庆、假日相关的喜剧"①。他认为一旦喜剧结尾呈现为节庆喜剧模式，那么喜剧的结构就"不可避免地朝着结

① Charney, Maurice. *Comedy High and Low: An Introduction to the Experience of Comedy*. New York: Oxford University Press, 1978, p. 135.

婚宴会发展,充斥着饮宴、舞会、作乐、性事以及繁衍后代的希望。”[①]而且,“在典型的节庆喜剧中,不止结尾,而是整个剧作的各个方面都弥漫着节庆的气氛。日常的、工作日的世界从一开始就被抛诸脑后,起作用的是一系列完全不同的规则。”[②]巴博在他的《莎士比亚的节庆喜剧》中将莎士比亚的一些喜剧定义为节庆喜剧,在莎士比亚的喜剧和伊丽莎白时期假日的社会形式中找到了共通之处。巴博指出,节庆喜剧表达了一种“放任”的情绪,营造出欢庆的戏剧体验。巴博称:“一种纵情狂欢的态度,基于对自由的明晰的立场,带来欢乐,一连串肆意放任的生命力。”[③]此外,格兰·卡瓦利耶罗在对英国小说中的喜剧的研究中专辟一章讨论“欢庆喜剧”(celebratory comedy),称:“这种喜剧的过程导致的结果是拒绝确定性,接受多样性、复杂性和差异性。因为差异如果以静止的眼光去看是负面的,而欢庆喜剧则是变动不居的,舞蹈是对其最合适的譬喻。喜剧最终的条件是喜庆。”[④]卡瓦利耶罗的“欢庆喜剧”在精神实质上和节庆喜剧是一致的。以上所引述的关于节庆喜剧的评论,尤其是节庆喜剧和节庆、假日的关联,契合了巴赫金在《拉伯雷和他的世界》中提出的狂欢化理论。巴赫金的这部作品将古代、中世纪和文艺复兴时期的作家们笔下的狂欢节追溯到民间文化中的狂欢传统。艾布拉姆斯如此总结巴赫金的狂欢化理论:

> 这种文学模式和许多文化中只有在狂欢节所容许的蔑视权威、颠覆社会等级秩序的做法是很相似的。这个模式引入了源于不同社会阶层的声音,这混杂的声音自由地嘲讽、颠覆权威,用粗俗的话语表达对社会常规的蔑视,以各种手段亵渎

---

① Charney, Maurice. *Comedy High and Low: An Introduction to the Experience of Comedy.* New York: Oxford University Press, 1978, p.135.

② Charney, Maurice. *Comedy High and Low: An Introduction to the Experience of Comedy.* New York: Oxford University Press, 1978, p.135.

③ Barber, C. L. *Shakespeare's Festive Comedy: A Study of Dramatic Form and Its Relation to Social Custom.* Princeton, New York: Princeton University Press, 1959, pp.6-7.

④ Cavaliero, Glen. *The Alchemy of Laughter.* London: Macmillan, 2000, pp.37-38.

了通常认为是神圣的东西。①

以上的描述和《海洋三部曲》后两卷的喜剧模式是合拍的。《越界仪式》中风俗喜剧的自矜和反讽演化为自由颠覆、肆意狂欢的节庆喜剧精神。

这一演化源于《近距离》和《甲板上的火焰》的主题深化、情节突转和叙述者在情感和认识上的巨大变化。《越界仪式》讲述的内容主要限制在船上这个小型社会环境的范围之内，而在两部续书里，船周遭的世界也进入了托尔博特的叙述之中，推动情节发展的不仅仅是船上社会等级之间、人与人之间的矛盾冲突，还有来自船之外的自然世界——海洋的威胁。可以说，两部续书使作品真正成了视野更加宏大的海洋小说。首先，德弗洛酒醉失职，导致突如其来的暴风折断了船的主桅，紧接着这场灾难的是奥尔赛尼号的逼近。由于尚未判定其是敌是友，船上的全体人员进入备战状态。然后，失去了主桅的船无法张帆，被困在茫茫大海中，船身的剧烈晃动对每个人来说都成了巨大的考验。在送走奥尔塞尼号后，贝内为了加快航速清理船身的冒险之举扯下了船的一大块龙骨。《近距离》始终处于"一波未平，一波又起"的危机之中。不断发生的危机延续到了《甲板下的火焰》。航船似乎随时都会被巨浪吞噬，经线仪失灵后，船失去了方向，最后又几乎撞上了南极洲的巨大冰山，极为侥幸地死里逃生。在两部续书中，生命本身处于危机之中，来自船上小小的人类社会之外的威胁变得更为紧迫，在第一卷中导致考利悲剧的社会等级冲突被弱化了。一连串来自外部的危机逐渐滋生出一种肆意妄为的狂欢情绪和无视社会规范的自由感受。船上的乘客们开始了他们狂欢化的情感释放。

两部续书情节和事件的突转和巴博在莎士比亚的节庆喜剧中的发现相当一致。巴博认为，"基本的做法是给松散的叙事塑形，制造'事件'使人物置身于节庆活动中：如果人物不主动参与到节

---

① Abrams, M. H. *A Glossary of Literary Terms.* Beijing: Foreign Language Teaching & Research Press, 2004, p. 63.

庆活动中,那么就为他们制造节庆活动。"[1]戈尔丁的确制造了奥尔塞尼号到来之后的两船欢庆活动,而对托尔博特来说,暴风骤临,他奔上甲板援手,却被在暴风中甩动的缆绳击中头部;在面对迫近的奥尔塞尼号时,他志愿当炮手,却两次撞到头部。多次脑震荡导致意识不清,而后他又对奥尔塞尼号上的玛丽恩·查姆利小姐一见钟情,一系列的事件使他失去理性的自持。当奥尔塞尼号带来英法停战的消息,全船弥漫着节庆的欢乐气氛,托尔博特也陷入了爱情的眩晕之中。

托尔博特在情感上的全新体验和船上的欢庆活动同时发生,他的情感转变为危机之下集体狂欢情绪的隐喻。在《近距离》的第一章中,托尔博特怀着根深蒂固的优越感表露了他对民主的疑虑:"民主绝非代表每个人,也不可能如此……一个开化的社会总是会有办法将选举权限制在一部分出生高贵、受过高等教育、练达的专业人士和世袭的选民手中,这是有益的,因为他们生来就属于统治阶层,他们应该是统治者,也将一直如此!"(253)然而,随着情节的演进和航行的继续,托尔博特的阶级偏见开始瓦解和修正。在《越界仪式》中,船上有着划分社会等级和专业分工的清晰界线。托尔博特和考利冒失地越过了这些分界线,导致严重后果。在续书中,这些分界线颇有象征意义的被大海汹涌的波涛洗去。如果说《越界仪式》中颠覆等级秩序的力量已经将矛头指向了船上的绅士阶层,进而吞噬了因晋升而自喜的考利,那么在后两卷中这种狂欢化的情绪占据了主导地位。最终,阶级秩序瓦解,自由和欢乐的法则战胜了日常的法则。

《近距离》中关于战斗准备的一幕即表现了这种危机之下失去理性控制的情绪。在这个场景中,托尔博特成为大家的笑柄。发现身份不明的奥尔塞尼号后,全船进入战备状态,人们陷入了恐慌。乘客志愿者集合在甲板下的炮舱,托尔博特也是其中之一。鲍尔斯先生撞倒了托尔博特,后者一头倒在舰板上,在大家的哄笑

---

① Barber, C. L. *Shakespeare's Festive Comedy: A Study of Dramatic Form and Its Relation to Social Custom*. Princeton, New York: Princeton University Press, 1959, p. 6.

声中恼羞成怒的托尔博特一跃而起,却因为是高个子,又一头撞到了低矮的上甲板,惹得炮舱里的人们哄堂大笑。几番头部受创,托尔博特已经满脸鲜血。待到托尔博特蹒跚着走到甲板上,加入到德弗洛的行列,却听到安德森对萨默斯说:"我下令保持安静,回答我的却是一阵大笑、下令声、说话声,响亮地像飓风——这究竟是条船,还是疯人院,先生?"(282)之后,派克斯先生解释说:"我们就像小提琴弦那样绷得紧紧的,一点点小事,我们就炸了。"(294)危机下的人们开始变得歇斯底里。

奥尔塞尼号带来了英法战争结束的消息,也带来了狂欢的情绪和气氛。随着奥尔塞尼号的靠近,托尔博特发现整条船成了"疯人院,而我就像他们一样疯狂,因为这灯火、喧哗和好消息就在身边。"(287)人们"放纵地大笑着",互相交换着烈酒,水手们变得"野性难驯"。(305)一切都那么欢乐而混乱。接着是"一整天的欢庆活动":饮宴、舞会和船员们准备的娱乐节目。(303)

关于欢庆活动的篇幅足足有四个章节。托尔博特和两位船长安德森和亨利爵士共进晚餐,萨默塞特夫人和查姆利小姐作陪,托尔博特对姑娘一见钟情。随后是晚会,船上灯火通明,女士们盛装出席,还有亨利爵士欢乐的乐队助兴。尤其值得注意的是晚会开始时由一位乘客所作的演说。演说里混杂着各种文体,既有陈腐的诗歌,也有粗俗的口语体。演说肆意嘲讽船上的士绅阶层,引得水手舱里笑声阵阵。演说的结束语无关效忠或责任,而是抱怨船上的食物太差、航行太漫长,直接将矛头对准了船长安德森。托尔博特意识到,这是"肆意妄为的戏谑时刻",士绅阶层成为嘲讽的对象。晚会一派节庆气氛,每个人都尽情地寻欢作乐,释放生命的活力。晚会的另一个节目是莫里斯舞蹈,这是一种英国乡村民间舞蹈,舞者骑着木马,无疑将它当作是阳具的象征。在晚会上,木马"做了无数不得体的事,还追逐姑娘们"(344)。船头的人们跳起绅士们跳的四对舞,模仿亨利爵士夫妇的舞蹈,令人忍俊不禁,成为晚会上颠覆社会等级秩序的高潮。用巴赫金的话来说,"狂欢节庆祝短暂的解放,从普遍真理和传统秩序中脱身而出。这标志着一切等级、特权、常规和禁令暂时失效了。"①

《近距离》的尾声《后记》也呈现出节庆喜剧的氛围,再一次唤起集体狂欢的情绪。船上的军需官琼斯担心船会沉,不顾船身的剧烈摇晃,到处向船员和乘客追讨欠款。但是没有人愿意还钱。托尔博特写道:"我们越过赤道线时扮海神也好,和奥尔塞尼号并肩狂欢也好,我相信没什么事曾让全船的人们得到如此有益的消遣。有那么一阵子我们可真是'一条快乐的船'呢!"(477)就像和奥尔塞尼号相遇时的晚会,全船的人们乐此不疲,意味着所有等级特权的暂时失效。托尔博特继而写道:

> 这就好似琼斯和康伯申姆两人使我们释放出某种他们一直以来禁锢着的东西。我们这艘"快乐的船"的快乐因而改变了属性,成了我谓之以集体歇斯底里的东西…… 其最恶劣、严重的症候是即便最微不足道的小事,也会引发无法控制的大笑。最好的则属英国人特有的作乐或游戏感。这里面有点冷酷无情,有点对生命的蔑视,甚至有点野蛮的意味。在我看来,这最好的就像是法国的恐怖时期那些牺牲者在殉难前的感受,而最坏的则是它带着点亵渎、疯狂的幽默、纵欲和暴怒,有时在那些被关押在新门监狱的可怜虫获悉自己最后的归宿时,这些爆发出来。(479 – 480)

托尔博特拒绝还钱,不过他向琼斯购买了一个小木桶保存他写给教父的日记。这件事很快被当作笑话传开了,几乎每个人都想在托尔博特的木桶里夹带些书信什么的。托尔博特写道:"原来主桅边横跨甲板的那道白线,现在完全给洗刷得干干净净。我发现这件事大有深意——它实在是我们目前状况的隐喻。"(481)研究者格雷格和金基德-维克斯注意到:"每个人都乐此不疲地取笑

---

① Bakhtin, Mikhail. *Rabelais and His World.* Helene Iswolsky (trans.). Bloomington: Indiana University Press, 1984, p. 10.

军需官，于是社会等级差异消失了。"①托尔博特成了船上最受欢迎的人，而军需官成了"傻瓜"。查尼在论述节庆喜剧中的人物时说："有着良好的自然本能的人能战胜那些更加精明、老练、自私的对手……主人公都很疯狂，是那些言谈想象狂野、放纵而无拘束的人，而恶人则虚伪、无情、心机深沉。"②

值得注意的是，《近距离》中的狂欢与《越界仪式》中的"海神袋"大相径庭。虽然"海神袋"已经不乏集体狂欢的意味，但是对于这个事件真相的揭示是延迟的。而且，由受害人考利自己讲述那段痛苦的经历和感受，喜剧效果所必需的喜剧距离被抹去了，因此"海神袋"并不呈现为喜剧样式，转而引发悲剧性的后果。的确，《越界仪式》中戴奥尼索斯式的集体狂欢令人联想起《蝇王》中西蒙之死，突显的是恶意迫害，但是两部续书中的节庆气氛却并没有《蝇王》和《越界仪式》中的明显恶意，反而呈现为危机中的勃勃生机和自由感受。

这种情绪和氛围也弥漫在《甲板下的火焰》中。普利特曼夫妇的婚礼将原本对立的内容融合在一起，营造出可谓歇斯底里的喜剧气氛。婚礼上，托尔博特认出格雷厄姆小姐的耳环竟然是齐诺比娅与他云雨时佩戴过的；由于参加婚礼的宾客中没有未婚姑娘，新娘遂将手中的花束塞到托尔博特的手中，使小伙子尴尬不已；而担任证婚人的船长安德森成了最大的洋相，竟然在朗读贺词时误念起葬礼上用的悼词。托尔博特用他学来的水手行话颇具喜剧意味地评论道："婚礼吃了一惊(taken aback)，完全乱了套。过了好一会儿才恢复平稳航行。"(576)于是，贞节和放荡、阳刚和阴柔、婚礼和葬礼混杂在一起，借用巴赫金的话说，这条船成了"完全悖反的世界"，充斥着"普遍真理和权威的欢乐的相对性"。③

节庆的心理状态使一切摆脱了束缚，把人物从社会等级秩序

① Gregor, Ian & Mark Kinkead-Weekes. *William Golding: A Critical Study of the Novels.* London: Faber and Faber, 2002, p. 313.

② Charney, Maurice. *Comedy High and Low: An Introduction to the Experience of Comedy.* New York: Oxford University Press, 1978, p. 140.

③ Bakhtin, Mikhail. *Rabelais and His World.* Helene Iswolsky (trans). Bloomington: Indiana Unuversity Press, 1984, p. 11.

乃至个人身份的约束中解放了出来。在《近距离》和《甲板下的火焰》中，人物，尤其是托尔博特，经历了自我身份的修正和颠覆。托尔博特作为叙述者在认识上发生了重大的转变，同时船只驶向地球的另一极也造成了续书整体氛围的变化。从这个意义上看，《越界仪式》意味着这个转变过程的开端。研究者迪克指出，整个航行"堪称阴郁的奥德赛，是前往世界另一边的航行。于是其中覆盖一切的隐喻是颠倒，即事物之间关系的完全颠倒；善与恶、法则与无法无天的关系被倒置了。"①继《越界仪式》之后，续书在空间和身份两个方面更加深入地展现"颠倒"的主题。同样，克洛福德也指出，"这个混乱颠倒的世界迷失在海洋的'上上下下'之中，导致了社会意义上的反转和颠倒。'高'的给拉'低'了，反之亦然；神秘、迷信、疯狂以及哥特式的情绪扰乱了理性。"②

船上颠来倒去，一片混乱，而观察着这一切的视角同样被颠倒了。可以说，节庆喜剧中日常秩序的崩坏也体现于托尔博特理性的崩溃。托尔博特的屡次脑部撞击造成眩晕，产生了类似考利醉酒时的效果。托尔博特原本是典型的政治动物。《近距离》伊始，他就曾冷静地盘算过，他将选择在自己事业的恰当时机迎娶一位比自己年轻十来岁的女士。然而此刻，他却对玛丽恩一见钟情，后者不过是在萨默塞特夫人护佑下身无分文的孤女。突如其来的爱情作用于他因撞击而错乱的大脑，竟致使这年轻人弃自己的前程和教父的忠告而不顾。炽烈的感情甚至让他流下了快乐的泪水，为伊斯特夫人朴素的歌喉泪水涟涟。他自嘲成了"漏水的船"。(352)奥尔塞尼号离去之际，他甚而央求亨利爵士同意他登船同去，大闹了一场，出尽洋相。

托尔博特开始体验到新的情感，获得了原本属于考利的感受力。为了给玛丽恩腾出船舱，托尔博特主动调换到考利的船舱，船舱位于船的另一边，布局和托尔博特的一模一样，只是方向完全相

---

① Dick, Bernard F. *William Golding*. Boston, Massachusetts: Twayne Publishers, 1987, p. 116.

② Crawford, Paul. *Politics and History in William Golding: The World Turned Upside Down*. Columbia and London: University of Missouri Press, 2002, p. 202.

反,可以说,这象征着托尔博特身份的反转。托尔博特暂时的错乱意味着向考利同化。从昏迷中醒来之后,他站在船舷,向着空空如也的海洋呼唤载着恋人离去的奥尔塞尼号,他迷失了自我:"可我是谁?我在哪里?"(355)被关在考利的船舱里的托尔博特痛苦地意识到自己已经"沦落为疯子和囚徒了"(358)。相思的煎熬甚至让他作起诗来。生活中那从未曾向他的理性和傲慢开放的那一面,突然呈现在他面前。如果《越界仪式》表现的是托尔博特奥古斯都式的对理性的信仰和考利浪漫主义的想象和感受力之间的对立,那么《近距离》无疑展现了托尔博特的认识论所受到的挑战,他将不得不重建自我,找到自己善感的性灵,确认自己全新的身份。就此,泰格评论道:"通过对考利的反复的指涉,托尔博特下意识地认同'双体',开始渴望能摆脱他原先已经规定好的社会脚本。"①

随着船身的剧烈摇晃,托尔博特在认识上不再稳定自足。船身的运动导致这位年轻人不断跌倒(falls)。他陪伴格雷厄姆小姐回船舱时,扶手脱落,两人同时摔倒;他不经意间看到格雷厄姆小姐穿着水手服,正在此刻大浪掀起,致使他向后跌倒;又有一次,他看到贝内走进普列特曼夫人的船舱,怒不可遏,船只在此时猛然一起,使他脸向下跌倒。诸如此类,不一而足。如果说考利的"失足"是社会意义上的,那么托尔博特的"跌倒"则意味着奥古斯都式理性的脱冕。航行在茫茫大海中,风云不可预测,与剧烈晃动的船只一样,托尔博特的理性也变得摇摆不定,失误频频。

身为特权阶级的一员,托尔博特的社会身份受到了挑战和颠覆,逐渐失去了他贵族式的优越感。他穿上水手服,接受萨默斯的善意邀请,像一个海军军校受训者那样开始值午夜班,无疑象征着贵族身份的颠覆。早些时候,萨默斯为了帮助他治疗皮疹,引导他趁着大雨淋浴,然后换上水手的干衣服。托尔博特发现自己"衷心欢迎这种变化"(511)。他写道:"这样的衣服迫使着装者的行为

---

① Tiger, Virginia. *William Golding: The Unmoved Target*. New York, London: Marion Boyars, 2003, p. 269.

变得随意。是的，我想就是从那天起，我抛弃了原来的某种不自然的僵硬，甚至是高傲的举止。”（511）

而且，托尔博特政治上的保守主义也遭到了挑战。出行前，他的教父曾叮嘱他注意普列特曼先生的言行和他的印刷机。在《越界仪式》中，普列特曼的形象是一个政治激进、支持法国大革命却举止可笑的理性主义者。但是在续书中，托尔博特却逐渐被他吸引，深深敬重和仰慕他的智慧、学识和追求理想的浪漫精神。普列特曼夫妇立志在澳洲建立理想的城邦，带领一群改过自新的罪犯和移民深入到澳大利亚的腹地，寻找乐土。托尔博特渐渐和普列特曼之间形成了师生关系。普利列特曼眼界宽广、心胸博大、学识渊博，他的言谈身教对托尔博特不啻于启蒙。年轻人发现和他谈话是旅行中最快慰的事情。他意识到自己虽然读书甚多，不乏学识，却从未检验过思想的真伪。他惊叹道：“有时我真切地感到，我似乎已经抛弃了自己的出身，就像一个人褪去他的甲胄，赤身而立，无所凭依，却如此自由。”（667）

的确，如果我们回到第二部的第一章，其时托尔博特还在大言不惭地宣告着他充斥着阶级偏见的精英思想，不难看到，在续书中他的情感和认识经历了何等的转变。在托尔博特身上，身份就是“多样的文化实践活动造成的短暂结果”①。戈尔丁所采用的节庆喜剧模式预设了理性、神智、社会等级和礼仪规范的暂时悬置。托尔博特的航行注定驶向反极，或者说他注定要经历自我和世界的重新定义和发现。在节庆的氛围中，一切都变得不确定——海洋、船、船上的人类社会，甚至是叙述者的理性。由此，戈尔丁表达了“认识的深深的不确定性和对表征和真理的强烈怀疑。这些都是后现代的时代标志。”②

五、 理性未及之处

《近距离》和《甲板下的火焰》都有一个共同的主题，即对人类

① Cavallaro, Dani. *Critical and Cultural Theory: Thematic Variations.* London: The Athlone Press, 2001, p. 73.

② Crawford, Paul. *Politics and History in William Golding: The World Turned Upside Down.* Columbia and London: University of Missouri Press, 2002, p. 219.

理性的反思。借助托尔博特的奥德赛之旅和精神历险,两部续书指出了人类理性的种种未及之处,展示了理性边界之外的神秘和未知。《越界仪式》的尾声就已经预示了两部续书的主题:托尔博特在日记里宣称,航程如此漫长,人与人之间、人与未知之间的距离太近,导致自己神思恍惚。在两部续书中,失去主桅、无法张帆的船象征着船上个体和集体理性的迷失:托尔博特的理性崩溃,成为爱情的囚徒;在战争和自然的威胁下,恐惧使船上的人们开始了非理性的狂欢;贝内的科学理性招致了自然的反噬;而托尔博特这个日记作者也不得不承认,自己失去了对形式的掌控。

托尔博特强烈的情感体验使他得以了解个体理性的脆弱。他经历了突如其来的一见钟情、泛滥的感伤和离情别绪的煎熬,而身份的悬殊、既定的航程又使得这场爱情的未来极不确定。正如失去主桅、在茫茫大海中随波逐流的船只,托尔博特失去了对自己命运的掌控。脑部受创又使他失去行为的自控。于是,强烈的情感自然而然地流露。事后,他回想起自己"所有荒唐的举动":"然而,那时一个面容憔悴的年轻人头发凌乱、胡子拉碴,踉跄走上甲板。薄薄的长睡衣在晚风中拍打着,裹着他瘦削的身材。他攀着绳索,爬上桅杆,凝望着远方空空荡荡的海面,高喊着:'回来,回来!'"(358)

如同在爱情的惊涛骇浪中,托尔博特发现他根本无法掌控自身命运,失去船桅的孤舟在大海的自然力作用下同样失去了对航线的掌控,只能听任洋流和风向的传送。拖绳作业造成的危机使船上的集体为恐惧的阴云所笼罩。每个人都相信船即将沉没。恐惧呈现为非理性的形式,首先外化为拖绳作业可能带起的一大块船的龙骨,然后以维勒开枪自尽推波助澜,最后体现为以"托尔博特大人"的木桶为主题的歇斯底里的集体狂欢。在一片惊声尖叫中,托尔博特目睹拖绳作业制造的巨型"海怪"在船疯狂摇摆的吃水线边升起,它披覆着海草,仿佛列维坦的巨大头颅、拳头或前臂,在水中翻滚着,后来又一遍遍进入托尔博特的噩梦之中。托尔博特目瞪口呆地望着"这个从未知世界中升起的可怕的怪物,它的出现抹去了关于深海的种种不确定的'事实',似乎只为例证那可怖的未知。”(464)虽然船员和乘客对于这个“怪物”究竟是什么意见不一,但是它却象征着人类理性未曾涉足的领域。同时,就像《弗兰肯斯坦》中的科学家制造的怪物,这个由贝内的机智发明制造的“怪物”也意味着人类理性的局限和失控。因此,“怪物”是《近距离》和《海洋三部曲》的核心意象,具有重要主题意义:的确,托尔博特“近距离”地目睹人类凭借理性不曾体验过的“未知”。随后,他又“近距离”地目睹维勒的自戕。麦卡伦认为,“《近距离》对维勒没有做任何的解释,因而维勒在小说中从头至尾象征着生活中无法理解的、非理性的因素。”①托尔博特对维勒自杀的描述令人回想起戈尔丁在《继承者》中广泛运用的语言“陌生化”的策略,以近乎电影镜头式的语言表现了面对面目睹恐惧和死亡的令人惊惧的直接体验:“他向唇部举起一只金杯或铜杯,然后他的头部爆炸了,在一道闪光之后,还是之前,或者同时发生,我不知道,他的头部消失了。一股刺鼻的浓烟从百叶门后涌了出来,接着一切都消失了。我的左眼上早就沾上了一块飞来的湿乎乎的东西。”(468)托尔博特随后晕了过去,当他醒来的时候,他听到格雷厄姆小姐说:“可怜的孩子,他比他自己知道的要敏感得多。”(469)维勒的惨剧还只是危机的序曲,此后全船的人们“近距离”地面对沉船的威胁,引发了集体的狂欢。

对科学理性的反思是《近距离》和《甲板下的火焰》的重要主题。贝内是小说中科学理性的代言人。他的拖绳计划削去了船的一大块龙骨;他锻造铁条,利用热胀冷缩的原理加固基座、修复主桅,在红赤的铁条下埋下火种隐患;他使船终于能够张满风帆加速前进,但是同时吃水过深,船员们轮班抽水,筋疲力尽。贝内的才智固然暂时解决了眼前的困难,却不得不面对自然反噬的代价。贝内的迷狂科学家形象在修复主桅的那段情节中被表现得淋漓尽致。锻铁的一系列意象令人联想到威廉·布莱克的《老虎》一诗,其中布莱克以炉火、铁毡、铁锤等意象将造物主的形象比拟为铁

① McKarron, Kevin. *The Coincidence of Opposites: William Golding's Later Fiction*. Sheffield: Sheffield Academic Press, 1995, p. 118.

匠。贝内的科学理性正好比布莱克笔下的美丽而可怕的老虎,它精确的对称之美令人心醉神迷,它强大的肌体里蕴藏的威力却是人类难以驾驭的。贝内以才华横溢却不计后果的科学手段在甲板下燃起了熊熊烈火,这段情节直接呼应了第三卷的标题。同时,贝内的对立面萨默斯所代表的一切进一步衬托出小说反思科学理性的主题。萨默斯代表和贝内相对立的各个方面:宗教信仰、谨慎的责任感、从经验中取得并沿袭的行业传统。用泰格的话说,两人代表了"意识形态的两个全然相反的方向",萨默斯"对自然力和历史的敬畏的服从"和贝内"所激励的不敬和革新"。[①] 无论最后吞噬萨默斯的大火是否终究源自贝内修复主桅的作业,它们都象征了萨默斯所代表的一切的式微和贝内所代表的科学理性的崛起乃至失控。

人类知识和理性的局限性主题也延伸到托尔博特对小说形式等文学、艺术本体的讨论。托尔博特在《近距离》的开头即承认,《越界仪式》因得益于考利的故事而完整自足,如今他这个日记作者却对如何续写航程一片茫然。他寻寻觅觅,需要能够支撑起故事的人物和要素:男主人公、女主人公、恶棍和喜剧性调剂(comic relief)。面对杂乱无章的生活素材,他不得不呼唤斯摩莱特和菲尔丁赋予他灵感,却发现一无所得。日记尚未写完,却因突发性事件中断,停顿于不知所踪的"而且"(and)。到了《甲板下的火焰》的结尾,托尔博特显然对这个问题有了更为明确的认知。他发现,人为的掌控总是无法企及真相本身:他曾哂笑斯摩莱特、菲尔丁和奥斯丁笔下的"大团圆"结局,却没有想到自己的人生也会突然转向幻想、童话般荒唐可笑的幸福结局。"比之虚构,真相更为千奇百怪,自然也就更不可信。"(734)小说中另一个令人难以置信的真相涉及船只险些撞上的冰山究竟为何?托尔博特看到的冰山是不是南极大陆的一角?他在叙述这一事件的过程中插入了一封友人的来信。这位博学而富有专业知识的老友声称托尔博特的描述不

---

① Tiger, Virginia. *William Golding: The Unmoved Target*. New York, London: Marion Boyars, 2003, p. 284.

啻是狂野的虚构，因为经由他的考证和计算，在南极存在大陆的可能性在地理学上是不存在的。对于现代读者来说，这封来信产生的效果是反讽的。如麦卡伦所评论的那样，"这封书信完完全全展示了戈尔丁最为持久的主题之一，也是自《蝇王》后他的作品中就一直存在的主题，即理性的谬误。"①

《海洋三部曲》是戈尔丁作品中最长的一部，糅合多种文类模式的尝试体现出丰富的复杂性。从某种程度上看，三部曲在形式上的复杂性意味着作者并不介意通过作品展现生活本身的无序和混乱以及繁复多样的行动、经验和影响。也许正是这样的创作观念，才使得戈尔丁的后期作品与他早期的寓言大异其趣。

① McKarron, Kevin. *The Coincidence of Opposites: William Golding's Later Fiction.* Sheffield: Sheffield Academic Press, 1995, p. 134.

附录一

威廉·戈尔丁传记作者约翰·凯瑞访谈录①

2009年,费伯出版社出版了牛津大学荣休教授约翰·凯瑞(John Carey)撰写的英国作家戈尔丁传记《威廉·戈尔丁:<蝇王>著者》(*William Golding: The Man Who Wrote* Lord of the Flies)。这是第一部戈尔丁传记,由于作者接触到戈尔丁日记、书信、小说手稿等从未公布过的第一手资料,因此对戈尔丁研究极有参考价值,获得很大的反响。这部传记获当年的布莱克传记奖。评论家弗兰克·科莫德称:"有这样的传记作者,戈尔丁很幸运。"

约翰·凯瑞是牛津大学著名学者,他曾两次主持布克奖,主持2005年布克国际奖,并常年为《泰晤士报》等报刊撰写书评文章、客座英国广播公司访谈评论类节目。他著作等身,观点犀利,在英语世界具有广泛的影响。笔者在牛津大学访学期间,分别于2010年12月和2011年2月邀他进行了两次访谈,就戈尔丁传记、研究、布克奖等问题向他讨教,获益良多。2011年9月正值戈尔丁100周年诞辰,愿此文能为戈尔丁研究尽一份微力,同时向凯瑞教授致谢。

一、传记的缘起和写作

沈雁(以下简称为"沈"):戈尔丁的女儿朱迪当时邀您为戈尔丁撰写传记,但是您曾说过,您和戈尔丁私交并不多,请问朱迪为什么会邀请您呢,您又为什么会接受呢?

约翰·凯瑞(以下简称为"凯瑞"):1985年戈尔丁75岁寿辰

① 访谈大部分内容已发表于《外国文学》2011年第6期,总第233期,题为《书写戈尔丁:约翰·凯瑞访谈录》,此处为第一次全文发表。

前夕，费伯出版社的查尔斯·蒙蒂斯（Charles Monteith），他一直是戈尔丁的编辑，打算出版一本庆贺戈尔丁寿辰的文集，邀我担任文集编辑①。我想他知道我对戈尔丁的作品很感兴趣。我同意了，当然我必须先大量阅读戈尔丁的作品，在这个过程中我对他产生了浓厚的兴趣。戈尔丁当时住在康沃尔，我去采访他，那是我第一次和他见面。采访中他回答了不少关于生平的问题，但是我总觉得他并未言无不尽，这样一来我就想要了解更多。因为没有人写过戈尔丁的传记，我当时很想写，就和蒙蒂斯谈了我的想法。但是戈尔丁对蒙蒂斯说，他完全不希望由任何人，包括我，来写他的传记，而且他开始着手写自传，以此阻止别人写他的传记。

沈：就像在《纸人》中那样？

凯瑞：不是的，当然《纸人》也多少有自传的元素。他当时着手写的是一部真正的自传，题名为《人生景录》（*Scenes from Life*）。我后来读过这部自传的手稿，写得非常好，但是在我看来并不完整。戈尔丁只是录写了他人生的某些时刻。我想他本打算写一部完整的自传，但是当时决定只采写了他感兴趣的某些片断，当然这对于我写传记是很好的素材。戈尔丁此举的目的在于打消别人为他立传的念头。后来戈尔丁去世，我想也许是时候了。但是他的遗孀安对此还是毫不热衷。我想这是因为对任何传记作者来说，最主要的素材就是戈尔丁记了长达20年的日记。日记里有很多内容是关于他的儿子戴维的。戴维1969年精神失常，此后都不曾完全康复；而且戈尔丁父子之间的关系并不好，有的时候还非常紧张。我想戈尔丁的遗孀并不愿意让这些事情公之于众。而且我觉得在安去世以后他们的女儿朱迪也不愿意这么做。她现在似乎不那么介意了，我想这是因为她自己也写了一部回忆录，将会在5月出版，会写到不少戴维的事情。我曾经和戴维在康沃尔见过面，和他聊过。我想也许是英国人对精神疾病的态度比以往要放松得多。以前这是很忌讳的。如果家族里有人患精神病，事实上许多家庭

---

① Carey, John. *William Golding: The Man and His Books: A Tribute to His 75th Birthday*. London, Boston: Faber and Faber, 1986.

都有这种状况,你得知道这是绝对不可提及的。现在情况改变了。所以,你问他们为什么允许我或者说邀请我写传记,因为他们知道我了解戈尔丁,他们不再像以往那么担忧,也许相信我既不会过多地去刺探戴维的往事,同时也能直率地谈论这件事。至于我为什么要写戈尔丁传记?我对他太感兴趣了,而且我非常喜爱他的作品。

沈:这么说您在着手写这部传记的许多年前就有这个念头了。您是2006年开始着手写的吗?

凯瑞:我想是的,我是从2006年开始的。从最初有这个想法到现在已有30年了。我自己也没想到竟然能写得这么快,因为档案太大了,大得我几乎都读不完,而且还没有编过目录,所以得到处找,希望能找到你要的资料。我想最终是要编目整理的,应该要做,但这还是让我的工作有点困难,多了点阻碍。

沈:这是写传记时最困难的部分吗?

凯瑞:最困难的部分?说实话,写这部传记没有遇到很大的困难。我很喜欢做这件事,太有意思了。档案资料没有编辑过目录,没有整理过,这当然造成了一些困难,但是阅读这个伟大的作家20年来每天都写的日记,他的创作生活,今天写了什么,昨天写了什么,这太有意思了!我一连六个月每天坐在那里读他的日记,心想:“啊,还从未有人读过这个。而我正在读,我真是太幸运了!”我把它转录成了CD,请了一个美国公司转录。那很有用,因为这样便于搜索,如果某个词我需要知道是否在别处也用到,我就能在整部文档里进行搜索。但是整部文档有250万字,非常庞大,长达5000页。我总是每100页就做个记号,就这样一点一点攀登过来。但是这还是太有趣了,太令人兴奋了。我还读到那些小说的最初的版本,如《蝇王》的初稿、《自由坠落》的初稿、《继承者》的初稿,它们和最终的版本大不一样,太有意思了。因此,你说写传记时的困难其实是乐趣,做这件事的乐趣。

沈:传记披露了许多细节,您有没有有意地选择写什么或不写什么?

凯瑞:没有。我必须要签一个法律协议,如果我提到档案里任何关于戴维的内容,因为档案是有版权保护的,我必须先经过朱迪的阅读和同意,她代表家族信托。但是这不成问题。我写了所有我想写的,交给朱迪过目。她非常好,没有反对什么。她修改了一些细节,对我很有帮助,但是她没有提出任何反对意见。有那么一两件事我是有些犹豫的,不过并不是关于戴维,而是别的,比如我在传记里提到的关于戈尔丁和一位年轻姑娘的恋情,那个姑娘曾经是他的校友,在同一所学校上学。我在传记里称她为朵拉,但那不是真名。我知道她的真名,但是我不能用,因为她的子女也许还在世。不过他的确和她有过一段恋情,他说起在她 15 岁时和她发生性关系。他称之为强奸未遂。他说他笨拙地试图强奸她,当时她 15 岁,他是牛津大学一年级新生,20 岁左右。

沈:《金字塔》用了那个细节。

凯瑞:是的,但是略有不同。

沈:我在您的传记里读到这里觉得很吃惊。我以为是戈尔丁虚构的,没想到来自他本人的真实生活。

凯瑞:是的。实际上我还是把它放到传记里了,朱迪其实可以提出反对意见的。但是她没有。不幸的是,就是这件事吸引了各地报纸的关注,不仅在英国,美国也一样。当时到处可见这样的头条新闻:“诺贝尔奖得主曾试图强奸 15 岁少女。”这成了重大新闻了。我那在纽约、为《纽约客》工作的儿子发来邮件说:“总之你上了八卦杂志了,到处散布大作家的花边新闻。”我很遗憾,但是从另一个方面看,正如你说的,这段故事出现在《金字塔》里。你必须把它放到传记里,不然作品和作家生平之间的这层关系就没有人知道了。

二、 关于小说初稿

沈:您刚才说曾读过《自由坠落》、《蝇王》的手稿,也许还有《教堂尖塔》的不同手稿。

凯瑞:我没有读到《教堂尖塔》的不同版本。很可惜,似乎并没有《教堂尖塔》最初的版本。只有和初稿相关的笔记。笔记显示,戈尔丁最初对这部小说的意图不仅仅是写一个历史时期,有部分内容是设置在当代的。这样看来他的确改变了初衷。没有最初的版本,也许有人能在未编目录的档案里找到它。

沈:您有没有觉得戈尔丁也许应该发表《自由坠落》或者《蝇王》另外的版本呢?

凯瑞:这个问题很有意思。肯定不是《蝇王》。出版的那个版本目前看来更好。但是对于《继承者》我不那么肯定。他改动了很多。原稿中尼安德特人天真,最后被智人灭族,这些是最主要的内容。原稿没有体现出智人代表了进步、进化或者某种不可避免的发展甚至任何一点好的东西。完全没有。这些出现在后面的那个版本里。从那个角度看,我也不能确定我偏爱初稿。初稿更加残忍,尼安德特人的灭族表现得更加直白。我觉得我读到的各个版本中差别比较大的是《自由坠落》。在《自由坠落》的初稿里,叙事时间完全是直线递进的,从萨米孩提时期开始到现在。在第二稿和第三稿中,戈尔丁彻底打乱了叙事时间,就像约瑟夫·康拉德可能会做的那样,于是你就不断地从现在回到过去。这的确会让人相当困惑。小说的结尾是萨米从囚室里被放出来,但是从小说行动上看,这在前面就已经发生了。我想这部小说是受当代评论家苛评最多的。他们觉得小说太聪明、太"实验性"了——这可不是好词。他们觉得叙事时间让人迷惑。我能理解他们的想法。我也不确定小说是否成功。初稿的叙述线完全是直线向前的,戈尔丁一定觉得这样显得太简单了,也许不能充分表达他的想法。我并不认为他这么修改只是为了让小说更加艰深。不过我想小说因此失去了一些意义和一部分读者,因为现在看来这部小说让很多人感到难以理解。

三、宗教与理性的冲突

沈:那么《自由坠落》是您最不喜欢的戈尔丁作品吗?

凯瑞:那倒不是。我最不喜欢的是《纸人》。我喜欢其中的某些部分,但是我觉得小说其实可以更好些。我觉得小说家和他的研究者里克之间的争斗写得很好,但是我想戈尔丁其实不知道怎样收尾。但是这里最好不要透露,因为结尾相当出人意料。也许有人在读到这篇访谈时还没有读过小说。但是我觉得那个结尾不那么让人信服。小说最有意思的也是非常好的那个部分是里克出卖了自己的妻子。他把他年轻的妻子当诱饵。这段太棒了,而且本该着笔更多的。戈尔丁其实应该在这里多花些笔墨。我不知道这个小说家会不会真的去占那个姑娘的便宜。这点本来可以写得很有意思,但是这么精彩的内容,戈尔丁却没有深入表现。而且里克会怎样反应?假如小说家真的诱奸了他的妻子,他会怎么想?这是个重大的、极为有趣的问题,需要作者的回答。这才是真正的小说,但是他却没有写。

戈尔丁让我无法相信的一点是——这很有趣,我们之前也讨论过他的宗教经验。我的意思是他一定想要相信自己也许曾经有过神秘的经历。你记得他在孩提时看到过窗帘杆上的小公鸡,在塞文埃克(Savernack)森林看到过牡鹿的幻影?我觉得《纸人》里的小说家突然发病,或者说产生了神秘的体验,这就是写得过度了,而且不那么可信,也实在不那么有趣。戈尔丁的意图是要达到一种感情强度、宗教性的宏大高潮。这恰恰是我觉得戈尔丁最不能说服我的地方。我喜欢他写得聪明。我最喜欢的戈尔丁作品之一是《蝎神》(*The Scorpion God*)。我喜欢《蝎神》的原因之一就是这部作品不是宗教的,反而可以说是反宗教的。他写了那种古怪的埃及宗教,这方面他懂得很多。小说充分表现了这种宗教的可怕之处。结尾就是那个可怜的人,那个囚犯,那个说谎的家伙,将成为祭品、木乃伊,给法老陪葬;而且他还应该为此感到高兴,充满感激——太可怕了。这是对宗教的谴责。我觉得戈尔丁这么写的时候要比他的神秘主义更可信,也有趣得多。另一本我喜欢的书是他没写的那本,我在传记里提到过。这个故事设定在圣经的时代,只有些零碎的笔记和一个开头,讲述的是《旧约》里的犹太人和他们如何对待其他种族的故事。这是他比较后期的创作,我碰巧读到了。故事的叙述者是一个守护天使。他是经典形象赫拉克利斯、大力神的守护天使。赫拉克利斯是个极为可怕的怪物,他的守护神深以为耻,觉得造物主根本就不该创造他。戈尔丁在这里幽默极了。他讲述了《旧约》里那些犹太人的事,他们的行为非常可怕。这就像戈尔丁在《蝎神》里那样，运用他的智慧来洞悉宗教的问题以及宗教可能导致的暴行。我很喜欢这点。每当戈尔丁写神秘的东西，我实在觉得不可信，因为他不得不把他的智慧丢在一边。

沈：但是我的印象是，神秘的东西实际上出现在几乎戈尔丁所有的作品中。

凯瑞：没错。不过《海洋三部曲》里没有，不是吗？但是他所有的作品几乎都是这样。他极为热衷于写这种圣人形象，他真的对圣人很感兴趣。他在某处说过，圣人是所有主题里最有趣的。我在书里提过。有一天他在晚餐后说道："最有趣的主题是什么？""圣人，圣人是最有趣的主题。"我在传记里提到过，他对那个法国圣人特别感兴趣，那个人被称为阿尔的助理牧师（the curé of Ars）。那里有个叫做阿尔（Ars）的村庄。这个人很单纯，但是最后他成了一个宗教团体的核心人物。朝圣者从世界各地赶来，因为他们相信他能够洞察人类的灵魂什么的。戈尔丁早在上世纪40年代就对他很感兴趣，因此表现一个能够进入另一个世界的圣人形象，对他来说很重要。有时候这的确很精彩，麦蒂就是这样一个引人入胜的人物。麦蒂的意趣就在于他究竟是不是疯子，你不得而知。这就是有意思的地方。他有时很滑稽。他说起那些幽灵的时候可笑极了。但是同时又显得真有其事，如果他真的是某种天使，如果他真的救了那个男孩。我想你永远不可能确切地知道麦蒂是不是天使，这就是作品的妙处，因为戈尔丁自己也不那么确定，所以没有完全迷失在神秘主义里面。所以麦蒂才会那么精彩。这一点非常棒。我想这是那些圣人形象中最好的一个。

《继承者》里没有圣人形象。当然，那些女人们掌握了宗教的大权。她们觉得宗教对男人来说太难、太危险了，所以不允许男人们接近神龛。棒极了！非常滑稽！故事说的是一个史前部落。部落里的男孩都是同性恋，而且都很紧张不安。女人们则非常强壮、豪饮，实际上完全控制了这个部落，但是她们让男人们假装是统治者，以免伤害他们的感情。非常非常好笑。这也是戈尔丁对女人的看法，他觉得女人更强大。我想他看透了男人。当然他自己就是个非常紧张不安的人。但是,圣人——他们体现为不同的形象,而且我觉得最精彩的那个是麦蒂,因为你不能确知他究竟是不是个圣人。

沈:关于那个助理牧师的故事,他具有洞察力,被看作是先知,您觉得戈尔丁是否在《双舌》(*The Double Tongue*)中采用了这个故事呢?

凯瑞:这个想法很聪明。也许是这样的。当然《双舌》里的先知是另一种圣人形象。如果我的猜想是正确的,那么戈尔丁的意图还是略有不同的。我想《双舌》里他是想要表现她如何坚守自己的超自然的职责,拒绝被她的上司说服而歪曲她的宗教信仰。但是她确实也是一个圣人。我想那个助理牧师吸引戈尔丁的地方在于他非常单纯,并不聪明,显然还相当愚笨。他拉丁语不行,因此他为当牧师而接受培训的那个修道院把他踢了出来。他被派到那个毫无希望的小乡村教区,因为他干不好牧师的工作。正是这点吸引了戈尔丁。他觉得自己在大学时代受到排挤。他们看不起他,所以在这些方面他对这个牧师产生了认同感。

既然说到宗教,必须得说,戈尔丁在二战前完全不信仰宗教。他说过他在牛津的时候嘲讽宗教等任何超自然的信仰。实际上他说过,他是在战争期间体验到了宗教信仰的震撼。我在传记中引用了他的措辞:"宗教信仰的震撼"(religious convulsion)。因此,从那时起他开始感受到宗教并非是可以随意嘲讽的,而是严肃的。他在1945年和1946年间在华兹华斯主教学校(Bishop Wordsworth's School)教过的男孩子形容他非常虔诚。他会一连几小时做祷告,独自无声地祷告。非常虔诚。这不同以往。在战前他完全不是这样的。

沈:还是关于宗教的问题。有一个关于文学的有趣的说法,即对每个作家而言,都有一把开启他的钥匙。这是一把能开启他所有作品的钥匙。我想作家也许会很珍爱这把钥匙,有时它意味着他的某个弱点,就像阿喀琉斯之踵那样,这个弱点烦扰着他,使他不得安宁。或者它也许是作家不断提出却永远无法回答的问题,所以他就在作品中不断地问这个问题。在您的传记里,在后记中也有这样一段话:“这么说也许并不很夸张,这就是戈尔丁所有作品的主题。他所有的作品都多多少少展现了两种不同世界观的碰撞,一面是逻辑、理性和科学,其对立面则是宗教和想象。没有简单的定论,因为戈尔丁自己也是矛盾的。”您还写道:“随着时间的流逝,他的宗教信仰变得越来越微弱,直到成为对某种不可知的信仰。”①那么我能否将这些解读为开启所有戈尔丁小说的钥匙呢?

凯瑞:这个问题很有意思。我确实认为,宗教或者某种精神上的真理和科学、理性之间的冲突对他来说非常重要。这可以追溯到他的父亲亚历克。戈尔丁爱他的父亲,但是同时不能说恨他,而是想要摆脱他的影响。当然,亚历克相信科学,他是理性主义者和无神论者,而戈尔丁从牛津求学一直到战争时期显然是赞同他父亲的信条的。然后他才背离他,越离越远。因此,我认为,这个问题的背景源于此处。而且我想这很大程度上决定了他选择写什么样的作品,显然《蝇王》是这样,很明显《继承者》也是如此,显然还有《品彻·马丁》。因此,我的确认为,这点是极为重要的。但是同时我想你也一定注意到了,因为每个人都会多少谈到这点。那就是他的每部小说都会改变话题,直至最后写了三部曲。他每次都会写一部全然不同的小说。谁也不会想到,在《蝇王》之后,他会写一本关于尼安德特人的小说,写了尼安德特人之后,又去写一个大西洋上的水手。他似乎完全没有一个固定的着眼点,这和大多数英国小说家不同。你想想狄更斯,伟大的英国小说家,他总是写同样的小说,不是吗?当然题目是不一样的。但是如果你读到一段狄更斯,你往往想不起来这会是哪部小说里的。可能来自任何一部,任何一个喜剧人物。狄更斯是狄更斯,但是戈尔丁就不同了。戈尔丁总是有一种冒险精神,总是在尝试新的东西,这样一来就很难说有一把开启他所有作品的钥匙,因为这些作品太不一样了。但是,如果你一定要找到唯一最关键的主题,那么想想《自由坠落》那个以他父亲亚历克为原型的自然科学教师、无神论者,和

---

① Carey, John. *William Golding: The Man Who Wrote* Lord of the Flies. London: Faber and Faber, 2009, p.520.

那个可怕的让萨米备受困扰的神学教师普林格尔小姐之间的争执,这个主题就呼之欲出、明明白白了。的确,始终是科学和宗教,在《蝎神》里也是如此。

沈:《品彻·马丁》、《教堂尖塔》也都是这样。

凯瑞:毫无疑问。

沈:但是《金字塔》并非如此。

凯瑞:的确。他在《金字塔》里关注的是阶级体系。这么看来,这部作品就算不上他的重要作品,而是比较次要的一部了。

沈:《黑暗昭昭》、《纸人》也还是表现这个主题。

凯瑞:是的,这个主题涵盖他几乎所有的作品。这是他最重要的主题,直到最后的《双舌》。

沈:因此戈尔丁虽然写的内容大不相同,但是始终从不同的角度……

凯瑞:不断地回到这个主题。他始终无法确定自己究竟相信的是什么。我想他离正统的基督教传统越来越远。他曾说过一些很有意思的话。他说艺术不应该表现基督受难,这种恐怖应该遮蔽起来。我自己也常常这么想,钉十字架是非常、非常可怕的酷刑,极为恐怖。而他很敏感,完全不是正统的那一派教徒。我曾引用过他所说的话。那是1971年,他开始写日记,那段岁月非常艰难。他在开始写日记之前对宗教、对神有一些总体的思考。他说上帝创造人,而且赋予人意识,让这个宇宙中最伟大的生灵知道自己终有一死,上帝的这种做法非常残酷,残酷得难以言喻。我想那段时间戴维精神崩溃,他正处于最艰难的时刻。那时他对宗教的思考比起二战刚结束时多了一些怀疑。然后他离正统越来越远,直到最后,他在一次访谈中说,他信奉的是不可知的神。在《双舌》中你能看到这点,《双舌》表现的就是这个内容。他最多只能相信冥冥中必然存在着某种神意。

沈:那么我能否这样理解他的意思,即人意识到自己无法真正了解这个世界,人从根本上无法确知这个世界?

凯瑞:是的,说得很好。同时,有些作家,比如约瑟夫·康拉德,虽然有着同样的感受,却会采取无神论的立场。他们会认为,是的，我们不可能了解这个宇宙，完全没有指望，但是不需要说必然有神的存在。然而戈尔丁却是这么说的，他的确相信有一种他称之为上帝（God）的存在。

沈：是的，这一点很值得玩味。他称之为上帝，但是那并非基督教意义上的上帝。但是他用“上帝”（God）这个词。

凯瑞：而且他一直这么说。他在那个题为《信仰和创造力》（“Belief and Creativity”）的讲座中的确说过“我信仰上帝”。那是他不断重写、最喜欢做的讲座。这种你不可能了解这个宇宙的悲观的观念，许多作家是不会用他那样的方式表达的，但是戈尔丁是这么说的。因此这就使他很独特，而且恰恰说明了他的那种矛盾，理性的观念和宗教的观念之间的矛盾，一方面是人类在寰宇中的无助和孤独，另一方面是持有某种信仰，即便他不确知他究竟信仰什么，他就是这么说的。很奇特的想法，但是他就是这样的。

四、戈尔丁印象

沈：在写传记的过程中您阅读他的书信和日记，越来越了解他，那么您有没有对他的种种弱点感到偶像被打破的失望，如他的酗酒和各种恐惧症？

凯瑞：没有，其实恰恰相反。倒是我见到他本人时觉得相当失望。因为我读了他的小说，非常喜欢，觉得写得非常聪明、非常棒。但是当我见到他时，他显得普普通通，很直率，做派像个水手，也不幽默，虽然比我更了解他的人说他可以非常地幽默。他太普通了，我当时想，这个人不可能写出那样的小说。当然我有点天真，傻里傻气地希望一个了不起的作家不同于凡夫俗子。的确是这样的，当我想到有些出色的作家。但是当你见到显默斯·希尼（Seamus Heaney），只要和他待上一会儿，你立刻会觉得，首先他人非常好，很有趣，心灵美好。你立刻会觉得，那些诗歌就是他写的。菲利普·拉金（Philip Larkin）也是这样，虽然他要内向得多，但是非常、非常幽默。戈尔丁让你觉得他很普通，尽管并非如此。所以在我读他的日记的时候，我很高兴地发现，他非但不普通，而是内心狂野，为什么会酗酒，为什么这么愤怒。我不知道答案，但是可以肯定这是个痛苦的、对自己和世界充满愤怒的人。他是这样一个人，而不像他假装得那样乏味，这太棒了。而且被各种恐惧折磨着，非常孩子气，他怕鬼、夜晚、黑暗，但是在战时他又是一个非常勇敢的军官。

沈：这是非常不同的形象。

凯瑞：是的，非常不同。我很喜欢这一点。他的含混不明恰恰是我想要探寻的，但是一直没有答案。可惜我和他接触得不多，我们见过十来次面，时间也不长，所以如果我和他更熟悉一点，我就能更加理解他身上的那种复杂性。我认识的一些人和他很熟，尤其是蒂姆·布朗(Tim Brown)，他的一个很密切的朋友，托尼·布朗(Tony Brown)的儿子。蒂姆还住在牛津，他肯定更了解他，了解他戴着的面具只是一种掩饰。

沈：在传记里您提到过，他是戈尔丁而不是比尔。

凯瑞：是这样。我无法想象称呼他比尔。他比我年长许多，但是对我并不真正了解的人，我没法太随便。我猜想许多人说起他时会称他为比尔·戈尔丁，但是当着他的面绝不会这么做。他为人并不刻板拘泥，反而相当随便，不会介意别人称他为比尔。我只是觉得这样显得不够尊重。

五、 小说中的谜

沈：戈尔丁在和哈芬顿的访谈中曾经说过，在《越界仪式》中，有三个神秘的人物他没有解释。“萨默斯几乎解释了，但是某种意义上解释他需要另外一本书。”①您猜想是哪三个人物？

凯瑞：萨默斯是同性恋，不是吗？

沈：戈尔丁在《近距离》和《甲板下的火焰》里对萨默斯表现得很充分了。另外两个人物是谁呢？

凯瑞：我不知道，是那个军需官吗？最后戈尔丁也多少解释了这个人物。

---

① Haffenden, John. *Novelists in Interview*. London and New York: Methuem, 1985, p. 102.

沈:是的,在《近距离》的尾声那则很滑稽的《附记》里。

凯瑞:还有船的名字。这是个秘密,他从来没有透露过。这件事很有意思。有人声称知道船的名字,把戈尔丁逗乐了。

沈:那么您不认为是维勒,那个乘务员吗?我猜想是维勒。

凯瑞:但是他神秘在哪里呢?这三个人物都有其神秘之处,那么维勒的神秘之处是什么?维勒后来被扔到海里,获救,然后吞枪自尽了。他也许算是一个。戈尔丁在日记里写了一个维勒和托尔博特两人之间的一个场景,维勒对托尔博特透露了一点有关同性恋的事情,但是戈尔丁没有把它放到小说里。也许维勒这个人物会有所发展但是戈尔丁改变了主意。戈尔丁曾引用康拉德,说小说里总是需要有个你有所了解而其他人完全不了解的人物。很有趣。我听许多小说家说过类似的话。前几天我在阅读一本关于简·奥斯丁的书,关于《傲慢与偏见》。她在一封书信中写道,她在一家画廊里看到一幅画,觉得就是她想象中的简,伊丽莎白的姐姐。她说画中人穿着一条镶着绿色花边的白色长袍,她一直觉得绿色是简最喜欢的颜色。

沈:那么这就是她没有向读者透露的东西了。

凯瑞:她把她看作是真实的人物,而且没有在小说里写到这一点,没有像读者透露,真是奇特。所以也许你生活在小说人物中间,慢慢获得了一些你不一定会透露给读者的人物的特点。

沈:还有一个问题是关于《蝇王》中的猪崽。我一直很疑惑,因为猪崽近视,他的眼镜不能取火。而戈尔丁几乎是科学家了。

凯瑞:我在传记里提到过这件事。其实他就是弄错了。他谈起过这事。查尔斯·蒙蒂斯和戈尔丁收到许多小男孩的来信,指出这个错误,这些可怕的信让他们很头疼。查尔斯是客客气气的,说你这孩子多聪明等等,但是戈尔丁说:“这小男孩太可怕了,但愿他在土耳其搞些毒品买卖什么的。”后来,朱迪有一个住在牛津名叫J. P. 斯特恩(J. P. Stern)的朋友出版了一本书,指出从猪崽的其他症状看确有一种眼疾,能让他戴那种能取火的眼镜。戈尔丁为此非常高兴,甚至让查尔斯印了许多份分发给那些来信的男孩。是的,他就是弄错了。但是他的确想到过那些做过某种白内障手术的人,显然戴的就是能让猪崽取火的那种眼镜。但是他就是弄错了。他算不上真正的科学家。评论家克里斯多夫·里克斯(Christopher Ricks)是第一个注意到这点的人,朱利安·巴恩斯(Julian Barnes)在小说《福楼拜的鹦鹉》(*Flaubert's Parrot*)中也提到了这点。戈尔丁碰巧读到,非常生气,人们指出这点,令他不快。所以他很高兴斯特恩作出了解释。

六、戈尔丁的语言观

沈:总体上,戈尔丁在他的早期作品中语言风格明快,运用自如,语言并没有被看作是遮蔽意义的障碍。但是他的后期作品则不同。而且,戈尔丁常常采用第一人称叙述手法,这样一来,作家就可以成功地藏身于虚构人物的声音之后。戈尔丁在《黑暗昭昭》体现出对语言能否表达经验的怀疑。《黑暗昭昭》可以解读为表现这种疑虑的寓言。麦蒂对语言的种种修辞手法困惑不已,他无法理解隐喻、讽刺的内在含义,后来他放弃了语言表达,开始运用高度象征性的姿势、动作表达意义,如在澳大利亚用火柴盒发出末世警报,当然这并不奏效,最后麦蒂听从神灵的指示保持沉默。在《海洋三部曲》中,戈尔丁模仿19世纪初期的语言风格,游戏式地引入水手行话,对比托尔博特和考利的不同文风。在《纸人》中巴克雷的叙述读来令人沮丧。这些作品被评论家看作是元叙述。您对这个问题是怎样理解的?

凯瑞:我认为戈尔丁始终对语言以及语言能做什么和不能做什么很有兴趣。他第一部尝试撕裂语言的小说是《继承者》,小说中他决定放弃通常的语言,而是从一个几乎处于前语言期的生物的角度观察世界。那些尼安德特人用手势和舞蹈交流,在他们的头脑中的是图像。他们使用的是原始的语言形式,因此这本作品是很难读的,因为戈尔丁的语言会让你觉得费解,除非你明白他的意图。一切都是隐喻,指向其他。所以,这部作品对语言的把握非常有挑战性,非常大胆,可谓前无古人。《黑暗昭昭》同样很奇特。你说小说是一个表现语言的无用和缺陷的寓言,不无道理。麦蒂的日记很疯狂,但是这究竟是疯狂还是神启?真有那些神灵吗?

你无从得知。我想戈尔丁的整体走向是越来越背离那种对任何事物的确定性。你实在是无法确定麦蒂是谁,在做什么,为什么这么做。戈尔丁在他的创作生涯刚刚起步的时候,在《蝇王》中,一切都相当明确,道德也好,故事也罢。但是当你抵达《黑暗昭昭》,就不明确了,语言也随之变得不确定。你不能确切知道其意义。我认为,《越界仪式》中对语言作为一种符号能表达什么、不能表达什么也是相当强调的。两种个性,不仅如此,两种完全不同的对文化和人性的观念以托尔博特和考利的语言为载体表现了出来。可怜的考利!他无法理解自己内在的天性,他采用的语言无法表达他的这种天性。只有当他从船首的水手舱搂着一个船员出来,喊着"欢乐"的时候,他才把它真正表达出来,然后他死了。因为他所了解的语言不能容纳他如何感受以及他是什么样的人。

的确,这个问题极为有意思。就我所知,戈尔丁在他的散文中从未从理论上写过这个问题。他在一部早年的作品即未发表的第一部小说《海马》(*Seahorse*)中说起他无法像别人那样真正逻辑地思考。他的思维没有逻辑,而是像尼安德特人那样用图像思考。他说他喜欢描写,但是觉得很难把图像整理成符合逻辑的序列。后来,他又说过他并不信任逻辑。他认为逻辑不一定能引导你走向真理。虽然这些思考都是关于逻辑和图像,并非语言本身,但是这的确和尼安德特人的语言观念、他们所处的语言阶段扣到一起了。有些事情,语言是做不到的。《纸人》中的那种神秘体验,或者说威尔弗雷德所经历的——他究竟是中风了,还是真的获得了神秘的体验——语言在这里变得无能为力了。戈尔丁感兴趣的就是语言的边界。让我感到有点失望的是《自由坠落》,因为在《品彻·马丁》和《继承者》的尼安德特人之后,《自由坠落》在语言上显得有点平淡了,我想他是有意为之。在《自由坠落》中,人与人之间的阻隔来自社会阶层,《金字塔》也是如此。我想在《教堂尖塔》中,语言开始回到戈尔丁的模式,因为涉及宗教了。宗教一介入,对他来说,语言就变得更加复杂。对我来说,《自由坠落》和《金字塔》在语言上是有点令人失望的。

七、戈尔丁的历史编纂

沈:戈尔丁有不少写历史或者过去的作品,如《继承者》、《教堂尖塔》、那些短篇小说、《海洋三部曲》以及《双舌》。有些纯粹是对过去生活的想象,有些则是对历史的重写或重构。他在利用历史素材时总是那么自由。您对此有何评论?

凯瑞:是的,他很自由,而且他说他不喜欢去研究。他不喜欢为了某部小说去做研究,但是他对历史懂得很多。他受过非常好的教育,我想这要归功于他父亲。所以,当我读到他日记里关于《海洋三部曲》的那部分,他说他没有做过研究,然后就提到他读过的关于那个时期的书,你会发现他真是博览群书,比他表现出来得要懂得多得多。他喜欢改写历史,从《继承者》开始他就这么做。没有人真正知道尼安德特人是怎样的。他知道所有相关的理论,但是他反其道而行之,因为似乎普遍的看法是尼安德特人没有宗教信仰。没有人找到过任何宗教的遗迹、塑像之类的东西,而且一致认为他们并不相信来世之说,因为没有人发现过墓葬品,那种供死者来世使用的物品。戈尔丁解决了这个问题,在《继承者》中他们崇拜的是冰女人,这当然是会融化的,他们的墓穴供奉是肉类和灌入的水,所以考古学家们什么都找不到,但是戈尔丁说他们其实是有宗教的。因此,他肯定是有意改写了历史。

在《海洋三部曲》中,我并不觉得他想要改写历史。我想他想要营造一种真实事件、真实历史的感受。但是我认为他的意图在于表现文化的一个转折点,浪漫主义的开端。托尔博特代表了古典文化,强调社会等级和特权;考利代表了浪漫主义文化,他的日记或者说他写给妹妹的书信用狂喜的笔触描绘自然,读起来非常像柯勒律治年轻时的行文。所以他在三部曲中表现了历史变化的那个瞬间,部分原因是他可以由此导入普列特曼和后来成为他妻子的女人。他们代表了民主、启蒙和革命。他们显然都读过柯勒律治,小说里是提到《古舟子咏》的。然后他们去寻找乌托邦。这里是很典型的戈尔丁,因为你知道他们前途堪忧,小说最后他们前往澳大利亚中部去寻找乌托邦,而你知道那里什么都没有,普列特曼夫妇会死去,他们的追随者那么快乐,同样难逃劫数。托尔博特最后作出了理智的决定,看来戈尔丁是认可这一点、赞同这种价值观的,而不认同希望和浪漫主义价值观。托尔博特被他们吸引,但是并没有加入他们。所以如果说戈尔丁重塑了过去,的确他是这么做的,但是他熟读历史,并且选择了那些变化的时刻,从尼安德特人到智人,从古典主义到浪漫主义。他聚焦的就是那些转折的时刻。

沈:我觉得表现历史和过去,这也是上世纪八九十年代英国小说的一个兴趣点吧,如拜厄特(A. S. Byatt)的《占有》(*Possession*)对维多利亚语言风格的模仿和对维多利亚生活的新的视角,再往前还有福尔斯(John Fowles)的《法国中尉的女人》(*French Lieutenant's Woman*)。这是否意味着戈尔丁像那些作家一样也试图重新审视那些历史时期的生活?

凯瑞:也许是这样,但是他们并不一样,而且相当不同。我想福尔斯和拜厄特的一个共同点是他们都对浪漫的爱情相当感兴趣,而戈尔丁对此兴趣不大。《蝇王》里根本就没有女性出现。在《海洋三部曲》中,虽然托尔博特恋爱了,但那并不是小说最重要的内容。我认为戈尔丁对生活有着某种哲学上的兴趣。我很喜欢拜厄特,她极其聪明,她对科学很感兴趣,并在小说中加以表现。某种程度上,她和戈尔丁有些像,她在维多利亚诗歌拼贴方面更加出色,《占有》中的拼贴令人惊叹。戈尔丁也能做拼贴。我在传记里引用过他的一封写给朱迪的书信,是用塞缪尔·理查生(Samuel Richardson)的文风写就的,非常有意思,读来非常像理查生。但是他并没有像拜厄特用得那么多,这是因为他并不仅仅对语言感兴趣,他感兴趣的是历史时期情感的变化。拜厄特当然也是这样,但是戈尔丁尤甚。

八、 戈尔丁和英国文学传统以及英国当代小说

沈:我想戈尔丁是一个非常独特的作家。我总觉得很难把他归类到某个文学趋势或运动、当代英国文学的大环境甚至是英国文学的传统中。他的早期作品发表于20世纪50年代后期和60

年代,当时"愤怒青年"和反现代主义的现实主义文风正当其时,但是他写出了《蝇王》那样的哲学寓言,而且作品表面看上去就像是儿童文学。在《品彻·马丁》和《自由坠落》中他玩起了时间游戏。后期的《黑暗昭昭》中那种含混性、不确定性和情感强度构成的矛盾使它无法归类:讽刺作品?后现代?如果是像评论家津丁(James Gindin)和泰格(Virginia Tiger)那样将其归类为表现英国国情的小说(Condition of England Novel)①,但是作品又强烈表达出作家个人的情感。戈尔丁似乎和所有这些标签格格不入。您会把戈尔丁放到英国文学传统以及英国当代文学环境中的什么位置?

凯瑞:说得对,他和你提到的那些作家都不一样。我想他属于威尔斯(H. G. Wells)的传统。威尔斯对其有重要影响。戈尔丁早期把自己看作是科幻小说家。他和现在住在牛津的科幻小说家布莱恩·奥尔迪斯(Brian Aldiss)是很熟悉的朋友。我曾和奥尔迪斯谈起过戈尔丁,他告诉我戈尔丁自认为是科幻小说家。这么看来,《蝇王》就是一部未来主义小说,科学地检视人类行为。《继承者》也是科幻小说。我想这种模式依然出现在戈尔丁后期作品中。我在传记中指出《黑暗昭昭》中关于麦蒂可能是堕落天使的暗示,而且小说最后他出现在佩迪格里的梦境中,成为天使,这个灵感来自威尔斯的一个故事。的确,他对当代小说没兴趣,事实上,他读得很少。他自己就说过他不读当代小说。他晚年的时候读过一点。他读过石黑一雄(Kazuo Ishiguro)的作品,挺喜欢。他们在西班牙的一次会议上见过面。戈尔丁非常和善友好。当时石黑一雄在戈尔丁之后有一个朗读内容。戈尔丁读的时候报告厅里人满为患,石黑一雄那时初出茅庐,第一次参加这样的会议,当他走上讲坛,大家都走了,但是戈尔丁留下来,还提问。石黑为此很感激,曾对我说起过。但是总体上戈尔丁对其他作家没有兴趣。不过他对威尔斯非常感兴趣,读过他所有的作品。我曾与他谈论过威尔斯,他对威尔斯真是了如指掌。威尔斯是他父亲最喜爱的作家,所以

① Gindin, James. *William Golding. Macmillan Modern Novelsits.* Houndmills: Macmillan, 1988; Tiger, Virginia. *William Golding: The Unmoved Target.* New York, London: Marion Boyars, 2003.

从孩提时代戈尔丁就熟读威尔斯，而且模仿他，有时他自己都没有意识到这一点。因此，我把他归类到威尔斯的传统。

沈：那么威尔斯是什么样的传统？

凯瑞：威尔斯事实上来自科学传统。他是一个训练有素的科学家。他师从 T. H. 赫胥黎(Thomas Henry Huxley)，是达尔文的信徒，因此威尔斯的思想应该追溯到达尔文，而不是文学传统。威尔斯的《时间机器》(*The Time Machine*)地位重要，写的是人类的终结，最后是一片荒芜的海岸。19 世纪，科学探讨这些重大问题，小说却没有，直到威尔斯的出现。所以，是威尔斯把科学引入了小说。

沈：近年来评论界对戈尔丁的关注似乎并不多。

凯瑞：的确如此。

沈：为什么会出现这种情况？

凯瑞：我想往往是这样的，作家在去世数十年后就不时髦了。戈尔丁在世时受到太多的关注，有大量关于他作品的论文和理论性阐释。我认为那不是件好事，会让人们不敢碰他的作品，普通读者会想："哦，这部小说适合专家们，他们写关于他的专著……"

沈：其实并非如此，我觉得戈尔丁的作品并不很艰深难读。

凯瑞：我也这么想，我的意思是那也许是公众的担心，小说并不艰深。但是对许多读者而言，《继承者》和《品彻·马丁》相当难，其实《黑暗昭昭》也很艰深，不仅在语言，而且在于其阴郁的主题，那种对生活的看法会招致某些人的反感。他们会把戈尔丁看作是一个不快乐的作家，从来不表现欢乐的内容。《海洋三部曲》的结尾算是快乐的了，但是对萨默斯则并非如此，他爱上了托尔博特，最后死了，所以谈不上是真正的快乐结局。我想戈尔丁并非是一个快乐的作家，这就让他不那么受欢迎。人们喜欢读能让他们快乐的东西。他并不是一个喜剧作家，英国人非常喜欢喜剧作家。每个熟悉他的人都说戈尔丁在生活中非常幽默，能让人们捧腹大笑。但是他的小说并非如此。有些人觉得《越界仪式》很滑稽，尤其是那些关于齐诺比娅的片段，但是我不觉得。考利在那些船员手中受到残酷的折磨，又遭到船长的酷待。这是很可怕的。他的死也是非常可怕的。这就是吸引戈尔丁的原因。戈尔丁读到过那次死亡事件,那是在威灵顿前往印度的航行途中发生的真实事件。一个人死于羞惭并不可笑。

九、关于布克奖

沈:我知道您主持过两届布克奖:一次是1982年,托马斯·肯尼利(Thomas Keneally)的《辛德勒的方舟》(*Schindler's Ark*)折桂;另一次是2003年,DBC·皮埃尔(DBC Pierre)的《弗农小上帝》(*Vernon God Little*)折桂。2005年您主持布克国际奖,获奖者是阿尔巴尼亚作家伊斯梅尔·卡达里(Ismail Kadare)。布克奖的第一个十年,从1969年起,实则参加评奖的作品是1968年发表的,到1977年,11位获奖作家中有10位是英国本土作家;第二个和第三个十年,分别有6位获奖作家来自英国本土;第四个十年,即1998年到2007年,只有2位是英国本土作家。对英联邦其他国家文学更多的关注、更广泛的书目选择,意味着什么呢?英国本土小说创作量减少?多种族、多文化的当代社会环境迫使人们更加关注本土以外的世界?出版商或评委口味的变化?对异域、新奇事物的好奇?这样的变化和英国文学传统之间有什么关系吗?

凯瑞:我想,在各种因素中,其中之一必然是英国多种文化并存的现状,这和上世纪70年代情况完全不同。现在的人口非常多元化,许多人来自印度、巴基斯坦、非洲和加拿大。伦敦是我所见过的最国际化的城市,比之纽约尤甚。在伦敦乘坐地铁,你能听到的语言种类之多令人惊奇。因此,文学反映这种现状是很自然的,也是必要的。这点最重要。另一方面,这些国家的文学创作发展很快,尤其是印度,还有加拿大。许多作家选择去加拿大生活,包括印度作家。但是加拿大有自己强大的文学传统,其核心是玛格丽特·阿特伍德(Margaret Atwood)。在印巴,萨尔曼·拉什迪(Salman Rushdie)以及维克拉姆·赛特(Vikram Seth)使情况大为改观,在他们之后还有许多用英语而非本国的印度语写作的作家。当然澳大利亚的文学创作也迅速发展。这些国家的文学之所以吸引了英国的图书市场,既有英国多元文化现状的原因,也有多元文化带来的英国人内心对于英国的过去、英国与当时殖民地之间关系的内疚感，觉得在过去没有给予他们话语权，而现在聆听他们的声音有趣味、有必要也是很重要的。所有这些因素都导致了你所注意到的那种变化。

这种有趣的变化不仅体现于布克奖的获奖者，事实上也体现于选送的图书。布克奖选送的作品是由出版商挑选的。大奖的规则是每个出版商有权选送两部小说，如果作者曾是获奖者或入选过短名单，就可以直接入选，在这种情况下出版商可以再额外加送两部这些作者的作品。所以无论如何出版商都需要做出抉择。送选的并不一定是当年最畅销的小说，出版商需要决定什么样的作品才会吸引布克奖的评委们。他会想："评委都是些什么样的人？"他们显然都是些经验老到的人，大多可能是学术界的，或者从事媒体行业的，记者、广播人，换句话说，在政治上他们可能略有点"左倾"。在英国情况就是这样的。右翼的知识分子显得很奇怪。如果你是一个右翼知识分子，也许你是个怪人，你的做法是有点可笑的，遭人嘲笑。因此学术界大多是左翼的。所以出版商会想，面对这些"左倾"的学术界和新闻界人士，他会选送什么作品。很显然，不能是浪漫小说或惊悚小说，而是有社会意义和吸引力的东西，比如莫尼卡·阿里（Monica Ali）的《砖块街》（*Brick Lane*）就是选送布克奖的完美作品。小说的内容是移民们在英国的艰难生活，这是能够吸引左翼学术界人士的完美主题。我想出版商们就是这么想的，如果他们想要赢得布克奖，这样考虑也很明智。

沈：有趣的是 2009 年和 2010 年连续两年获奖者都是英国本土作家，写的是英国历史人物、英国人的社会和生活。这是否意味着人们开始更多地关注英国场景和英国生活，一种回归？当然，匆忙得出任何结论并不妥当，但是是否有着某种这样的趋势或者可预测的东西？

凯瑞：我想也许会有这样的回归。许多人都注意到了这个现象。前几年对布克奖获奖小说有许多玩笑话。人们会开玩笑说："一定是印度小说。英国作家没有机会，别送英国作家的作品。印度作家，很好。也许有点"左倾"的印度作家，很好。印度女作家，非常好。“左倾”的印度女作家,好极了!阿兰达蒂·洛伊(Arundhati Roy)的《微物之神》(*The God of Small Things*),完美,肯定获奖。”于是获奖了。这样一来,这种玩笑让评委们谨慎起来,担心人们又会说:“哦,又颁给了印度作家。”所以我想的确是有点回摆了,打破了这种刻板印象。

沈:布克奖吸引了大量的关注。书店为长、短名单大做广告,博采公司也介入了,小说获奖后往往销售量飙升。这一切是否意味着布克奖的商业化?

凯瑞:这的确是卖书的好办法,获奖作品和入选短名单的作品销售量会比通常的高许多。如今,出版商很快就会出短名单的平装本。我并不是说这是不光彩的。恰恰相反,这个图书奖吸引人们阅读小说。更多的人会阅读由德高望重的评委挑选出来的好书。更多的人会因为图书奖而阅读这些小说,不仅读短名单作品,而且读长名单作品,因为和过去不同,长名单现在也公布于众了,短名单就是评委们从长名单里挑选出来的。因此入选长名单的作品也得到了更多的关注。人们会想,这本书值得一读,或者可以买来作为礼物。所以,的确,这就是一个图书销售的方式。我觉得这是好事。

沈:说到评委们的评判标准,您挑选的两本书似乎都有争议。对《弗农小上帝》的评论趋向两极对立,而且有些评论家对《辛德勒的方舟》的文学价值持怀疑态度。布克奖的评委一直由不同的人担任,那么评委在选择获奖小说的时候有没有什么共同的衡量尺度呢?

凯瑞:时间证明,这两部作品的销售量都很高。也许是所有布克奖得主中最畅销的作品了。在《弗农小上帝》前一年获奖的杨·马特尔(Yan Martel)的《少年派的奇幻漂流》(*The Life of Pi*)销售量也很高。但是如果由我主持布克奖,获奖作品受到高雅人群、知识分子的青睐,却不受普通读者的欢迎,我想我会很不高兴。我不明白这样有什么意义。如果这个想法本身就是让更多的人去阅读,而且这肯定是正确的目标,那么首先就应该挑选受到普通读者欢迎的作品;其次,读者在阅读后应该觉得有所得,觉得阅读这部作品是值得的。所以获奖小说应该既是一部你所理解的好作品，又是一部受欢迎的作品。这就是《辛德勒的方舟》和《弗农小上帝》的共同点。《辛德勒的方舟》后来被改编为电影，非常引人入胜，当然小说表现的内容同样也有着巨大的魅力。将人们从纳粹大屠杀中解救出来，有什么比这更鼓舞人心的呢？《弗农小上帝》则不同，其魅力部分来自反美精神。它表现的是发生在中学的屠杀和幸存者，非常大胆。这是一部非常大胆的小说。我想我们当时选择了它是因为我们觉得它太幽默了。很少有布克奖获奖作品是幽默的，但是幽默可以让一部小说受到普通读者的喜爱。它的幽默相当尖锐、机智。所以这当然是它赢得布克奖的一个原因。而且小说在语言的运用方面非常聪明，很有创造力，一点都不平淡或平庸。这就吸引了评委的注意，因为他们会觉得"这部小说会很受欢迎，它很幽默，但是也会让人们注意到语言本身。"这是它的另一个有利因素。我对这两部作品很满意。我非常想让《弗农小上帝》获奖，我认为这是当年最优秀的小说。事实上，对《辛德勒的方舟》，我的感受比较复杂。当时有一部英国作家威廉·博伊德(William Boyd)写的小说，名为《冰淇淋战争》(*An Ice-Cream War*)，我认为它非常、非常好，博伊德现在已经成名，是非常成功的作家。我也很想把奖项颁给这部小说。部分原因是我想我不那么确定《辛德勒的方舟》属于虚构类作品的范畴，它当时在美国是以纪实类作品销售的，所以我的疑虑主要是关于形式。然而一旦这个问题解决了，一旦评委们认定它属于虚构类作品，那就必然会得奖了。它的主题显然非常重大，而且作者的处理方式也是十分慎重的。

沈：我看过那部影片。令人心碎。

凯瑞：我没有看，我想我无法看完。我总是避免看这样的影片。

沈：我在看电影的时候心想，我绝不看第二遍。目睹那些可怕的情景令人无法承受。

凯瑞：我对《蝇王》的那部改编影片也有同样的感受，无法再看一遍，非常痛苦。

沈：凯瑞教授，我的问题问完了，非常高兴能做这次访谈，和您谈话非常愉快，同时使我获益良多。非常感谢！

附录二

威廉·戈尔丁年表[①]

• 1911 年　威廉·杰拉尔德·戈尔丁于 9 月 19 日出生于康沃尔。戈尔丁的父亲亚力克(Alec Golding) 时年 44 岁,在马尔伯勒文法学校(Marlborough Grammar School)任科学教师,才华横溢,受到学生的爱戴。母亲密尔德莱德(Mildred Curnoe)时年 40 岁。威廉是家中次子。他的哥哥乔斯(Jose Golding)生于 1906 年。

• 1919 年　戈尔丁被送往马尔伯勒由西里尔小姐(Miss Hillier)开办的家庭学校就学。戈尔丁在日后发表的散文《小孩比利》("Billy the Kid")对这段时期的生活进行了描述。

• 1921—1930 年　戈尔丁就学于马尔伯勒文法学校(Marlborough Grammar School),他的父亲亚力克是该校的科学教师。就学期间,戈尔丁在音乐、绘画、运动等方面都表现突出。

• 1930 年　戈尔丁前往牛津大学的布瑞斯诺斯学院(Brasenose College)就读,学习自然科学。

• 1932 年　戈尔丁转修英国文学。

• 1934 年　戈尔丁于 6 月获得文学士次等学位。秋天,麦克米兰出版社发表了他的《诗集》(*Poems*)。戈尔丁毕业后在位于伦敦芬治利路 1001 号的基督教社团礼拜堂居住数月,为教众演奏钢琴和创作戏剧。他也在汉普斯泰德(Hampstead)的立特尔剧院(Little Theatre)以及巴斯的一个剧院获得一些戏剧方面的训练和

---

① 本年表参考了朱迪·卡弗(Judy Carver,即戈尔丁之女 Judy Golding)的年表,见 Gregor, Ian & Mark Kinkead-Weekes. *William Golding: A Critical Study of the Novels*. London: Faber and Faber, 2002, pp. 383 - 398 ;凯瑞的传记,见 Carey, John. *William Golding: The Man Who Wrote* Lord of the Flies. London: Faber and Faber, 2009;Golding Limited 2002 提供的简要年表,见 http://www. william-golding. co. uk/media/22919/p_biog. pdf.

经验。

• 1935 年　秋天，他成为迈克堂（Michael Hall）的教师，在那里工作了两年。迈克堂是斯坦纳式学校，位于伦敦南部的斯特莱特姆（Streatham）。戈尔丁在那里教授多门课程，参加学校的音乐和戏剧演出。

• 1937 年　秋天，戈尔丁回到牛津，深造教育学位。

• 1938 年　1 月，他开始在索尔兹伯里（Salisbury）的华兹华斯主教学校（Bishop Wordsworth's School）实习。同年 6 月通过考试。9 月，他在梅德斯通文法学校（Maidstone Grammar School）获得了教职。戈尔丁在学校的音乐、戏剧演出、体育等活动中非常活跃。他还参加了左派读书俱乐部（Left Book Club）。这一年，他遇到了安·布鲁克菲尔德（Ann Brookfield），两人坠入爱河。

• 1939 年　9 月，宣战后的几周后，戈尔丁和安终止了各自之前的婚约，在梅德斯通登记处登记结婚。

• 1940 年　4 月，戈尔丁在华兹华斯主教学校获得教职。夫妇二人搬到威尔特郡（Wiltshire）鲍尔乔克村（Bowerchalke）的小舍。9 月，戈尔丁的长子戴维出生。12 月，戈尔丁离开华兹华斯主教学校，加入皇家海军。

• 1941—1944 年　战争期间戈尔丁先后在加拉提亚号巡洋舰（Galatea）和奥利安号驱逐舰（Orion）上服役，并参加了对俾斯麦号（Bismarck）的追击。

戈尔丁的首次实战经历是在北大西洋的英国皇家海军的舰艇上。此后他前往利物浦，在格拉德斯通码头守卫。1942 年春，他被调任至一号防部（MD1），当时位于白金汉郡的武器研究单位。然而，1943 年初他主动申请回到海军，不久被派往纽约，协助将在新泽西造船厂建造的扫雷艇运回英国。此后他在装载有火箭炮的登陆艇上受训。戈尔丁于 1944 年在诺曼底登陆海上协助作战和瓦尔赫伦（Walcheren）战役中指挥的就是这类登陆艇。

• 1945 年　戈尔丁的第二个孩子朱迪斯·戴安娜于 7 月出生。9 月，戈尔丁离开海军，回到华兹华斯主教学校任教。

• 1946 年　戈尔丁一家搬到索尔兹伯里，住在市议会所有的公寓里。

• 1947—1952 年　1947 年，戈尔丁夫妇买下并改装了一艘救生艇，即“海马号”（Seahorse）。戈尔丁在这段时间里创作了两部小说，但是都没有能够发表。1950 年，他的诗歌《海》（“The Sea”）发表于《诗歌评论》（*Poetry Review*）。戈尔丁夫妇都参加了业余戏剧演出活动。戈尔丁在学校的戏剧、音乐等文化活动中十分活跃，主持了考古学、天文学社团，为工人教育协会（Worker's Educational Association）教授文学、音乐课程。

• 1952 年　他开始创作题为《内心的陌生人》的小说，即后来的《蝇王》。

• 1953 年　1 月，戈尔丁开始先后将小说寄给 6 家出版社（Jonathan Cape, Andre Deutsch, Putnam & Co., Chapman and Hall, Hutchinson, The Bodley Head）和一家经济公司（Curtis Brown），遭到拒绝。9 月，戈尔丁将小说寄给费伯出版社，新任编辑查尔斯·蒙蒂斯在一堆退稿中发现了小说。

• 1954 年　9 月，《内心的陌生人》经修改后以《蝇王》为题发表，小说立即大获赞誉。

• 1955 年　9 月，《继承者》发表。同年，戈尔丁成为皇家文学协会（Royal Society of Literature）的成员。

• 1956 年　戈尔丁买下了新船“野玫瑰号”（*Wild Rose*）。8 月，戈尔丁一家驾船出海，遭遇大风，所幸安然靠岸。10 月，《品彻·马丁》发表。戈尔丁的短篇小说《专使》收录于《日后，永不：三个想象故事》（*Sometime, Never: Three Tales of Imagination*），由艾尔和斯波提斯伍德（Eyre and Spottiswoode）出版。另两个故事分别是约翰·温德汉姆（John Wyndham）和莫文·皮克（Mervyn Peake）的作品。

• 1957 年　戈尔丁已经开始融入伦敦的文学圈。他开始为《学人》（The Bookman）和《听众》（The Listener）撰写文章，做客广播节目。他的作品被改编为广播剧。

• 1958 年　戈尔丁改编自短篇小说《专使》的戏剧作品《铜蝴蝶》（*The Brass Butterfly*）于 2 月 24 日在牛津首演，由艾利斯泰尔·希姆(Alistair Sim)主演,在各地巡演后,又在伦敦上演一个月。戏剧脚本于7月发表。秋天,戈尔丁一家搬回了鲍尔乔克的埃布尔小舍(Ebble Thatch)。11月,戈尔丁的父亲被诊断出患癌症,手术后因突发心脏病于12月12日在医院去世。

• 1959年 10月,戈尔丁的第四部小说《自由坠落》发表。同年,他在各类报刊上发表了8篇短文,包括短篇小说《盎格鲁-撒克逊人》("The Anglo-Saxon")。

• 1960年 戈尔丁在各类报刊发表的短文25篇,包括自传性的散文《梯子和树》("The Ladder and the Tree")和《小孩比利》("Billy the Kid")、短篇小说《普尔金霍恩小姐》("Miss Pulkinhorn")、散文《在浪尖》("On the Crest of a Wave")以及一系列书评。8月,戈尔丁的母亲去世。

• 1961年 4月,戈尔丁一家在美国杂志《假日》(*Holiday*)的资助下前往希腊,戈尔丁为《假日》撰写了《一个人的聚会:思考作为业余爱好》("Party of One: Thinking as a Hobby")、《英吉利海峡》("English Channel")等散文。秋天,戈尔丁夫妇赴美国弗吉尼亚州的女子文科学院霍林斯(Hollins)。戈尔丁在霍林斯担任了一年驻校作者。这一年戈尔丁在各类报刊发表了19篇短文,包括《托尔斯泰的山峰》("Tolstoy's Mountain")。

• 1962年 在美期间,戈尔丁修改《教堂尖塔》,并撰写了关于《蝇王》的讲座《寓言》("Fable")初稿。他辞去华兹华斯主教学校教职,专事写作。

• 1963年 5月,彼得·布鲁克(Peter Brook)导演的影片《蝇王》在戛纳上映。戈尔丁夫妇前往希腊拜访了布鲁克一家。8月,戈尔丁夫妇前往俄国,这次出行由欧洲作家团体(COMES, the European Community of Writers)组织,同行的英国作家还有安格斯·威尔逊(Angus Wilson),法国代表团包括萨特和波伏娃(Jean-Paul Sartre and Simone de Beauvoir)夫妇。

• 1964年 4月,《教堂尖塔》发表。夏天,戈尔丁一家前往希腊小住。

• 1965年 戈尔丁发表《炽热的大门》(*The Hot Gates*),辑录

散文评论等。书名得自其中的第一篇文章,这篇同名散文的主要内容为希腊的塞莫皮莱。书的护封由迈克·艾顿(Michael Ayrton)设计,采用了他的戈尔丁肖像临摹。12月,戈尔丁在《假日》杂志上发表文章《钟情于教堂》("An Affection for Cathedrals")。戈尔丁在60年代中期开始撰写《男人、女人和现在》(*Men, Women & Now*),叙述他和女性的关系。这部自传性的作品未发表,约3万5千字。这部作品的创作初衷,按戈尔丁自己的说法,是为了回应评论家认为他不会表现两性关系的批评。《男人、女人和现在》为戈尔丁的下一部小说《金字塔》提供了素材和准备。

• 1966年　戈尔丁被授予英帝国二等勋位爵士(CBE)。12月,戈尔丁在《绅士》(*Esquire*)杂志发表《金字塔》的节选《在金字塔内》("Inside a Pyramid")。戈尔丁夫妇购买了一条名为"间张"(Tenace)的荷兰帆船。同年,戈尔丁在各类杂志期刊上发表了《我与埃及》("Egypt and I")等短文。

• 1967年　《金字塔》于6月出版。7月13日,戈尔丁携妻女和三位友人驾"间张"出海。第二天清晨,海上起了浓雾,一艘6489吨级的日本集装箱货轮撞到了"间张","间张"开始迅速进水下沉。45分钟后,货轮掉头找到了"间张",将戈尔丁一行救了上来。一般认为,"间张"被撞沉的事件对戈尔丁产生了严重的影响。此后他未再购买新船,也未再次驾船出海。

• 1968—1970年　戈尔丁再次陷入创作瓶颈。1968年3月,戈尔丁向友人透露儿子戴维精神崩溃,这个不幸的事件对戈尔丁打击很大。戈尔丁与英国作家和导演安东尼·西蒙斯(Anthony Simmons)、作曲家约翰·巴里(John Barry)合作创作的电影脚本《交通堵塞》(*The Jam*)也最终未能成形,留下了数部手稿。1970年6月,苏塞克斯大学授予戈尔丁文学博士荣誉学位。

• 1971年　《蝎神》(*The Scorpion God*)于10月发表,其中除了重印的《专使》("Envoy Extraordinary"),还包括两个首次发表的短篇小说,即同名小说《蝎神》和《咚、咚》("Clonk Clonk")。《蝎神》发表前夕,戈尔丁夫妇前往意大利,戈尔丁在罗马做了一个梦,梦境的内容成为日后《纸人》(*The Paper Men*)中的人物巴克雷罗马之梦的素材。从1971年秋天起，戈尔丁开始记日记，最初是为了记录梦境，后逐渐开始记述创作情况和个人经历。

• 1972—1978年　1972年起，戈尔丁撰写了一系列评论文章，发表于泰晤士报（*The Times*）、泰晤士报文学副刊（*Times Literary Supplement*）、卫报（*Guardian*）等报刊。戈尔丁在这段时期的日记显示，他开始创作《黑暗昭昭》。有一段时间，他开始同时创作《越界仪式》。1974年，肯特大学授予戈尔丁文学博士荣誉学位。1975年春，戈尔丁夫妇作为澳大利亚作家基金会（Fellowship of Australian Writers）和澳大利亚作家社团（Australian Society of Authors）的嘉宾前往澳大利亚。1976年，他们前往埃及。从1978年到1992年，几乎每年夏天戈尔丁夫妇和子孙都会前往法国度假。

• 1979年　10月，戈尔丁发表《黑暗昭昭》，获詹姆斯・泰特・布莱克纪念奖（James Tait Black Memorial Prize）。

• 1980年　10月，戈尔丁发表《越界仪式》，获布克奖。

• 1981年　华威大学授予戈尔丁文学博士荣誉学位。

• 1982年　《活动的靶标》（*A Moving Target*）发表，收录戈尔丁的散文和评论。

• 1983年　夏天，牛津大学和巴黎大学授予戈尔丁荣誉博士学位。10月，戈尔丁被授予诺贝尔文学奖。

• 1984年　2月，戈尔丁发表《纸人》。夏天，布里斯托尔大学授予戈尔丁文学博士荣誉学位。

• 1985年　4月，戈尔丁一家迁往康沃尔的塔利玛尔（Tullimaar）。塔利玛尔是一栋乔治时代风格的房子，距离戈尔丁的出生地不足20英里。7月，戈尔丁发表《埃及笔记》（*An Egyptian Journal*）。

• 1986年　费伯出版社出版《戈尔丁：作家与作品（75岁诞辰纪念文集）》（*William Golding: The Man and His Books. A Tribute on His 75th Birthday*），由约翰・凯瑞主编，收录了泰德・休斯（Ted Hughes）、显默斯・希尼（Seamus Heaney）等作家和评论家的文章，包括凯瑞所做的戈尔丁访谈。

• 1987 年　6 月，戈尔丁发表《近距离》。《近距离》是《越界仪式》的续作。

• 1988 年　戈尔丁被英国女王授予爵位。

• 1989 年　3 月，戈尔丁发表《甲板下的火焰》。《甲板下的火焰》是《海洋三部曲》的最后一部。

• 1991 年　戈尔丁庆贺 80 岁寿辰。他修改了《海洋三部曲》，合订为《直至世界的尽头》。

• 1992 年　戈尔丁着手创作《人生景录》（*Scenes from a Life*），叙述童年和青年时期的事件。夏天，戈尔丁被西班牙的奥维亚多大学授予文学博士荣誉学位。秋天，戈尔丁被诊断脸部患有恶性黑素瘤。12 月，圣诞节后将之切除。

• 1993 年　1 月，戈尔丁着手创作一部新的小说。6 月 19 日清晨，戈尔丁因突发心脏病去世。5 天后，即仲夏日，他被安葬在鲍尔乔克村庄的教堂墓园。11 月，在索尔兹伯里教堂举办了戈尔丁悼念仪式。

• 1995 年　安 · 戈尔丁在戈尔丁去世 18 个月后，于元旦去世，被安葬在戈尔丁墓旁。6 月戈尔丁的最后一部小说《双舌》（*The Double Tongue*）发表。

附录三

参考书目

一、威廉·戈尔丁作品

Golding, William. *Lord of the Flies*. London: Faber and Faber, 1954.

Golding, William. *The Inheritors*. London: Faber and Faber, 1955.

Golding, William. *Pincher Martin*. London, Boston: Faber and Faber, 1956.

Golding, William. *The Brass Butterfly*. London: Faber and Faber, 1958.

Golding, William. *Free Fall*. London, Boston: Faber and Faber, 1959.

Golding, William. *The Spire*. New York: Harvest-Harcourt, Brace & World, Inc., 1964.

Golding, William. *The Hot Gates and Other Occasional Pieces*. New York: Harvest-Harcourt, Brace & World, Inc., 1965.

Golding, William. *The Pyramid*. London, Boston: Faber and Faber, 1967.

Golding, William. *The Scorpion God: Three Short Novels*. London: Faber and Faber, 1971.

Golding, William. *Darkness Visible*. Toronto, New York, London: Bantam Books, 1979.

Golding, William. *Rites of Passage*. London: Faber and Faber, 1980.

Golding, William. *A Moving Target*. New York: Farrar, Straus and Giroux, 1982.

Golding, William. *The Paper Men*. London, Boston: Faber and Faber, 1984.

Golding, William. *An Egyptian Journal*. London, Boston: Faber and

Faber, 1985.

Golding, William. *To the Ends of the Earth*. New York: Farrar, Straus and Giroux, 1991.

Golding, William. *The Double Tongue*. New York: Farrar, Straus and Giroux, 1995.

二、威廉·戈尔丁作品汉译本

威廉·戈尔丁. 蝇王. 龚志诚译. 上海:上海译文出版社,2006 年 8 月.

威廉·戈尔丁. 品彻·马丁. 刘凯芳译. 上海:上海译文出版社,2000 年 9 月.

威廉·戈尔丁. 教堂尖塔. 周欣译. 上海:上海译文出版社,2001 年 5 月.

威廉·戈尔丁. 金字塔. 李国庆译. 上海:上海译文出版社,2000 年 9 月.

威廉·戈尔丁. 黑暗昭昭. 张和龙译. 上海:上海译文出版社,2009 年 5 月.

三、威廉·戈尔丁研究书目

Abrams, M. H. *A Glossary of Literary Terms*. Beijing: Foreign Language Teaching & Research Press, 2004.

Arena. "The Dreams of William Golding". BBC 2. 17 Mar. 2012. Television.

Armitstead, Claire. "John Carey on *William Golding: The Man Who Wrote* Lord of the Flies". *Book of the Week*. http://www.theguardian. com/books/audio/2009/sep/03/john-carey-william-golding.

Bakhtin, Mikhail. *Rabelais and His World*. Helene Iswolsky (trans). Bloomington: Indiana University Press, 1984.

Babb, Howard S. *The Novels of William Golding*. Columbus: Ohio State University Press, 1970.

Baker, James R. "An Interview with William Golding". *Twentieth Century Literature* 28.2 (1982): 130 - 170.

Baker, James R. "Preface". *Twentieth Century Literature* 28.2 (1982): iv - vii.

Barber, C. L. *Shakespeare's Festive Comedy: A Study of Dramatic Form and Its Relation to Social Custom*. Princeton, New York: Princeton University Press, 1959.

Barnet, Sylvan et al. *Aspects of the Drama: A Handbook*. Boston, Toronto: Little Brown and Company, 1962.

Bentley, Eric. *The Life of the Drama*. New York: Atheneum, 1979.

Benzvi, Linda. "Samuel Beckett, Fritz Mauthner, and the Limits of Language". *Modern Critical Views: Samuel Beckett*. Harold Bloom (ed). New York: Chelsea House Publishers, 1985: 193 - 218.

Bergson, Henri. *Laughter: An Essay on the Meaning of the Comic*. Cloudesley Brereton and Fred Rothwell (trans). London: Macmillan, 1921.

Bermel, Albert. *Farce: A History from Aristophanes to Woody Allen*. New York: Simon and Schuster, 1982.

Biles, Jack I. *Talk: Conversations with William Golding*. New York: Harcourt Brace Jovanovich, Inc., 1970.

Biles, Jack I. & Robert O. Evans (eds). *William Golding: Some Critical Considerations*. Lexington, KY: The University Press of Kentucky, 1978.

Bloom, Harold (ed). *Samuel Beckett*. New York: Chelsea House Publishers, 1985.

Booth, Wayne C. *The Rhetoric of Fiction*. Chicago and London: The University of Chicago Press, 1961.

Boyd, S. J. *The Novels of William Golding*. New York: Harvester Wheatsheaf, 1990.

Bradbury, Malcolm. *The Modern British Novel: 1878 - 2001*. Beijing: Foreign Language Teaching and Research Press, 2004.

Brandt, George W. (ed). *Modern Theories of Drama: A Selection of Writings on Drama and Theatre 1850 – 1990*. Oxford: Clarendon Press, 1998.

Bronner, Simon J. *Crossing the Line: Violence, Play and Drama in Naval Equator Tradition*. Amsterdam: Amsterdam University Press, 2006.

Buckley, Jerome Hamilton. *Season of Youth: The Bildungsroman from Dickens to Golding*. Cambridge, Massachusetts: Harvard University Press, 1974.

Cavaliero, Glen. *The Alchemy of Laughter*. London: Macmillan, 2000.

Cavallaro, Dani. *Critical and Cultural Theory: Thematic Variations*. London: The Athlone Press, 2001.

Carey, John (ed). *William Golding: The Man and His Books: A Tribute to His 75th Birthday*. London, Boston: Faber and Faber, 1986.

Carey, John. *William Golding: The Man Who Wrote* Lord of the Flies. London: Faber and Faber, 2009.

Carey, John. "Seeing like a Neanderthal". *New Statesmen*, 8/1/2011, Vol. 140 Issue 5064, pp. 42 – 43.

Carlevale, John. "The Dionysian Revival in American Fiction of the Sixties". *International Journal of the Classical Tradition*, 12. 3 (2006): 364 – 391.

Cavaliero, Glen. *The Alchemy of Laughter*. London: Macmillan; New York: St. Martin's Press, Inc., 2000.

Cavallaro, Dani. *Critical and Cultural Theory: Thematic Variations*. London and New Brunswick: The Athlone Press, 2001.

Charney, Maurice. *Comedy High and Low: An Introduction to the Experience of Comedy*. New York: Oxford University Press, 1978.

Cleve, Gunnel. *Elements of Mysticism in Three of William Golding's Novels*. Diss. Turku: Turun Yliopiste, 1986.

Corrigan, Robert W. (ed). *Comedy: Meaning and Form*. 2nd ed. New York: Harper & Row Publishers, 1981.

Crawford, Paul. *Politics and History in William Golding: The World Turned Upside Down*. Columbia and London: University of Missouri Press, 2002.

Crompton, Don. *A View from the Spire: William Golding's Later Novels*. Oxford and New York: Basil Blackwell, 1985.

Dick, Bernard F. *William Golding*. Boston, Massachusetts: Twayne Publishers, 1987.

Dicken-Fuller, Nicola C. *William Golding's Use of Symbolism*. Sussex, England: The Book Guild Ltd, 1990.

Dickson, L. L. *The Modern Allegories of William Golding*. Tampa: University of South Florida Press, 1990.

Doering, Jonathan W. "The Fluctuation of William Golding's Critical Reputation". *Contemporary Review*, May (2002): 285 – 290.

Dryden, John. *The Works of John Dryden: Prose 1688 – 1691: An Essay of Dramatic Poesy and Shorter Works*. Volume XVII. Thomas Arnold (ed.). Berkeley and Los Angeles: University of California Press, 1971.

Eagleton, Terry. *Literary Theory: An Introduction*. Beijing: Foreign Language Teaching and Research Press; Oxford: Blackwell Publishers, 2004.

Eyers, Jonathan. *Don't Shoot the Albatross!: Nautical Myths and Superstitions*. London: Adlard Coles Nautical, 2011.

Forster, E. M. *Aspects of the Novel and Related Writings*. Vol. 12 of *The Abinger Edition of E. M. Forster*. London: Edward Arnold, 1974.

Foster, Verna A. *The Name and Nature of Tragicomedy*. Aldershot, Burlington: Ashgate, 2004.

Freud, Sigmund. *Jokes and Their Relations to the Unconscious*. James Strachey (trans). Harmondworth: Penguin Books Ltd., 1976.

Friedman, L. S. *William Golding*. New York: Continuum, 1993.

Frye, Northrop. *Anatomy of Criticism: Four Essays*. Princeton, New Jersey: Princeton University Press, 1957.

Frye. Northrop. *Words with Power: Being a Second Study of "The Bible and Literature"*. Orlando: HBJ, 1990.

Gekoski, R. A. & P. A. Grogan. *William Golding: A Bibliography 1934 – 1993*. London: André Deutsch, 1994.

Gindin, James. *William Golding. Macmillan Modern Novelsits*. Houndmills: Macmillan, 1988.

Gindin, James. "Well Beyond Laughter: Directions from Fifties' Comic Fiction". *Studies in the Novel*, 3.4(1971): 357 – 364.

Golding, Judy. *The Children of Lovers: A Memoir of William Golding by His Daughter*. London: Faber and Faber, 2011.

Granofsky, Ronald. "'Man at an extremity': Elemental Trauma and Revelation in the Fiction of William Golding". *Modern Language Studies* 20.2 (1990):50 – 63.

Gregor, Ian & Mark Kinkead-Weekes. *William Golding: A Critical Study of the Novels*. London: Faber and Faber, 2002.

Gregor, Ian & Mark Kinkead-Weekes. "The Later Golding". *Twentieth Century Literature* 28.2(1982):109 – 129.

Guha, Ananya Shankar. *Tradition and Modernism in the Novels of William Golding*. Delhi: Abhijeet Publications, 2005.

Haffenden, John. *Novelists in Interview*. London and New York: Methuem, 1985.

Halliday, M. A. K. "Linguistic Function and Literary Style: An Inquiry into the Language of William Golding's *The Inheritors*". In Seymour Chatman (ed.). *Literary Style: A Symposium*. New York: Oxford University Press, 1971: 330 – 365.

Hauck, Richard B. "The Comic Christ and the Modern Reader". *College English* 31.5 (1970): 498 – 506.

Harwood, Ronald. *All the World's a Stage*. London: Methuen, 1984.

Haynes, John & James Knowlson. *Images of Beckett*. Cambridge: Cambridge University Press, 2003.

Hellman, Robert Bechtold. *The Ways of the World: Comedy and*

Society. Seattle and London: University of Washington Press, 1978.

Hirst, David L. *Tragicomedy*. London and New York: Methuen, 1984.

Hirst, David L. *Comedy of Manners*. London: Methuen & Co Ltd, 1979.

Hirst, David L. *Burlesque*. London: Methuen & Co Ltd, 1972.

Hughes, Leo. *A Century of English Farce*. London: Geoffrey Cumberlege, Oxford University Press; Princeton: Princeton University Press, 1956.

Hynes, Samuel. *William Golding*. New York, London: Columbia University Press, 1968.

Johnston, Arnold. *Of Earth and Darkness: The Novels of William Golding*. Columbia and London: University of Missouri Press, 1980.

Jump, John D. *The Critical Idiom: Burlesque*. London: Methuen & Co Ltd, 1972.

Kermode, Frank. "Golding's Intellectual Economy". In Norman Page (ed). *William Golding: Novels 1954 – 1967: A Casebook*. Basingstoke: Macmillan, 1985.

Kitchin, George. *A Survey of Burlesque and Parody in English*. Edinburgh, London: Oliver and Boyd, 1931.

Kostelanetz, Richard. *On Contemporary Literature*. New York: Discus Books/Avon, 1969.

Longford, Elizabeth. *Wellington: The Years of the Sword*. London: Weidenfield & Nicolson, 1969.

McKarron, Kevin. *The Coincidence of Opposites: William Golding's Later Fiction*. Sheffield: Sheffield Academic Press, 1995.

Medcalf, Stephen. *William Golding*. London, New York: Longman, 1975.

Nelson, William. "The Grotesque in *Darkness Visible* and *Rites of*

Passage". *Twentieth Century Literature* 28.2(1982): 181 –194.

Orr, John. *Tragicomedy and Contemporary Culture*. Houndmills, Basingstoke, Hampshire: Macmillan, 1991.

Partridge, Eric. *A Dictionary of Slang and Unconventional English*. 8th edition. London: Routledge, 2002.

Page, Norman (ed). *William Golding: Novels 1954 – 1967: A Casebook*. Basingstoke: Macmillan, 1985.

Perkins, Pam. "A Subdued Gaiety: The Comedy of *Mansfield Park*". *Nineteenth-Century Literature* 48.1 (1993): 1 –25.

Redpath, Philip. *William Golding: A Structural Reading of His Fiction*. London and Totowa: Vision and Barnes and Noble, 1986.

Rose, Margaret. *Parody: Ancient, Modern, and Post-Modern*. Cambridge: Cambridge University Press, 1993.

Scott, MaryLynn. "Universal Pessimist, Cosmic Optimist: William Golding". Aurora Online (1990). http://aurora.icaap.org/index.php/aurora/article/view/50/63.

Segal, Erich. *The Death of Comedy*. Cambridge, London: Harvard University Press, 2001.

Selden, Raman et al. *A Reader's Guide to Contemporary Literary Theory*. Beijing: Foreign Language Teaching and Research Press, 2004.

Sinclair, Andrew. "William Golding's 'The Sea, The Sea'" *Twentieth Century Literature* 28.2 (1982): 171 –180.

Stape, J. H. "Fiction in the Wild, Modern Manner: Metanarrative Gesture in William Golding's *To the End of the Earth* Trilogy". *Twentieth Century Literature* 38:2 (1992): 226 –239.

Stevenson, Randall. *1960 – 2000: The Last of England*? Vol. 12 of *The Oxford English Literary History*. Beijing: Foreign Language Teaching and Research Press; Oxford: Oxford University Press, 2007.

Stompf, Samuel Enoch & James Fieser. *A History of Philosophy: Socrates to Sartre and Beyond*. Beijing: Peking University Press, 2006.

Subbarao, V. V. *William Golding: A Study*. New York: Envoy Press, 1987.

Swabey, Marie Collins. *Comic Laughter: A Philosophical Essay*. New Haven and London: Yale University Press, 1961.

Tebbutt, Glorie. "Reading and Righting: Metafiction and Metaphysics in William Golding's *Darkness Visible*". *Twentieth Century Literature* 28.2 (1982): 47 – 58.

Tiger, Virginia. *William Golding: The Unmoved Target*. New York, London: Marion Boyars, 2003.

Tiger, Virginia. "Canonical Evasions and William Golding". *Contemporary Literature* 29.2 (1988): 300 – 304.

Vuuren, Marijke Van. "Beyond Words: Silence in William Golding's *Darkness Visible* and JM Coetzee's *Life and Times of Michael K*". *English Studies in Africa* 48,1 (2005): 93 – 106.

Williams, Raymond. *The Long Revolution*. New York: Harper & Row, Publishers, 1961.

但丁·亚利基利. 神曲. 王维克译. 北京:人民文学出版社, 1983 年.

李维屏. 英国小说艺术史. 上海:上海外语教育出版社,2003 年.

里克·杰寇斯基. 托尔金的袍子——大作家与珍本书的故事. 王青松译. 上海:上海译文出版社,2011 年.

陆建德. 现代主义之后:写实与实验. 北京:中国社会科学出版社, 1997 年.

诺思洛普·弗莱. 世俗的经典:传奇故事结构研究. 孟祥春译. 北京:世纪出版集团,上海人民出版社,2010 年.

钱中文主编. 巴赫金全集. 晓河等译. 石家庄:河北教育出版社, 2004 年.

瞿世镜. 当代英国小说. 北京:外语教学与研究出版社,1998 年.

阮炜. 社会语境中的文本：二战后英国小说研究. 北京:社会科学文献出版社,1998 年.

沈雁. 书写戈尔丁:约翰·凯瑞访谈录. 外国文学，2011 年第 6 期.

帕特丽夏·法拉和卡拉琳·帕特森. 记忆. 户晓辉译. 北京:华夏出版社,2006 年.

殷企平. 英国小说批评史. 上海:上海外语教育出版社，2001 年.

约翰·凯里. 阅读的至乐：20 世纪最令人快乐的书. 骆守怡译. 南京:译林出版社,2009 年.

王卫新. 从叙述学角度谈品彻·马丁的二度死亡. 解放军外国语学院学报,2005 年第 2 期.

王佐良，周珏良. 二十世纪英国文学史. 北京:外语教学与研究出版社,1994 年.

张和龙. 战后英国小说. 上海:上海外语教育出版社,2004 年.

张少文. 飘浮的能指与语言的困惑. 外国文学,2001 年第 4 期.

张少文. 镜子前的麦蒂——小说黑暗昭昭评析. 山东师大外国语学院学报,2001 年第 3 期.

张中载. 当代英国文学论文集. 北京:外语教学与研究出版社，1996 年.